Arena-Taschenbuch
Band 50139

Weitere Titel in dieser Reihe:
Freundschaftsprobe (Band 45278)
Letzte Chance für Jana (Band 45279)
Schwere Zeiten für Julia (Band 2891)
Entscheidung fürs Leben (Band 45369)
Verhängnisvoller Verdacht (Band 45386)

Margot Berger begann ihre Journalistenlaufbahn als Redakteurin bei großen Tageszeitungen und Frauenzeitschriften. Heute arbeitet sie als selbstständige Journalistin und Buchautorin in Hamburg. Als begeisterte Reiterin schreibt sie auch für Pferdezeitschriften und Jugend-Tiermagazine.

Margot Berger

Freunde, Tag für Tag

Wahre Pferdegeschichten

In diesem Sammelband enthalten:

Blindes Vertrauen

Auf der Suche nach Calido

Arena

In neuer Rechtschreibung

1. Auflage als Sammelband im Arena-Taschenbuchprogramm 2009

Umschlaggestaltung: Frauke Schneider unter Verwendung eines Fotos von © www.slawik.com
Umschlagtypografie: knaus. büro für konzeptionelle und visuelle identitäten, Würzburg
Gesamtherstellung: Westermann Druck Zwickau GmbH
ISSN 0518-4002
ISBN 978-3-401-50139-0

www.arena-verlag.de

Blindes Vertrauen

Silvesterraketen machten Pferde scheu

Tragischer Reitunfall

DORTMUND (MB). Es sollte ein fröhlicher Silvesterausritt von vier Freundinnen werden, doch der Ausflug endete in einer Katastrophe.

Am frühen Nachmittag des 31. Dezembers hatten sich vier Mädchen von einem Reiterhof aus dem Dortmunder Westen zu einem Zwei-Stunden-Ritt aufgemacht. Im Gelände auf der Heide, das wegen des sonnigen Silvestertags zahlreiche Ausflügler anzog, kam es dann zu einem tragischen Unfall.

Durch Feuerwerkskörper, von spielenden Kindern unbedacht in die Gegend geschleudert, geriet die Reitergruppe in Panik. Die Pferde scheuten vor den aufsteigenden Raketen und gingen mit ihren jugendlichen Reitern durch. Dabei prallte die 14-jährige Mona B. gegen den tief hängenden Ast eines Baumes und stürzte zu Boden. Sie wurde mit unklaren Kopfverletzungen ins Unfallkrankenhaus eingeliefert.

Das Pferd konnte von der Polizei unversehrt eingefangen werden, kurz bevor es die Bundesstraße erreichte.

1

Stocksteif saß Mona auf der Kante ihres Krankenhausbettes, die gepackte Reisetasche vor den Füßen, und starrte durch die dunkle Leere auf die Zimmertür. Dort, wo sie die Tür vermutete.

Ebenso gut könnte ich in jede andere Richtung schauen, dachte Mona bitter.

Für sie sah ohnehin alles gleich aus. Ringsherum düstere Nacht, obwohl es heller Vormittag war. Auf dem Flur klirrte Geschirr. Messer, Gabeln und Schüsseln klapperten auf stählernen Essenswagen.

Gleich würde ihre Mutter sie aus der Unfallklinik abholen.

Warum wurde sie ausgerechnet heute entlassen? Am 18. Februar? Als der Stationsarzt Mona vorgestern den Termin genannt hatte, war es, als rammte er ihr seine Faust in den Magen. Heute war der Tag des großen Reitturniers in Essen. Das Datum hatte sie sich eingeprägt. An den geplanten Wettkampf entsann sie sich genau, obwohl Mona sich nach dem Sturz von Vitus längst nicht mehr an alles erinnerte. Nicht einmal an den Unfall selber.

»Eine Silvesterrakete. Vitus hat gescheut, ist in Panik losgestürmt und du bist gegen einen Ast geknallt.«

Die karge Auskunft stammte von Julia. Als es passierte, waren sie gemeinsam im Gelände gewesen. Julia mit den braunen Struwwelpeter-Haaren, ihre beste Freundin, so alt wie sie. Die Einzige, die sie am Krankenbett ertrug. Sicher war Julia heute in Essen und sah sich die Junioren-Meisterschaften an.
Monatelang hatte Mona für diesen Wettkampf trainiert, härter als alle anderen auf dem Reiterhof. Schon morgens vor der Schule hatte sie auf Vitus gesessen, ihrem braunen Hannoveraner. Hatte die anspruchsvollen Lektionen der Klasse M geübt: versammelten Trab, fliegende Galoppwechsel, Seitengänge.
Heftige Gefühle übermannten Mona. Ihr Herz drehte sich um, wenn sie an Vitus dachte. An Vitus, den sie nie mehr sehen würde. Als Monas Vater vor zwei Jahren zu Hause ausgezogen war, hatte er ihr Vitus geschenkt. Immer wieder kreisten ihre Gedanken um die erste Begegnung mit Vitus. Liebe auf den ersten Blick war es gewesen. Seine Augen hatten es ihr angetan, diese klugen dunklen Augen, die Mona aufmerksam abschätzten und fragten: *Hast du Geduld mit mir?*
»Der Vitus kann ein ganz Großer werden«, hatte Monas Reitlehrer damals zu ihr gesagt. »Was er braucht, ist neues Zutrauen zum Reiter. Wenn es zwischen euch funkt, kannst du alles mit ihm erreichen.« Vitus war ein Pferd mit gewaltigen Anlagen, aber sein erster Besitzer hatte ihn viel zu früh gefordert. Ja, Mona hatte unendlich viel Geduld gebraucht, bis Vitus ihr vertraute, bis er es wagte, entspannt auszuschreiten, ohne den Kopf hochzureißen. Auf wunderbare Weise waren sie zusammengewachsen, Vitus und Mona, und es war undenkbar, dass sie sich je wieder trennen würden.
Undenkbar? Das war vor dem Unfall gewesen.

Mona presste die Lippen zusammen. Auf Vitus hätte sie es geschafft, ganz nach vorn zu kommen. Sie, Mona Borchert, seit wenigen Tagen fünfzehn Jahre alt, galt als hoffnungsvolles Nachwuchstalent.
Höhnisch lachte Mona auf. Die Dressurreiterin Mona Borchert gab es nicht mehr. Sie war ausgelöscht. Tot. So gut wie tot. Ein Nichts. Gefangen in ewiger Dunkelheit.
Mit einem verzweifelten Aufstöhnen schlug Mona auf die Matratze. Einmal mit dem Kopf gegen einen Ast geprallt – und das war es. Sehnerven zerstört. Nie wieder sehen.
Vollblind.
Als Mona begriffen hatte, was das Wort und dessen furchtbare Folgen bedeuteten, ziemlich schnell, nachdem sie aus dem mehrtägigen Koma aufgewacht war, war sie fast durchgedreht vor Entsetzen. Hatte sich geweigert zu glauben, was die Ärzte sagten. Was ihre Eltern sagten. Was Julia sagte.
Blind.
»Das kann nicht sein! Ich doch nicht!« Immer wieder hämmerten diese Sätze in ihrem Gehirn. »Ein schrecklicher Irrtum. Vertauschte Ergebnisse.«
Wie betäubt verkroch Mona sich in ihrem Krankenbett.
Ab und zu hoben Pfleger sie aus dem Bett und ließen sie, eingezwängt zwischen ihren zupackenden Armen, über den schwarzen Flur stolpern.
»Wegen des Kreislaufs«, sagten sie.
Regelmäßig kippten sie ihr kalten Franzbranntwein über den Rücken.
»Wegen der Lunge.«
Wenn Mona nach Luft schnappte, war es der würzige Duft, der

die Vergangenheit lebendig machte. Der Kieferngeruch erinnerte sie an Vitus. Nach jedem Training hatte sie seine Beine mit Franzbranntwein abgerieben. Wie sehr hatten sie beide diese vertrauten Minuten genossen. Beinahe eine feierliche Zeremonie war das jedes Mal gewesen. Wenn Mona nach vorn gebeugt neben ihm stand, drehte Vitus sich zu ihr um, senkte den Kopf und legte ihr seine Nase auf den Rücken. Mitunter stupste er Mona sogar im Rhythmus ihrer Bewegungen an.
Wie in Trance ließ Mona alle Behandlungen in der Klinik über sich ergehen. Irgendwann verschwand der Kopfverband, dann nahmen sie ihr die steife Halskrause ab. Mona bekam Massagen, Krankengymnastik, Bewegungstraining, musste im Therapiebecken schwimmen.
»Damit deine Beinmuskeln nicht abbauen.«
Beine? Hatte sie Beine? Arme? Mona besaß kein Gefühl mehr für ihren Körper. Wo fingen ihre Arme an, wo hörten die Beine auf?
Wochenlang stand Mona unter Schock. Nur im Bett war das Leben zu ertragen. Wie ein verwundetes Tier duckte sie sich in ihre Höhle. Nein, keinen Besuch. Bloß nicht. Keine Eltern, keine Schulkameraden, keine Reiterfreunde, nicht einmal Vera und Tessy, mit denen sie manches Turnier besucht hatte. Nur Julia ertrug sie. Aber auch nicht jeden Tag. Julia Jung, ihre älteste Reiterfreundin, immer vorneweg mit ihren losen Sprüchen.
Die Welt der Lebenden. Sie gehörte nicht mehr dazu, zu den Normalen, zu den Sehenden. Mona fühlte sich grenzenlos allein. Wertlos. Angst umklammerte sie wie ein Schraubstock.
Blind.
Diese Hoffnungslosigkeit.

Ewig schwarze, hoffnungslose Dunkelheit. Es gab keinen Tag und keine Nacht mehr, nur Finsternis, bedrohliche Finsternis. Irgendwann wich Monas dumpfe Erstarrung dem Gefühl von Zorn und Feindseligkeit.
Als Mona jetzt an das Turnier dachte, an *ihr* Turnier, stieg ohnmächtige Wut in ihr hoch. Mit dem Fuß tastete sie nach der Reisetasche und versetzte ihr einen heftigen Tritt.
»Ich habe dir alles schön für zu Hause eingepackt«, hatte Schwester Sabine gesagt. »Da fehlt nichts.«
Und wennschon. Wen interessierte es noch, welche Anziehsachen sie trug?
Auf dem Gang näherten sich Schritte, eilige, zögernde und feste. Schließlich die trippelnden ihrer Mutter. Immer trug sie hohe Absätze und Kostüme. »Die ausländischen Kunden erwarten das«, sagte sie. Monas Mutter arbeitete halbtags als Übersetzerin. Ein Sprachentalent. Englisch, Spanisch, Französisch. Sie übertrug Geschäftsbriefe ins Deutsche. Wie stolz war sie auf ihre attraktive Tochter gewesen, ihr einziges Kind. Auf Monas Turniererfolge. Auf die Siegerfotos in Pferdemagazinen.
Verkrampft biss Mona sich auf die Lippen. Eine blinde Tochter gab nicht mehr viel her. Der Schatz war über Nacht wertlos geworden.
Mona hörte, wie die Klinke metallisch klickte, gleich darauf, wie ihre Mutter tief einatmete. Klar, sie wollte wieder die gut Gelaunte spielen. Das konnte sie sich sparen.
»Sieh doch, Mona. Julia ist zum Abholen mitgekommen und . . .« Der Satz brach ab. Mona fühlte regelrecht, wie ihre Mutter rasche Blicke mit Julia wechselte.
Sieh doch, hatte sie gesagt! Wie passend für eine Blinde.

»Hallo, Alte«, sagte Julia und tippte ihr auf die Schulter. »Vitus wartet.«
Mona zuckte zusammen, sofort zog sie den Arm zurück, sie wollte nicht antworten. Vitus wartet! Das war doch wohl ein Witz. Was sollte ein ausgebildetes Dressurpferd mit einer verängstigten, herumtastenden Blinden anfangen?
Einen Moment herrschte Stille. Keine wohltuende Ruhe, sondern bedrücktes Schweigen.
Mona senkte den Kopf.
»Jetzt fahren wir erst einmal nach Hause.« Sie hörte die Unsicherheit ihrer Mutter heraus. Wie mit der Pinzette fasste sie jedes Wort an. Behutsam griff sie nach Monas Hand. »Dann machen wir es uns nett, so wie früher.«
»Wie früher! Nichts ist wie früher!«, stieß Mona hervor und wandte sich brüsk zur Wand. Dahin, wo sie die Wand vermutete.
Obwohl niemand mehr etwas sagte, war die Stimmung gespannt.
In diese gereizte Atmosphäre platzte der Stationsarzt herein. Er grüßte in die Runde, verabschiedete sich von Mona und legte ihr die Hand auf die Schulter, die sie sofort wegzog.
»Du wirst merken, Mona«, hörte sie den Arzt sagen, »vieles kannst du durch Hören und Tasten ausgleichen. Die Arbeit der Augen übernehmen bald deine anderen Sinne.«
»Was wissen Sie denn über meine Sinne«, fauchte Mona den Arzt an. Am liebsten hätte sie ihm gegen das Schienbein getreten. Redete salbungsvoll von ihren Sinnen. *Der* war ja nicht blind. Auf den wartete kein Leben in furchtbarer, feindseliger Dunkelheit. Ein Leben ohne ihren geliebten Vitus.

»Du bist sehr aufgebracht«, sagte ihre Mutter beschwichtigend, als der Arzt das Zimmer verlassen hatte. Julia griff nach der Reisetasche und drängte zum Aufbruch.
Eine schmale Hand schob sich unter Monas Ellenbogen, es war ihre Mutter, die sie behutsam durch die Dunkelheit auf den Stationsflur führte. Führte? *Abführte* passte eher. Wie eine Strafgefangene auf dem Weg in die Zelle, dachte Mona voller Bitterkeit. Lebenslänglich.
Sie ging vorbei an scheppernden Essenswagen, den üblichen Mittagsgerüchen, durch eine heftig aufschwingende Tür.
Instinktiv streckte Mona den freien Arm aus, um nirgends anzustoßen. Sie ging mit winzigen Schritten, fühlte sich lächerlich. Gaffenden Blicken preisgegeben. Bisher war das lange blonde Haar Monas ganzer Stolz gewesen, jetzt verfluchte sie die auffallende Mähne. Wie eine Laterne leuchtete sie über den Flur. Schaut her, hier tapst eine Blinde umher! Garantiert starrten ihr alle nach.
Ihre Mutter blieb stehen. Übertriebener Druck auf Monas Arm. Ein Lift rauschte heran, stoppte mit einem Seufzer. Ein feines *Plink,* und leise surrte die Stahltür beiseite.
»Wir steigen jetzt in den Aufzug«, sagte Monas Mutter.
»Danke für den scharfsinnigen Hinweis.« Mona biss um sich. »Darauf wäre ich selber nicht gekommen.«
Sie fühlte sich in den Innenraum geschoben, eine enge Kabine, wenig Luft. Zum Glück endete die Fahrt rasch. Wieder hinaus. Ein langer Fliesengang. Die Eingangshalle? Getrappel zahlreicher Schuhe, dazwischen hopsende Kinderfüße, gedämpfte Stimmen, raschelndes Zeitungspapier.
Mona machte zwei schnellere Schritte.

»Aua.« Sie zuckte zurück und rieb sich die schmerzende Stirn. »Was war das?«

»Oh Gott, Kind, die Glastür. Sie öffnet automatisch, aber nur langsam.« Dann der Luftzug der Außentür. Monas Herz schlug rascher.

Jetzt kam es drauf an.

Schweißperlen traten ihr auf die Stirn. Mona verspannte sich noch mehr. Steif stocherten ihre Beine vorwärts.

Seit Mona von der Entlassung wusste, hatte sich eine fixe Idee in ihr festgesetzt. Sobald sie nach draußen trat, hinaus in die Sonne, würde sie schlagartig wieder sehen können. *Sekundenheilung.* So etwas gab es. Mit allen Fasern klammerte Mona sich an diesen Hoffnungsschimmer.

Aber vor Monas Augen änderte sich nichts, als sie den kühlen Wind im Gesicht spürte. Das finstere Loch blieb. Unerbittlich schwarz. Wie ein Bleigewicht senkte sich die Enttäuschung auf Mona nieder.

»Wir schaffen das schon«, sagte zu allem Überfluss ihre Mutter mit unerträglicher Fröhlichkeit.

Und Julia fügte zuversichtlich hinzu: »Wir alle zusammen.«

»Zusammen? Seid ihr zufällig auch blind?«, schrie Mona. »Ihr habt doch keine Ahnung.«

Schluchzend stieß sie ihre Mutter weg, taumelte ein paar Schritte nach vorn, stolperte gegen einen Kübel und verlor das Gleichgewicht, bevor sie lang in das Beet neben dem Eingang schlug.

Entsetzt schrie ihre Mutter auf und beugte sich über ihre Tochter. »Mona! Ist dir etwas passiert?«

Tränen liefen Mona übers Gesicht. Wütend riss sie rechts und links Blätter vom Rhododendron ab und warf sie hinter sich. Am liebsten wäre sie hier liegen geblieben und zwischen den Pflanzen vermodert. In regennasser Erde vor der widerlichen Klinik, wo sie ihr Augenlicht nicht gerettet hatten.

Nie mehr aufstehen, nie mehr.

»Sei nicht blöd«, hörte Mona Julias Stimme, bevor ihre Freundin sie zurück auf die Füße zerrte. »Glaub bloß nicht, dass du wegtauchen kannst, Alte. Ich verfolge dich, bis du wieder ganz dabei bist.«

2

Die Autofahrt nach Hause dauerte ewig.
Mona ertrug den Lärm fast nicht, ein ständiges Dröhnen rechts und links, bedrohlich nahe, als führe sie durch einen Hohlweg aus Krach. Autos zischten vorbei. Bei jedem Bremsmanöver zuckte Mona zusammen, ihr Herz begann zu rasen. Mit verkrampften Händen hielt sie sich im Gurt fest. Unter ihr surrte der Asphalt, klopften Querrinnen. Die Fahrt von der Klinik führte an ehemaligen Zechen vorüber und vorbei an alten Bergmannssiedlungen, bevor es durch ein gemischtes Gebiet von Kleingärten, Äckern und Wiesen ging, wo nur noch wenige umgebaute Bergmannskotten standen, eingerahmt von einzelnen Höfen aus hellem Bruchstein.
Mona machte sich ganz klein in ihrem Sicherheitsgurt, sie musste alle Kraft zusammennehmen, um nicht zu schreien.
Endlich verlangsamte sich das Tempo, und der Wagen hielt. Neben Mona klappten Autotüren. Fröhliche Zurufe flogen hin und her.
»Überraschung«, sagte ihre Mutter mit gespielter Heiterkeit und ließ den Gurtverschluss aufschnappen. »Wir machen Station am Reitstall. Damit du Vitus begrüßen kannst.«
»Was?« Mona schoss in ihrem Sitz hoch. »Nein, nein, nein. Bitte Mama, fahr weiter, bitte. Bevor mich jemand sieht.«
Mona schlug die Hände vors Gesicht.
Was für eine quälende Vorstellung, Vitus so nah zu sein und doch so weit entfernt. Nie wieder würde sie ihn sehen, nie wieder. Der Schmerz drohte Mona schier zu zerreißen. Sie zitterte am ganzen Körper. Würde Vitus sie überhaupt erkennen? Nein,

sie konnte jetzt nicht blind vor seine Box stolpern, angestarrt vom halben Stall.
Trotz der leeren Dunkelheit um sie herum spürte sie, wie ihre Mutter sie ansah, ungläubig, bestürzt. »Aber Mona! Du reitest seit dem achten Geburtstag in Reuters Reitstall. Jeder kennt dich. Alle haben mit dir gelitten. Alle.«
»Fahr weg, Mama.«
Julia schwieg auf der hinteren Bank, als Frau Borchert den Rückwärtsgang einlegte.
Ohne ein weiteres Wort fuhren sie durch den ländlichen Dortmunder Stadtteil zur Heidebachstraße. Eine Handvoll schlichter Einzelhäuser, umgeben von kleinen, sorgfältig gepflegten Gärten, säumte hier die wenig befahrene Straße. Am Ende standen einige mehrstöckige Bauten, Mietshäuser, in denen überwiegend Studenten der nahen Uni lebten.
»Wir sind zu Hause«, sagte Frau Borchert nach der bedrückenden Fahrt und stellte den Wagen vor ihrem schmalen roten Backsteinhaus ab. Seit der Scheidung der Eltern wohnte Mona hier allein mit ihrer Mutter.
Mona senkte den Kopf.
Nach Hause, was hieß das schon? Genauso gut könnte sie in einer Hundehütte leben. Sie sah es ja ohnehin nicht mehr.
Von Julia und ihrer Mutter ließ sie sich durch den Vorgarten führen, über den Plattenweg aus Bruchsteinen. Vor der Haustür stieß Mona gegen die unterste Stufe, weil niemand sie warnte. Beschämt biss sie sich auf die Lippe. Dann fand sie sich im Flur wieder. Fliesen. Mona vernahm ihre eigenen Tritte auf der glatten Glasur. Das erste vertraute Geräusch, seit sie die Klinik verlassen hatte.

»Wollen wir uns ins Wohnzimmer setzen?«, fragte Monas Mutter.
Dann Julias temperamentvolle Stimme: »Ich kann dir heiße Sachen von Vitus erzählen. Der vermisst dich wahnsinnig.«
Mona spürte, dass sich ihr Herz sofort verschloss, als der Name ihres Pferdes fiel. Vitus. Das war in einer anderen Welt gewesen. Eine Welt, zu der sie keine Verbindung mehr hatte.
Sie hob den Kopf und blickte dahin, wo sie die weiß gestrichene Holztreppe vermutete. »Nach oben!«
»Was willst du um diese Zeit in deinem Zimmer, Kind? Es ist helllichter Tag.«
Mona ballte ihre Hände zu Fäusten. Wieder kostete es sie alle Kraft, nicht loszuschreien. »Für mich nicht, Mama. Ich bin müde.« Tatsächlich fühlte sie sich ausgelaugt und hinfällig und unendlich alt.
Im ersten Stock stieß Frau Borchert Monas Zimmertür auf. Der Duft von Rosen wehte ihnen entgegen, ein Strauß, der vermutlich mitten auf dem Tisch stand.
»Herzlich willkommen zu Hause«, sagte Frau Borchert.
Mona antwortete nicht und tastete sich in ihr Zimmer vor. Nach drei unsicheren Schritten stockte sie.
»Was ist mit dem Laminat?«, fragte sie aufgeregt und rieb mit den Schuhsohlen über den Untergrund, der früher glatt war.
»Da liegt jetzt überall Teppichboden, hellgrau. Ich habe alles auslegen lassen, falls du . . . na ja, falls du mal stürzt.«
Mona holte tief Luft. Unsicher verharrte sie auf der Stelle und fuhr mit der Hand über die Wand neben der Tür. »Meine Turnierschleifen! Wo sind die Schleifen?« Hastig tastete sie weiter, griff ins Leere. »Mein Bett, das muss doch hier stehen.«

Tränen stiegen Mona in die Augen. Brachte sie alles durcheinander? Diese Dunkelheit machte sie noch verrückt. Diese ständige, qualvolle Finsternis, die sie umgab. Wenn doch nur diese furchtbare Dunkelheit aufhören würde.

»Das war früher, Schatz. Ich habe alles umgeräumt«, sagte ihre Mutter sanft. »Ach, und die Turnierschleifen . . . die liegen im Keller. Ich wollte dir die bittere Erinnerung ersparen, jetzt, wo es mit dem Reiten vorbei ist.« Beschwörend legte sie ihre Hand auf Monas Arm. »Nach einem Schock muss man neu anfangen. Ein anderes Leben beginnen.«

»War wohl keine gute Idee«, sagte Julia, die gefolgt war.

Heftig zog Mona den Arm weg und schlug in einem hilflosen Anfall von Jähzorn gegen die Wand. Nun hatten sie ihr auch noch die letzte Zuflucht genommen, ihr vertrautes kleines Zimmer.

»Ich will alles zurückhaben«, schrie sie in die dunkle Leere. »Stell es wieder so hin, wie es war.«

Unglücklich rang ihre Mutter die Hände. »Natürlich, Kind. Aber das schaffe ich nicht allein. Bald kommt Papa aus Frankfurt. Wenn du willst, richten wir natürlich alles wieder so ein wie vorher.«

»Ja, das will ich. Stell dir vor. Und jetzt lasst mich in Ruhe. Alle!« Mona schlug die Hände vors Gesicht und schluchzte. Niemanden wollte sie jetzt um sich haben. Nicht einmal Julia, obwohl ihre Freundin sagte: »Mensch, Mona, ich bin doch ab morgen auf Klassenreise.«

Nach einer Weile drückte jemand die Tür ins Schloss und Schritte entfernten sich.

Wie eine Ertrinkende ruderte Mona durch den Raum, fasste

nach jedem Griff, nach jedem Gegenstand, den sie in die Finger bekam. Wo war sie? Am Fenster? An der langen Wand? Mona erkannte ihr eigenes Zimmer nicht mehr. Irgendwann stieß sie gegen das Bettgestell und ließ sich weinend auf die Matratze fallen.

Unten hörte sie ihre Mutter erregt mit Julia reden. Es interessierte sie nicht.

Kurze Zeit später fiel Mona in einen unruhigen Schlaf, aus dem sie später ohne Gefühl für die Uhrzeit aufwachte. Ruhelos wälzte sie sich hin und her, bis die Standuhr unten im Flur elf Mal schlug. Zumindest ein Anhaltspunkt für die Zeit.

Mona stützte sich auf die Ellenbogen und starrte mit offenen Augen in die Schwärze. Entgegen jeder Vernunft hoffte sie, dass sich die Konturen der Regale abzeichneten, wenn sie lange genug hinsah. Oder die Umrisse ihres Schreibtisches. Der PC. Die glänzenden Pokale auf dem Schrank, falls die überhaupt noch dort standen. Nicht einmal das wusste sie. Mona starrte und starrte, bis ihre Augen schmerzten. Nicht der winzigste Lichtschein.

Die unheimliche Dunkelheit hielt an, immerzu, unerbittlich.

Stöhnend ließ Mona sich zurück aufs Kopfkissen fallen. Sie trug noch immer dieselben Jeans und dasselbe T-Shirts wie beim Heimkommen. Mona bewegte die Füße. Sogar die Schuhe hatte sie noch an. Immerhin hatte ihre Mutter sich nicht erlaubt, sie wie ein Baby auszukleiden. Mona kroch aus dem Bett, zog sich bis aufs T-Shirt aus und legte ihre Sachen ans Fußende, um sie auch sicher wiederzufinden.

Hilflos irrte sie in ihrem Zimmer umher. Wäre sie bloß in der Klinik geblieben! Zum Schluss hatte sie sich dort einigermaßen

zurechtgefunden, sogar zum Bad war sie allein gekommen. Aber hier? Vorsichtig tapste Mona von links nach rechts, im Kreis, von vorne nach hinten.
Diese brutale Dunkelheit.
Ständig stieß Mona irgendwo an. Einmal stolperte sie gegen ihren leichten Sessel aus Drahtgeflecht, und in einer anderen Ecke fand sie die Standleuchte, die sie an dem geschwungenen Metallgestell erkannte. Kurz vor dem Unfall hatte sie die Lampe gekauft, zusammen mit Julia. Wo im Raum stand die Lampe jetzt? Wieso zum Teufel musste ihre Mutter bloß alle Möbel umstellen?
Mit einem Schlag wurde Mona das Ausmaß ihrer Hilflosigkeit bewusst. Ihr ganzes Leben lang würde sie von anderen abhängig sein. Immer und ewig.
Mit fünfzehn Jahren werde ich wieder zum Kleinkind, schoss es ihr durch den Kopf.
Aber war es wirklich sie, die das dachte? Mona kam es vor, als hätte ein fremdes Wesen das Denken für sie übernommen. Eins, mit dem sie nichts zu tun hatte. In ihr war nur schwarze Leere. Nichts passte mehr zusammen.
Mechanisch suchte Mona weiter nach bekannten Gegenständen, schließlich fand sie den kleinen Tisch. Eine Obstschale stand darauf, Mona befühlte jedes Stück und nahm eine Banane herunter. Die konnte sie eindeutig identifizieren. Vitus Lieblingsfrucht, dachte Mona, ohne etwas dabei zu empfinden, und wog die Banane in der Hand. Obwohl sie Hunger hatte, konnte Mona sich nicht überwinden, die Schale abzuziehen.
Verzweifelt tastete sie sich zurück in ihr sicheres Bett, wo sie vor Erschöpfung sofort einschlief und unruhig träumte.

Im Traum stand sie im Reitstall. Ihre Umwelt war nicht schwarz, sondern hell und farbig wie vor dem Unfall. Gelbe Strohballen stapelten sich in einer Nische der Stallgasse, grüne Mistkarren standen im Weg, Halfter in verschiedenen Farben baumelten an den Boxen. Mona ging an den Stäben entlang und begrüßte lauter alte Bekannte, Füchse, Schimmel und Braune.
Am Ende der Stallgasse beknabberten sich Krümel und Pucki in ihrer Box, weiße Shetlandponys, sie gehörten Tim und Tom, den sechsjährigen Zwillingen von Stallbesitzer Theo Reuter. Mona schlenderte weiter, zu den vier Boxen am Anfang, wo Vitus stand, er war noch dabei, seinen Trog leer zu fressen. In der Nachbarbox grummelte Sandläufer, der Schimmel war Julias Pflegepferd. Wie immer steckte sie ihm eine Möhre zu. Auch Tessys Fuchs Rigolo und Veras Rappe Uland in den Boxen gegenüber bekamen ihre Leckerli.
Mona wartete vor Vitus' Box, bis er mit dem Fressen fertig war, doch als er endlich die Nase aus dem Trog hob und ihr den Kopf zuwandte, schrie sie auf und sprang geschockt zurück – denn ihr Pferd hatte kein Gesicht.
Voller Panik fuhr sie herum. Hilfe, sie brauchte Hilfe! Aber von wem? Dutzende Reiter schwirrten um sie herum, ein Gewimmel von blauen, roten und grünen Reitwesten, alle redeten durcheinander. Grauenvoll – keiner hatte ein Gesicht.
»Mona«, riefen sie aus ihren leeren Köpfen. Und: »Komm her zu mir, Mona.« Und: »Reiten wir ins Gelände, Mona?«
Zwischen all den gesichtslosen Körpern schoss Mona hin und her, versuchte verzweifelt zu ergründen, woher die Stimmen kamen. Dann landete sie im Waschraum und prallte vor ihrem Spiegelbild zurück. Das war nicht die Mona, die sie kannte. Das

Mädchen dort im Spiegel sah alt und hässlich aus, das Gesicht zerstört, voller Narben und Verletzungen, die blonden Haare ausgefallen.
Voller Entsetzen floh Mona aus dem Stall, fand sich plötzlich mit Vitus auf einem Turnierplatz wieder. Der Aufruf zum Start kam und sie hörte das Klingelzeichen.
»Einreiten im Arbeitstrab.« Doch in welche Richtung sollte sie reiten? Erneut das Glockenzeichen. Mona erkannte den Richtertisch nicht, sie sah keine Dressurplatz-Begrenzung, keine Buchstabenkegel. Nichts.
Klitschnass wachte Mona auf. Die Standuhr im Flur schlug vier Mal.
Blind. Blind. Blind. Blind.
Schlagartig verschwanden die bunten Traumbilder und die Welt war wieder schwarz.
»Hilfe«, wimmerte Mona. Die plötzliche, unerträgliche Dunkelheit traf sie wie eine Keule. Nichts hatte sich geändert.
Mit zitternden Fingern tastete sie ihre Haut ab. Wangen, Mund, Nase, Kinn, die Stirn. Das Gesicht fühlte sich glatt und gut an. Auch ihre langen blonden Haare waren noch da. Nur am Haaransatz ertastete sie eine feine, dünne Narbe.
Mona richtete sich auf und strich sich über die glühende Stirn. Sie wusste nicht mehr, wie Vitus aussah! Sein Gesicht, sie hatte sein Gesicht vergessen! »Vitus, wo bist du?«, flüsterte sie. Mona legte den Kopf in den Nacken und starrte durch die Schwärze ihres Zimmers gegen die Decke. Sosehr sie sich verzweifelt abmühte, Vitus' Kopf im Geiste zu modellieren, sich an Turniere zu erinnern, an Putzstunden auf dem Hof, es war vergebens. Wie ein Blitzlicht durchzuckte sie zwar mitunter ein ver-

schwommenes Bild, doch bevor es an Schärfe gewann, entglitt es ihr wieder.
Mona sank zurück aufs Kissen, erschöpft und schwindlig. Jedes andere Pferd erschien vor ihrem geistigen Auge – Sandläufer, Uland und Rigolo, Pucki und Krümel, Hendrix und Dolly. Alle. Nur Vitus' Gesicht blieb ein leeres Oval.

3

In den nächsten Tagen gaben sich Besucher die Klinke in die Hand, Blumen wurden abgegeben, Süßigkeiten, Genesungswünsche, das Telefon klingelte unentwegt. Wenn Monas Mutter im Büro war, von acht bis zum frühen Nachmittag, ignorierte Mona Türglocke und Postboten, dann wurden die Geschenke bei Nachbarn hinterlegt.

Zweimal standen Vera und Tessy mittags vor der Tür, als Mona allein zu Hause war. Sie warfen Steinchen an ihr Fenster, weil sie auf das Klingeln nicht reagierte.

»Mona, komm mit uns in den Stall«, hörte sie Tessy rufen, und Mona sah ihre Freundin genau vor sich, wie sie energisch die blonden Ponyfransen aus der Stirn warf, die ihr fast bis auf die Nase fielen.

»Wir nehmen dich in die Mitte«, rief Vera nach oben. »Vitus will dich sehen.« Vera, die mit ihrer zierlichen Figur und der bronzenen Haut und dem ewigen Mittelscheitel in ihrem schwarzen Haar aussah wie eine Inderin.

Doch Mona verharrte still in ihrem Raum, rührte sich nicht, trat nicht ans Fenster. Und auch später blockte sie am Telefon jeden Versuch ab, sie in Reuters Reitstall zu holen. Was sollte sie dort?

Sobald zu Hause der Name *Vitus* fiel, wechselte Mona das Thema. Bloß nicht an das Pferd denken. Unerträglich, Vitus in ihre Gedanken zu lassen. Mona fühlte sich, als drehte ihr jemand ein Messer im Herzen um, wenn sie nur seinen Namen hörte. Reiten? Das war in einem anderen Leben gewesen. Vorbei. Dazu kam dieser grauenhafte Traum, immer noch spukten Fetzen davon durch Monas Kopf – Vitus ohne Gesicht. Es war so entsetzlich. Mona fand einfach Vitus' Aussehen nicht wieder. Unterzutauchen in ihrem schwarzen Zimmer, schien Mona der beste Ausweg zu sein. Dann musste sie wenigstens mit niemandem reden und sich anstarren lassen.

Obwohl Mona von lähmender Müdigkeit befallen war, steckte sie ebenso voller Unruhe und Anspannung. Tief im Innern sehnte sie sich danach, wie früher über die Reitwege auf der Heide zu galoppieren. Aber die Blindheit fesselte Mona wie ein Lasso. Alles, was sie schaffte, war, mit vorgestreckten Armen durch ihr Zimmer zu tapsen. Es war unerträglich.

Nicht einmal ein Gefühl für die Temperatur war ihr geblieben. War es warm? Oder kühl? Sie spürte nichts.

Jeden Abend zwang ihre Mutter sie auf ein Trainingsgerät, das neu im Flur stand. Wie betäubt absolvierte Mona die Übungen.

Sie schlief schlecht und wachte sehr früh auf, um drei oder vier Uhr. Jedes Mal traf es sie wie ein Schlag, wenn sie die Augen aufschlug und aufs Neue von erbarmungsloser Dunkelheit umgeben war. Verzweifelt versuchte sie ein paarmal, ihre Augenlider mit Daumen und Zeigefinger auseinanderzuziehen. Waren die Lider möglicherweise gar nicht offen? Sah sie deswegen nichts?

Wenn ich doch nur ein einziges Mal einen Lichtschimmer sähe, dachte sie, während sie sich im Bett wälzte. Wenn ich zumindest hell und dunkel unterscheiden könnte. Eine Minute nur. Nur um sicher zu sein, dass ich noch lebe.

Die Zeit verging nicht. Julias Klassenfahrt streckte sich endlos, jedenfalls erschien Mona jeder einzelne Tag wie eine ganze Woche.

Ohne fremde Hilfe traute Mona sich nicht die Treppe hinunter. Die Kanten der Stufen zu treffen, war schwierig. Mona spürte nicht einmal, wo ihre Beine aufhörten. Außerhalb ihres Zimmers verlor sie sofort die Orientierung, und wenn sie allein im Haus war, versetzte sie jedes ungewohnte Geräusch in Panik. Ein unbestimmtes Rascheln, ein Knarren – und furchtbare Angst drückte ihr die Luft ab.
Ruhelos tigerte Mona stundenlang durch ihr Zimmer, das sie nicht sah. Irgendwann reiste Monas Vater aus Frankfurt an. Merkwürdig, wie fremd er ihr geworden war, aber im Grunde war Mona jeder fremd geworden in ihrem neuen Leben. Sie unterhielt sich kaum mit ihrem Vater, wollte nur, dass er den Teppichboden entfernte und das Regal an seinen alten Platz rückte. Die ganze Zeit herrschte eine beklommene Stimmung im Haus, und Mona atmete auf, als ihr Vater endlich wieder nach Frankfurt verschwand.
Auf dem Laminat fiel es Mona leichter, sich Richtungen zu merken. Der dicke Teppich hatte alle Geräusche verschluckt, aber auf dem glatten Boden hallte jeder Tritt wider.
Inzwischen kannte Mona die wichtigen Entfernungen. Vier Schritte von der Tür zum Bett, drei vom Bett ans Fenster, fünf vom Bett zum Kleiderschrank.
Wie ein eingesperrtes Pferd, das die Ausmaße seiner Box abschreitet, dachte sie verzweifelt, wenn sie sich an den Möbeln entlangtastete. So werde ich den Rest meines Lebens verbringen. Sechzig Jahre, siebzig Jahre. Die Vorstellung war grausam. Die ständige Finsternis um sie herum lähmte Mona wie ein Gift. Alles an ihr war kraftlos. Ihre Arme, ihre Beine. Selbst, den Kopf oben zu behalten, erforderte Mühe. Jede Bewegung führte sie

in Zeitlupe aus. Über nichts konnte Mona sich freuen. Nichts ging ihr nahe. Nichts berührte sie. Nicht einmal der Vorschlag ihres Vaters, Vitus zu verkaufen. »Damit er dich nicht ständig an den Unfall erinnert.«
Sollten sie ihn doch verkaufen. Es war Mona gleichgültig. In ihrer Welt existierte nichts Schönes mehr. Mona wünschte nur eins: tot zu sein.
Am schlimmsten waren Briefe von Verwandten, die Mona sich von ihrer Mutter vorlesen lassen musste. Tanten und Onkel und Großeltern gaben Ratschläge von sich. »Das Leben geht weiter«, und: »Es gibt Schlimmeres. Denk an die vielen Kriege.« Und: »Reiß dich zusammen, Mädchen.«
Wie sollte sie sich zusammenreißen? Genauso gut konnte man einem Nichtschwimmer in tosender See zurufen: »Kräftig schwimmen, dann schaffst du es.«
Es interessierte sie nicht, dass ihr Vater fast täglich den ganzen Weg von Frankfurt nach Dortmund fuhr, um ihr Trost zuzusprechen. Ihretwegen konnte er auch wegbleiben. Was änderte es schon an ihrer Blindheit? Unbewegt hörte Mona ihm zu, und es war ihr einerlei, wenn er wieder ging.
Mona wollte niemanden in der Nähe haben. Sie wollte nicht angeguckt werden. Sie wollte keine eifrigen Beteuerungen hören: »Man sieht dir nicht an, dass du blind bist. Deine blauen Augen sehen so aus wie früher.«
Mona fühlte sich kalt und leer und nutzlos.
»Willst du immer noch nicht mit mir essen?«, fragte ihre Mutter jeden Abend kummervoll, aber Mona schüttelte nur stumm den Kopf. Das fehlte noch, dass sie begafft wurde, wie sie sich tief über den Teller beugte, um nicht zu kleckern, wie sie mit Löffel

und Gabel ins Leere traf und behindert auf dem Teller herumstocherte. Sie konnte sich gut vorstellen, wie krank das aussah. Überhaupt – Essen war mühselig geworden. Am liebsten hätte Mona sich mit Astronautenkost aus der Tube ernährt, dabei ging wenigstens nichts daneben. Mona hasste es, wenn ihre Mutter ohne Erklärung in ihrem Zimmer herumwischte, weil sie beim Essen etwas verschüttet hatte, ohne es zu merken.

Kurz bevor Julia heimkehrte, betrat Frau Borchert eines Tages entschlossen Monas Zimmer und setzte sich auf die Bettkante. Mona zog die Decke über den Kopf und rückte demonstrativ ab, aber es half nichts. Ihre Mutter bestand darauf, mit ihr zu reden.

»Mona, dieser schreckliche Unfall war ein großer Schock für dich. Du brauchst Hilfe von einem Fachmann . . . Hilfe für die Seele.«

Nervös knetete Frau Borchert ein Stück Papier in der Hand.

»Wir haben heute Nachmittag einen Termin bei Dr. Haller. Er ist Psychologe und hat eine Menge Erfahrungen mit Unfallopfern. Dr. Haller kann dir sagen, wie andere mit ihrem schweren Schicksal fertig werden.«

Mit einem Ruck richtete Mona sich auf.

»Wer sagt denn, dass ich damit fertig werden will?«, schrie sie in die schwarze Leere. »Ich *will* nicht damit fertig werden. Damit *kann* man nicht fertig werden.«

Monas Mutter redete und redete. Aber sie redete gegen eine Wand aus Abwehr.

Mona regte sich schrecklich auf. Ein Psychologe! Alles in ihr rebellierte. Bereits im Krankenhaus hatten sie versucht, ihr einen Seelendoktor anzudrehen. Aber bei all seinen Besuchen hatte sie geschwiegen. Eisern. Was sollte ihr ein anderer Psychologe sagen, was sie nicht von diesem schon tausendmal gehört hatte? »Versuche, deine Blindheit zu akzeptieren.« »Erfinde dich neu.«

Diesem Dr. Haller könnte sie ins Gesicht springen, obwohl sie ihn gar nicht kannte.

»Bin ich blind oder blöd?«, stieß Mona hervor. »Willst du mich in die Klapse stecken?«

»Aber Kind, was redest du denn?« Mona hörte, dass ihre Mutter kurz davor war, in Tränen auszubrechen, als sie leise sagte: »Für mich ist es auch nicht leicht, Mona.«

Aber Mona blieb stur, bis Frau Borchert aufgab und das Zimmer verließ. Mona hörte, wie ihre Mutter telefonierte und schließlich in resigniertem Ton sagte: »Vielleicht warten wir besser noch. Natürlich, Herr Dr. Haller, Sie können nur helfen, wenn der Patient mitmacht.«

Genau, dachte Mona gleichgültig, und der Patient macht eben nicht mit.

4

Julia kam Anfang März zurück, an einem Vormittag, als Monas Mutter noch im Büro war.

Sie klingelte Sturm und ruckelte an der Haustür, als niemand öffnete.

»Mona, steckst du oben? Ich bin es, Julia.«

Das weiße Sprossenfenster im ersten Stock stand ein Stück offen, und als Mona Julias Stimme hörte, steckte sie zögernd den Kopf nach draußen in den stockdunklen Vorfrühling, der in Wirklichkeit strahlend hell war.

Ungeduldig trat Julia von einem Bein auf das andere.

»Mach auf, Alte. Ich bin von der Klassenfahrt zurück.«

»Ich kann nicht.«

»Was ist los, Mona? Bist du krank?«

Mona zuckte zusammen. Krank? Was zum Teufel sollte die Frage? Natürlich war sie krank.

Irgendetwas in Julias Stimme hielt Mona davon ab, Ja zu sagen, stattdessen rief sie in Richtung Straße: »Ich komme die Treppe nicht allein hinunter.«

Unten herrschte einen Moment Stille.

»Das glaube ich nicht.«

Sofort fühlte sich Mona bevormundet. Ihre Antwort klang gereizt.

»Wenn ich's doch sage.«

Kurze Stille vor der Tür.

»Hast du oben einen Hausschlüssel?«

Mona beugte sich über den unsichtbaren Tisch neben ihrem Fenster und suchte das Etui.

»Ja . . . meinst du, ich kann dir den Schlüssel hinunterwerfen?«

»Klar, aber weit ausholen, sonst landet er in der Regenrinne.«

Pfeifend zischte das Lederetui über die Dachpfannen in den Vorgarten und im nächsten Moment hörte Mona einen Schlüssel im Schloss.

Polternde Schritte fegten die Stufen empor.

»Warum kannst du keine Treppen gehen?«, fragte Julia statt einer Begrüßung.

Mona zuckte schwach die Schultern. »Liegt an den Beinen, glaube ich. Ich habe einfach kein Gefühl dafür, wo die enden. Bin schon einmal die Stufen runtergefallen.«

Julia ließ sich schwer in den Sessel aus Drahtgeflecht fallen. Der Boden vibrierte.

»Machst du denn kein Training, damit du sicherer wirst? Du willst doch Vitus bald wieder reiten, oder sehe ich das falsch?«

Wütend biss Mona sich auf die Unterlippe. Jetzt fing ihre beste Freundin schon genau so an wie ihre Mutter.

»Wozu?« Mit verschlossenem Gesicht starrte Mona vor sich auf den Boden. »Das Leben ist doch sowieso sinnlos. Ob ich Treppen benutze oder reite oder im Bett liege.«

Mit einem heftigen Satz sprang Julia auf.

»Was erzählst du für einen Schrott? Du erinnerst dich doch an alles, was du fünfzehn Jahre lang gesehen hast. Landschaften und Häuser, Straßen, Farben, Menschen, Katzen, Hunde, Pferde. Darauf muss man doch aufbauen können.«

Mona presste die Fäuste vors Gesicht.

»Hör auf.«

Mit einem Mal fühlte Mona sich grenzenlos einsam. Niemand wusste, was sie durchmachte. Und Julia ahnte ja nicht, wie grauenvoll es war, wenn man sich nicht an sein eigenes Pferd erinnerte. Und dabei hatte Mona ihr Augenlicht gerade erst verloren. Wie ging es weiter? Würde sie sich bald an nichts mehr erinnern?

Mit einem Kloß in der Kehle flüsterte Mona: »Ich . . . ich habe vergessen, wie Vitus aussieht.«

Stille. Dann ein ungläubiges »Nein«.

Mona versuchte, in die Richtung zu sprechen, in der sie Julia vermutete. »Ich hatte einen Albtraum, und Vitus' Gesicht war total leer.«

Spontan griff Julia nach Monas Händen, die erschreckt zusammenzuckte, weil sie nicht damit gerechnet hatte. Gleich darauf war Julia schon wieder auf den Beinen und lief im Zimmer auf und ab. Jedes Mal, wenn sie an Mona vorbeikam, spürte diese den Luftzug.

»Das müssen wir hinkriegen. Dass Vitus ein Brauner ist, weißt du wohl noch. Stockmaß 1,65 m. Blesse. Seidige Mähne. Schöner voller Schopf. Die Ohren haben einen feinen schwarzen Rand. Und er guckt absolut wach, temperamentvoll, einfach süß . . .«

Resigniert ließ Mona den Kopf hängen. »Nichts. Jedes andere Pferd in Reuters Stall habe ich vor Augen. Nur Vitus bleibt total verschwommen.«

»Okay, noch genauer.«

Julia ließ die Blicke durch den Raum schweifen und griff nach dem schwarzen Bilderrahmen auf Monas Schreibtisch. Die Aufnahme darin stammte vom letzten Wettkampf, bei dem Mona auf Vitus gewonnen hatte. Selbstbewusst und voller Fröhlichkeit blitzten Monas blaue Augen in die Kamera. Was war sie glücklich gewesen!

»Zweiter Versuch. Wenn Vitus fürs Turnier eingeflochten ist, sieht er einmalig schick aus. Völlig gleichmäßige Zöpfchen, mit weißem Band abgeklebt. Beim Reiten trägt er schwarzes Zaumzeug, kombiniertes Reithalfter, das Stirnband weiß unterlegt. Ach und noch was, hier sieht man die neue Satteldecke.«
»Wo sieht man das alles? Wovon redest du?«
»Ich habe das Bild vom Schreibtisch in der Hand, das ich dir Weihnachten geschenkt habe. Vom Turnier in Bochum, wo ich Vitus schräg von vorn fotografiert habe.«
Die Aufnahme im schwarzen Holzrahmen!
Ein Erinnerungsblitz! In Bruchteilen von Sekunden entstand das Foto vor Monas innerem Auge.
Plötzlich saß Mona in Gedanken wieder im Sattel, spürte, wie Vitus frisch und elastisch unter ihr ging. Das Turnier in Bochum war der Durchbruch für sie gewesen. Mona sah sich wieder bei der Siegerehrung im letzten August. Souverän hatte sie den ersten Platz geholt. Wertnote 8,6, überragend. Der Richter war sogar zu Mona gekommen und hatte sie ausdrücklich gelobt.
»So eine Harmonie zwischen Pferd und Reiter wollen wir sehen. Eine sehr gelungene Vorstellung.«
Und da war es wieder – Vitus' Gesicht. Wie lange hatte sie sich das Gehirn zermartert! Hätte Julia nichts von dem Foto gesagt, wer weiß, ob sein Gesicht nicht ewig farblos geblieben wäre.
»Julia«, sagte Mona mit bebender Stimme. »Er ist wieder da. Der Bilderrahmen, der hat es gebracht. Als du den erwähnt hast, wusste ich sofort, wie das Foto aussieht.«
Zuerst war Julia sprachlos, dann führte sie Freudentänze vor ihrer Freundin auf. Aufgedreht rüttelte sie Mona an den Schultern.

»Sieht du, Mona, es klappt, wenn man übt. Komm, gleich die nächste Lektion. Treppe runter und ab in den Garten.«

»Garten? Wir haben noch Winter.«

»Und wennschon. In der Sonne ist es schön warm. Du brauchst Natur um dich herum. Los jetzt.«

Julias Begeisterung machte Mona Mut, und obwohl sie sich eigentlich erschöpft fühlte, stieg sie mit Julia über die glatte Holztreppe in den Hausflur hinunter.

»Im Kühlschrank steht Apfelsaft«, sagte Mona, »du kennst ja unsere Küche. Bringst du die Flasche mit auf die Terrasse?«

Julia nahm zwei Gläser aus dem Geschirrschrank und stopfte sie in die Taschen, klemmte die Saftflasche unter den Arm und begleitete Mona Schritt für Schritt auf die Terrasse hinaus, wo die Gartenmöbel unter einem geschützten kleinen Vordach in der ersten Märzsonne standen.

»Hinsetzen, Schuhe ausziehen«, kommandierte Julia in einem Ton, der keinen Widerspruch duldete. »Ich schleife dich barfuß durchs Gras, damit du eine Ahnung von deinen Füßen bekommst.«

Mona zuckte die Schultern. Barfuß im März – was sollte das bringen? Sie würde Julia den Gefallen tun, aber im Grunde war es ihr egal, ob sie ihre Füße spürte oder nicht. Alles war so mühselig ohne Augenlicht. Allein, bis sie den Klettverschluss gefunden und gelöst hatte, Schuhe und Socken ausgezogen, wie lange das dauerte!

»Wofür soll das gut sein?«, fragte Mona und schob die Schuhe beiseite.

»Ich denke, du willst wieder vernünftig Treppen steigen?«

Mona hakte sich bei Julia ein und umklammerte ihren Arm, um

auf dem unebenen Rasen das Gleichgewicht zu halten. Das Gras war kalt, nur wo die Sonne hinkam, fühlte es sich gut unter den Fußsohlen an. Mona ließ sich barfuß durch den kleinen Garten führen, den sie nicht sah, am Zaun entlang, den sie nicht sah, über Gras, das sie nicht sah.

»Bei euch blühen jede Menge Krokusse«, berichtete Julia. »Gelbe und blaue. Und weiße Glöckchen, ich glaube Märzenbecher.«

Es musste sehr hell sein, Mona fühlte Wärme auf der Haut, aber als Licht nahm Mona die Sonne nicht wahr. Für sie blieb es dunkel, unerbittlich dunkel. Ihre Füße fühlten sich bald wie Eisblöcke an, ihre Schritte schwankten und wurden schwer.

»Genug für heute.«

Julia half Mona die Stufen auf die Terrasse hinauf, die rechts und links von Kübelpflanzen flankiert waren. Mona fand einen Gartenstuhl, sie erkannte das geschwungene Metallgestell und das Kunststoffgeflecht, und ließ sich vorsichtig nieder. Zwei Trinkgläser klingelten leise auf dem Alutisch.

Umständlich zog Mona ihre dicken Sportsocken über, die die Sonne leicht angewärmt hatte. Der kurze Rundgang hatte Mona geschafft. Diese Konzentration bei jedem Schritt! Geräusche sortieren. Direkt nebenan, im Garten von Herrn Fuchs, krachten regelmäßige Axtschläge, sicher machte er Kleinholz. Aus umliegenden Grundstücken heulten Kettensägen. Von der Straße kam Kinderlachen, das sich wieder entfernte. Knackende Zweige. Die ersten Meisen zwitscherten, übertönt durch lauten Gesang aus der Voliere von Herrn Fuchs, wenn die Sägen schwiegen. Ihr Nachbar züchtete Kanarienvögel, ein netter kleiner Mann von fast achtzig, der früher als Steiger auf Zeche Borussia gearbeitet hatte.

Angestrengt kniff Mona die Augen zusammen und versuchte, sich ihren Garten vorzustellen.
»Julia, blüht die Forsythie schon?«
»Forsythie ... hmh ... ist das der Strauch mit den gelben Blüten?«
»Genau. Steht vor unserem Gartenzaun. Von hier aus rechts.«
»Ach ja. Die Forsythie fängt gerade an zu blühen.« Kurze Pause. Zögern, das Mona spürte. »Aber der Strauch steht *links* vor dem Zaun, Mona.«
Links?
Ein eisiger Schauer jagte Mona über den Rücken. Wieso links? In welcher Himmelsrichtung lag die Terrasse? Wo saß sie? Offenbar nicht da, wo sie vermutete. In Monas Kopf ging es drunter und drüber.
Das Haus stand auf der falschen Seite. Jedenfalls in ihren Gedanken. Mona versuchte, das Bild im Kopf zu drehen. Es gelang nicht, alles stand verkehrt herum. Plötzlich war ihr furchtbar schwindelig. Sie verlor völlig die Orientierung.
Eine schwarze Welle erfasste sie, schlug unerbittlich über ihr zusammen und zog sie in die Tiefe. Wo war oben? Wo war unten? Mona wurde in ein schwarzes Wasserloch gezogen, strampelte in Todesangst, kam nicht wieder hoch. Sie musste schwimmen, mit den Armen rudern, sonst ging sie unter. Sie musste schwimmen, schwimmen, schwimmen.
Klirrend zersplitterte Glas, und da war auf einmal jemand, der sie über Wasser zog.
Julias Stimme: »Hallo, Alte, was fuchtelst du herum? Du hast die Flasche vom Tisch gefegt. Mona ... hallo ... alles in Ordnung?«
Verwirrt legte Mona ihre Arme auf die Knie. Ihr war entsetzlich heiß.

»Komm, trink was.«
Zitternd ergriff Mona das Glas, das Julia ihr reichte, mit beiden Händen. Vorsichtig nahm sie einen kalten Schluck Apfelsaft. Danach fühlte sie sich etwas besser.
»Was war denn?«
Bedrückt zuckte Mona die Schultern. »Alles ist durcheinander. Ich weiß nicht mehr, wo Süden und Norden ist.«
»Du hast ja wirklich keine Peilung mehr«, sagte Julia und ihre Stimme klang sorgenvoll. Schweigend tranken sie ihren Saft aus. Dann suchte Julia die Scherben vom Boden, warf sie in die Mülltonne und spülte die Reste des klebrigen Safts mit dem Gartenschlauch von den Terrassenplatten. Obwohl kein Wort fiel, merkte Mona, wie es in Julia arbeitete. Und genauso war es. Julia hatte einen Entschluss gefasst.
»Du brauchst etwas Bekanntes, Mona. Etwas, das du – sorry, klingt jetzt blöd – blind erkennst. Und das kann nur unser Reitstall sein. Komm endlich mit zu Vitus, Mona.«
»Bist du verrückt? Um mich anstarren zu lassen? Vielleicht von Larissa und Simone?«
Die Nervensägen, beide vierzehn, zählten zu Monas Lieblingsfeinden. Immerzu liefen sie aufgestylt herum, trugen ständig ihre MP3-Player und dröhnten sich mit Hip-Hop zu, sogar beim Reiten. Kein Wunder, dass sie keinen Erfolg hatten, obwohl beide gute Pferde besaßen.
»Quatsch. Natürlich nicht jetzt. Am späten Abend, wenn alle Reiter weg sind. Du hast Vitus noch nicht ein einziges Mal besucht.«
Müde winkte Mona ab.
»Vitus erkennt mich bestimmt gar nicht mehr. Am besten ist es, du behältst ihn ganz.«

Julia fuhr auf.
»Du hast sie wohl nicht alle. Ich reite viel schlechter als du. Vitus braucht mal wieder einen Topreiter im Sattel.«
Ungehalten warf Mona den Kopf zur Seite. »Willst du mich veralbern? Ich kann nie wieder reiten!«
Dass Julia nicht annähernd so gut im Sattel saß wie sie selber, wusste Mona natürlich. Aber nie würde sie Julia das sagen. Niemals. Lieber biss Mona sich die Zunge ab. Julias Talente lagen in anderen Bereichen – beispielsweise verschlang sie jedes Sachbuch über Tierverhalten und hatte ein Händchen für schwierige Pferde.
Bei Julia wurde jeder aufgeregte Vierbeiner ruhig, auch Vitus, der sonst nur Mona vertraute.
Obwohl Mona sich noch lange sträubte, abends mit Julia zum Stall zu gehen, verbreitete ihre Freundin so viel Zuversicht, dass Mona schließlich doch einwilligte. Vielleicht hatte Julia recht. Monas bisherige Welt war eingestürzt und sie brauchte dringend einen Rettungsanker. Etwas Vertrautes, das ihr Überleben sicherte. Hoffnung in ihrem kaum erträglichen Leben. Konnte das Vitus sein?
Frau Borchert war außer sich vor Freude, dass endlich Bewegung in Monas Welt kam und überschlug sich vor Freundlichkeit, als Julia um 22 Uhr vor der Tür stand. Dabei lagen sie und Julia sonst eigentlich nicht so auf einer Wellenlänge, besonders wegen Julias vorlauter Sprüche.
»Unterschichtensprache«, nannte Frau Borchert die Ausdrücke und stellte immer wieder fest: »Und dabei unterrichtet ihr Vater Deutsch.«
»Aber kein Risiko eingehen«, rief sie hinter den Mädchen her,

als sie Arm in Arm über den schmalen Fußweg losmarschierten.
»Seid unterwegs um Himmels willen vorsichtig.«
»Cool bleiben, Frau Borchert. Sind doch nur zehn Minuten Weg.«
Mona zog eine Sonnenbrille aus der Tasche und setzte sie auf, sobald sie glaubte, außer Sichtweite der Mutter zu sein.
»Falls wir jemanden treffen. Ich will nicht angestarrt werden. So sieht man zumindest meine Augen nicht.«
Sie gingen durch die Dämmerung über den Schotterweg neben der Straße. Mona hielt sich eng an Julia.
Der Weg zum Stall. Das erste Mal als Blinde.
Alles erschien Mona draußen fremd und ungewohnt. Nichts war mehr vertraut. Mona fühlte sich wie ein Säugling. Wie eine Festplatte ohne Daten. Wie ein leeres Puzzle, von dem nur der Rahmen existierte, aber keine Bildteile.
Das Tempo, das ihre Freundin einschlug, erschien Mona rasend schnell. So zügig war sie lange nicht gegangen. Ihr wurde schwindelig, wenn ein Auto vorüberbrauste. Mona bekam es mit der Angst und klammerte sich fester an Julia.
»Die fahren doch mindestens achtzig oder hundert Sachen.«
»Nein«, sagte Julia erstaunt. »Die schleichen im Schritttempo. Hier ist Dreißigerzone.«
Der Weg erschien Mona unendlich lang, viel länger als zehn Minuten.
Mona trat auf knackende alte Kiefernzapfen, auf abgerissene Zweige. Sie wurde langsamer bei Unebenheiten im Boden und rutschte mehrmals auf flachen Steinen aus, aber Julia glich die schwankenden Bewegungen geschickt aus. Jedes Mal, wenn Betonplatten den Fußweg unterbrachen, in unregelmäßigen Abständen, zauderte Mona mit dem Weitergehen.

»Lagen die Platten früher schon dort, Julia?«
»Klar doch. Das sind Garageneinfahrten.«
Einige Male wich Julia vom geraden Weg ab.
»Achtung, hochstehender Gullydeckel, wir machen einen kleinen Schlenker.«
»Da parkt jemand auf dem Gehweg, dieser Idiot. Wenn du allein unterwegs wärst, würdest du voll gegen das Auto laufen.«
Nach einer Weile hörte Mona, dass ihre Schritte anders klangen.
»Sind wir in der Lindenallee vor Reuters Hof?«
»Genau. Wir lassen soeben den Briefkasten an der Lindengasse hinter uns. So, jetzt über die Straße. Gut. Streck mal deinen linken Arm aus. Ja, geradeaus, weiter, noch weiter.«
Durch die Dunkelheit griff Mona vorsichtig nach vorn und fasste in ein Gestrüpp aus kahlen, dünnen Zweigen. An einigen hingen weiche, stäubende Kätzchen. Niemals hätte Mona die nackten Sträucher durch Betasten erkannt, aber sie erinnerte sich an die Haselnussreihe vor der Einfahrt. Das erste junge Grün im Frühjahr, in einigen Wochen würden die Blätter sprießen. Wie oft hatte sie eine Handvoll für Vitus abgepflückt, er war ganz verrückt danach.
»Haselnusssträucher?«
»Richtig, Mona. Und jetzt geht es auf den Hof hinab.«
Mona verlangsamte das Tempo, bergab ging es schlechter als auf ebenen Wegen. Sie hatte die Einfahrt genau im Kopf, der Weg führte in einem abschüssigen Bogen auf den Hof hinunter. Rechts lag der L-förmige Stall für fünfundzwanzig Pferde, daneben der große Parkplatz, den man überqueren musste, um in die Reithalle und zum Dressurplatz zu gelangen.

Nur noch wenige Minuten! Mona brach der Schweiß aus. Sie war hin- und hergerissen zwischen wahnsinniger Vorfreude auf Vitus und entsetzlicher Angst vor der ersten Begegnung.
Julia rüttelte an der schweren Klinke der eisernen Eingangstür. Um diese Zeit war abgeschlossen, aber sie besaß einen Schlüssel, öffnete und steckte den Kopf in die Stallgasse, um sich zu vergewissern, dass sie leer war.
»Freie Bahn«, flüsterte Julia. »Wir sind allein.«
Monas Herz klopfte bis zum Hals. Was würde sie drinnen erwarten? Früher wieherte Vitus schon, wenn sie nur in die Stallgasse einbog. Noch ehe er sie sehen konnte. Der Wallach war klug – bereits wenige Wochen, nachdem Mona ihn bekommen hatte, kannte das Pferd ihren schnellen Schritt.
»Und wenn er mich nicht mehr erkennt?«, fragte Mona unruhig.
»Unsinn.«
Aber Mona schien recht zu behalten. Tatsächlich blieb alles stumm, als die Mädchen eintraten.
Vitus wieherte nicht.
»Ich gehe keinen Schritt weiter«, sagte Mona und blieb stehen. Sie hätte heulen können vor Enttäuschung. »Ich habe dir gleich gesagt, die Idee ist verrückt.«
Ungerührt zog Julia sie weiter.
»Rede keinen Mist. Du trittst doch jetzt ganz anders auf, viel vorsichtiger als früher. Außerdem rauschen wir zu zweit heran. Du kannst von keinem Pferd der Welt verlangen, dass es da gleich durchsteigt!«
Sie bogen um die Ecke zu den vier Boxen am Eingang, die im alten kleinen Stallteil lagen und eine eigene Stallgasse besaßen. Leise hörte Mona den Lichtschalter klicken. Gleich darauf ent-

stand Unruhe in den Boxen. Zwei liegende Pferde stemmten sich aus dem Stroh hoch und schüttelten sich prustend.
Julia entriegelte Vitus' Tür und schob Mona behutsam durch die Einstreu in seine Box.
Monas Herz hämmerte so laut, dass sie glaubte, Julia könnte es hören.
Unsicher, mit vorgestreckten Armen, bewegte Mona sich nach vorn, bis sie gegen den warmen Pferdekörper stieß.
»Vitus«, sagte Mona mit gepresster Stimme.
Sie vernahm sein tiefes Einatmen, erstaunt, überrascht. Durch die bleierne Finsternis näherte sich etwas Großes. Eine Pferdenase berührte Monas Arm. Samtige Nüstern. Prüften, verglichen, wägten ab. Pferdelippen betasteten Monas Gesicht und glitten über ihr Haar. Fellgeruch. Vertrauter Fellgeruch.
»Vitus, erkennst du mich?«
Der Pferdekopf beugte sich hinab, weich drückte Vitus seine Nüstern in Monas Handflächen. Dann reckte er mit einem Mal seinen Hals – und jetzt wieherte Vitus.
Freudig und mit kehligem Unterton stieß er sein halblautes, typisches Begrüßungswiehern aus, das er nur für Mona reserviert hatte. Und sie wusste, wie er dabei aussah, so unternehmungslustig und erfreut.
»Vitus«, schluchzte sie.
Das Pferd drängte sich an Mona, ließ den Kopf auf ihre Schulter sinken und zwängte Mona wie früher in seiner Halsbeuge fest. Eifersüchtiger Besitzanspruch. Kitzelnde Mähne in Monas Gesicht. Stumme Zwiesprache.
Wo bist du gewesen?
Der Unfall, Vitus, ich konnte nicht kommen.

Alles war in Unordnung.
Aber du hattest doch Julia.
Das ist nicht dasselbe.
Ich hatte dein Gesicht vergessen, Vitus.
Bleib nie wieder so lange weg. Du gehörst doch zur Herde.
Gefühle aus einer anderen Welt.
Später wusste Mona nicht mehr, wie lange sie regungslos in der Box gestanden hatte, neben ihrem Hannoveraner, mit dem sie einmal alle Turniere der Welt gewinnen wollte. Erst als Vitus den Kopf senkte und anfing zu fressen, wachte Mona wieder auf.
Die Schwärze umschloss sie wieder wie ein düsterer Vorhang, aber das niederdrückende Bleigewicht war ein bisschen leichter geworden. Und die Angst, die schreckliche Angst, war einen ganz kurzen Moment lang einem Gefühl der Geborgenheit gewichen.
Mona kam es vor, als hätte sie das erste Puzzle-Teilchen für ihren leeren Rahmen gefunden. Aber sie wusste nicht, wie das fertige Bild aussehen würde. Würde es überhaupt fertig werden? Welchen Platz hatte Vitus darin?

5

Das erste Mal seit dem Unfall fühlte Mona sich am nächsten Morgen besser. Sie hatte gut geschlafen und beim Aufwachen fiel ihr sofort der Reitstall ein.

Vitus hat mich erkannt, dachte Mona und registrierte erstaunt, dass sich ihr Mund zu einem schwachen Lächeln verzog. Sie verschränkte die Arme hinterm Kopf und sah mit offenen Augen in die Dunkelheit. Es war der schönste Moment seit Langem gewesen, als Vitus ihr den Kopf auf die Schulter gelegt hatte. Für einige Minuten war es fast wie früher gewesen.

»Abends gehen wir wieder in den Stall«, hatte Julia gestern versprochen. Seitdem zog sich für Mona die Zeit zäh in die Länge. Den Tag verbrachte sie überwiegend damit, kribbelig in ihrem Zimmer auf und ab zu gehen. Gespannt zählte sie die Stundenschläge der Standuhr im Flur. Immer wieder drückte Mona auf ihre neue sprechende Armbanduhr, um die Zeit abzurufen. 15.10. 17.30. 20.15.

Vor 22 Uhr aufzubrechen hatte keinen Sinn. Bis dahin geisterten Reiter durch den Stall. Einige kehrten noch spät aus dem Gelände zurück. Unter keinen Umständen wollte Mona jemanden treffen.

Endlich schrillte die Türklingel.

»Julia ist da«, rief ihre Mutter nach oben.

Rasch fuhr Mona sich über die Augen, um sich zu vergewissern, dass sie ihre Sonnenbrille trug.

Sie versuchte sogar, die Treppe nach unten allein zu bewältigen, aber auf der dritten Stufe blieb sie doch stehen und zau-

derte. Wie herum verlief die Treppenwendung? Linksrum oder rechtsrum?
Da sprang schon Julia die Stufen hoch und half ihrer Freundin. »Kommt alles bald wieder, Alte«, sagte sie in zuversichtlichem Ton.
Der Weg zur Lindengasse erschien Mona kürzer als am Tag zuvor, aber die wenigen Autos blieben für sie laut und rasend schnell. Je näher sie dem Stall kamen, umso lauter pochte Monas Herz.
Würde Vitus sie heute sofort erkennen?
»Der Parkplatz ist total verwaist«, verkündete Julia zufrieden, als sie die abschüssige Einfahrt hinuntergingen. »Ich sehe nur zwei Pferdehänger.«
Der Stall war abgeschlossen, was deutlich machte, dass der letzte Reiter gegangen war.
Als die Mädchen den Stall betraten, wieherte Vitus zwar wieder nicht. Als aber seine Box in Sichtweite kam, sagte Julia: »Dein Vitus steht mit gerecktem Kopf an der Tür, der sieht dir richtig erwartungsvoll und neugierig entgegen.«
»Hallo, Vitus«, sagte Mona zärtlich in die Leere – und sofort antwortete er. Vitus wieherte und schwenkte den Kopf, unwillig, als ärgerte er sich, dass er seine Freundin nicht früher erkannt hatte. Er stupste seine Nase gegen die Boxenwand.
Dein Schritt klingt anders als früher.
Ich muss vorsichtiger gehen, Vitus, ich sehe doch nichts.
Auf der hinteren Stallgasse wurde es unruhig. Pferde steckten ihre Köpfe durch die Gitteröffnungen, um noch ein Leckerli abzustauben. Fordernde Hufschläge krachten gegen Hartholztüren.
In der kleinen Stallgasse, wo Vitus mit Sandläufer, Uland und

Rigolo stand, wurde ungeduldig in den Boxen gescharrt. Die Pferde pochten auf ihr altes Recht, Möhren abzustauben.
»Willst du ihn putzen?«, fragte Julia.
»Meinst du, das kriege ich hin?«
»Na hör mal, das verlernt man doch nicht.«
Julia führte Vitus aus der Box und band ihn in der Stallgasse rechts und links an. Sie schloss den Schrank in der Sattelkammer auf und holte die Putzbox hervor.
Behutsam strich Mona über Vitus' Mähnenkamm. Sie versuchte, sich vorzustellen, wie er in der Stallgasse stand und sie neugierig musterte. Würde er versuchen, an der Rangordnung zu rütteln? Früher machte er das jedes Mal, wenn sie einige Tage nicht kommen konnte, da reichte schon eine Klassenfahrt. Und nach dieser langen Zeit . . .
Und richtig. Sobald Mona den Striegel aufsetzte, stampfte Vitus mit dem linken Vorderfuß auf, genau wie früher. Ein kleines Machtspielchen.
»Hör auf«, sagte Mona streng. Das alte Ritual.
Sie tastete nach Vitus' Kopf, um nicht versehentlich mit der Bürste seine Augen zu treffen, und dann strich ihre Kardätsche fast wie früher über das kurze braune Sommerhaar.
Was für ein schönes Fell Vitus hat, dachte Mona, als sie mit der Hand prüfend über seinen Rücken fuhr. Fast hätte ich vergessen, wie wunderbar sich das anfühlt.
Plötzlich stockte sie mitten in der Bewegung. Sie lauschte. Auf dem Parkplatz vorm Fenster kicherten Mädchen. Eindeutig. Sofort versteifte Mona sich.
»Da kommt jemand, Julia. Ich drehe durch, wenn mich jemand sieht.«

Julia fackelte nicht lange. Sie fasste Mona am Arm und schob sie durch eine offene Tür.
»Los, ab in Vitus' Box. Setz dich direkt hinter der Tür ins Stroh. Dort bemerkt dich niemand.«
Ehe Mona sich versah, hockte sie heftig atmend in der Einstreu von Vitus' Box. Mit lautem Scheppern fiel die Tür ins Schloss. Gerade noch rechtzeitig. Schon wurde der Stall aufgeschlossen und zwei lärmende Mädchen schossen herein. Mona verdrehte die Augen. Larissa und Simone, die Unausstehlichen. Die Stimmen hörte sie aus Tausenden heraus. Ausgerechnet die!
»Müsst ihr nicht längst im Bett liegen?«, fragte Julia spitz.
»Pah! Ich habe meine Weste vergessen«, gab Simone zurück. »Was machst du hier überhaupt um diese Zeit?«
»Siehst du doch. Ich muss Vitus noch reiten.«
Mona hörte, wie die Mädchen unruhig hin und her marschierten. Das roch nach Misstrauen und Neugier.
»Wie lange reitest du Vitus eigentlich noch? Wird er nicht verkauft?« Das war Larissa. »Weißt du, es tut mir echt leid für Mona. Ich meine, dass sie blind ist und nichts mehr mit dem Pferd anfangen kann. Aber falls Vitus verkauft wird, sag mir Bescheid. Mein Vater hat schon gefragt, er interessiert sich für ihn.«
»Bist du verrückt?«, fragte Julia.
»Wieso? Dann bleibt Vitus wenigstens hier im Stall und Mona kann ihn ab und zu sehen. Äh – besuchen.«
Mona stockte der Atem. Was für eine Unverfrorenheit! Larissa wollte Vitus doch nur, weil sie wusste, wie erfolgreich er auf Turnieren abschnitt. Könnte sie doch bloß aus der Box stürzen, um dieser dämlichen Kuh eine zu kleben . . . Stattdessen musste sie ohnmächtig an ihren Handknöcheln nagen.

»Hier, deine blöde Weste.« Mona hörte etwas durch die Luft fliegen. »Und ihr wisst genau, dass Herr Reuter allen Jugendlichen verboten hat, so spät in den Stall zu kommen.«
»Und was ist mit dir?«, gab Simone patzig zurück. »Bist du etwas Besseres? Du hast ja nicht mal ein eigenes Pferd, nur eine Reitbeteiligung.«
»Ich darf wegen Vitus kommen. Ausnahme.« Und dann fauchte Julia die Mädchen an: »Verzieht euch.«
Mona bekam mit, wie die Stalltür klappte, dann raunte Julia durch die Boxenstäbe: »Ich kontrolliere, ob die wirklich abfahren.«
Es dauerte noch eine ganz Weile, bis die Stalltür erneut sorgfältig verschlossen wurde und Julia zurückkam.
»Grünes Licht, die Nervensägen sind weg.«
Sie holte Mona aus der Box, drückte ihr die Kardätsche in die Hand und sagte: »Kein Wort über Larissa. Vergiss sie und putz weiter.« Dann verschwand sie in der Sattelkammer. Mona hatte zwar noch ziemlich an Larissas Satz »Mein Vater interessiert sich für ihn« zu knacken, aber sie zwang sich, nur an Vitus zu denken. Unwillkürlich schmiegte sie sich an seinen Kopf. »Dich gebe ich niemals her«, flüsterte Mona und Vitus rieb seine warmen Backen an ihr.
»Was tust du am Schrank, Julia?«, fragte Mona nach einer Weile ins Dunkel und unterbrach das Putzen, weil die Metalltür in der Sattelkammer quietschte.
»Och . . .«, kam es langgezogen von Julia zurück.
»Du hast doch etwas in der Hand!«
»Stimmt. Sattel und Zaumzeug«
»Willst du Vitus tatsächlich noch reiten?«

»Ich nicht, sondern du.«

Ungläubiges Schweigen. Dann: »Du spinnst.«

Mit Schwung legte Julia den Sattel auf Vitus' Rücken. Vorsichtig ließ sie den Gurt fallen, zog ihn unterm Bauch hindurch und schnallte ihn fest.

»Reiten verlernt man nicht, genauso wenig wie putzen«, sagte sie, während sie am Trensenzaum Kehl- und Nasenriemen schloss. »Ich führe dich durch die Halle. Am Zügel. Da kann nichts passieren.«

Mona musste erst einmal Luft holen.

»Großer Gott.«

Darauf war sie nicht vorbereitet.

Monas Gedanken wirbelten wild durcheinander. Ihre Hände wurden feucht. Sie sollte reiten? Wie sollte das gehen? Sie, mit all ihren neuen Minderwertigkeitsgefühlen, sie sollte sich auf Vitus setzen? Ausgerechnet auf Vitus, der selbst jemanden brauchte, der stark war und ihm Zutrauen gab? Monas Herz raste, überschlug sich. Es wäre so schön . . .

Sie suchte mit den Händen nach der schmalen Sitzbank vor den Boxen. Langsam ließ sie sich auf die harte Holzfläche nieder und zog ihre Knie an den Körper.

»Das geht nicht, Julia. Ich habe keine Reithose im Stall. Nichts. Keine Stiefel, keine Kappe.«

Aber Julia ließ sich nicht von ihrem Plan abbringen.

»Kein Problem«, rief sie ungerührt aus der Sattelkammer, wo sie geschäftig in ihrem vollgestopften Stahlschank kramte. »Kannst du alles von mir haben.« Ihre Stimme kam näher und war jetzt wieder direkt vor Mona.

»Ich nehme dir die Jeans ab, gib einfach her.«

Mona nestelte an ihrer Gürtelschnalle. Ein seltsames Gefühl, sich auszuziehen, wenn man nicht wusste, vor wie vielen Augen.
»Sind Larissa und Simone hundertprozentig weg?«, wollte Mona wissen.
»Ja, keine Angst, ich habe sie so lange verfolgt, bis sie um die Ecke der Lindengasse verschwunden waren.«
»Also sieht mir wirklich niemand zu?«
»Niemand. Oder doch . . . die Pferde gucken sich die Augen aus dem Kopf.«
Mona grinste angestrengt in die Dunkelheit, drückte Julia ihre Jeans vor den Bauch und fühlte im Gegenzug schmale Hosenbeine mit Klettverschluss, die Julia ihr in die Hand drückte.
»Nimm. Das ist meine grüne Reithose mit Vollederbesatz. Reißverschluss ist vorne.«
Mona stieg in ein Hosenbein, wobei sie sich an eine Box lehnte und auf einem Fuß hüpfte, um das Gleichgewicht zu halten. Unwillkürlich musste sie lachen und Julia rief begeistert: »Du lachst ja! Mona Borchert kann lachen. Das erste Mal seit ewiger Zeit sehe ich dich lachen.«
Sie stieß ihrer Freundin in die Seite. »Ich kann einfach nicht glauben, dass du blind bist! Deine Augen sehen aus wie früher.«
Mona seufzte tief. Was sollte sie darauf antworten? Still ließ sie sich von Julia in die Reithose helfen, die um Bauch und Oberschenkeln schlackerte.
»Du hast mächtig abgenommen, Alte«, stellte Julia erstaunt fest. »Früher passten wir doch in dieselben Sachen.«
Mona griff in den Hosenbund und zog ihn hoch. »Ich mag einfach nichts mehr essen. Schmeckt alles gleich, wenn man nicht erkennt, wie es aussieht.«

Die geliehenen Stiefel saßen wie angegossen und die Reitkappe ebenfalls, nachdem der Kinnriemen verkürzt worden war.
»Warte eine Sekunde, ich schließe die Reithalle auf«, ordnete Julia an. Sie war blitzschnell zurück.
Dann führte Julia Vitus aus dem Stall, während sich Mona bei ihr unterhakte. Die Strecke über den Parkplatz erschien Mona hundertmal so lang wie früher. Sonst war es bis zur Halle nur ein Katzensprung gewesen.
Trotz allem spürte Mona, wie langsam vorsichtige Vorfreude in ihr aufstieg. Sehnsüchtige Wünsche übermannten sie. Wie fantastisch wäre es, wie früher auf Vitus durch die Halle zu schweben ... Mit klopfendem Herzen erinnerte sich Mona an das unglaubliche Gefühl, das sie so liebte – beim Reiten mit Vitus zu einer vollkommenen Einheit zu verschmelzen. Neben sich hörte sie Vitus' Hufe. Er schnaubte entspannt. Wollte er ihr sagen: Wir beide schaffen es? Ganz sicher.
Zurück in den Sattel – war das ein erreichbarer Traum?
Doch kaum stand Mona in der Reithalle und schritt durch die dicke Schicht aus Sägespänen, sank ihr Hochgefühl wieder auf null. Von einem Moment zum anderen wusste Mona nicht mehr, wo genau sie ging. In der Mitte? Entlang der Bande? Jedes Geräusch wurde vom Boden verschluckt.
Als Julia sagte: »Wir bleiben hier stehen, du kannst jetzt aufsitzen«, fand Mona den heruntergelassenen Steigbügel nicht, griff ein paarmal ins Leere und wurde noch unsicherer. Julia half ihr, den linken Fuß in den Steigbügel zu stellen, und dann saß Mona plötzlich im Sattel.
»Halt dich vorne am Sicherheitsriemen fest«, sagte Julia aufmunternd. »Wir starten jetzt.«

Langsam und behutsam führte sie Vitus am Zügel, zunächst an der Bande entlang, später ging sie auf dem Zirkel und wechselte durch die ganze Bahn.
In den ersten Minuten fühlte Mona nur, dass sie im Sattel saß und dass ihre Beine am Pferd herunterhingen. Doch dann wurde sie zunehmend nervöser. Wo war ihr Gleichgewicht? Was passierte unter ihr? Wo war die wunderbare Vertrautheit mit Vitus? Mona hatte kein Gefühl dafür, wohin ihr Pferd ging. Marschierte Vitus an der Bande entlang? Oder wechselte er durch die ganze Bahn? Alles, was Mona vor sich sah, war tiefe schwarze Unendlichkeit. Alles strengte sie furchtbar an.
Wenn Julia sagte: »Wir wenden nach links ab«, hätte Mona geschworen, dass Vitus nach rechts ging.
Sie verlagerte das Gewicht zur falschen Seite, saß immer schlechter. Unsicher klammerte sie sich im Sattel fest. Schlaff wie ein Anfänger hockte sie auf dem Pferd. Im Kreis zu gehen, war wie eine Fahrt mit der Achterbahn. Nach zwei Zirkeln glaubte Mona auf einmal, Vitus liefe rückwärts.
In ihrem Kopf begann es zu rauschen, als hätte sie Wasser in die Ohren bekommen. Es rauschte und rauschte und wurde immer bedrohlicher. Mit jedem Schritt wuchs Monas Panik, und als Julia fragte: »Sollen wir aufmarschieren?«, nickte Mona mit aschfahlem Gesicht.
Sie hatte die Orientierung verloren, komplett, wusste kaum noch, wo oben und unten war.
»Ich weiß nicht, wie ich absitzen soll«, sagte sie kläglich. In Monas Kopf tobte ein Gewitter. Nicht einmal ihre Stiefel brachte sie aus den Steigbügeln. Julia schob die Füße heraus und zog ihre Freundin vorsichtig vom Pferd.

»Wie war es denn?«, fragte Julia zögernd, als Mona schließlich in den Hallenspänen stand und angstvoll nach dem Sattel griff.
Mona konnte kaum antworten. Sie nahm gar nicht wahr, dass Vitus zufrieden schnaubte.
»Grauenhaft. Diese brutale Dunkelheit. Ich habe nicht mal gefühlt, dass ich auf einem Pferd sitze.« Das Blut pochte in ihren Schläfen. »Das kann keiner aushalten. Keiner.«
Schweigend und klein schlich sie neben Julia zum Stall zurück.
»Es hat keinen Sinn«, flüsterte Mona in Tränen aufgelöst, als ihre Freundin Vitus absattelte. Voller Gram verbarg sie ihr Gesicht in den Händen. »Ich kann nicht mehr reiten. Larissa hatte recht. Das wird nichts. Nie mehr.«
Auf dem Nachhauseweg redete Mona kein Wort, obwohl Julia unentwegt versuchte, sie aufzuheitern.
Mona ließ sich mehr ziehen als führen, und als Julia ihr vor der Haustür tröstend auf die Schulter klopfte und sagte: »Wir probieren es so lange, bis du wieder unsere Dressur-Queen bist«, wandte Mona sich nur stumm vor Kummer ab, ging in den Flur und tastete sich allein und mit schleppenden Bewegungen in ihr Zimmer.
Bloß nicht ihrer Mutter begegnen! Nur keine aufmunternden Ratschläge ertragen müssen!
Aber Frau Borchert hörte die Haustür klappen und lief Mona in den Flur nach. »Kind, war es schön?« Sie erhielt keine Antwort.
Demonstrativ knallte Mona ihre Zimmertür zu. In voller Reitmontur warf sie sich aufs Bett und weinte haltlos.
Gestern noch hatte sie das Gefühl gehabt, das Leben könnte mit Vitus wieder heller werden. Doch nach dem Fiasko heute überwältigte Mona die schiere Verzweiflung.
Wie sie alle hasste, die sehen konnten!

6

Nach ihrem missglückten Reitversuch fiel Mona erneut in ein tiefes Loch. Draußen wurde es Frühling, aber sie verkroch sich in ihr schwarzes Zimmer und war nicht ansprechbar.

Die Welt stand still.

Selbst Julias Besuche und drängende Bitten: »Komm doch wegen Vitus. Der Junge ist total verwirrt, weil du wieder wegbleibst«, ließen Mona kalt.

Eine undurchdringliche schwarze Glaswand trennte sie von der Umwelt. Worte drangen gar nicht zu ihr vor. Mona war auf dem absoluten Tiefpunkt angelangt. Sie fühlte sich grenzenlos verlassen. Jede Nacht quälten sie schreckliche Albräume.

Mona wusste nicht mehr, wer sie eigentlich war. Sie fühlte sich gespalten – in die alte Mona, die sehen konnte, und in die neue Mona, die blind war. Zwei Teile, die nicht zusammenpassten.

Ständig huschte irgendwer in ihr Zimmer, setzte sich aufs Bett und flüsterte ihr zu: »Du hast dein Leben noch vor dir!« – »Du bist doch noch so jung!« »Du darfst nicht aufgeben!«

Was wussten die denn! Was für ein Leben lag denn vor ihr? Ein Leben in ewiger Dunkelheit. Warum sollte sie nicht aufgeben dürfen? Mona *wollte* aufgeben.

Wenn ihre Mutter morgens im Büro und Mona allein im Haus war, durchlebte sie furchtbare Angstattacken. Aber sie schwieg darüber, dass jedes ungewohnte Geräusch sie halb wahnsinnig machte. Sie wusste, niemand konnte ihr helfen.

Inmitten der Panikanfälle, wenn Mona gerade dabei war, die Kontrolle zu verlieren, schoss ihr immer wieder der Gedanke an

Vitus durch den Kopf. So musste er sich am Unfalltag gefühlt haben, an Silvester, als er den fauchenden Feuerwerkskörper über sich hörte. Vitus sah die Rakete aufsteigen, doch sein Pferdehirn verstand nicht, dass sie ungefährlich war. Fauchen bedeutete: sprungbereites Raubtier – sofort flüchten.
Nie zuvor hatte sie sich so gut in ein Pferd hineinversetzen können.

Eines Tages geschah etwas, das Mona lange nicht verdaute. An einem Vormittag, an dem sie wieder allein zu Hause war, stieg Brandgeruch in ihrem Zimmer auf. Mona geriet in Panik. Zum Glück gelang es ihr, die Beine aus dem Bett zu heben, ans Fenster zu stolpern und um Hilfe zu rufen. Herr Fuchs von nebenan hörte sie und konnte sie beruhigen: Er war lediglich dabei, trockenes Laub zu verbrennen.
Doch nach diesem Vorfall wuchs Monas Angst von Tag zu Tag.
Dunkelheit war Folter.
Wie lange dauerte es, bis man wahnsinnig wurde?
Der Hausarzt kam und verordnete Tabletten.
Obwohl Mona ihrer Mutter die Geschichte mit dem Brandgeruch verschwiegen hatte, wusste diese auf wundersame Weise darüber Bescheid. Sicher hatten die Nachbarn sie verraten. Erzählte man sich im Viertel bereits, dass sie durchdrehte?
Ohne Widerspruch schluckte Mona alle Pillen. Es war ihr egal, was sie in sich hineinstopfte.
Sie hatte nur den einen bohrenden Gedanken: Ich will nicht blind sein.
Nicht immer konnte Mona verhindern, dass Besuch kam. Julia ließ sich ohnehin nicht abwimmeln, aber auch ihre Reiterkolle-

ginnen Tessy und Vera tauchten regelmäßig auf. Das waren mal ihre dicksten Stallfreundinnen gewesen. Wie viele Turniere hatten sie gemeinsam besucht!
Ostermontag berichteten Tessy und Vera aufgedreht vom Wettkampf am zurückliegenden Wochenende. Sie fläzten sich auf Monas Bett, zum Greifen nah, aber Mona schienen sie Lichtjahre entfernt.
»In Hattingen habe ich das Oster-Turnier auf Rigolo gewonnen. Die L-Dressur«, erzählte Tessy stolz. »Natürlich nur, weil du nicht dabei warst. Sonst hätte ich keine Chance gehabt.«
Mona bemühte sich zuzuhören, dennoch drangen die Worte nicht zu ihr durch. Sie wollte sich so gern unterhalten, aber es ging einfach nicht. Die anderen hatten ja keine Ahnung, wie sie sich fühlte. Wie ferngesteuert. Sie sah aus wie Mona, sprach wie Mona, zog sich an wie Mona, dabei war sie nur noch eine Hülle, leer, ohne Inhalt.
»Alle fragen nach dir«, sagte Vera. »Und uns fehlst du. Ohne dich macht die ganze Reiterei nur halb so viel Spaß. Komm doch wieder in den Stall.«
»Nein.«
Ratlos ließen die Freundinnen Mona schließlich allein. Wieder und wieder.
Einmal, als alle dachten, dass sie schlief, schnappte Mona eine Unterhaltung zwischen ihrer Mutter und dem Hausarzt auf. Die beiden standen im Flur vor ihrem Zimmer.
»Monas Verhalten ist nicht ungewöhnlich nach so einem schweren Unfall«, sagte der Arzt. »Am Anfang, nach dem Schock, erlebt der Patient die schrecklichen Auswirkungen als unerträglich. Leugnet sie. Dann begreift er, dass nichts im Leben mehr

sein wird wie vorher. Viele Patienten fallen in Depressionen und ziehen sich total zurück. Aber schließlich versuchen sie doch, mit dem Schicksal fertig zu werden.«
Voller Erregung sprang Mona aus dem Bett. Mit vorgestreckten Händen hastete sie zur Tür, riss sie auf und schrie ins Leere: »Was Sie alles wissen! Wie oft waren Sie denn schon blind?«
Betretenes Schweigen im Flur. Mona konnte die Peinlichkeit in der Dunkelheit geradezu fühlen.
»Aber Mona«, sagte ihre Mutter schockiert.
»Immerhin lebt sie wieder«, sagte der Arzt.
Krachend knallte Mona die Tür zu und schloss sich in ihrer schwarzen Zelle ein, bevor ihr jemand folgte und hochtrabende Vorträge hielt.

Die Zeit verging. Ganz allmählich kam Mona aus ihrem tagelangen Dämmerschlaf wieder zu sich.
Jedenfalls so weit, dass sie sich ohne ständiges Bitten ihrer Mutter aufraffte, morgens aufzustehen. Mechanisch suchte sie den Weg ins Bad, stellte sich unter die Dusche und zog sich mithilfe eines Farberkennungsgerätes an. Sensoren erkannten den Farbton der Kleidungsstücke und eine Computerstimme verkündete: »Zitronengelb.« – »Rotorange.« – »Marineblau.«
»Ich habe deine dunkle Reithose und die blaue Weste gewaschen«, teilte ihre Mutter eines Tages mit und machte sich am Schrank zu schaffen. »Falls du es doch wieder mit Vitus versuchen willst. Ich hänge den Bügel links außen an den Schrank.«
»Gib sie in die Altkleidersammlung«, sagte Mona schroff, doch sie hörte den Bügelhaken über die Holzleiste kratzen. Sie begriff sich selber nicht. Im Grunde wollte Mona alles behalten,

was sie an den Stall erinnerte. Sie fühlte sich total zerrissen. Obwohl sie versuchte, Vitus aus ihren Gedanken fernzuhalten, gelang es ihr einfach nicht. Er war doch ein Teil von ihr! Sie wollte wieder zu ihm. Doch da waren diese entsetzlichen Fesseln, die sie umklammerten. Ganz tief in ihrem Innern wusste Mona: Falls sie je wieder reiten wollte, musste sie nicht nur den Umgang mit Vitus neu lernen – ihr gesamtes Leben musste umgekrempelt werden. Aber alles in ihr sträubte sich dagegen. Darum redete Mona sich verzweifelt ein, dass Reiten unmöglich war. Abgesehen davon, dass ihr Gleichgewichtsgefühl weg war – die Vorbereitung war entsetzlich umständlich. Was für einen Stamm an Helfern sie brauchen würde! Einen, der sie zum Reitstall begleitete. Einen, der Vitus aus der Box holte, putzte und sattelte. Einen, der sie am Zügel durch die Halle führte und Vitus nach dem Reiten versorgte. Einen, der sie nach Hause zurückbrachte. Und das alles zu einer unmöglichen Uhrzeit. Eben dann, wenn die Halle frei war.
Wie weit war sie mit Vitus vor dem Unfall schon gekommen! Ein Ausnahmepferd, das bestätigte jeder. Dieses Jahr war Mona kurz davor gewesen, bei wichtigen Turnieren zu starten. Fachleute waren auf sie aufmerksam geworden.
Und dann passierte der Unfall. Blind. Aus und vorbei.
Nein, nicht mehr daran denken. Ausblenden. Das Unaussprechliche verdrängen.

Versteinert begann Mona, sich so in der Düsternis ihres Zimmers einzurichten, als wollte sie es nie mehr im Leben verlassen. In Fächern und Schubladen schuf sie ihre eigene Ordnung. Solange ihre Mutter nichts falsch einräumte, fand sie sich zwi-

schen T-Shirts, Jeans und Schuhen einigermaßen zurecht, auch wenn alles endlos lange dauerte.
Ihre Reitsachen rührte sie nicht an.
Einmal, als Mona einen Bügel an den Schrank hängte, berührte sie zufällig den Lederbesatz der Reithose – und zuckte zurück, als hätte sie einen Elektrozaun angefasst. Bloß nicht ans Reiten denken. Aber wie schwer war das! Auf der Heidebachstraße war neuerdings regelmäßig Hufgetrappel zu hören. Jetzt, Ende April, sobald es draußen wärmer wurde, zog es viele Reiter ins Gelände. In die Heide mit ihren ginsterbestandenen Trampelpfaden und den Baumgruppen.
Mona wusste, wer nachmittags unter ihrem Fenster entlangritt: Julia, Tessy und Vera. Schallend riefen sie jedes Mal Grüße nach oben: »Mona, Mona, Vitus will dich sehen.«
Mona wusste ja, dass alle es gut mit ihr meinten, aber sie brachte es nicht fertig, ans Fenster zu gehen und sich zu zeigen. Sie konnte einfach nicht. Bloß keine Fragen beantworten – »Wann kommst du wieder in den Stall, Mona?«
Wie ein Eisklotz fühlte sie sich, kalt und starr.
Trotzdem wartete da etwas in Mona, der Teil von ihr, der zurück ins Leben wollte, jeden Nachmittag auf die klappernden Hufe. Wenn sie einmal ausblieben, war Mona noch unglücklicher.
Obwohl sie ihr Zimmer kaum verließ, registrierte Mona jeden Tag ein winziges bisschen mehr, was um sie herum geschah.
E-Mails trafen ein, ihre Mutter druckte alle aus und las sie Mona vor.
Bei den meisten winkte Mona ab. »Kein Interesse.« Nur beim Namen Penny horchte sie auf. Ihre amerikanische Brieffreun-

din. Penny aus Wyoming fragte schon zum dritten Mal, ob alles okay sei in Germany, sie hätte so lange nichts gehört von Mona. Und wie es denn mit dem talentierten Vitus vorwärtsginge?

Penny von der Cattle-Ranch. Auch ein gestorbener Traum. Wie oft hatten Mona und Penny sich in ihren Mails ausgemalt, gemeinsam durch die USA zu reiten.

Auf der Ranch in Wyoming besaßen sie Rinder und Quarterhorses. Seit Pennys Vater in seinem Pick-up ums Leben gekommen war, führte Pennys Mutter die Ranch allein. Es war ein hartes Leben in der Einöde, darum liebte Penny die E-Mail-Kontakte nach Germany. Für Cowboys mochte die grandiose Landschaft ein Paradies sein, aber für ein einsames 15-jähriges Mädchen war es definitiv die Hölle. Mona dachte daran, wie glühend Penny sie wegen ihrer Dressur-Erfolge mit Vitus bewundert hatte. Umgekehrt hatte Mona davon geträumt, auf einem Westernpferd über die Prärie zu galoppieren. Vorbei.

»Ich antworte gern für dich auf die Mails«, bot sich Frau Borchert an.

»Nein, danke. Oder doch. Antworte wenigstens Penny. Sie soll sich eine neue Brieffreundin suchen.«

Mona kam es zu kindisch vor, ihrer Mutter all das zu diktieren, was sie Penny gern gesagt hätte. Wie verzweifelt sie war in der ewigen Nacht. Wie grausam die Welt war. Dann lieber gar nicht.

»Und was soll ich ihr schreiben?«

Mona stieß einen bitteren Seufzer aus.

»Game over. Was sonst?«

»Wieso soll eure schöne Brieffreundschaft vorbei sein?«, fragte

ihre Mutter hartnäckig. »Es gibt Computer für Blinde, Mona. Eine Sprachausgabe liest dir eingehende Mails vor. Und eigene Texte gibst du mit einer speziellen Tastatur ein.«
»Wie soll das gehen?«, fragte Mona argwöhnisch.
Garantiert wollte ihre Mutter ihr eine Blindenschule aufs Auge drücken, darauf wartete Mona schon lange. Brailleschrift, dieses unfassbar schwierige Punktsystem. In Sozialkunde hatten sie das Thema mal gestreift.
»Der Computer besitzt eine Leiste aus kleinen hochstehenden Punkten. Wie Stecknadelköpfe.«
Mona sprang vom Tisch auf und riss fast ihren Becher um, als sie sich zornig an die Kante klammerte.
»Sag doch offen, was du meinst! Du sprichst von Blindenschrift.«
Sie hörte ihre Mutter erregt mit Papier rascheln.
»Stimmt, Mona. Und es hilft nichts, wenn du dich so ruppig aufführst. Die *musst* du lernen. Sonst bist du vom Leben abgeschnitten.«
Heftig atmend ließ Mona sich zurück auf den Stuhl fallen und schwieg, während ihre Mutter schnell weitersprach.
»Mit Glück kannst du zurück an dein altes Gymnasium, vielleicht eine Klasse tiefer. Ich habe schon Kontakt aufgenommen zur Schulleitung. Und auch zur Blindenschule in Dortmund. Für Schüler ohne Augenlicht gibt es Spezialcomputer, dazu brauchst du nur die Brailleschrift zu lernen.«
Die Luft brannte.
»Na herzlichen Dank. Vielleicht hättest du mich mal fragen soll, ob ich diese dämliche Schrift überhaupt lernen will. Dann hätte ich nämlich Nein gesagt.«

Ein flüchtiger Luftzug streifte Mona. Ihre Mutter gestikulierte, das tat sie immer, wenn sie sich aufregte.
»Kind, das Leben geht trotz allem weiter. Du brauchst einen Schulabschluss. Und die Brailleschrift ist nichts anderes als eine Fremdsprache.«
Da sprach die Übersetzerin. Klar, für sie waren Fremdsprachen keine Hürde. Eher ein Vergnügen. Aber für jemanden wie sie, Mona, eine, die vollblind war, die nur noch schwarz und schwarz und schwarz sah, für sie war diese Punktschrift eine ekelhafte Notlösung.
»Komm wenigstens mit mir zum Blindenverein, Mona. Einmal nur. Es gibt Trainer, die dir helfen, dich neu zu orientieren.«
Mona sträubte sich mit Händen und Füßen.
»Ich brauche das nicht«, sagte sie schroff. »Ich mache mich doch nicht zum Affen und stolpere blind durch unser Viertel. Lieber bleibe ich ewig zu Hause. Außerdem«, setzte Mona trotzig hinzu, »kann man meine Augen bestimmt irgendwann operieren. Im Krankenhaus haben sie davon gesprochen.«
Bedrückt seufzte Frau Borchert.
»Natürlich, darauf hoffen wir alle. Aber wann ist die Medizin so weit? In zehn Jahren? In zwanzig Jahren? Willst du bist dahin im Finstern sitzen und alle Kontakte verlieren? Immer auf andere angewiesen sein?« Dann sagte sie noch leise: »Und was wird aus Vitus? Soll Julia ihn ewig reiten und versorgen? Sie sagt, er vermisst dich furchtbar.«
Darauf schwieg Mona, und ihre Mutter schwieg auch, und schließlich zog Mona sich in ihre sichere Schlafhöhle zurück und war für niemanden zu sprechen. Nicht einmal für ihre beste Freundin Julia.

Aber Julia ließ sich auf Dauer nicht abweisen. Mitte Mai stürzte sie ohne Ankündigung in Monas Zimmer.
Mit einem dumpfen Aufprall flog ihr Rucksack in die Ecke. Mona hörte, wie sich der Drahtsessel über das Laminat bewegte, bis die Stahlrohrfüße gegen das Bett stießen, auf dem sie lag. Dann begann Julia zu reden.
»Du musst was tun, Alte. Dein Unfall ist jetzt fast fünf Monate her. Du kannst nicht dein Leben lang zu Hause liegen und Löcher in die Decke starren.«
Mona presste die Lippen zusammen.
»Ich *starre* die Decke nicht an. Ich sehe nämlich keine Decke«, sagte sie. »Ich bin blind, blöd, behindert, falls du das vergessen hast.«
»Ja, wenn du das von dir selber denkst, kann dir natürlich keiner helfen.« Julias Stimme klang heftig. »Keiner hält dich für blöd, nur du selbst.«
Mona setzte sich im Bett auf und fauchte zurück.
Julia wurde laut und schlug sogar ein paarmal auf die Matratze. Mona wütete aus ihrem Bett in die leere Dunkelheit. Die zwei schrien sich an, stritten sich, bissig wie schon lange nicht mehr. Doch dann hielt Julia auf einmal inne. Mit niedergeschlagener Stimme sagte sie: »Ich weiß nicht mehr, was ich tun soll, Mona. Du bist doch meine beste Freundin gewesen. Immer. Aber ich habe das Gefühl, du legst keinen Wert mehr darauf.«
Erschrocken schlug Mona die Hände vors Gesicht. Was sagte Julia? Merkte sie denn nicht, dass sie die Einzige war, die sie gern in der Nähe duldete in ihrem ganzen schwarzen Elend? Wenn sie Julia nun auch noch verlor . . .
Da fühlte Mona, wie sich zwei Arme um ihren Hals legten. Über-

rumpelt wehrte sie ab, doch als Julia leise sagte: »Verdammt, du blödes Weib, versuch bloß nicht, uns auseinanderzubringen«, da legte Mona ihren Kopf auf Julias Schulter. Jetzt weinten beide.
»Genug geheult«, entschied Julia nach einer Weile und boxte Mona in die Seite. Der Drahtsessel knarzte und kratzte, bis Julia etwas aus ihrer Hosentasche gezerrt hatte, sich die Nase putzte und auch Mona ein Taschentuch in die Hand drückte.
Mona wischte sich das verweinte Gesicht trocken. Warum hatte sie früher nie so richtig geschätzt, wie viel Leben Julia ausstrahlte? Wie viel Dynamik sie doch in ihre leblose Welt brachte, die so schrecklich stillstand!
»Hör zu, Mona. Ich soll dir etwas von Theo Reuter ausrichten. Unserem Reitlehrer, falls du noch weißt, wer das ist«, fügte sie mit einem frechen Grinsen hinzu, das Mona regelrecht hören konnte.
»Wegen Vitus?«
»Exakt. Herr Reuter nimmt dich an die Longe, wenn du willst. Er meint, das müsste gehen, sobald du dich einigermaßen orientieren kannst.«
Mona war überrascht über das Angebot. Theo Reuter war außerordentlich beschäftigt. Soweit sie wusste, beritt er sechs Pferde im Stall. Warum wollte er ihr etwas von seiner kostbaren Zeit widmen? Dachte Herr Reuter vielleicht, dass sie wirklich wieder anständig reiten könnte? Mona mochte es kaum glauben. Sie traute sich nichts mehr zu. Und sie war misstrauisch geworden. Was steckt hinter dem Angebot ihres Reitlehrers?
»Warum will Herr Reuter seine Zeit mit einer Blinden verschwenden? Was führt er im Schilde? Bestimmt ist er nur scharf auf Vitus. Wie Larissa.«

»Du mit deinem Misstrauen! Der Mann ist voll korrekt. Theo Reuter hält dich für ein begnadetes Dressurtalent. Blind oder nicht blind.«

»Ja, nett von ihm.« Mona winkte niedergeschlagen ab. »Aber es ist sinnlos. Ich weiß auf dem Pferd nicht mal, wo rechts und links ist.«

»Gut erkannt, Alte. Genau das ist der Knackpunkt.«

Eifrig stieß Julia den Sessel nach hinten. »Du muss vorher mit einem Mobilitätstrainer üben. Die arbeiten beim Blindenverein, das weiß ich von deiner Mutter. Keine Ahnung, wie das genau geht. Ich glaube, du tastest den Weg mit einem Stock ab und kriegst ein neues Feeling für alles. Kannst dich dann auch im Stall orientieren.«

Sofort fühlte Mona sich wieder bevormundet. Eine Frechheit! Julia und ihre Mutter besprachen sich hinter ihrem Rücken miteinander.

»Spinnst du jetzt total? Ich laufe doch nicht mit einem Blindenstock durch die Stallgasse!«

»Willst du dich etwa für den Rest des Lebens in diesem Zimmer eindosen?«

Monas Kehle wurde plötzlich eng und sie kniff die Augen zusammen, um nicht loszuheulen. Ständig schwankte ihre Stimmung zwischen Aggression und Wut und Mutlosigkeit und jetzt stiegen schon wieder Tränen auf. »Draußen komme ich nicht klar. Hast du doch selbst erlebt.«

»Kommst du doch. Wer so zäh für Dressurturniere geübt hat, der hat auch die Stärke, noch mal neu anzufangen. Aber du brauchst einen Profi, damit du wieder Peilung bekommst.«

Mona schwieg.

»Deine Mutter hat mir die Nummer vom Blindenverein gegeben, wo diese Trainer arbeiten.«
Leise ratschte ein Reißverschluss und Papier knisterte. »Hat ja wenig Sinn, wenn deine Mutter dir einen Trainer ins Haus schleppt. Das wird nichts. Du musst dich selber überwinden und dort anrufen.«
»Jetzt fängst du auch noch an!« Nun rollten doch die ersten Tränen. »Ich will damit nichts zu tun haben.«
War es denn so schwer zu begreifen? Mona wollte doch nur reiten, aber nichts von den ganzen Hilfsmitteln wissen. Sie war doch nicht behindert. Blindenverein! Allein der Name versetzte ihr einen Riesenschrecken. Nie im Leben wollte sie etwas damit zu tun haben, niemals. Sie wollte doch nur Vitus wiederhaben. Warum verstand das denn niemand?
Julia antwortete nicht und Mona hörte, wie sie einen Zettel glatt strich, das Telefon-Mobilteil von der Basis hob und eine Nummer eintippte. Dann der stechende Geruch von Lösungsmitteln. Klebstoff?
»Ich tropfe Kleber auf die grüne Taste, damit du die richtige Taste erwischst. Die Wiederwahltaste.«
Kräftiges Pusten. »So, ist bereits trocken.«
Julia drückte Mona das Gerät in die Hand.
»Okay, ich verziehe mich. Muss noch Vitus und Sandläufer vom Paddock holen. Warte nicht zu lange, Alte, sonst ist die Nummer wieder gelöscht.«
Eilige Schritte auf hallendem Boden. »Ciao.«
Die Tür fiel ins Schloss.
Mona umklammerte das schmale Kunststoffteil, bis es heiß und feucht war. Krampfhaft blickte sie nach unten, wo sie es zwi-

schen ihren Fingern fühlte. Vorsichtig fuhr sie mit der Handinnenfläche über die Tastatur.
Ihre Kehle fühlte sich rau an, ausgetrocknet. Was sollte sie tun? Was war richtig?
Wenn ich die Taste mit dem Kleber drücke, dachte Mona, bin ich wirklich blind. Wirklich und wahrhaftig. Unwiderruflich.
Vitus tauchte in Monas Kopf auf, sein warmer Körper neben ihr in der Box, sein Kinn auf ihrer Schulter.
Wo bist du gewesen? Alles war in Unordnung.
Vitus, ich kann dich nicht mehr sehen.
Wozu musst du mich sehen? Du kennst mich doch auswendig!
Meinst du, wir packen es noch einmal, Vitus?
Wir schaffen alles, wir gehören doch zusammen. Komm zurück, Mona.
Ja, sie wollte Vitus behalten.
Monas Herz schlug bis zum Hals, als sie sich zum Sessel vortastete, wo sie sich mit dem Telefon auf die Kante kauerte. Sie allein war es, sie, Mona Borchert, die sich durchbeißen musste, wenn sie zurück in den Sattel wollte. Die neue blinde Mona musste zäh und stark und tapfer sein, das nahm ihr niemand ab. Aber ohne Unterstützung durch andere ging es eben auch nicht.
Mit weit geöffneten Augen starrte Mona in die schwarze Dunkelheit. Ihr Mittelfinger ruhte auf dem Klebstoffpunkt.
Es kostete so große Überwindung.
Dann drückte sie den grünen Knopf.
»Verein für Blinde und Sehbehinderte. Guten Tag. Hallo ... hallo?«
Mona schluckte. Ihre Stimme versagte plötzlich. War einfach

weg. Allein dieses Wort auszusprechen, drückte ihr die Kehle zu.

»Ich bin blind«, flüsterte Mona.

7

Glauben Sie bloß nicht, dass ich Ihr ganzes Programm durchziehe.«

Mona fuhr den Mobilitätstrainer in ihrem Zimmer sofort an, nachdem er sich mit »Robert Bode« vorgestellt hatte.

Obwohl sie sich fest vorgenommen hatte, den unbekannten Trainer sachlich zu behandeln, als er vorhin erschienen war, eine Woche nach dem Anruf beim Blindenverein, schleuderte Mona ihm doch als Erstes eine zornige Begrüßung entgegen. Am liebsten hätte sie sich dafür geohrfeigt. Aber bevor Mona noch nachdenken konnte, fauchte sie ihn schon das zweite Mal an.

»Ich will nur mit Anstand durch die Stallgasse kommen. Zu meinem Pferd. Damit Sie's gleich wissen.«

»Schon klar, Mona«, sagte der Unbekannte durch die schwarze Nacht. Eine freundliche Stimme, zu der Mona sich kein Gesicht vorstellen konnte. »Ist doch optimal, dass du genau weißt, wo du anfangen willst.«

Mona schwieg. Zum Glück hatte er die Schärfe aus dem Gespräch genommen, sie hätte die Kurve wohl nicht gekriegt. Hilfe, es war doch früher nicht ihre Art gewesen, jedem gleich über den Mund zu fahren! Sie ärgerte sich über sich selbst. Aber seit Mona nichts mehr sah, wollte sie ständig um sich schlagen, auch wenn sie sich dafür hasste. Ob andere Blinde sich auch so fühlten?, fragte sie sich.

Stumm umklammerte Mona die Armlehnen ihres Drehstuhls. Was lernten Mobilitätstrainer in der Ausbildung? Wahrscheinlich gab es goldene Regeln: *Blinde muss man anfassen wie rohe Eier. Vorsicht, Vorsicht. Wenn man sie reizt, beißen sie.*

»Auf deinem Schreibtisch sehe ich ein tolles Foto. Darf ich es mir mal genauer ansehen? Ich meine das Bild im schwarzen Rahmen.«

Mona zuckte mit den Schultern. Immerhin fragte er und griff nicht einfach wortlos nach Sachen in ihrem Zimmer.

»Das bist du, oder? Ist das dein Pferd? Ein schicker Kerl, das muss ich sagen. Oder . . . ist es etwa eine Stute?«

»Hannoveraner Wallach.«

Über Monas dürftige Auskünfte verlor Robert Bode kein Wort, er redete ganz normal weiter.

»Am Telefon hast du meiner Kollegin erzählt, dass du sogar Turniere geritten hast. Auch mal gewonnen?«

Mona wies geradeaus und hoffte, dass sie genau auf die Stelle neben ihrem Bett zeigte, wo ihre stattliche Sammlung von Turnierschleifen die halbe Wand einnahm. Die meisten in Gold und Silber für die ersten Plätze.

»Gucken Sie mal, was dort hängt. Alles Preisschleifen.«

Gummisohlen drehten sich quietschend auf dem Fußboden. Studierte Robert Bode jetzt ihre stolze Sammlung?

»Sagenhaft.« Die Sohlen entfernten sich zwei Schritte. »Mit deinem Pferd hast du sicher schon viel Freude gehabt. Wie heißt es?«

»Vitus.«

Leise quietschten die Sohlen zurück. Typisch für Joggingschuhe, solche, wie Julia sie immer trug.

»Darf ich mich setzen?«

»Logisch.«

Der Drahtsessel wurde herumgerückt.
»Weißt du was, Mona? Du wirst wieder Spaß mit Vitus haben. Ich sage nicht, dass es leicht sein wird. Bestimmt musst du kämpfen und zäh sein. Aber du packst es, das verspreche ich dir.«
Monas Herz klopfte schneller. Ob der Mann das ernst meinte? Wirklich ernst? Mona lauschte dem Klang seiner Worte nach. Oder gehörte die Masche zum üblichen Mutmach-Programm, um Blinde bei Laune zu halten? Wie er wohl aussah? Seine Stimme klang stark und einsatzbereit. Jung und irgendwie fröhlich. Aber nicht aufgesetzt wie bei den meisten anderen, die nach dem Unfall mit ihr sprachen.
Gut, der erste Eindruck war okay. Trotzdem gab Mona sich betont zurückhaltend. Dieser Robert Bode sollte nicht glauben, eine dumme, verwirrte Blinde vor sich zu haben. Wo es langging, bestimmte immer noch sie.
»Hand drauf, Mona. Was ist? Schlag ein!«
Mona biss sich auf die Unterlippe. »Ich weiß ja gar nicht, wo Sie sitzen!«
Der Mann lachte leise durch die Dunkelheit, es klang auf unbestimmte Art farbig, und Mona streckte zögernd ihre Hand in die Richtung, in der sie das Lachen einordnete. Eine angenehm kühle Hand, erstaunlich groß, umfasste die ihre mit festem Druck.
»Meine Güte, Sie haben ja Pranken wie Schaufeln«, entfuhr es Mona überrascht. »Sind Sie nebenher Bauer? Misten Sie Ställe aus?«
Der Trainer lachte wieder.
»Erraten. Ja, ich mache tatsächlich Stallarbeit. Zu Hause bei

meinen Eltern. Seit mein Vater blind ist – Autounfall, weißt du –, springe ich auf dem Hof ein.«
»Oh, peinlich. Ich konnte ja nicht wissen . . .«
Wo steht noch ein Fettnäpfchen, in das ich tappen kann?, dachte Mona betreten, aber Robert Bode antwortete ruhig: »Dass mein Vater blind wurde, war für mich der Grund, beruflich umzusatteln. Vorher war ich Lehrer, Grundschule. Und nun Mobilitätstrainer. Ein faszinierender Beruf, anderen zu helfen.«
»Was ist das für ein Hof?«, erkundigte Mona sich schnell, um das Thema zu wechseln. »Kühe? Schweine? Hühner?«
Ein hörbares Schmunzeln flog zu Mona herüber.
»Wir besitzen eine kleine Pferdezucht im Münsterland.«
»*Was?*« Mit einem Ruck richtete Mona sich kerzengerade auf und starrte durch die dunkle Leere. »Dann kennen Sie sich ja mit Pferden aus. Das ist . . .«
Robert Bode beendete den Satz. »Perfekt, würde ich sagen.«
»So ein Zufall.« Mona schüttelte den Kopf. »Reiten Sie auch?«
»Früher viel, heute wenig. Mir fehlt einfach die Zeit. Übrigens: Die Trainer werden natürlich gezielt ausgesucht. Für eine Reiterin wie dich muss schon ein Pferdefreund ran. Wenn du willst, kannst du mich gern duzen – das ist doch unter Sportlern üblich. Ich heiße Robert.«
»Hm.«
Mona fühlte sich kribbelig. Ein Reiter als Trainer, wenn sie das gewusst hätte! Dann hätte sie wahrscheinlich schon längst beim Blindenverein angerufen.
Dreiunddreißig sei er gerade geworden, erzählte Robert munter weiter und gab seinen Steckbrief ab: 1,82 m groß. Schlank. Braune Augen. Dunkles, mittellanges Haar. Momentan braun

gebrannt. Blaue Jeans. Orangefarbenes Sweatshirt mit Kapuze. »Keine Piercings, keine Tattoos.«

In Mona entstand ein Bild von Robert, das Gesicht eines Filmschauspielers schwirrte ihr durch den Kopf. Aber natürlich konnte er völlig anders aussehen. Vielleicht war er dick und hässlich. Das würde sie nie erfahren.

»Was ist denn im Moment am schlimmsten für dich, Mona?«

»Was soll die hohle Frage?« Mit beiden Händen fuhr Mona sich durchs Haar und zwirbelte es über dem Kopf zusammen. »Alles ist schrecklich. Alles.«

Es entstand eine Pause. Von Robert kamen keine Vorschläge.

Mona zögerte, bevor sie leise sagte: »Für jede Kleinigkeit brauche ich Hilfe. Nichts kann ich allein tun. Nicht zu Hause und schon gar nicht im Reitstall.« Sie warf den Kopf zurück. »Es ist schrecklich, so abhängig zu sein.«

Der Sessel rückte über den Boden, von Mona fort, und Robert erhob sich.

»Gut. Ich zeige dir, wie du weniger abhängig wirst, Mona.«

Der Satz irrte wie ein Köder durch Monas Kopf.

Weniger abhängig.

»Und das können Sie wirklich . . . das kannst du wirklich?«

»Aber sicher. Dafür bin ich da.« Leises, buntes Lachen. »Auf geht's zum Reitstall. Wir fangen an, wieder Fortbewegung zu erlangen.«

Ein Schlüsselbund klimperte. »Mein Wagen steht unten.«

Im Treppenhaus ließ der Trainer sich den Weg in den Stall beschreiben.

»Möchtest du deine Mutter dabeihaben?«

Energisch schüttelte Mona den Kopf.

»Nein, Mama hat schon genug mit mir zu tun.«
»Eine kluge Entscheidung, dass du selbstständig sein willst.«
Als Mona und Robert Bode das Wohnzimmer betraten, hörte Mona das Klappern einer Computertastatur. Frau Borchert durfte heute zu Hause zu arbeiten. Beim ersten Treffen mit dem Mobilitätstrainer wollte sie ihre Tochter nicht allein lassen und Mona rechnete ihr das insgeheim hoch an. Einen Wildfremden zu treffen, verursachte ihr jedes Mal Bauchschmerzen, und Mona versuchte stets, solche Begegnungen zu vermeiden. Immer aber gelang das eben nicht. Wie viel ihre Mutter neu organisieren musste, um sie zu betreuen! Ihr Vater in Frankfurt war kaum eine Hilfe, er wohnte einfach zu weit entfernt, genau so wie die Großeltern, die sich in ihr Haus auf Mallorca zurückgezogen hatten. Die zweiten Großeltern lebten nicht mehr.
»Wie lange dauert der Unterricht?«, fragte Frau Borchert und schob ihre Tastatur auf dem Computertisch zur Seite, bevor sie aufstand.
»Keine Ahnung«, sagte Mona.
Robert Bode sprang ein. »Eine gute Stunde. Mal sehen, wie lange der Reitstall verwaist ist. Mona wollte ja gern in der Mittagszeit starten, wenn Stallruhe herrscht.«
Sie nahmen Roberts Wagen, der vor dem Haus parkte. Ein Modell, das Mona nicht kannte. Anders als ihres. Breitere Türen, tiefere Sitze. Sie suchte lange nach dem Gurtverschluss, fragte aber Robert nicht und schaffte es schließlich allein.
»Stehen Autos vor dem Stall?«, fragte sie, als sie gegen zwölf Uhr mittags auf dem Parkplatz ausstieg. Die Sonne brannte hoch vom Himmel und Wärme ergoss sich durch Monas schwarze Welt über ihre Arme.

»Kein einziges. Nur zwei Pferdehänger. Wir können uns im Stall richtig austoben. Findest du den Eingang ohne Hilfe?«
»Nie und nimmer«, sagte Mona in die Nacht. »Keine Peilung, würde Julia sagen.« Schnell fügte sie hinzu: »Meine Freundin, die mich unbedingt wieder im Sattel sehen will.«
Robert lachte. »Feine Sache, wenn man Freunde hat, die einen unterstützen. Hast du eine Ahnung, wo der Eingang liegt?«
»Südost.« Das kam wie aus der Pistole geschossen. »Dieselbe Richtung wie Vitus' Box. Habe ich ausgesucht, damit er morgens und mittags Sonne hat. Nachmittags haben wir meistens trainiert, dann stand er sowieso nicht drinnen.«
Robert führte Mona ein Stück über den finsteren Hof. Sofort stellte sich in ihrem Kopf wieder die übliche Wirrnis ein. Schwindel. Das Gefühl zu schwimmen. Allem ausgeliefert zu sein.
»Schrecklich, wenn man keine Ahnung hat, wo die Reithalle steht und wo der Stall«, sagte Mona nervös und hielt an. »Und dabei reite ich hier, seit ich acht bin.«
»Das kommt wieder.«
Robert gab Mona ein ovales Kästchen in die Hand, so groß wie eine Zigarettenschachtel.
»Ein sprechender Kompass«, sagte er. »Eine tolle Sache für Blinde. Er dient dazu, wieder Ordnung im Kopf zu schaffen.«
»Wie soll das gehen?«
»Mithilfe des Geräts legst du dir sozusagen eine geistige Landkarte an. Damit du wieder weißt, wo rechts und links ist. Und dich orientieren kannst. Das erleichtert dir später das Reiten ungemein.«
Robert zeigte Mona den Startknopf, und als sie ihn drückte, ging er erneut mit ihr los.

»Ost, Ost, Ost«, quäkte die Blechstimme aus dem Kompass, als sie sich dem Stall näherten. Dann, bei einer leichten Drehung: »Süd, Süd, Süd.« Nachdem Robert und Mona einen Schlenker machten, verkündete der Kompass: »West«, nach einer weiteren Richtungsänderung: »Nord«. Bei »Nordwest« gelangten sie direkt vor die Reithalle.

Tatsächlich fühlte Mona nach einiger Zeit, wie sich die wirren Wege in ihrem Kopf glätteten. Sie lief nicht mehr ohne jede Ahnung herum, in welche Richtung sie sich bewegte. Schnarrte der Kompass »Südost«, sah sie den Stall vor sich, bei »Nordwest« wusste sie, dass dort die Reithalle stand.

Um sich einzuprägen, wie das Gebäude sich anfühlte, berührte Mona Türen und Wände und Klinken, und da beim Stall eine Eisentür eingebaut war und an der Reithalle eine hohe Flügeltür aus Holz, war das Erkennen nicht so schwer.

Mona blieb stehen und griff nach ihrem Schlüsselbund. Auch wenn vor ihren Augen alles stockdunkel blieb, wusste sie sicher, dass sie in diesem Moment vor der Tür zum Stall stand. Es tat gut, endlich etwas wiederzuerkennen.

Nach vorne gebeugt, fuhr Mona mit dem Zeigefinger über das Sicherheitsschloss und bugsierte den flachen Schlüssel hinein. Seit Julia verschiedene Ringe und Plastikkappen auf jeden einzelnen Schlüssel gesteckt hatte, fand Mona auf Anhieb den richtigen.

Wohltuende Kühle und angenehme Stille umfing sie in der Stallgasse. Mona registrierte sofort, dass die Boxen leer waren. Nirgendwo scharrte ein Pferd in der Einstreu, kein Huf klopfte gegen die Holzwand, nirgendwo prustete, schnaubte oder wieherte es, nirgendwo tauchte ein Pferd seine Lippen ins Wasser und spielte mit der klappernden Metallzunge der Tränke.

»Zu blöd, die Pferde sind auf der Weide«, sagte Mona und drehte sich dorthin, wo sie ihren Trainer wähnte. »Ich weiß, im Mai dürfen sie nicht stundenlang junges Grün fressen. Aber unser Stallbesitzer mäht die Koppel zum Teil.«

Sie stellte sich Vitus vor, wie er den Frühling draußen genoss. Stundenlang stand Mona früher am Zaun und freute sich mit Vitus, wenn er sich ins Gras warf und sich genussvoll stöhnend wälzte.

Die Antwort kam aus der Ecke, wo Mona Robert vermutete. »Bist ja bestens informiert. Gut, Mona, dass du gleich den leeren Stall bemerkt hast. Große Klasse. Und nun klatsch mal in die Hände. Kräftig.«

»Sonst noch was?«

Robert lachte. »Das macht man, wenn man einen fremden Raum betritt. Das Echo sagt dir, ob du dich in einer Halle mit hohen Decken und langen Wänden befindest wie hier – oder in einem kleinen Zimmer. Probier's mal aus.«

Mona zögerte. Reichte es nicht, blind zu sein? Musste sie sich zusätzlich noch aufführen wie ein Zirkusclown?

»Na los.« Robert ermunterte sie. »Einfach mal testen. Was ist schon dabei?«

Als Mona klatschte, kam sie sich reichlich albern vor. Nur gut, dass sie allein im Stall waren. Ganz sicher würde sie niemals fremde Räume betreten und blöde klatschen. Mona stellte sich vor, wie sie sich durch Flure und Gänge ihrer Schule klatschte, durch Aula und Pausenhalle. Eine super Vorstellung. Aber als Hilfe im Notfall war der Tipp vielleicht einmal brauchbar. Wenn es nun mal dazugehörte . . . Robert machte nur seinen Job.

»Jetzt nehmen wir Geräusche der Umgebung auf.«

Mona lauschte.
Und horchte. Und hörte hin. Hörte vieles, was sie mit sehenden Augen im Stall niemals wahrgenommen hätte.
Das Gebläse der Lüftung pfiff. Unter dem Deckel der Mülltonne am Eingang knisterte zusammengeknüllte Folie. In der Sattelkammer knarrte und knarzte es leise – ausgetrocknetes Leder? Sachte bewegte sich Papier im Luftzug, das konnten nur die vielen Zettel am Schwarzen Brett sein. »Reitstiefel zu verkaufen.« »Suche Dressursattel.« Unter der Decke zwitscherten aufgeregte Schwalbenfamilien. Mona sah die schlanken Vögel praktisch vor sich, wie sie im Tiefflug über die Pferde hinwegzischten.
Mona wollte weiter und schaltete den Kompass ein – »Ost, Ost, Ost« –, aber Robert stoppte ihren Eifer.
»Bevor wir losgehen, müssen wir erst über etwas extrem Wichtiges reden, über Körperschutz.«
»Wie bitte? Körperschutz? Soll ich den Stall künftig nur in Vermummung betreten? Mit vergittertem Kopfschutz?«
Verwundert bemerkte Mona, wie locker sie mit diesem fremden Robert redete, wo sie doch zu Hause nie mehr als ein paar dürre Worte herausbrachte.
Auf ihre Frage erntete Mona ein amüsiertes Lachen. »Keine schlechte Idee. Aber etwas umständlich. Die Sache ist viel einfacher: In fremder Umgebung hält man beim Gehen die Hand hoch vors Gesicht, damit man sich nicht stößt. Geöffnete Fensterflügel sind zum Beispiel eine Gefahr. Genau wie eine offene Tür. Oder eine Markise.«
Mit der Hand vorm Gesicht durch die Gegend laufen! Grauenvoll! Wäre der Vorschlag von ihrer Mutter gekommen, hätte Mona lauthals protestiert.

Bei Robert kam es ihr weniger peinlich vor. Er benahm sich einfach normal und klang so begeistert, wenn ihr etwas gelang.

»Findest du Vitus' Box mit dem Kompass? Halt, erst die Hand vors Gesicht! Geh ruhig langsam, ich bin neben dir.«

Das kurze Stück durch den Eingangsbereich tappte Mona mit kleinen Schritten. Plötzlich schlug ihre Hand gegen glattes Metall und sie stoppte irritiert.

»Wo bin ich?«

»Schätze, das ist eure Sattelkammer. Merkst du, wie gut die erhobene Hand ist? Normalerweise wärst du mit dem Kopf gegen die offene Tür gelaufen. Nicht besonders spaßig.«

»Hm. Steht etwas hinter mir?«

»Nein, nichts.«

Vorsichtig bewegte Mona sich drei Schritte rückwärts und bog dann nach rechts ab. »Richtig?«

»Alles klar. Du bist in der kleinen Stallgasse.«

»Südost«, schnarrte der Kompass.

»Vorsicht, hier steht eine Bank.« Robert half Mona beim Umrunden.

»Endstation. Du stehst fast richtig, höchstens noch einen Meter von Vitus' Namenstafel entfernt. Ich gratuliere.«

Gemeinsam schritten sie die vier Boxen im kleinen Stall ab. Mona strich mit den Händen über senkrechte Holzfüllungen, über Schiebetüren und Eisensprossen, sie prägte sich die Futterdurchreichen ein, Tröge, Tränken und die Griffe an den Türen. Dann wollte sie mehr. Alles. Den ganzen Stall wollte Mona unter ihre Kontrolle bringen, am liebsten in der kurzen Mittagspause, aber Robert bremste sie lachend.

»Zu viel verwirrt nur, Mona. Wie anstrengend unser Rundgang

war, merkst du erst zu Hause. Du hast dich die ganze Zeit gewaltig konzentriert – das schlaucht.« Schlüssel klingelten neben ihr. »Lass uns zurückfahren. Morgen mehr.«
Unentschlossen verharrte Mona in der offenen Boxentür. Julias Worte gingen ihr durch den Kopf.
Vitus ist total verwirrt, weil du wegbleibst.
Nun war sie auf dem Reiterhof und begrüßte ihr Pferd nicht einmal. Wie auch? Ob Robert . . .?
Während Mona noch darüber nachdachte, hörte sie sich hastig fragen: »Hast du Zeit, zur Weide zu fahren? Oder halte ich dich auf?«
Der Ärmel neben ihr bewegte sich. Sah Robert auf die Uhr?
»Ah, da will jemand seinen alten Freund begrüßen. Prima. Klar, ich habe Zeit. Ist es weit?«
»Gar nicht. Gleich hinter dem Reitplatz fangen die Weiden an. Eine Minute mit dem Auto. Über den Hof will ich nicht . . . falls jemand herumläuft. Ich lasse mich nicht anstarren wie ein Außerirdischer.«
Ohne auf den Einwand einzugehen, sagte Robert: »Also los. Bin schwer gespannt auf deinen Vitus.«
Sie fuhren um die Reitanlage herum und Robert stellte den Wagen an der engen Straße ab, die auf der Beifahrerseite leicht abfiel und von einem tiefen Graben begrenzt wurde.
»Bleib auf deinem Sitz, ich hole dich ab. Auf deiner Seite ist wenig Platz.«
Feuchter Modergeruch, der den Sommer ahnen ließ, stieg Mona in die Nase, als Robert sie am Graben entlang zum Weidezaun geleitete. Gras kitzelte an ihren Fußgelenken. Stöckchen und kleine Steine unter den Schuhsohlen. Duft von frischem

Moos. Von blühendem Flieder. Von Kräutern, die sie nicht kannte. Von hellgrünen Tannenspitzen. Um Monas Kopf summte und brummte es.
Ein weiteres Surren gesellte sich dazu, aber kein natürliches. Ein Fahrrad sauste heran und vorüber, daneben galoppierte hechelnd ein Schäferhund.
»In der Mittagshitze wie ein Wilder zu radeln und dazu seinen Hund rennen zu lassen, dazu gehört schon eine Menge Dummheit«, sagte Mona und machte vorsichtige, kleine Schritte auf den Zaun zu.
»Hallo, meine Dame, du hast Hund und Fahrrad erkannt!«, stellte Robert erstaunt fest. »Kompliment! Kennst du dich aus mit Hunden?«
Mona wiegte den Kopf. »Ich habe ein paar Hundebücher gelesen, weil meine Eltern früher mal einen kaufen wollten. Aber nach der Scheidung wurde nichts mehr daraus.«
Nahe am Zaun stand eine Gruppe von Pferden. Mit rupfenden Bewegungen rissen sie die jungen Halme ab, kauten und malmten, begleitet von zufriedenem Grummeln.
Von weit hinten auf der Weide drang wütendes Quieken.
»Da streiten sich zwei«, sagte Mona.
»Stimmt. Oh ... Hilfe! Die ganze Weide steht voller Brauner. Woran um alles in der Welt erkenne ich deinen Vitus?«
»An den Abzeichen. Vitus hat eine schmale Blesse und ... na ja, die Beine siehst du sowieso nicht im Gras.«
Der Boden neben Mona vibrierte sanft, Grashalme wurden heruntergetreten, ein Zweig zur Seite gebogen. Blätter raschelten.
»Ich sehe drei Braune mit Blessen.« Robert stöhnte. »Vier. Nein, es sind fünf.«

Mona rieb sich das Kinn und überlegte. »Vitus steht meistens mit Sandläufer zusammen, das ist ein großer Schimmel. Wir haben nur zwei Schimmel, Sandläufer und Fleur. Fleur steht fast immer für sich allein, eine ziemlich eigenwillige Stute. Und dann sind da noch die beiden Zwerge, unsere weißen Shettys.«
Es dauerte eine Weile, bis Robert plötzlich rief: »Ach, dort drüben! Das muss er sein. Ein Brauner mit Blesse. Grast Nase an Nase mit einem Schimmel. Willst du ihn nicht rufen?«
Zuerst sträubte Mona sich. Kein Pferd nahm freiwillig die Nase aus frischem Grün. Wenn Vitus nun nicht reagierte? Hielt Robert sie dann für eine lausige Pferdebesitzerin? Wer weiß, was er dachte. *Nicht einmal ihr Pferd will etwas mit ihr zu tun haben.* Ach was, er kam aus einer Züchterfamilie und kannte sich aus mit Pferden.
Mona legte die Hände wie einen Trichter an den Mund.
»Vitus. Vi-tus.«
»Er schaut hoch! Der erkennt deine Stimme. Wahnsinn«, rief Robert.
»Vi-tus.«
Das Pferd schickte sein kehliges Wiehern herüber.
»Vi-tus.«
Noch einmal wieherte Vitus. Begrüßungswiehern für Mona. Langgezogen und fragend. *Wo bist du?*
Monas Atem beschleunigte sich.
Ohne Vorwarnung kippte ihre Stimmung. Trostlosigkeit überwältigte sie.
Nie wieder würde sie ihren Vitus sehen. Nie, nie, nie. Nie mehr in sein unternehmungslustiges Gesicht schauen. Immer nur diese verdammte Dunkelheit. Lebenslänglich. Panik flog Mona

an, zwängte sie in einen schwarzen Schlauch, der ihr den Brustkorb zusammenpresste.

Blind. Immer und ewig blind.

Ruhig Luft holen. Mona senkte den Kopf. Einatmen. Ausatmen. Sie schluckte. Bloß nicht heulen vor dem Mobilitätstrainer. Nicht heulen. Nicht heulen. Hastig tastete sie nach der Sonnenbrille. Gut, dass es dunkle Gläser gab.

In die beklemmende Stille sagte Robert: »Was für ein prachtvoller Kerl, dein Vitus. Ich kann mir vorstellen, dass ihr im Dressurviereck ein wunderschönes Paar abgebt.« Und nach einer Pause fügte er hinzu: »Hörst du, Mona? Ich rede von der Gegenwart. Nicht von der Vergangenheit. Dein Pferd will dich zurückhaben.«

Obwohl der plötzliche Angstanfall ihr noch in den Knochen steckte, war der Höhepunkt vorüber. Schneller als gewöhnlich. Robert schaffte es, Mona Mut zu machen und ihre Gedanken in die Zukunft zu richten.

»Mal sehen«, murmelte Mona. Sie zwang sich dazu, an die winzigen Erfolge von vorhin zu denken.

Ja, sie wollte sich in dieses Mobilitätstraining hineinbeißen. Kämpfen. Ein normales Leben führen. Vitus brauchte sie. Und sie ihn auch.

Wie ein vergangener Traum tauchte der Sommer vor zwei Jahren in Monas Erinnerung auf, als Vitus auf dem Reiterhof eintraf, nervös und überfordert. Ohne Zutrauen zu Menschen. Jede freie Minute verbrachte Mona mit ihm. Ganz in Ruhe. Sie forderte nichts, schenkte ihm Zuneigung und Zeit. Welch ein grandioses Gefühl, als Vitus ihr das erste Mal vertrauensvoll den Kopf auf die Schulter legte. Mit jeder Woche wurde er gelassener und ruhiger. Und wie sie sich freute, als Herr Reuter sagte: »Du bist ein Glücksfall für Vitus, Mona. Und er für dich. In der Bahn könnt ihr beide ein Traumpaar werden.«

Genau so war es gekommen. Ständig ging es aufwärts: A-Dressur, L-Dressur, M-Dressur.

Sie wollten doch einmal alle Turniere der Welt gewinnen!

Jetzt erst recht.

Robert brachte Mona heim, begleitete sie durch die Mittagssonne zur Haustür und drückte ihr beim Abschied fest die Hand. »Bist ein tolles Mädchen. Du wirst wieder im Sattel sitzen, Mona, ganz sicher. Was du heute bereits geschafft hast, große Klasse! So, ich verschwinde jetzt. Ciao.«

Ein kurzes Antippen der Hupe, und Robert fuhr davon. Mona hob die Hand, ohne zu wissen, ob er sie sah.

Als sie den schwarzen Flur betrat, hatte Mona zum ersten Mal nicht das schreckliche Gefühl, von der ewigen Nacht verschlungen zu werden. Etwas in ihr war in Bewegung geraten. Ihr Körper fühlte sich nicht mehr so tot und erstarrt an wie in den letzten Wochen.

Die Aussicht, bald wieder mit Vitus zu arbeiten, versetzte Mona in eine aufgeregte Hochstimmung.

Warum war es so viel leichter, fragte Mona sich, als sie sich zum Wohnzimmer vortastete, von einem Wildfremden wie Robert Hilfe anzunehmen als von ihrer Mutter? Von ihrem Vater? Von den Reiterfreunden? Sogar von Julia? Mona gab sich selbst die Antwort. Weil es Roberts Job war, anderen zu helfen. Er musste ihretwegen auf nichts verzichten. Also brauchte sie kein schlechtes Gewissen zu haben. Bei allen anderen hatte Mona unentwegt dasselbe bedrückende Empfinden.

Sie opfern ihre Zeit.
Sie tun mir einen Gefallen.
Ich falle ihnen zur Last.
Immer und immer beschlich sie dieses ungute Gefühl.
Bei Robert nicht.
Und den Blindenstock hatte er mit keinem Wort erwähnt.

8

Die ganze Nacht ließ Mona ihr Fenster geöffnet, zum ersten Mal seit dem Unfall. Lange Zeit lag sie wach im Bett nach den verwirrenden Erfahrungen des Tages. Sie fand es angenehm zu spüren, wie die Luft über ihre Augen strich.

Auch als gegen Morgen leichter Regen einsetzte, blieb der Fensterflügel offen. Mona richtete sich im Bett auf, stopfte sich das Kopfkissen in den Rücken und lauschte hinaus.

Regen machte das Haus in ihrem Kopf irgendwie sichtbarer. Sie hörte, wo die Dachrinne verlief, als die ersten, vereinzelten Tropfen im halbrunden Kupferblech trommelten. Auf den Dachpfannen klang der Regen wie sanftes Prasseln, und auf dem harten Plattenweg, der zum Haus führte, platschte das Wasser leise auf. Auch die beiden Birken im Vorgarten hatten ihren eigenen Klang, wenn Regen über ihre mächtigen Kronen rieselte. Ein weiches, schönes Rauschen.

Die Geräusche aus der Natur beruhigten Mona, und auch ihre Kopfschmerzen verblassten, die sie den ganzen Abend gequält hatten. Doch nach wie vor fuhren die Gedanken unter Monas Schädeldecke Karussell. Unentwegt stellte sie sich Geräusche vor, tastete im Geiste über Holz, Eisen, Plastik, Glas. Die neuen Eindrücke drehten sich im Kreis, suchten einen Platz in ihrem Gehirn, wo sie sich festhaken konnten. Eisengitter, Holzwände, Sattelkammer, Tröge, Tränken, Türschlosser, Klinken, Fenster, die Weide. Vitus' Wiehern, der Hund neben dem Fahrrad, Robert und sein Auto.

Mona zog ihre Arme unter der Bettdecke hervor und rieb die

Fingerkuppen aneinander. *Mit den Händen sehen*, das hörte sich gut an. Und einleuchtend. Aber es war so schwer.

»So eine treue Seele, deine Penny aus Wyoming.«
Ein Blatt Papier wedelte vor Monas Nase, als ihre Mutter am nächsten Morgen nach kurzem Anklopfen ins Zimmer trat. »Habe ihre Mail ausgedruckt. Postwendend hat Penny geantwortet, nachdem ich ihr von deinem Unfall geschrieben hatte.«
Sie las die Nachricht vor, ein aufgeregter Text, mal deutsch, mal englisch, aber jedes einzelne Wort drückte so viel Mitgefühl aus, dass Mona mit den Tränen kämpfen musste. Und dann schrieb Penny noch, in ungelenkem Deutsch und rührend holprig, dass sie die weltbeste Blinden-Begleitreiterin sei und dass sie irgendwann Steigbügel an Steigbügel mit Mona über die Prärie reiten wollte, zum Teufel noch mal.
Mona vermied eine Antwort, weil sie fürchtete, die Mutter würde ihre unterdrückten Tränen bemerken.
Wenn sie sich dazu durchringen würde, diese dämliche Brailleschrift zu lernen – *wenn* –, dann nur wegen Penny.
Nachdem ihre Mutter ins Büro gefahren war, machte Mona sich für ihre zweite Trainingsstunde am Mittag fertig.
Diesmal legte sie mehr Wert auf ihr Outfit als am Tag zuvor. Sorgfältig suchte sie ihre besten Jeans aus und fand in ihrem peinlich aufgeräumten Schrankregal mit einem Griff das enge pinkfarbene Top mit Aufdruck, das sie kurz vor dem Unfall mit Julia gekauft hatte.
Endlich passierte etwas! Obwohl sie sich so lange dagegen gewehrt hatte, merkte Mona nun, dass der Tag weniger düster war, wenn ein Termin bevorstand wie jetzt.

Schon lange, bevor Robert aufkreuzte, ging Mona durch den Flur und trainierte auf ihre eigene Weise. Sie zählte ihre Schritte von der Haustür zur Küche, vom Kühlschrank zum Wohnzimmer, vom Esstisch zur Terrasse. Ein paarmal prallte Mona mit Schienbein oder Knie gegen Tische und Stühle und stellte fest, dass sie eine gleichbleibende Geschwindigkeit brauchte, um Abstände richtig zu schätzen.

Ich muss das Leben von Grund auf neu lernen – wie ein Säugling, dachte sie bei jedem Zusammenstoß und kämpfte gegen die Welle der Verzweiflung an, die sie ergreifen wollte.

Als die Standuhr zwölf schlug, nahm Mona ihre Sonnenbrille, setzte sich im Schutz des Unterstandes auf die Stufen vorm Haus und hoffte, dass wegen des leichten Regens kein Bekannter vor die Tür ging und möglicherweise an ihrem Haus vorbeikam.

Sie hatte Glück, denn bis auf Robert, der wenige Minuten später eintraf und mit ihr zum Reiterhof fuhr, sprach niemand sie an.

Wieder standen keine Autos auf dem Parkplatz, bis auf drei Hänger, und Mona fand mithilfe des Kompasses – »Südost, Südost« – den Stall, den sie selbstständig aufschloss.

Diesmal gab es beim Hereinkommen keinen Zweifel, dass der Stall voll belegt war. Ein Pferd schnarchte so laut, dass man es bis zum Eingang hörte.

»Hendrix, jede Wette«, sagte Mona sofort und blieb stehen. »Sieh nach, ob ich recht habe. Er steht – das heißt: er liegt wohl eher – im großen Stall, erste Box rechts. Hat Ähnlichkeit mit Vitus. Auch ein Brauner. Die gleiche Blesse.«

Als sie Robert um die Ecke geschickt hatte, rief Mona halb laut:

»Vi-tus.«
Sofort schallte ihr sein wunderbares Wiehern entgegen, und ein Lächeln lag auf ihrem Gesicht, als Robert mit quietschenden Joggingschuhen zurückkam.
»Ein Trick, ich verstehe. Die Sache mit Hendrix war nur ein Ablenkungsmanöver, damit ihr beiden euch allein begrüßen könnt. Übrigens hast du den Schläfer richtig erkannt. Hendrix.«
Mit Roberts Hilfe gelangte Mona zu Vitus' Box. Beim Öffnen wusste sie nicht mehr, ob die Schiebetür nach links oder rechts aufging und rüttelte ärgerlich an den Eisensprossen. Sie hörte Vitus durchs Stroh marschieren. Ungeduldig lief er in der Box hin und her. Schnaubte kurz und unwillig. Er hasste Verzögerungen.
Wie oft hatte Mona diese Bewegung, das Türöffnen, früher ausgeführt! Sozusagen blind! Aber jetzt, ganz ohne Anhaltspunkt, mitten in dieser fürchterlichen Dunkelheit konnte sie keinen Griff finden. Niemand konnte das.
Die alte Bitterkeit übermannte Mona erneut.
»Deshalb wollte ich keine Zuschauer«, sagte sie und versetzte der Holzfüllung einen Tritt. »Damit sich nicht der halbe Stall schlapplacht, wie das Dressurtalent Mona Borchert völlig verblödet an einer Tür herumreißt.«
Robert sprang ihr zur Seite. »Cool bleiben, Mädchen. Wir fangen doch gerade erst an. Merk dir am besten das Prinzip der Schiebetüren, das gilt nämlich für alle Boxen. Türen schiebt man außen an der Box entlang. Nicht innen. Sonst würde man ja das Pferd einklemmen, falls es direkt hinter der Wand steht. Ich zeige es dir.«

Er nahm Monas Hand und legte sie an den Türrahmen. »Fühl einfach, wo die Tür verläuft, wo sie endet und wo die glatte Wand beginnt. Dann begreifst du, in welche Richtung du schieben musst.«

Vitus trat krachend gegen die Box. Robert seufzte.

»Okay, das mit dem Fühlen holen wir später nach, sonst dreht dein Süßer noch durch. Nach rechts schieben, ich helfe dir.«

Gereizt öffnete Mona die Tür. Durch die Dunkelheit kam ihr duftendes Fell entgegen, und in Sekundenschnelle löste sich der Frust in Luft auf, als Vitus sie sanft mit der Nase anstupste. Weiche Nüstern. Seidige Mähnenhaare. Dunkles Blubbern. Lebendige Vergangenheit.

»Ohne dich hätte alles keinen Sinn«, murmelte Mona und schlang ihre Arme um seinen warmen Hals.

Nach einer Weile meldete Robert sich aus dem Hintergrund. »Dein Gesicht ist schon ganz rot vom Schmusen. Wie sieht es mit unserer Arbeit aus?«

Vitus protestierte, als Mona ihn vor die Brust tippte und zurück in seine Box beorderte, aber schließlich gab der Hannoveraner nach und machte sich über das Stroh her.

»Diese Ecke des Stalls mit den vier Boxen kennst du schon, Mona. Heute machen wir uns mit dem ganzen Stall vertraut.«

Zwischen Sandläufers Box und der großen Stallgasse lag die Sattelkammer mit einer Reihe abschließbarer Stahlschränke, in denen die Reiter Putzboxen, Stiefel und anderes Zubehör aufhoben.

»Die Tür zur Sattelkammer geht zur Stallgasse hin auf. Lässt jemand sie offen stehen, rennst du voll dagegen. Hast du ja gestern erlebt. Also immer die Hand vors Gesicht nehmen. Welches ist dein Schrank, Mona? Ah, ich sehe ihn. In der Mitte. Nicht gerade optimal.«

Während Robert sich in der schmalen, langen Sattelkammer zu schaffen machte, klang seine Stimme hohl. »Überrede doch einen Reiter, den Schrank mit dir zu tauschen. Wenn du gleich den ersten bekommst, hast du es leichter. Er gehört, warte mal . . . ja, hier ist ein Aufkleber . . . Larissa Sander.«

Larissa Sander. Mona kniff die Lippen zusammen und nickte grimmig. Den Schranktausch konnte sie sich abschminken. Mona verspürte nicht die geringste Lust, Larissa auch nur zu fragen. Sie um einen Gefallen zu bitten, das war das Letzte. Auf Monas Frage würde Larissa wahrscheinlich katzenfreundlich antworten: »Aber nur, wenn du mir dein Pferd verkaufst.«

»Mal sehen«, sagte Mona ausweichend und drückte den Kompass, um das Gespräch nicht zu vertiefen. Mit kleinen Schritten entfernte sie sich von der Sattelkammer in die Ungewissheit der Stallgasse. »Nordost, Nordost, Nordost.«

Ein kurzes Stück ging Mona ins Leere, dann umfassten ihre Hände senkrechte Eisensprossen, darunter begann eine Holzfüllung. Zwanzig Boxen hatte Theo Reuters in diesem neuen Stallteil, zehn auf jeder Seite der Stallgasse.

»Wir stehen jetzt vor der ersten Box rechts«, sagte Robert.

»Hendrix«, sagte Mona spontan. »Brauner mit Blesse. Schnarcht.«

»Hervorragend. Jetzt gehst du an den Boxen entlang und zählst sie ab. Präge dir Besonderheiten ein, zum Beispiel die Form der Namenstafeln. Überwiegend sind die Schilder rechteckig und glatt, aber ich sehe auch einige aus Holz mit geschwungenen Kanten.«

Mona nickte. Sie berührte Stangen und Griffe, manche fühlten sich neu an, andere abgegriffen. Dann die Holzwände: einige völlig glatt, andere leicht rau. Bei der fünften Box von oben fühlte Mona neben der Futterdurchreiche eine winzige Vertiefung, eine kleine Delle. Dolly, die braune Freiberger Stute, stand hier.

»Delle wie Dolly«, sagte Mona. »Meine Eselsbrücke.«

»Astrein«, lobte Robert. Auswendig lernen war das Gebot der Stunde. Sie musste alles auswendig lernen.

Geduldig gab Robert Auskunft auf Monas Fragen.

Das Ende der Stallgasse erkannte sie an dem Luftzug, der durch die vergitterte Hoftür hineinkam. Mona strich über die Vorderfront der letzten Box, die als einzige eine niedrige Tür besaß, damit die Shettys Krümel und Pucki freie Sicht hatten.

»Ausgezeichnet. Du lernst sehr schnell.«

Das Lob tat Mona gut und spornte sie an, gleich auf die andere Seite der Stallgasse zu wechseln. Doch nach ein paar eiligen Schritten stockte sie und begann wieder, die Orientierung zu verlieren.

»Robert?« Ihre Stimme klang dünn und hoch, Mona hörte es selber. »Wo bin ich? Wo komme ich an?«

»Ich lege dir meine Hand auf die Schulter«, hörte sie Robert Stimme neben sich. »Toll, dass du selber etwas ausprobierst, Mona, aber am Anfang klappt es besser mit System. Wir gehen noch einmal zurück zur Shettybox.«

Mit dem Rücken stand Mona nun vor der Box von Krümel und Pucki und überquerte die Stallgasse mit erhobener Hand, bis sie die Eisensprossen der gegenüberliegenden Tür zu fassen bekam. Mona landete vor der letzten Box auf der linken Seite, wo Gardenie stand, Larissas Fuchsstute.

Nun tastete Mona sich die linke Boxenseite hinauf, vorbei an Valentino, Baron, Hannes . . . Mona kannte jedes Pferd. Am Ende stand Fleur, unverwechselbar mit ihrem herzförmigen Namensschild.
Geschafft. Erledigt lehnte sie sich gegen Fleurs Box und wandte ihr Gesicht Robert zu.
»Das war doch schon ein winzig kleiner Schritt vorwärts, was meinst du?«
Robert lachte. »Nein, das war kein kleiner Schritt. Das war ein richtiger Galoppsprung.«

Am nächsten Tag fragte Robert: »Willst du lernen, um die Reitanlage herumzugehen?«
Soeben hatte Mona allein die Stallgasse durchmessen und sich von Robert bestätigen lassen, dass sie alle Pferde richtig benannt hatte.
Sie standen vor Gardenies Box, der letzten Box links, neben der Tür zum Hof, durch die man zum Paddock gelangte und zum Misthaufen. Von hier kam man auch zur Reithalle und zum Außenplatz, dazu musste man um den Stall herumgehen und den Parkplatz überqueren.
Mona nickte voller Eifer. »Auf jeden Fall. Den Weg zur Reithalle und zum Paddock will ich mit Vitus allein gehen können.«
»Warte eine Sekunde«, sagte Robert und holte etwas herbei, das er beim Hereinkommen gegen eine Box gelehnt hatte.
»Okay, Mona, du lernst heute eine riesige Hilfe für draußen kennen.«
Mit leichter Luftbewegung bewegte sich ein dünner Gegenstand vor Monas Gesicht.

»Bitte sehr, ich habe dir einen Langstock mitgebracht. Das ist eine richtig tolle Sache. Beim Vorwärtsgehen pendelt man den Stock hin und her und erkundet so den Weg. Und weil das Teil weiß ist, sehen die anderen dich früh genug.«

Einen Augenblick lang herrschte fassungslose Stille.

»Ich habe es gewusst«, brach es dann aus Mona heraus. »Irgendwann kommt die Nummer mit dem Blindenstock. Den nehme ich nicht. Nein. Niemals.«

Sie schluchzte auf, räusperte sich jedoch sofort und zwang sich zur Ruhe. Auf keinen Fall wollte Mona vor Robert als heulendes, blödes, blindes Huhn auftreten. »Soll ich mich vielleicht mit dem weißen Stock an Vitus herantasten? Und zur Lachnummer für den ganzen Stall werden?«

Von Robert kamen keine Anzeichen von Erstaunen oder Ärger.

»Niemand zwingt dich, den Stock zu benutzen, Mona«, sagte er ruhig. »Aber für unser Mobilitätstraining ist er einfach sinnvoll.«

Mona hörte ein leises Geräusch, als Robert den Langstock auseinanderklappte und ihr unter die Nase hielt.

»Hier, fühl wenigstens mal.«

Mona schwieg.

»Die runde Spitze am unteren Ende ist extrem empfindlich, sie gibt alle Unebenheiten an dich weiter. Du merkst, ob du auf Kopfsteinpflaster gehst, auf Asphalt oder Gehwegplatten«, fuhr Robert unbeirrt fort. »Oder auf Beton wie hier in der Stallgasse. Auf Sand wie im Paddock. Auf Fliesen wie im Waschraum. Und natürlich erkennst du, ob etwas im Weg steht. Schubkarren, Heuballen, Eimer, Putzkästen. Stell dir vor, du stürzt darüber. Dein schönes Gesicht . . .«

»Pah«, fauchte Mona.

»Mona! Kein Mensch beobachtet dich hier. Warum willst du dir die Chance entgehen lassen, deine Umwelt zu entdecken?«
Störrisch legte Mona ihre Hände auf den Rücken und umklammerte Gardenies Boxenstäbe hinter sich, bis ihre Handflächen schmerzten. Wie sie alle verabscheute, die sehen konnten! Gute Ratschläge geben, ja, das konnten sie! Sollten sie doch selber erst mal erblinden, dann wussten sie, wie demütigend das war, mit einem albernen weißen Stock in der Dunkelheit herumzustochern.
Robert riss sie aus ihren finsteren Gedanken. »Mona, ich kann mir denken, was alles auf dich einstürzt. Alles ist so verwirrend und neu. Du hast ja keine Zeit gehabt, dich an die Vorstellung zu gewöhnen, nie mehr sehen zu können.«
Nein, dachte Mona verzweifelt, ich habe keine Zeit gehabt. Von einer Sekunde zur anderen blind. Vollblind. Ihr fröhliches, buntes Leben, die herrlichen Stunden mit Vitus, die aufregenden Reitturniere – alles war mit einem Schlag vorbei. Lebenslänglich.
»Ich bin doch erst fünfzehn«, flüsterte Mona und starrte vor sich auf die Stallgasse, die sie nicht mehr sah.
Zu Monas Glück kommandierte Robert sie nicht herum, sondern sagte nur beschwörend: »Auf dich warten noch tausend schöne Stunden im Sattel, Mona. Und der Weg zur Selbstständigkeit fängt mit einem kleinen Schritt nach draußen an.«
Dann machte Robert ihr einen Vorschlag: Einmal wollten sie gemeinsam den Reiterhof ohne Stock abschreiten, nur mit Kompass und mit seinem Arm zum Festhalten und danach mit Langstock, um den Unterschied zu spüren.
Vom anderen Ende des Stalls drang auf- und abschwellendes

Wiehern herüber und Mona spürte trotz ihres Ärgers plötzlich den Drang zu lachen. Vitus! Konnte ihr Pferd Gedanken lesen? Dieses singende Wiehern, das war seine Art, nachdrücklich auf Beeilung zu drängen. *Mach schon, Mona!* Den Ton kannte sie von Turnieren, wenn es ihm nicht schnell genug ging. Wollte Vitus sie überreden?

Mona zauderte noch kurz, doch dann sagte sie: »Aber wenn jemand kommt, tauchen wir sofort im Stall unter.«

»Einverstanden.«

Mona umfasste Roberts Oberarm und ließ den Kompass sprechen. Ohne dessen Blechstimme hätte sie komplett die Orientierung verloren. Unter den Schuhen fühlte sie kaum einen Unterschied zwischen Sand, Schotterwegen und festen Grasboden, es sei denn, sie schlurfte mit der ganzen Sohle, was ihr sehr missfiel.

Am Reitplatz konnte Mona sich überhaupt nicht orientieren. Und den Parkplatz zu überqueren, erschien ihr wie ein Herumstochern im Nebel. Zweimal prallte Monas erhobene Hand gegen abgestellte Pferdehänger. Robert hielt sie zurück, bevor Mona über die Deichseln stolperte und sich verletzte.

Monas Mut sank. Wie sollte sie jemals mit Vitus am Zügel den Weg zur Reithalle finden?

Schließlich blieb Mona neben dem einzigen geparkten Auto, Roberts Wagen, stehen und streckte die Hand aus.

»Gib mir den blöden Stock, ich probiere ihn aus.«

Robert zeigte ihr, wie sie ihn vor sich hin- und herpendeln sollte, auch das musste Mona erst einmal lernen. Sie war überrascht, wie deutlich sie den Untergrund mit dem leichten Aluminiumstock spürte, sogar den Übergang von festgetretener

Erde und Sand, jedes lose Steinchen und auch Bodenwellen. Selbst eine schmale Matschkuhle entging ihr nicht und sie sagte triumphierend: »Das ist die feuchte Stelle hinter der Reithalle, oder? Im Norden, wo nie Sonne hinkommt. Wir müssen an der Richterbox sein. Das ist der Vorbau aus Holz.«
Sie sprachen nicht darüber, dass es eindeutig besser ging mit dem Taststock, es war offensichtlich. Trotzdem wusste Mona genau, dass sie den Stock nur selten in der Öffentlichkeit benutzen würde. Jetzt, beim Training, wollte sie wahnsinnig gut aufpassen und sich alles merken, damit sie sich bald ohne Hilfe auf dem Hof zurechtfand. Auch zusammen mit Vitus.

9

Nach einigen Tagen Training im leeren Stall, in denen Mona in winzigen Schritten Zuversicht gewann, passierte das Unvermeidliche: Sie traf auf andere Menschen.

Gerade, als Mona mit Robert ihre tägliche Tour durch die Stallgasse machte und Boxen zählte, war draußen auf einmal leises, eiliges Hufgetrappel zu hören, dann helles Lachen und Quieken von kleinen Kindern und das Heranrollen gummibereifter Wagenräder.

Mona lief rot an. Der Schweiß brach ihr aus. »Robert, ich will weg. Wer kommt da?«

Robert beruhigte sie und ging nach draußen, um die Lage zu peilen.

»Zwei weiße Shettys vor einer Minikutsche«, gab er halb laut zurück in die Stallgasse. »Zwei kleine Jungs, vielleicht sechs Jahre, blond, Igelhaarschnitt, total schmutzig, toben über den Hof. Sehen aus wie Zwillinge.«

»Tim und Tom«, sagte Mona nervös. »Die Söhne des Stallbesitzers. Ist er auch dabei? Anfang vierzig, schlaksig, groß, blond, dünn. Geht etwas steif, er hat Rückenprobleme.«

»Exakt. Ich könnte ihn nicht besser beschreiben. Der nimmt gerade das Fahrgeschirr ab.« Robert kehrte in den Stall zurück. »Scheint hierher zu kommen.«

In heller Aufregung fuhr Mona herum. Sie fühlte sich in die Enge getrieben. Ihre gerade gewonnene, dünne Sicherheit zerbrach wie Eis, das noch nicht tragfähig ist. Wohin konnte sie verschwinden? Hastig fuhr Mona mit den Händen über die Bo-

xentür neben sich, tastete das Namensschild ab. Die Kanten waren ein wenig rau, das musste Barons Box sein.
»Wir wollen mitspielen!«
Kleine Füße patschten über den Betonboden und in Sekundenschnelle war die Stallgasse von jubelnden Kinderstimmen erfüllt. »Mona, Mona, dürfen wir mitspielen?«
Stocksteif verharrte Mona mit dem Gesicht zur Box und suchte Halt an den Stäben. »Ich spiele nicht!«, sagte sie schroffer als beabsichtigt und wandte sich ab, um den Kinderblicken zu entgehen.
»Doch, du spielst. Blinde Kuh! Du tastet ja alles ab, weil du nicht weißt, wo du bist. Wir wollen mitmachen.«
Dann die Stimme von Theo Reuter. »Mona, so eine Überraschung! Du bist zurück. Und wegen der Jungs – bitte nimm es ihnen nicht übel. Tut mir leid, was sie sagen. Tim, Tom, bringt die Shettys aufs Paddock, sie sind im Hof angebunden. Und dann ab ins Haus und umziehen.«
»Oh, wie gemein.« Enttäuscht und meuternd zogen die Kinder ab.
Mona presste die Lippen zusammen und blinzelte durch ihre Sonnenbrille zum unsichtbaren Stallbesitzer hinüber. »Schon gut, ich muss mich nur erst daran gewöhnen, dass ich . . .«
Einen Moment herrschte betretenes Schweigen, dann fühlte Mona sich in den Arm genommen und gegen einen ledernen Haufen Leinen und Fahrgeschirr gedrückt. »Mensch, Mona.«
Mona zuckte zusammen. Eigentlich fand sie es scheußlich, wenn Menschen sie, ohne zu fragen, anfassten! Aber irgendwie war es bei ihrem Reitlehrer etwas anderes. Mitfühlend und herzlich fühlte seine kurze Umarmung sich an. Jahrelang hatte

Herr Reuter sie gefördert und mit Schulpferden auf Turniere geschickt, bevor sie ihren Vitus bekam.
Wie niederschmetternd musste es nun für ihn sein, dass seine Reiterin, die er so sorgfältig aufgebaut hatte, nichts mehr brachte.
Totalausfall.
Während Mona schweigend ihre langen Haare ordnete, die bei der stürmischen Umarmung zerzaust worden waren, stellte Robert sich bei Theo Reuter vor.
Mit aufgeregtem Zwitschern zischte eine Schwalbe durch die Stallgasse, sodass Mona unwillkürlich den Kopf einzog.
»Gut, dass ich dich endlich treffe«, hörte Mona Herrn Reuter von der Seite sagen, begleitet vom Geräusch des knarzenden Lederzeugs, das er auf seinem Arm zurechtrückte. »Hat Julia dir meinen Vorschlag nicht ausgerichtet? Dass ich dich gern an die Longe nehme?«
»Doch, aber . . . danke sehr, aber es geht nicht.«
»Wer sagt das?«
»Ich habe es schon einmal probiert.«
»Einmal ist keinmal«, sagte Theo Reuter kurz.
Hilflos breitete Mona die Arme aus. »Eigentlich will ich schrecklich gern wieder reiten. Aber Ihre Ansprüche, turniermäßig – das geht ja nicht mehr. Ich kann mich kaum auf dem Pferd halten. Außerdem will ich nicht als Clown im Stall herumtapsen.«
Darauf bekam Mona nur »Dummes Zeug« zur Antwort, und Herr Reuter sprach mit Robert über seinen Beruf, bevor er sich zum Hof wandte und Mona zurief: »In einer halben Stunde sitzt du auf Vitus. Ich mache ihn fertig. Longenstunde. Teil deines Mobilitätstrainings.«

Mit pochendem Herzen kramte Mona aus ihrem Schrank Reitschuhe und Kappe hervor. Höchste Zeit, dass sie mit Julia Ordnung schaffte, um mit dem ganzen Zubehör zurechtzukommen. Immerhin erfühlte Mona eine Tüte mit Mähnengummis, fummelte einige heraus und band sich die Haare im Nacken zusammen. Die Jeans behielt Mona an, obwohl es ihre besten waren, aber sie wollte sich nicht vor den Männern umziehen. Ihre Wildleder-Chaps fand sie beim besten Willen nicht.
Vitus stand schon fix und fertig gesattelt auf der Stallgasse, als Mona aus der Sattelkammer kam.
»Die ersten Male führe ich Vitus in die Halle. Vorsichtshalber«, bemerkte Herr Reuter. »Später kannst du das selber.«
Der kann sich gar nicht vorstellen, wie hilflos ich bin, dachte Mona und erinnerte sich an ihren ersten Stallbesuch mit Julia, als sie völlig orientierungslos umherirrte. Stockblind ein Pferd über den Parkplatz führen, wie sollte das wohl gehen?
Draußen stellte Mona allerdings überrascht fest, wie viel sicherer sie diesmal den unsichtbaren Parkplatz überquerte, was auch daran lag, dass Robert den Kompass anschaltete. »Nordwest, Nordwest, Nordwest.« Selbst als sie die Reithalle betraten und jeder Schritt von den Spänen verschluckt wurde, fand Mona diese Geräuschlosigkeit zwar verwirrend, aber sie raubte ihr nicht mehr den Verstand.
Trotzdem war sie froh, als Herr Reuter nach einigen lautlosen Schritten ihren Arm drückte und verkündete: »Wir halten nun exakt in der Mitte des oberen Zirkels. Du kannst aufsitzen. Die Steigbügel sind unten.«
Mona befühlte Vitus' Widerrist, strich über Schulter, Ellenbogen, Sattelgurt, bis sie den tief hängenden Bügel berührte und

einen Fuß hineinsetzte. Zaghaft blieb Mona neben Vitus stehen. Neue Unsicherheit. Wie viel Schwung brauchte sie? Etwas zu viel, und sie flog auf der anderen Seite hinunter. Vitus wandte den Kopf und schnoberte über Monas Unterarm. Es fiel ihm auf, wie lange seine Reiterin brauchte, hochzukommen.
Da Herr Reuter mithalf, gelangte Mona sicher in den Sattel. Er brachte auch die Ausbindezügel an.
»Vitus steht mit dem Gesicht zur Hallentür«, erklärte er, und Mona strengte sich an, sich diese Position bildlich vorzustellen.
»Halt dich im Sattel fest. Aufrecht sitzen, Mona, nicht nach vorne fallen. Gut so. Ich bringe jetzt die Longe an. Fertig. Können wir?«
Mona nickte angespannt.
»Gut. Ich hebe meine Peitschenspitze leicht an und lasse Vitus antreten. Fühlst du, dass er vorwärtsgeht?«
Jeden Schritt begleitete Herr Reuter mit einer Erklärung und Mona ahnte, wo der Reitlehrer in der Finsternis stand, meistens jedenfalls. Von der Tribüne aus lehnte sich Robert über die Bande und unterstützte das Training. Er rief Mona zu, welchen Punkt der Halle sie gerade passierte.
»Punkt A, also Mitte der kurzen Seite.«
»Punkt X, also Mitte der Reithalle.«
»Du bist an der Bandentür.«
Später nur noch »A« oder »X« oder »Tür«.
Es war gut zu wissen, wohin sie ging, das half Mona. Aber die ganze Zeit kam es ihr vor, als säße sie nicht auf einem Pferd, sondern als triebe sie im Meer auf einer wackelnden Tonne, die beunruhigend hin und her schwankte.
Immer noch fühlte Mona keinen Kreis, wenn sie auf dem Zirkel

ging. Sie musste sich regelrecht im Sattel festklammern, um nicht seitlich hinunterzurutschen, so armselig sah es mit ihrer Balance aus. Aber sie wollte durchhalten. Unbedingt. Mona strengte sich an, bis ihr fast der Kopf platzte.
Kam es ihr nur so vor oder spürte Vitus tatsächlich, dass er sich mit ihr keine Bocksprünge erlauben durfte? Früher hätte er die Situation ausgenutzt! Sobald Mona nicht voll bei der Sache war, schlug er gern über die Stränge und versuchte, ihr die Chefposition streitig zu machen. Das probierte Vitus heute gar nicht erst. Sonst wäre sie auch beim ersten Versuch aus dem Sattel geflogen.
»Wir machen einen Handwechsel. Ich verkürze die Longe und gehe zum Pferdekopf. Brav, Vitus.«
Mona fühlte ein leichtes Vibrieren im Pferdeköper, das bis zu ihren Beinen wanderte, als Herr Reuter Vitus den Hals klopfte.
»Vitus tritt jetzt langsam herum. Vorhandwendung.«
Zu Monas Entsetzen bemerkte sie weder, dass ihr Pferd sich zur Seite bewegte, noch wusste sie, in welche Richtung. Wo stand Vitus nach der Wendung? Wieder packte sie schiere Verzweiflung.
»Verdammt!« Mona konnte ein trockenes Schluchzen nicht unterdrücken. Es war schrecklich, wie ein Idiot im Kreis geführt zu werden und das nicht einmal zu spüren. Diese ewige, quälende pechschwarze Nacht. Sie wollte wieder sehen! Und richtig reiten!
Alles war so furchtbar mühsam.
»Und haaalt.«
Mit halbem Ohr hörte Mona das feine Schlagen der Leine, als Herr Reuter die Longe in Schlaufen zusammenlegte und sie leise im Sattel ansprach.

»Mona, ich weiß, wie viel Kraft man braucht, um neu anzufangen. Natürlich lässt sich dein Schicksal mit nichts vergleichen, aber mit Unfällen im Allgemeinen kenne ich mich auch aus.« Er half Mona beim Absitzen. »Wie oft ich verletzt war, meine Güte, das kann ich gar nicht mehr zählen. Immer auf die jungen Pferde, die buckelnden, bockenden, unberechenbaren. Hab mir schon jeden Knochen gebrochen.«

Seufzend schob er die Peitsche unterm Arm zurecht und umfasste die in Schlaufen aufgewickelte Longe mit einer Hand. »Manchmal wollte ich alles hinwerfen und dachte, warum lässt du dich nicht umschulen? Auf einen sicheren Beruf? Etwas am Schreibtisch!« Mit klickendem Schnappen löste er die Ausbindezügel vom Trensenring. »Aber du und ich, wir sind Pferdeleute, uns zieht es immer wieder in den Sattel, da kann man nichts machen.«

Mona stand neben ihrem Pferd und tastete automatisch nach dem Steigbügel, um ihn hochzuziehen.

Du und ich, wird sind Pferdeleute, hatte er gesagt.

Sie und er, der ausgebildete Bereiter, der sogar schon S-Dressuren gewonnen hatte.

Monas Enttäuschung wich ein bisschen. Das war zwar kein Reiten gewesen, wie sie es kannte. Aber verglichen mit dem ersten Mal doch ein winziges Stück besser. Sie wollte es wieder packen mit Vitus, um jeden Preis. Und es schien so, als machte ihr Pferd fleißig mit. Als stellte Vitus sich ganz automatisch auf die neue Mona ein.

Heute hatte sie sich weniger verloren gefühlt. Nicht so sehr der Dunkelheit der großen Halle ausgeliefert.

Durch den dick eingestreuten Hallenboden schlenderte Robert

heran. Zum ersten Mal stellte Mona fest, dass man auch Sägespäne hören konnte, zumindest das Schlurfen.
»Ich bin mächtig stolz auf dich, Mona Borchert. Du brauchst gar nicht zu fluchen, weil es für dich nicht perfekt genug ist. Dein Kopf braucht einfach Zeit, um sich stärker auf Hören und Fühlen umzustellen. Das kommt alles mit der Zeit. Geduld.«
Mona stöhnte. »Ich habe aber keine Geduld.«
Robert lachte tröstend, und Theo Reuter sagte in seinem sachlichen Reitlehrerton: »Wir üben täglich zehn oder fünfzehn Minuten, du brauchst erst einmal wieder Muskeln. Wenn ich keine Zeit habe, soll Julia dich an die Longe nehmen. Tag für Tag. Gleichmäßige Gewöhnung ist das A und O.«
Mona verzog das Gesicht zur Andeutung eines Lächelns und schaute dorthin, wo ihrer Meinung nach die Stimme herkam. »Danke schön, Herr Reuter. Und . . . bin ich wirklich nicht lästig?«
Mona spürte den Luftzug einer wegwerfenden Handbewegung. »Unsinn. Du bist so begabt. Und irgendwann schaffst du es, Vitus wieder allein zu reiten. Auch blind. Du hast das Zeug, dich durchzubeißen.«

10

Als einige Wochen später ein Paket aus Wyoming eintraf, original Westernstiefel aus gelbem Hirschleder, lagen bereits zwanzig Longenstunden hinter Mona und ebenso viele Unterrichtstage mit Robert, mit dem sie morgens und nachmittags beharrlich übte.

In kleinen Schritten ging es vorwärts, der Muskelkater hielt sich nun in Grenzen. Doch auch von Rückschlägen blieb Mona nicht verschont. Jede Kleinigkeit warf sie aus der Bahn. Mona brauchte sich nur zweimal auf der Stallgasse umzudrehen und sogleich verlor sie die Orientierung. Wenn sie dann angstvoll zwischen den Boxen umherirrte, verfluchte sie wieder einmal ihr Schicksal.

Manchmal war Mona drauf und dran, alles hinzuwerfen und sich wieder in ihr Zimmer zu verkriechen. Niemand konnte sich vorstellen, wie es war, in ewiger Nacht zu leben. Niemand. Das tägliche Leben zu Hause in den Griff zu kriegen, das war schon aufreibend genug. Und immer dieses Warten darauf, dass jemand sie zum Stall brachte und abholte. An einigen Tagen fuhr Monas Mutter sie nach der Arbeit hin, oft holte Robert sie ab, manchmal Herr Reuter.

Das war überhaupt das Schwerste für Mona: dass sie dauernd jemanden brauchte.

Herr Reuter, selber gebeutelt von Unfällen, hatte Mona gesagt: »Versuch mit aller Kraft, selbstständig zu werden. Erwarte nichts von anderen. Ja, zu Anfang, da sind alle voller Mitleid. Aber das nutzt sich ab. Je länger du krank bist, desto mehr bröckelt die Hilfsbereitschaft. Irgendwann sind alle nur noch genervt. Spätestens dann, wenn sie Rücksicht nehmen sollen. Denk an Larissa.«

Larissa war richtig wütend geworden, als der Stallbesitzer kurzerhand den Tausch der Sattelschränke angeordnet hatte, damit Mona den ersten in der Reihe bekam. Sofort war Mona das bekannte Gefühl überkommen: Ich störe im Stall, ich bin lästig. Aber auf der anderen Seite sprachen ihr viele Reiter Mut zu. Nach und nach hatte Mona alle Pferdebesitzer getroffen und mit jedem ein paar Worte gewechselt. Als Wesen von einem anderen Stern fühlte Mona sich zumindest nicht mehr. Zumal Herr Reuter ihr so den Rücken stärkte. Wieder und wieder schärfte er Mona ein: »Werde selbstständig.«

Den Fußweg zum Stall allein zu bewältigen, war Monas nächstes großes Ziel. Er war nur kurz, aber für Mona, die jeden Meter in der Dunkelheit erobern musste, eine gewaltige Herausforderung. Auf keinen Fall wollte sie zum Stall den Langstock benutzen, das ließ ihre Eitelkeit nicht zu. Da konnte Robert noch so viel reden.

Wochenlang übte Mona mit Julia, sich an Zäunen und Hecken entlangzutasten, sich jedes Grundstück auf dem Weg zum Stall anhand von Büschen, Latten und Toreinfahrten zu merken. Es war ungeheuer viel, was Mona sich einprägen musste. Und es genügte bereits eine Kleinigkeit, frisch beschnittene Sträucher zum Beispiel, um vom Weg abzukommen. Sofort überfiel sie panische Angst.

Manchmal resignierte sie fast.

Dann war es Vitus, der Mona wieder zurückholte, sie in den Stall lockte.

In seiner Nähe fühlte sich Mona sicher und geliebt. Es war fast, als wollte Vitus ihr alles zurückgeben, die ganze liebevolle Geduld, die Mona für ihn aufgebracht hatte, als Vitus verängstigt in den Stall gekommen war. Wollte er ihr auf seine Weise danken? Dafür, dass Mona ihm vor zwei Jahren half, wieder Zutrauen in das Leben zu finden?

Ihre Freundinnen glaubten auch fest daran, dass Vitus Monas schwarze Blindheit ein bisschen heller machen konnte. Sie hörten nicht auf, Mona zu beschwören: »Du schaffst es. Bald reitest du wieder normal.«

Aufmunterungen brauchte Mona ohne Ende.

Und immer wieder gab es welche.

Wie gestern Pennys Geschenk, die tollen Westernstiefel.

Die Überraschung war voll gelungen.

»Nächstes Jahr musst du uns auf der Ranch besuchen«, schrieb ihre amerikanische Freundin. »Ma und ich freuen uns riesig auf dich.«

Obwohl Mona sich nicht vorstellen konnte, als Blinde ein Flugzeug zu besteigen, mitten in den USA allein die Maschine zu wechseln und im Pick-up durch bleierne Dunkelheit zu einer abgelegenen Ranch zu fahren, löste die Vorstellung furchtsame Vorfreude aus.

»Amerikanischer als du kann kein Cowboy aussehen«, sagte ihre Mutter anerkennend bei der Anprobe.

Die ganze Nacht standen die Stiefel neben Monas Bett und gelegentlich ließ sie einen Arm herausbaumeln und strich über das weiche Leder.

Ob ich die neuen Westernboots auf Vitus ausprobieren kann?, dachte Mona, als sie am Morgen in ihre Reithose schlüpfte und

die Klettverschlüsse schloss. Warum nicht? Schließlich waren die spitzen Stiefel für Steigbügel vorgesehen.
Vorsichtig stieg Mona in die nach neuem Leder duftenden Stiefel und stolzierte im Zimmer auf und ab. Hart klapperten die Blockabsätze auf dem Laminat. Herausfordernd. Gut. Auf unbestimmte Weise fühlte Mona sich aufgedreht. Sie stieß ans Fensterbrett, befühlte den geschwungenen Rahmen der Stehlampe und ging zurück zum Schrank. Wyoming war ein neues Ziel. Später. Noch weit entfernt, sehr weit, aber ein Ziel. Sie musste sich Ziele setzen, sonst ging sie unter in dieser feindseligen Dunkelheit. Nie hörte die Nacht auf, keine Sekunde. Immer nur Nacht.
Unwillig wischte Mona sich übers Gesicht, als könnte sie den Gedanken verscheuchen. Kein Grübeln zulassen. Nicht darüber nachdenken, was es bedeutete, lebenslänglich blind zu sein.
Ein Fingertipp auf den sprechenden Wecker. Herr Reuter nahm sie mittags an die Longe, nachdem andere Reiter ihre Morgenarbeit erledigt hatten. 9 Uhr 10 war es erst. Zu früh für den Stall.
Andererseits wollte Mona unbedingt sofort zu Vitus. Er musste als Erster von den sensationellen Cowboystiefeln erfahren. Sie bewegte ihre Zehen in den Schuhspitzen. War es nicht lächerlich, mit fünfzehn Jahren seine Herzensangelegenheiten mit einem Pferd zu teilen? Wie ein kleines Reitermädchen? Doch, es war lächerlich. Albern. Aber egal. Die Mona vor dem Unfall, die in der Tanzstunde heftig mit Jungen geflirtet hatte, gab es nicht mehr. Und die neue, blinde Mona begann gerade erst, die Welt zu erobern. Und die drehte sich einzig um ihren liebsten Partner, um Vitus.

Der Tag begann verheißungsvoll. Und plötzlich war sich Mona ganz sicher: Heute schaffte sie den Weg zum Stall allein.
Noch vor vier Wochen war das undenkbar gewesen.
Das Herz klopfte Mona bis zum Hals, als sie ihren Kompass einsteckte, das Haus verließ und die Tür hinter sich zuzog. Einen Moment verharrte sie auf dem Treppenabsatz und horchte. Wind säuselte in den Birken. Ein Hund schlug an. Autohupen in der Ferne. Meisen zwitscherten. Eine Säge sang in hartem Holz. Rosenduft. Nebenan trieb jemand mit schweren Hammerschlägen einen Pflock in die Erde. Bestimmt Herr Fuchs, der an seinem Himbeeren-Spalier arbeitete.

Mit vorsichtigen, kleinen Schritten ging Mona in ihren neuen Westernstiefeln los. Sie fühlte sich mutig darin, mutiger als die letzen Tage.
Vitus, ich komme, dachte sie aufgeregt. Mein erster Weg allein zum Stall. Mona malte sich aus, wie Vitus in der Box stehen würde, mit hochgerecktem Kopf und wie er überrascht wieherte, weil sie heute früher als sonst eintraf. Sie fühlte sich ganz benommen vor Vorfreude. Aber Mona wollte sich nicht ablenken lassen, ihre Gedanken mussten sich ausschließlich auf den Weg konzentrieren.
In der Heidebachstraße gab es keine Bordsteine, nur den schmalen Fußweg aus gewalztem Schotter. Zuerst musste Mona an der hohen Buchenhecke vorbei. Ihre Finger durchkämmten die Blätter bis ans Ende der Hecke. Nun folgte das breite Holztor. Die quer liegende Abdeckleiste, glatt lackiert, glitt unter Monas Handfläche hindurch. Jetzt ein Mauerpfosten.
Nächstes Grundstück. Senkrechter Lattenzaun, oben abgerun-

det. Die Linkskurve folgte. Genau zehn Schritte ohne Zaun-Begrenzung. Unangenehm.
»Eins, zwei, drei, vier . . .«
Leise zählte Mona die Schritte und scharrte über den unsichtbaren Boden, um den Unterschied zwischen Schotter und Asphalt zu spüren. Und wenn ihr linker Stiefel auf den glatten Asphalt der Straße abdriftete, beeilte sie sich, zurück auf körnigen Untergrund zu kommen, der beruhigend unter den Sohlen knirschte.
Suchend streckte Mona die Arme vor. Blätterzweige streiften ihre Hände. Gut. Das musste der Knallerbsen-Strauch sein. Sie schaltete den Kompass an. »Nord, Nord, Nord.« Etwas nach links. Der weiße Zaun aus breiten Latten sollte folgen. Richtig. Glatter Kunststoff, dazwischen ein Garagentor.
Nun der Magnolienbaum von Familie Schulz. Achtung! An dieser Stelle war Vorsicht geboten.
Hoch konzentriert setzte Mona Fuß vor Fuß. Hier führte eine Tiefgarageneinfahrt nach unten. Fünf Meter kein Halt. Die Einfahrt war mit Gehwegplatten gepflastert, mit der Stiefelspitze stieß Mona in jede einzelne Fuge. Die schönen Stiefel! Hoffentlich bekamen sie keine Kratzer ab. Hätte sie bloß die alten Reitschuhe angezogen.
Im raschen Wechsel übernahmen zwei kurze Holzzäune und ein verzinktes Gitter die Gartenbegrenzungen. Dahinter folgte die kleine Kreuzung, vor der das Schild »Heidebachstraße« in den Fußweg gerammt war, außerdem eine Straßenlaterne.
Mona griff nach dem ersten Mast. Der falsche, das spürte sie sofort. Sie stand an der Straßenlaterne, deren Mast sich rau anfühlte und so dick war, dass sie ihn nur mit beiden Händen um-

schließen konnte. Weitertasten. Endlich, das Straßenschild. Die Stange lag glatt und dünn in ihrer Hand.
Mona hielt sich am Mast fest und verschnaufte einen Moment. Wenn sie Julia erzählte, dass sie sich allein zum Stall getraut hatte, flippte die aus vor Begeisterung. Aber noch war sie nicht angekommen.
Konzentriert lauschte Mona in die Dunkelheit. Von fern näherte sich Motorengeräusch, das lauter wurde. Ein Wagen stoppte. Warum fuhr er nicht weiter? Sie wurde unruhig. Ein elektrischer Fensterheber surrte.
»Willst du nicht rüber?«, rief jemand.
Der meinte sie, ganz bestimmt.
»Nein, ich ... ich warte auf jemanden«, rief Mona auf die Straße und winkte den Wagen hölzern durch. Hoffentlich sieht das nicht zu krank aus, dachte sie.
Das Auto stand noch eine Weile, offenbar traute der Fahrer dem Frieden nicht. Sicher hält er mich für bescheuert, dachte Mona. Oder für bekifft. Muss er ja auch. Wie sieht das denn aus – ein 15-jähriges Mädchen in Original-Cowboystiefeln, das sich an einem Straßenschild festhält?
Endlich fuhr der Mann mit leichtem Antippen der Hupe an ihr vorbei.
Tief durchatmen. Jetzt folgte der Horrorweg über die Fahrbahn.
Eine Mutprobe. Einfach ins Leere gehen. Wie ein Nichtschwimmer, der ins tiefe Wasser springt. Entschlossen trat Mona auf die Straße. Nervös setzte sie ihre Füße voreinander. Hörte die Straße denn gar nicht auf? Nie schaffte sie die Überquerung auf kurzem Weg.

»Du gehst zu schräg«, schärfte Julia ihr jedes Mal beim Üben ein, aber Mona bekam es nicht besser hin.

Wenn jetzt ein Auto käme . . .

Da, ihre Stiefelspitze rammte den Bordstein. Geschafft.

Vor sich fühlte Mona die knorrige Rinde des Eichenstammes. Mit der Hand wischte sie sich über die feuchte Stirn. Die andauernde Konzentration kostete ungeheuer viel Kraft. Aber nun lag ein leichtes Stück vor ihr. Mona passierte große Grundstücke mit langen Strecken von Maschendrahtzaun. Hier konnte sie schneller gehen und mit den Fingern durch die Drahtmaschen streichen. Mona hielt sich eng an den Zaun, der eine leichte Rechtsbiegung machte, danach streiften glatte Rhododendren-Blätter ihren Arm. Monas Gedanken schweiften ab, flogen vorwärts zu ihrem Pferd. Wie überrascht Vitus wohl wiehern würde, wenn sie früher auftauchte als sonst?

Mit einem Ruck blieb Mona stehen. Sie war abgelenkt gewesen, wie dumm von ihr, wie unvorsichtig. Nun hatte sie die Richtung verloren. Sofort begann Monas Magen zu grummeln. Sobald sie die vertraute Umgebung nicht mehr spürte, griff blanke Angst nach ihr.

»Reiß dich zusammen«, murmelte Mona, »denk genau nach. Bin ich schon am Rhododendron vorbei? Und an den Hortensien?«

Mit ausgestreckten Armen drehte Mona sich zur Seite und griff um sich in die Dunkelheit, erwischte an der Straße den Ast eines Haselnussstrauchs, den sie nicht einordnen konnte.

Sogleich hatte Mona wieder das Gefühl, am Abgrund zu stehen. Jede Zuversicht brach weg. War sie verrückt, den Weg allein zu wagen? Mona traute sich nicht weiter. Was blieb? Aufgeben?

Zurückgehen? Unmöglich, den Rückweg hatte sie mit Julia noch nicht geübt. Zum Teufel, wohin war sie geraten?
Monas Herz schlug bis zum Hals. Wenn sie nun einfach an der nächsten Haustür klingelte? Aber wie gelangte man an ein Haus, das man nicht sah? Vielleicht stürzte sie in einen Kellerschacht? Oder ein bissiger Hund hetzte sie durch den Garten? Diese verfluchte Dunkelheit, überall und überall, und nie nahm sie ein Ende.
Warum hatte sie den dämlichen Langstock nicht gefaltet und eingesteckt? Mona hätte sich ohrfeigen können.
Auf der anderen Straßenseite sprang jemand vom Rad, leise quietschend schwang ein Fahrradständer aus. Massen von dickem Papier wurde durchgeblättert. Briefumschläge? Schritte entfernten sich, irgendwo klappte ein Metalldeckel, die Schuhe kehrten zurück. Der Postbote?
»Hallo«, rief Mona über die Straße. »Wie sieht der Zaun bitte aus, vor dem ich stehe?«
»Wie bitte?«
Am liebsten wäre Mona in den Erdboden versunken.
»Ist das ein Maschendrahtzaun? Blühen irgendwo Hortensien?«
»Ja, blaue Hortensien. Diese runden Blüten. Ungefähr in zehn Metern, wenn du geradeaus weitergehst. Ist was? Kann ich dir helfen?«
»Nein, vielen Dank. Das genügt schon. Danke.«
Ein paar Griffe, und Mona eroberte den sicheren Maschendraht zurück. »Mehr Glück als Verstand«, würde Robert sagen.
Endlich spürte Mona feuchte Blätter und die dicken Blütenbälle der Hortensie. Dahinter hieß es wieder: Achtung! Ein Feuerdorn streckte seine stacheligen Zweige durch den Zaun, jedes

Mal warnte Julia sie. »Ich flechte dir Zopfgummis in den Drahtzaun«, hatte sie neulich versprochen. »In Hüfthöhe, kurz bevor der Feuerdorn durch die Maschen ragt. Von da an gehst du fünf kleine Schritte ohne anfassen.«

Vorsichtig tastete Mona sich weiter vor, und unwillkürlich lächelte sie, als sie einen dicken Gummiring im Drahtzaun fühlte.

»Danke, Julia«, murmelte Mona.

Der größte Teil lag hinter ihr. Eine niedrige Feldsteinmauer löste den Maschendraht ab, dahinter schlossen sich ein morscher Jägerzaun an und eine niedrige Buchsbaumhecke. Der Duft von Heu und Stroh wehte Mona an. Jetzt war es nur noch ein Katzensprung bis zum Stall.

Die Lindengasse musste überquert werden, zum Glück war sie hier sehr schmal. Wie geplant erreichte Mona einen gemauerten Torpfosten, vier Schritte vom Briefkasten entfernt. An Haselnusssträuchern vorbei ging sie auf den Hof hinunter. Um sicher über den Parkplatz zum Stalleingang zu gelangen, schaltete Mona den Kompass ein.

»Südost, Südost, Südost.«

Mona nahm die Hand vors Gesicht, tastete durch die Luft und erwischte einen geparkten Pferdehänger, den sie behutsam umrundete, immer auf der Hut vor der Stolperfalle Deichsel. Endlich tippten ihre Finger gegen die gesuchte Eisentür des Stalls.

Das Ziel!

Mona atmete tief ein und blies eine feuchte Haarsträhne aus der Stirn. Sie war fix und fertig. Nur einen Moment an die Wand lehnen. Doch obwohl sie völlig erschöpft war, fühlte Mona sich gleichzeitig aufgedreht und kribbelig und ungeheuer stolz.

Dieser Tag war ein Meilenstein. Zum ersten Mal hatte sie die

Strecke zum Stall allein bewältigt. Auch wenn der Weg hart und kompliziert war, versprach ihr heutiger Erfolg größere Freiheit. Mona konnte zu Vitus, wann immer sie wollte. Musste nicht mehr warten, bis jemand kam und fragte: »Kann ich dich mitnehmen?«

Mona öffnete die Stalltür, wartete einige Sekunden auf Gegenverkehr, und als niemand kam, trat sie ein. Alles würde sie daran setzen, mit dieser furchtbaren blinden Finsternis zurechtzukommen. Schon wegen Vitus.

Sie horchte. In der vorderen Box schnarchte Hendrix laut wie eine Baumsäge. Weiter hinten prusteten zwei Pferde, eins stemmte sich vom Boden hoch. Hufe scharrten im Stroh.

Wunderbar, die Pferde standen drinnen, nicht auf der Weide.

Warum wieherte Vitus nicht?

Sein Schweigen versetzte Mona einen kleinen Stich. Vitus' begeisterte Begrüßung wäre die Krönung ihres Erfolges gewesen. Leise rief sie seinen Namen ins Dunkel.

»Vi-tus.«

Nichts. Eine merkwürdige Verwirrung erfasste Mona. Wieso antwortete ihr Pferd nicht?

Als Mona sich an der kühlen Mauer entlangarbeitete und in die kleine Stallgasse gelangte, brach dort freudige Unruhe aus. Rigolo und Uland blubberten und stießen ihre Nasen gegen die Boxenstäbe. Sandläufer grunzte in seiner unnachahmlichen Art. Nur Vitus gab keinen Ton von sich. Hastig tastete Mona sich an den Wänden entlang zu seiner Box vor.

»Vitus?«

Eisiger Schreck durchfuhr sie, als ihre Hände ins Leere griffen – denn seine Tür stand offen.

»Vitus, bist du hier?«, wiederholte sie zitternd.
Wieder keine Antwort. Verstört machte Mona zwei Schritte in die Box. Im Eingang lag kein Stroh! Bestimmt hat Vitus die Einstreu zur Seite gewühlt, beruhigte sie sich, doch als Mona weiterging, mit brennendem Gesicht, spürte sie nur glatten Untergrund unter ihren Füßen. Sie rang nach Luft, schnell atmend hockte sie sich hin und streckte die Arme aus, fuhr mit den Handflächen über den Boden. Nackter, feuchter Beton, wohin sie fasste.
»Vitus«, gellte es durch den Stall. So schrie jemand in Todesangst. Ein Ertrinkender. Mona erkannte ihre eigene Stimme nicht.
Stand ihr Pferd irgendwo angebunden? Dann *musste* Vitus antworten. Jetzt gleich. Aber nichts geschah. Mit einem Schlag war Mona entsetzlich schlecht. Alles drehte sich, als sie aus der Box stolperte. Mona wusste, was eine plötzlich geräumte Box hieß: Das Pferd hatte eine Kolik, eine lebensgefährliche Kolik und durfte nichts Fressbares anrühren. Keinen Strohhalm. War Herr Reuter mit Vitus unterwegs in die Tierklinik? War Vitus am Ende . . . schon tot?
Starr vor Angst stand Mona in der Stallgasse, unfähig, sich zu rühren. Wenn ihrem Pferd etwas zugestoßen war, wollte sie auch nicht mehr leben. Vitus allein war der Grund, warum sie diese entsetzliche Dunkelheit ertrug. Vorhin noch, auf ihrem mühsam erkämpften Weg in den Stall, da schien es Mona, als ginge es langsam bergauf. Doch nun zog man ihr erneut den Boden unter den Füßen weg.
Ein ungeheures Gewicht drückte sie nieder, zentnerschwer, es war nicht zu ertragen. Monas Beine zitterten, der Druck zwang sie in die Knie. Erstarrt sackte sie auf den kalten Beton der Stall-

gasse nieder. Sie spürte den harten Boden nicht. Kraftlos ließ sie ihren Kopf gegen Vitus' Box sinken. Ein unstillbarer Weinkrampf schüttelte ihren Körper, und sie hatte keine Kraft, sich dagegen zu wehren.

Vitus war weg! Nicht einmal suchen konnte sie ihn mit ihren blinden Augen.

Schluchzend presste Mona ihre Fäuste gegen die geschlossenen Lider. Sie wollte nicht blind sein! Nicht mehr diese finstere Leere ertragen, nicht mehr diese pechschwarze Nacht überall. Es war so schwer, so grauenvoll schwer.

»Hi, was ist los? Brauchst du Hilfe?«

Die Stimme fiel von oben auf Mona herab und klang erschrocken.

Mona erkannte die Stimme nicht, in ihrem Kopf ging alles drunter und drüber. Unmöglich, in diesem Zustand einen Sprecher zu bestimmen.

»Vitus ist weg«, flüsterte sie tonlos. »Ich finde ihn nicht.«

Ohne Ankündigung fühlte Mona sich unter die Arme gefasst und nach oben gezogen. Jemand setzte sie auf die schmale Bank vor den Boxen.

»Keine Panik. Dein Goldtier tobt über den Paddock.«

»Was?«, fragte Mona und richtete sich verwirrt auf. Langsam drang der Inhalt der Worte durch die schwarze Hoffnungslosigkeit an sie heran. »Stimmt das wirklich?« Mona wischte sich die Tränen ab. »Mit wem rede ich überhaupt?«

»Larissa.«

Nicht einmal der Name ließ Mona zusammenzucken. Sie hörte nur eins: Vitus lebte.

»Herr Reuter hat die Box ausgespritzt, mit dem Hochdruckreiniger«, fuhr Larissa fort. »Er konnte ja nicht ahnen, dass du so früh kommst. Du bist sonst später hier.« Etwas spröde und mit einem gewissen Zögern setzte sie hinzu: »Soll ich dich zum Paddock bringen?«

»Nein, danke«, hätte Mona gern gesagt. Aber der Schock saß ihr immer noch in den Knochen. Im Augenblick fühlte sie sich so unsicher, dass sie sich auf der Stallgasse verlaufen würde. Mona nickte.

Schweigend gingen sie Arm in Arm durch den Stall, überquerten den Hof. Am Paddock fragte Larissa: »Findest du allein zurück?«

»Klar. Äh . . . danke.«

»Hm.« Larissa zögerte, dann haspelte sie schnell und verlegen hervor: »Tut mir echt leid, dass du . . . das mit deinen Augen.« Danach flüchtete sie fast zurück in den Stall.

Mona tastete die Metallstangen ab und lehnte sich an das Gatter. Sofort näherten sich gleichmäßige Huftritte. Vitus brauchte keine Aufforderung, um zu kommen. Er warf den Kopf und trabte die letzten Meter heran, als er Mona gewahr wurde, mit freudig auf- und abschwellendem Wiehern.

Ungeduldig streckte er seinen Hals über die Absperrung, und als er behutsam über Monas Haar schnoberte, merkte sie, dass Vitus die wundersame Gabe besaß, den hämmernden Schmerz unter ihrer Schädeldecke einfach wegzuschmusen.

Mit geschlossenen Augen kramte Mona ein Leckerli aus ihrer Hosentasche hervor und hielt es auf ausgestreckter Hand in die Dunkelheit. Weiche Lippen erfassten den Würfel. Nachdem Vitus zu Ende gekaut hatte, leckte er genüsslich die Krümel von der Hand.

Allmählich beruhigte sich Monas Magen und das Rauschen in den Ohren ließ nach. Für heute war die Welt wieder in Ordnung.
Aber würde das ihre Zukunft sein? Einen Schritt vor und zwei zurück?

11

In den Sommerferien stürzte Mona sich auf die Blindenschrift. Während die anderen sich am Strand oder im Freibad aalten, bekam sie Unterricht. Schwerarbeit. Endlos tasteten Monas Fingerkuppen über die fremde Punktschrift, damit sie ein Gefühl dafür bekam und schließlich fit für die neuen Schulbücher und für den Blinden-Computer wurde, den sie bekommen sollte.

Die zwei ersten Ferienwochen waren schon verstrichen. Mona saß bei schönstem Wetter vor ihrem Schreibtisch und raufte sich die Haare. Lernen mitten im Sommer! Es war zum Verrücktwerden. Aber andererseits – außer Lernen blieb ihr ja ohnehin nicht viel. Niemand aus Monas Clique war im Land. Vera sonnte sich am Strand der Costa Brava und Julia und Tessy ritten auf Camarguepferden durch Südfrankreich.

Alle haben ihren Spaß, dachte Mona grimmig, nur ich hocke vor dieser schrecklichen Punktschrift. Sie fühlte sich einsam. Seufzend tastete sie nach der Schale mit Himbeeren – der alte Herr Fuchs hatte sie vorhin gebracht – und schob sich eine Handvoll Früchte in den Mund.

Nun war ihr auch noch die Zeile entglitten. Wütend schlug Mona die Seite zurück und begann von vorn.

Sie musste sich beschäftigen. Unentwegt. Sonst versank sie in Depressionen oder drehte durch vor Unruhe. Vitus war der einzige Lichtblick. Zum Glück blieb Herr Reuter in den Ferien in Dortmund und hatte Zeit, mit ihr zu arbeiten.

Sie fing beim Reiten fast wieder bei null an, und nicht nur dort, auch auf anderen Gebieten. Immer und überall. Buchstaben und Zahlen musste sie in Blindenschrift lernen wie ein Abc-Schütze. Sie kam sich unbeholfen vor wie ein Kleinkind und fühlte sich dabei gleichzeitig so furchtbar alt.

Unwirsch klappte Mona das Übungsbuch zu, dicke Seiten mit gestanzten Punkten, und schob es nach hinten auf ihren Arbeitstisch.

»Wenn du durchhältst, wartet eine tolle Überraschung auf dich.« Tag für Tag lockte Frau Borchert ihre Tochter mit dieser geheimnisvollen Ankündigung an den Schreibtisch.

Was meinte ihre Mutter mit »Überraschung«? Worüber sollte sie sich denn freuen? Außer Vitus gab es nichts Schönes in Monas schwarzer Welt, auch wenn ihre Mutter so tat, als sei es eine tolle Sache, dass Mona auf ihr altes Gymnasium zurückkonnte, nur eine Klasse tiefer. Was sollte daran gut sein? Mona sah sich in den Pausen schon verlassen im Klassenraum sitzen, während die anderen draußen zusammenstanden, lachten und flirteten. Niemals würde sie den Hof betreten, niemals dorthin gehen, wo jeder Idiot sie ungeniert anstarren konnte, während sie sich wie ein blindes Huhn durch die Dunkelheit tastete.

Mona schob den Schreibtischstuhl zurück und tastete sich zu ihrem neuen Fitness-Fahrrad direkt am offenen Fenster. Sie zog sich auf den Sattel, glitt in die Fußschlaufen und stützte sich auf die Griffstangen.

Warmer Juliwind wehte ins Zimmer, während Mona in die Pedale trat. Mona liebte Wind, er machte sie lebendig und half ihr, ihren Körper zu spüren. Bei Wind erinnerte sie sich an die alte Mona, die sie einmal war. Herrliche Ausritte mit Vitus kamen ihr in den Sinn, bei denen sie im gestreckten Galopp über die Heide flogen.

Strahlender Hochsommer, dachte Mona, aber ich stecke in meinem dunklen Gefängnis und Vitus wartet im Stall. Nebenan bei Herrn Fuchs blühten jetzt meterhoch die Gladiolen, eine einzige Pracht in Rot, Weiß und Rosa, sein ganzer Stolz. Vor drei Jahren hatte er mit der Sorte Priscilla einen Gladiolen-Wettbewerb gewonnen, cremeweiße Blüten mit rosaroten Rändern. Im Kopf malte Mona »Priscilla«. Jeden Tag malte sie in Gedanken etwas aus Herrn Fuchs' Garten. Himbeeren, Tomaten oder seine gelben und orangeroten Kanarienvögel. Mona hatte panische Angst, irgendwann nur noch schwarz zu denken.

Die Heidebachstraße lag ausgestorben in der Sonne, kein Auto, kein Rasenmäher unterbrach die Ruhe. Darum horchte Mona auf, als sie plötzlich Schritte auf der Straße hörte. Ausgreifende Männerschritte, begleitet von gleichmäßigem Hundepfoten-Tapsen, das fast verstummte, als der Spaziergänger auf den Schotterweg wechselte.

Mona verharrte mitten im Treten und lauschte. Normalerweise schlugen Hundebesitzer die andere Richtung ein, die zur Freilaufstrecke im Park führte und auf die Heide.

Als Mona sich zur Seite beugte, meinte sie, leises Knarzen zu vernehmen, wie sie es vom Fahrgeschirr der Pferde kannte. Rätselhaft.

Dann kommandierte ein Bass: »Rechts weiter«, und danach hörte Mona das Tap-Tap-Tap von Pfoten auf dem Plattenweg im Vorgarten. Gleich darauf klingelte es.

Wer besuchte sie mit Hund?

Mona beeilte sich, vom Heimtrainer zu steigen. In der Tür bekam sie mit, wie ihre Mutter unten öffnete und den Besucher freudig begrüßte.

»Herr Schmidt! Wie schön, dass Sie da sind.«

Mona suchte Halt am Treppengeländer und lauschte nach unten. Herr Schmidt? Wer sollte das sein?

»Meine Tochter wird staunen. Ich hole sie gleich.« Frau Borchert legte den Kopf zurück und rief nach oben: »Mona?«

»Ja?«

Zögernd stieg Mona die Stufen hinab, während der Unbekannte sich über die Fliesen näherte.

Und dann geschah etwas Merkwürdiges.

Noch ehe ihre Mutter etwas erklärte und noch ehe der Fremde sich vorstellte, ging Mona mit schlafwandlerischer Sicherheit in die Hocke. Da legte sich in der Dunkelheit etwas auf ihre nackten Knie, eine breite Schnauze und eine feuchte Nase, und plötzlich wusste Mona von einem Augenblick zum anderen: Vor ihr stand ein Blindenhund.

Überwältigt nahm Mona den runden Kopf in beide Hände, während der Hund ganz ruhig dastand und sich nicht rührte. Er hechelte nur ein wenig, als Mona über seine weichen Hängeohren streichelte und über sein glattes Fell. Dann fühlte sie das kurze Führgeschirr, das auf dem Hunderücken lag.

»Na, Mona, gefällt er dir?«, fragte der Bass und der Fremde setzte sich neben sie auf die Treppe.

Verwirrt drehte Mona den Kopf dorthin, wo sie den Mann spürte. »Das ist ein Blindenhund, stimmt's?«

»Ja, Benny ist ein Führhund, ein schwarzer Labrador.«

»Ist der . . . für mich?«

Ein leises, freundliches Lachen streifte Mona. »Der Benny nicht. Den bringe ich heute Abend zu einer anderen blinden Frau. Eine junge Mutter, die erwartet ihn schon sehnsüchtig.

Aber ich bilde einen Hund für dich aus, wenn du willst. Was meinst du?«

Um Mona drehte sich alles, sie war völlig durcheinander und schwieg erst einmal.

Dafür meldete sich ihre Mutter. »Das war meine Überraschung für dich, Mona.« Stolz schwang in ihrer Stimme mit. »Es dauert ewig, bis ein Führhund von der Krankenkasse genehmigt wird, darum wollte ich keine falschen Hoffnungen wecken. Aber nun ist der Antrag durch. Freust du dich?«

Mona nickte stumm und legte ihre Hände auf Bennys warmes Nackenfell. Wie ein Labrador aussah, wusste sie, und Mona stellte sich vor, wie Benny sie aus seinen dunklen, klugen Augen musterte.

»Ein Blindenführhund schenkt dir Sicherheit«, sagte der Bass. »Und Selbstständigkeit. Ihr werdet ein starkes Team, denn dein Hund sieht für dich. Er ist dein Augenlicht.«

Ein Hund für sie ganz allein? Mona konnte es kaum fassen. Ein Hund, der neben ihr ging wie ein Schatten. Sie würde nicht mehr allein sein. Nicht mehr so verlassen.

»Ich habe gehört, du brauchst den Hund für den Reitstall?«

»Ja«, flüsterte Mona. »Für den Reitstall. Für Vitus.«

»Und für den Schulweg«, warf ihre Mutter lachend ein. »Für die Schule natürlich besonders.«

»Hier, nimm.« Behutsam drückte Herr Schmidt den starren, weißen Führbügel in Monas linke Hand. »Geh ruhig mit Benny ein paar Schritte durch den Flur.«

Mit Herzklopfen umfasste Mona den Griff und stand auf.

»Voran«, wies Herr Schmidt den Hund an.

Und Benny ging los, ruhig, sicher, und plötzlich durchzuckte

Mona ein lange verschüttetes Gefühl: Freiheit. Konnte ein Blindenhund sie später zu Vitus führen?
Mit zitternden Händen gab sie das Geschirr an Herrn Schmidt zurück.
»Wann kommt mein Hund denn? Ist das auch ein Labrador?«
Das konnte Herr Schmidt nicht sagen. Leider gab es eine Warteliste, und es dauerte, bis der passende Hund für jeden Blinden gefunden war, und man wusste vorher nicht einmal, welche Rasse es sein würde.
Der Ausbilder musste wissen, wo Mona den Hund einsetzen wollte, ob sie mit ihm Bahn und Bus fahren und Kreuzungen überqueren wollte, wie Reitstall und Schule aussahen und die Wege dorthin. Deshalb war er heute angereist.
Die nächsten Stunden verbrachten Mona, ihre Mutter und Herr Schmidt damit, durch die nähere Umgebung der Dortmunder Vororte zu kurven. Einige Wege legten sie zu Fuß zurück. Manchmal durfte Mona sich dabei von Benny führen lassen, dann gab Herr Schmidt die Anweisungen. Mona fand es wahnsinnig aufregend, denn mit Benny konnte sie erheblich rascher gehen. Und das Schönste war – sie hatte plötzlich keine Angst.
Wie würde Vitus auf den Hund reagieren? Ob er eifersüchtig war? Das war das Letzte, was Mona wollte. Ihr Pferd konnte ja nicht begreifen, wie dringend sie auf einen Blindenhund angewiesen war. Mona war richtig kribbelig und wahnsinnig gespannt.
Als sie mit dem Hund auf dem Reiterhof eintrafen, verbreitete sich die Neuigkeit über den Blindenhund wie ein Flächenbrand. Von allen Seiten liefen die Kinder in der Stallgasse zusammen und umringten Benny. »Ist der süß!«

Verrückt, was ein Hund bewirken konnte! Durch Benny fühlte Mona sich mächtig aufgewertet, und es machte ihr viel weniger aus als sonst, sich vor Publikum zu Vitus' Box zu tasten und seine Tür aufzuschieben. Vitus grummelte freudig und erstaunt, als seine Freundin mit neuer Begleitung auftauchte.
Mona fühlte, wie er seinen Kopf senkte und den Hund beschnupperte. Angespannt versuchte sie, Vitus' Gefühle zu ergründen. Sie konnte kein bisschen Aggression wegen des »Nebenbuhlers« feststellen, nur Neugierde.
»Benny legt sich direkt vor die Hufe ins Stroh«, sagte Herr Schmidt erstaunt, als er dem Hund das Kommando zum Niederlegen gab. »Und dein Pferd stupst ihm die Nase auf den Kopf. Ist das rührend.«
Mona kämpfte mit den Tränen. Diese schweigende Übereinkunft der Tiere ging ihr ans Herz. Als ob Vitus genau wusste, dass ein anderes Lebewesen ihm nie den Königsplatz streitig machen konnte. Sie tastete sich zu Vitus vor und umfasste stumm seine Nase mit den Händen.
Du bleibst immer meine Nummer eins, Vitus. Immer. Auch wenn ich einen Hund habe.
Vitus gab ein leises Blubbern von sich. Dann verlangte Herr Schmidt wieder Monas Aufmerksamkeit.

»Wofür brauchst du am dringendsten Hilfe im Stall?«, wollte Herr Schmidt von Mona wissen.
Sie musste nicht überlegen. »Um Vitus zur Reithalle zu führen. Über den Parkplatz. Das gelingt mir einfach nicht. Selbst der Kompass hilft mir dabei wenig.«
Herr Schmidt klang zuversichtlich. »Mit deinem Hund kriegst

du das hin«, versprach er. Nachdem er sich die Anlage angesehen und über verschiedene Möglichkeiten nachgesonnen hatte, sagte er: »Wir bringen deinem Hund bei, die Hallentür zu finden, auch die Bande und die Tribüne. Ich denke, du wirst links das Geschirr des Hundes halten und dein Pferd rechts am Zügel führen. Das müsste klappen.«

Das klang wunderbar. Konnte das tatsächlich möglich sein?

In gehobener Stimmung verließ Mona den Stall und steuerte mit ihren Begleitern ihr altes Gymnasium an.

Der erste Gang in die Schule! Seit Wochen graute es Mona vor dem Schulbeginn. Der erste Tag als Blinde würde ein Spießrutenlaufen werden, garantiert starrten alle sie an, und sie konnte nichts tun, als sich wehrlos begaffen zu lassen.

Aber nun, als Mona das fast ausgestorbene riesige Schulgebäude betrat, in Gesellschaft von Herrn Schmidt und ihrer Mutter und mit dem Hund an der Seite, war es weniger schlimm als erwartet. Mona war sogar irgendwie erleichtert, als sie auf einige Menschen traf. Ihre Lehrer für Physik, Biologie und Englisch hielten sich in der Schule auf, um sich die neuen Stundenpläne anzusehen. Alle drei schienen zunächst überrumpelt, Mona so unverhofft vor sich zu sehen, aber sie fingen sich schnell und sprachen über den schrecklichen Unfall sachlich und angemessen mitfühlend, eine Art, mit der Mona umgehen konnte.

Herr Schmidt wollte Monas künftiges Klassenzimmer sehen und der Englischlehrer begleitete sie durch endlose Gänge und über eine Treppe. »Raum 25. Alles Gute für dich, Mädchen.«

Als Mona eintrat, merkte sie sofort, dass sich jemand im Raum bewegte. Automatisch verharrte sie in der Tür und fragte in die Finsternis: »Wer ist hier?«

Schritte kamen auf sie zu. »Ich bin Ulrich Wittkamp und du musst Mona Borchert sein. Wir haben letzte Woche telefoniert.«
»Ach so«, murmelte Mona und streckte zögernd die Hand aus, die mit festem Druck ergriffen wurde.
Herr Wittkamp war ein Lehrer von der Dortmunder Blindenschule, und er wollte ihr helfen, die neuen Techniken zu lernen.
»Ich überlege gerade, wo wir deinen Computer am besten aufstellen. Sag mal, ist das dein Labrador?«
Mona schüttelte den Kopf. »Nein, leider nicht. Aber . . .«, sie straffte sich, und auf unbestimmte Art kam es ihr unwirklich vor, was sie sagte: »Ich bekomme bald einen eigenen Hund. Warum?«
»Mit Hund brauchst du mehr Abstand zum nächsten Tisch und zur Wand, er muss ja genügend Platz zum Hinlegen haben.«
Überrascht fragte Mona: »Darf ich denn einen Hund mit in die Klasse nehmen?«
Sie hörte Herrn Wittkamp leise lachen, es klang sympathisch.
»Einen Führhund? Selbstverständlich. Er liegt neben dir, begleitet dich auf den Pausenhof, zum Kakaoholen, zum Bus, wohin du willst.«
»Irre.«
»Noch etwas, Mona«, sagte Herr Wittkamp und senkte seine Stimme, während er einen Stuhl vor den Tisch bugsierte. »Du fürchtest dich bestimmt vor den ersten Wochen in der Schule. Aber du bist hier nicht allein. Ich komme regelmäßig und helfe dir.«
»Danke«, flüsterte Mona.
Dann brachten sie Herrn Schmidt und Benny zum Bahnhof. Da-

bei zwängten sie sich durch Baustellen und an abgesperrten Zonen vorbei zum Bahnsteig hinauf. Mona hörte genau hin, wenn Herr Schmidt dem Hund kurze Anweisungen gab: »Voran«, »rechts weiter«, »links weiter«, »such Treppe«. Und Monas Mutter sagte ein ums andere Mal: »Ich bin sprachlos, wie der Hund den Weg findet.«

Als die Zugtür hinter Herrn Schmidt zufiel, hatte Mona einen Kloß im Hals. Am liebsten hätte sie Benny behalten und wäre gleich mit ihm zum Reitstall marschiert. Dann ertönte der Abfahrtspfiff und Mona winkte dem schwarzen Herrn Schmidt in seinem schwarzen Zugabteil zu, während sie sich mit einem Kribbeln im Bauch vorstellte, dass irgendwo ein kleiner Hund aufwuchs, der lernte, die Welt mit ihren Augen zu sehen.

Bald würde sie einen Blindenführhund haben!

Dann konnte sie sich zu Vitus führen lassen, wann immer sie wollte. Was für eine Aussicht! Mona fühlte sich total aufgedreht. Vitus, dachte sie, dann wird alles wieder so schön wie früher.

Vorsichtiger Optimismus machte sich in Mona breit.

Sie hatte es eilig, nach Hause zu kommen. Julia, Vera und Tessy mussten unbedingt von dem Hund erfahren! Doch keine ihrer Freundinnen hatte im Ausland das Handy eingeschaltet. »Dann schreiben wir wenigstens Penny«, sagte Mona, »sonst platze ich.«

Sie diktierte ihrer Mutter eine E-Mail, aber richtiges Englisch kam nicht dabei heraus, dazu steckte der Kopf zu voll mit neuen Eindrücken.

»Hi Penny, ich bin ganz durcheinander ... *a bit confused*. Stell dir vor ... *imagine* ... ich bekomme einen Blindenführhund, einen ständigen Begleiter ... *a constant companion*. Er soll mich zu Vitus begleiten. Er geht immer neben mir wie ein Schatten ... *like a shadow*. Natürlich nehme ich ihn mit, wenn ich dich in Wyoming besuche. So long. Mona.«

Mit einem Mal kam Mona ein Gedanke. »Mama, schreib als Abschlusssatz darunter: ›Ich will ihn Shadow nennen.‹«

12

Monas Mutter musste noch viele weitere Nachrichten an Penny schicken, aber Anfang Oktober saß Mona endlich allein vor ihrem nagelneuen Laptop und schrieb die erste E-Mail. Natürlich nach Wyoming. Zu dem Ereignis holte Mona extra Pennys Geschenk aus dem Regal, die gelben Westernstiefel, und zog sie feierlich an.

Ein guter Tag.

Langsam und konzentriert gab Mona Buchstabe für Buchstabe ein. Eine metallische Stimme im Gerät sagte die einzelnen Schritte an: »Adresse«, dann »Betreffzeile«, dann »Eingabefeld«. Jedes Wort, das Mona eingab, wurde laut wiederholt.

»Liebe Penny, meine erste Mail an dich! Die größte Neuigkeit: Ich reite schon manchmal allein in der Halle, wenn sie leer ist. Meine Freundin Julia ruft mir die Buchstaben an den langen und kurzen Seiten zu, und meistens weiß ich wieder, wo rechts und links ist.«

Mit einem Doppelklick gab Mona das Kommando für »senden«. Ab nach Wyoming!

Schon in der nächsten Nacht kam Pennys Antwort. Frau Borchert sah es nicht gern, dass Mona erst nach Mitternacht in die Federn kroch, aber seit sie blind war, schlief Mona wenig. Nachts kamen die grausamen Träume von der schwarzen Tiefsee, von Monstern, die ihr die Luft abdrückten. Während Mona sich ein Schlafshirt überzog, las die PC-Sprachausgabe Pennys Mail vor.

»Hi Mona, du kannst rechts und links unterscheiden? Na wun-

dervoll, mehr brauchst du in Wyoming nicht zum Reiten. Geradeaus geht es nach Kalifornien, rechts nach Montana und links nach Colorado. Also – wann kommst du?«
Mona schaltete das Gerät aus und tastete sich zum Bett. Dass sie einmal Interesse an ihrem Computer haben könnte, hätte sie nie gedacht. Vor dem Unfall konnte sie dem PC nichts abgewinnen. Nun sah Mona den Computer anders – für sie bot das Internet Kontakt zur Welt der Sehenden. Zu Penny zum Beispiel. Ach, könnte das schön sein, mit ihr Wyoming zu durchstreifen. Mona stellte sich schneebedeckte Berge am Horizont vor und endlose Prärie – und sie mit Penny mittendrin. Sie sah sich auf einem herrlichen Ausritt mit Vitus . . . ein Picknick in der Satteltasche . . . sie würden sich alles erzählen . . . ihr ganzes Leben. Konnte sie Vitus überhaupt mitnehmen im Flugzeug? Sicher nicht. Egal, im Traum war alles erlaubt. Kraftvoller Wind wehte ihnen in der Weite Wyomings entgegen, sie hatten gewaltige Stürme dort, schrieb Penny, so stark, dass die Pickups von der Straße flogen.
Neuerdings liebte Mona Sturmböen, denn bei starkem Wind begann ihre tote Umgebung zu leben. Draußen fegte der erste Herbststurm ums Haus. Mona zog die Bettdecke bis ans Kinn und starrte mit weit geöffneten Augen in ihr schwarzes Zimmer. Ungestüm rüttelte der Wind an den Dachpfannen. Im Erdgeschoss klapperten Türen. Die Birkenkronen vor ihrem Fenster rauschten. Büsche und Sträucher wurden durchgeschüttelt und der Briefkasten schepperte, wenn der Wind ihm unter den Deckel griff.
Gut, dass es bald Herbstferien gibt, dachte Mona und mummelte sich ein, dann habe ich endlich wieder mehr Zeit für Vitus.

Seit Schulbeginn war es vorbei mit Monas morgendlichen Reitstunden, und am Nachmittag wurde es zunehmend schwieriger, freie Termine in der Reithalle zu ergattern. Herbstliche Regenschauer trieben die Reiter vom Außenplatz in die Halle und selbst harte Buschreiter krochen bei Sturm und Schmuddelwetter gern unters Dach.

Bis zum frühen Nachmittag saß Mona Tag für Tag in ihrer neuen Klasse und versuchte, dem Unterricht zu folgen, was ihr wahnsinnig schwerfiel. Die Vorstellung, dass sie alle Blicke auf sich zog, ohne es zu merken, machte sie noch unsicherer, als sie ohnehin schon war. Und dann die Punktschrift! Ihre Schulbücher waren inzwischen in Brailleschrift übertragen worden und die dicken Wälzer türmten sich auf Monas Arbeitstisch. Immer wieder verloren ihre Fingerkuppen die erhabenen Punkte auf den Seiten, sie kam mit den Buchstaben durcheinander und musste von vorn beginnen.

Seufzend drehte Mona sich auf die Seite und horchte nach draußen, wo der Wind Tropfenschleier gegen die Scheiben presste.

Obwohl die Klasse so tat, als sei eine blinde Mitschülerin das Normalste der Welt, spürte Mona deutlich, dass nichts normal war. Gar nichts. Am schlimmsten fand sie das ständige Angefasstwerden. Jeder zerrte sie schweigend irgendwohin, zur Tür, über den Schulflur, zum Treppengeländer, in den Bus, und Mona erschreckte sich jedes Mal furchtbar, wenn eine Hand plötzlich nach ihrem Arm griff. Dagegen erlebte Mona auch positive Überraschungen. Neue Schulkameraden, mit denen Mona früher nichts zu tun hatte, unterstützten sie ohne viel Aufheben. So tauchten Rahel, Leonard und Marie regelmäßig in der Heidebachstraße auf, um Mona Deutsch- und Geschichtstexte vorzulesen oder mit ihr Vokabeln zu üben.

Die Herbstferien brachten Mona beim Reiten ein gutes Stück vorwärts, obwohl ihr Sitz – wenn sie streng zu sich war, und das war sie fast immer – Welten von dem entfernt war, was sie unter gutem Dressursitz verstand. Der Wind wurde Monas Verbündeter. Wenn er um die Ecken pfiff, ahnte sie die Umrisse der Reithalle.

Je länger Mona in ihrer dunklen Welt lebte, umso stärker ersetzte das Gehör die fehlenden Bilder, und die Ohren lernten, immer feinere Töne zu unterscheiden. Damit kehrte auch Monas Gleichgewicht zurück.

Auf Vitus' Rücken fühlte sie sich wohl und Herr Reuter bescheinigte Mona, dass sie enorm viel dazulernte.

Inzwischen konzentrierte Mona sich darauf, in der Halle genau bis an die Bande zu reiten. Wo das war, konnte sie allerdings nur schwer orten. Nicht nur einmal polterte Vitus mit den Hufen gegen die Wand, weil Mona zu spät das Signal zum Abwenden gab.

Aber Vitus war klug, er lernte genauso dazu wie Mona. Meistens wendete er aus eigenen Stücken bereits vor der Bande ab, sozusagen in vorgezogenem Gehorsam.

Julia berichtete Mona von Vitus' neuem Verhalten, und obwohl Mona sein Mitdenken rührend fand, war das eigenmächtige Abwenden natürlich keine Lösung. So konnte sie keine Hufschlagfiguren reiten.

Das Reiten funktionierte nur, solange Julia ihr die Bahnpunkte zurief. Ohne Ansage fand Mona sich schnell in der Hallenmitte wieder, wo sie orientierungslos im Kreis ritt.

Der Gedanke, ewig auf Julias Hilfe angewiesen zu sein, ängstigte Mona. Was, wenn ihre Freundin irgendwann die Nase voll hatte? Oder wenn sie in eine andere Stadt zog, zum Studieren vielleicht?
Doch dann, an Halloween, dem letzten Tag im Oktober, einem feuchten, scheußlichen Abend, brachte ausgerechnet Larissas Nachlässigkeit den unerwarteten Fortschritt.
Spätabends, weit nach 21 Uhr, kamen Mona und Julia auf dem Reiterhof an, während sich gerade ein quirliger Haufen Mädchen verabschiedete. Die Jugendlichen hatten für das Kostümreiten bei der Weihnachtsfeier geübt. Überall herrschte Hochbetrieb.
Putzboxdeckel klappten. Besen scharrten über die Stallgasse. Hufe klapperten auf Beton. Große Leiber zogen an Mona vorüber. Duft von warmem Fell und Heu.
Durch die Stallgasse flogen Abschiedsgrüße.
»Bis morgen.« – »Ciao.« – »Wir sehen uns.«
An Mona vorbei führte Tessy ihren Rigolo in seine Box. »Hallo Mona, nächstes Jahr musst du auch wieder mitmachen.«
»Guter Witz.« Mona verzog das Gesicht. »Steht hier irgendwo ein Pferd, oder kann ich Vitus anbinden, Tessy?«
»Freie Bahn.« Scheppernd rastete Rigolos Boxentür ein und Tessys fröhliche Stimme entfernte sich. »Ich zische ab. Viel Spaß noch.«
Mona nickte, führte Vitus aus der Box und klickte Anbindeketten ins Halfter. Sie tastete sich zur Sattelkammer vor und hob ihre Putzbox aus dem ersten Schrank. Ein gutes Stück von ihr entfernt kramte jemand ärgerlich murmelnd in einem Metallschrank, der schließlich mit einem Knall zugeschlagen wurde.

Da war jemand wütend. Stinksauer traf es noch besser. Ob das Larissa war? Mona wusste selber, dass es schwierig war, Sattel und Putzkasten in die hinteren Schränke zu zwängen. Jeder Reiter wollte am liebsten einen Schrank ganz vorn ergattern. So einen, wie Larissa an Mona abgeben musste.

»Bist du fertig, Larissa?«, ertönte Simones Stimme von der Stalltür. »Beeilung, mein Vater wartet draußen im Wagen.«

Sie war es tatsächlich! Ein schmaler Körper mit Reitweste drückte sich rücksichtslos an Mona vorbei. Klar, Larissa war immer noch wütend, dass sie den Schrank mit Mona tauschen musste. Und das wollte sie ihr deutlich zeigen. Bestimmt ärgerte Larissa sich außerdem grün und blau, weil sie Vitus nicht abstauben konnte. Auch wenn sie nichts sagte, hing unausgesprochen der Vorwurf in der Luft: »Was will die Blinde denn noch hier?«

Sofort überfiel Mona das bekannte beschämende Gefühl: Ich bin lästig.

Weg mit dem Gedanken. Verdrängen.

Mona war froh, als Julia sie kurze Zeit später über den Parkplatz zur Halle führte. Zusammengetriebene Lindenblätter raschelten unter Vitus' Hufen und kühler Nieselregen machte Monas Kopf wieder klar. Trotzdem war sie noch nicht wieder ganz bei sich selbst.

Beim Näherkommen dröhnte ihnen Popmusik entgegen. Julia öffnete die Tür und schob Mona rasch in die Halle. »Beeilung, sonst weht uns die halbe Linde mit herein. Na toll, typisch Larissa.«

Die letzte Bemerkung galt dem CD-Player, der lärmend auf der Bande lag. »Die hat ihr Abspielgerät liegen gelassen«, stellte Julia fest. »Die Musik, die sie zum Kostümreiten braucht.«

Während Julia mit einem Ruck die Steigbügel herunterzog, ging ihr Handy. Rasch half Julia ihrer Freundin in den Sattel und beeilte sich, aus der Halle zu kommen, der Empfang war drinnen eine Katastrophe.

»Reite schon mal los, Alte. Ich komme mit Sandläufer nach und räume dann Larissas Gerät weg.«

Bevor Julia die Tür in der Bande schloss, rief sie noch: »Der CD-Player liegt Mitte der langen Seite. Bei B. Damit du weißt, woher der Lärm kommt. Bin gleich zurück, Alte.«

Mit Groll im Magen zog Mona den Sattelgurt nach. Sie war wütend und verletzt zugleich. Den genauen Grund wusste sie selber nicht. Die lärmende Musik konnte sicher nicht schuld daran sein. Lag es an Larissas blödem Benehmen? Sie wusste es nicht.

Als sie Vitus in der Finsternis antreten lassen wollte, sperrte er sich, und Mona registrierte sofort seinen verspannten Rücken. Seit sie blind im Sattel saß, fühlte Mona Vitus' Gefühlsregungen viel direkter als früher. Vielleicht achtete sie auch stärker darauf.

»Ist gut, mein Junge«, sagte Mona, legte beschwichtigend eine Hand auf seinen Widerrist und kraulte ihn. »Du kannst doch nichts dafür.«

Grummelnd senkte Vitus den Kopf und genoss das Kraulen. Leise begann er, auf dem Gebiss zu kauen, und sein Rücken wurde weicher. Erneut nahm Mona den Zügel auf und nun schritt Vitus ohne Widerstand los.

Hoffentlich kam Julia bald. Ohne ihre Hilfe trudelte sie immer nur im Kreis. Und dann diese hämmernde Musik . . .

Vitus schien der Lärm nichts auszumachen, jedenfalls schritt er schwungvoll aus und schnaubte sogar ab und zu. Mona seufzte.

Wenn Vitus damit klarkommt, dachte sie, kann ich wohl auch die paar Minuten aushalten, bis Julia erscheint.
Und da geschah es.
Plötzlich machte Mona eine ungeheuerliche Entdeckung. Die Musik auf der Bande wirkte wie ein Wegweiser! Ein Wegweiser für die Ohren.
Zuerst wollte Mona ihre Entdeckung nicht wahrhaben. Zu oft schon hatte sie Nackenschläge hinnehmen müssen, wenn sie sich auf etwas gefreut hatte, was dann nicht eingetreten war.
Aber die Musik ließ Mona nicht los. War es tatsächlich möglich, dass sie auf einmal derartig sicher Punkt B an der langen Seite fand? Skeptisch dirigierte Mona Vitus erneut auf die Bande zu. Danach wendete sie ihn und unternahm einen zweiten Versuch, lenkte ihr Pferd durch die undurchdringliche Dunkelheit auf die Töne zu. Wieder und wieder. Ungläubig und voller freudiger Aufregung.
Einmal streifte Vitus' Huf die Holzbegrenzung. Mona parierte ihn durch, hielt sich mit links im Sattel fest und lehnte sich nach rechts zur Seite, bis ihre Finger an die Bande stießen. Hier musste der CD-Player liegen, wenn sie nicht vollkommen auf dem Holzweg war. Mona tastete über die Abdeckleiste und spürte etwas. Ein Hindernis. Ein Gehäusedeckel? Ja, das Abspielgerät! Ihr Herz klopfte lauter.
War darunter ein Schild befestigt? Das »B«? Dann hatte sie aus eigener Kraft die Mitte der langen Seite gefunden. Wenn doch Julia endlich käme!
Mona wechselte ihre Gerte in die rechte Hand, fuhr mit dem Ende behutsam über die schräge Holzwand und zuckte zusammen, als die Gerte den Rand der angeschraubten Tafel berührte.

Mona atmete tief ein. Kein Zweifel. Sie stand mit Vitus direkt neben Punkt B, Mitte der langen Seite.
Larissas englische Rockgruppe war für sie zu einem Wegweiser geworden. Ein Schild aus Musik. Ein »B« aus Schlagzeug, Stimmen und Gitarren.
War das der entscheidende Durchbruch?

Mit den Musikgeräten auf der Bande traute Mona sich sogar, allein in der Halle zu reiten. Ohne Julia oder Herrn Reuter. Die beiden brauchte sie bald nur noch, um Vitus über den Parkplatz zu führen und um ihn abzuholen. Ein Riesenfortschritt.
Inzwischen hatte Mona wieder etwas Neues festgestellt: Sie spürte, wo in der Halle die lange Seite endete, denn in den Ecken klang die Luft dumpfer. Allerdings klappte das nur, solange niemand sonst in der Halle ritt. Tauchte ein zweites Pferd auf, erkannte Mona die Ecken nicht.
Natürlich ärgerte Mona sich, als Larissa mehrmals ausgerechnet zu Monas Zeiten in der Halle aufkreuzte, um ihre Stute zu reiten. Jedes Mal, wenn ihr Larissa mit Gardenie auf dem Hufschlag begegnete, kroch Wut in Mona hoch. Sie beklagte sich bei Julia darüber.
»Das macht Larissa doch bewusst. Die reitet extra zusammen mit mir, damit ich mich nicht orientieren kann. Bestimmt will sie mir beweisen, dass sie Vitus viel besser reiten würde.«
»Dummes Zeug, du bist zu empfindlich, Alte«, entgegnete Julia darauf nur lachend.
Mona schwieg dann. Keiner konnte verstehen, wie sie es hasste, nicht selber entscheiden zu können, wann sie reiten wollte. Immer brauchte sie Hilfe, obwohl sie schon so vieles allein be-

wältigte. Was hatte sie davon, dass Herr Reuter ihr mehr Freiheiten ließ als anderen Reitern? »Komm, wann immer du willst, Mona. Kann auch frühmorgens oder spätabends sein.«
Im Morgengrauen würde Mona am liebsten reiten, noch vor der Schule. Aber wie?
Längst war der Weg zum Stall nicht mehr das Problem. Die Strecke zwischen Heidebachstraße und Lindengasse ertastete Mona sich mit dem Blindenstock.
Im Stall ging es mal gut, mal schlecht. Manchmal passierte nichts, ein anderes Mal stolperte Mona über Putzboxen, ausgezogene Reitstiefel, verfing sich in hingeworfenen Trensen. Einmal trat sie auf einen Besen, der in der Stallgasse lag, und der harte Stiel knallte ihr vor die Stirn, dass Mona Sterne sah. In solchen Momenten fiel ihr Robert ein: »Warum nimmst du nicht den Langstock, um den Weg zu ertasten? Dein schönes Gesicht!«
Natürlich, er hatte recht. Aber beim größten Schwachpunkt – dem Weg vom Stall über den Parkplatz zur Reithalle – half ihr der Stock auch nicht. Gleichzeitig Pferd und Stock oder Kompass zu beherrschen, das klappte einfach nicht. Nie schaffte Mona es ohne Hilfe, den Hof mit Vitus zu überqueren. Drei missglückte Anläufe lagen hinter ihr. Jedes Mal kam sie von der geraden Strecke ab und endete eingeklemmt zwischen Autos und Deichseln von Pferdehängern. Nur gut, dass Vitus ihr blind vertraute. Trotz der Enge und der Bedrängnis blieb er immer ruhig stehen und sprang nicht in Panik herum. Allein konnte Mona sich aber nie aus der verzwickten Lage befreien. Hilflos wie ein Kleinkind musste sie um Hilfe rufen, was ihr ungeheuer peinlich war. Bald beendete Mona die Versuche.

An manchen Tagen haderte sie furchtbar mit dem Schicksal. Das Leben war so ungerecht. Warum musste ausgerechnet *sie* blind sein? Und warum so total, dass sie nicht einmal hell und dunkel unterscheiden konnte? Warum traf das Unglück sie so jung?
Es kostete sie enorme Anstrengung, all das zu schaffen, was sie wollte, ohne sehen zu können. Die Schule, das Reiten, der ganze Alltag mit seinen Tücken türmten sich vor Mona auf wie ein unüberwindliches Hindernis.
Doch im Dezember – Mona steckte erneut in einem Seelentief und spürte geradezu schmerzhaft, wie zerrissen sie immer noch war –, da änderte sich die Lage schlagartig.
Denn zwei Wochen vor Weihnachten kam Shadow.

13

Liebe Penny, er ist da! Shadow. Mein Shadow. Ich drehe gerade ein bisschen durch, sorry. Aber ich kann es noch nicht richtig fassen, denn ich hatte dieses Jahr nicht mehr mit meinem Hund gerechnet. Und plötzlich ist er da und liegt neben meinem Bett und ich bin nicht mehr allein. Eigentlich sollte Shadow zu jemand anderem. Aber das hat nicht geklappt und dann wurde der Hund für mich weiter ausgebildet. Shadow ist ein Golden Retriever mit blondem Fell und garantiert der schönste Hund zwischen Westfalen und Wyoming. Und weißt du was? Er wird Vitus und mich später in die Reithalle bringen. Genial! Ich muss jetzt runter zum Üben. So long. Deine Mona (tierisch aufgeregt!).«

Sie schickte die E-Mail nach Wyoming und griff durch die Dunkelheit behutsam in das neue Körbchen neben sich. Eine feuchte Schnauze rieb sich an Monas Hand. Der blonde Hund stand auf und schüttelte sich.

»Komm her, Shadow«, sagte Mona, »wir gehen zum Training.« Da spürte sie auch schon die Hundeschnauze, die sich gegen ihr Knie drückte. »Ich bin jetzt bei dir«, hieß das und ein prickelndes Glücksgefühl kroch über Monas Rücken.

Unten wartete Herr Schmidt. Er kam jeden Tag, sogar jetzt, drei Tage vor Weihnachten, um mit Mona und Shadow zu trainieren. Vorher war Mona tagelang auf den Züchterhof von Herrn Schmidt gefahren, sie hatte dort die Kommandos gelernt, und Shadow hatte sich an ihre Stimme gewöhnt.

»Man merkt, dass du ein Händchen für Tiere hast«, hatte der

Hundetrainer gleich beim ersten Versuch gesagt, »und dass du es gewohnt bist, Pferde aufzutrensen. Wer mit Pferden umgeht, kommt auch mit Hunden klar. Du gehst ohne Angst an Shadow heran und bist konsequent. Das erleichtert vieles.«
Obwohl Herr Schmidt zu bedenken gab, der Weihnachtstrubel sei eigentlich ungünstig für den Start mit dem Hund, wollte Mona ihren Shadow unbedingt vor dem Fest zu Hause haben. Nur keinen Tag länger als nötig auf den Führhund verzichten! Dann ließ man eben das Familientreffen sausen, das war Mona sowieso lieber. Kein Besuch, keine Unruhe, kein geschmückter Baum.
Zum Glück begriff ihre Mutter, dass man wegen des neuen Hundes in diesem Jahr am besten nicht feierte.
Mona fiel ein Stein vom Herzen.
Wie eine drohende Gewitterwolke hatte der nahende Heiligabend seit Wochen über ihr gehangen. Die ganze Familie versammelt. Papa aus Frankfurt. Oma und Opa aus Mallorca. Tränen unterm Tannenbaum. Mitleid. Gefühlsduselei. Grauenhaft. Gut gemeint, aber unerträglich. Und sie mittendrin, von allen beäugt, wie sie blind und linkisch Geschenke auspackte. »Unsere arme Blinde.« Ein Albtraum.
Mona griff an die Garderobenleiste neben ihrem Kleiderschrank, hob Shadows Führgeschirr vom Haken und legte es über die Schulter, bevor sie die Stufen hinabstieg, Shadow tappte vorsichtig hinter ihr. Am Fuß der Treppe legte sie ihm das weiße Lederzeug an.
Die Luft war erfüllt von Tannengrün und Plätzchen, von Orangen, Zimt und Nelken. In der Küche klappte die Backofentür, zwei Bleche wurden herausgezogen und eine Knusperduft-

Wolke strömte in den Flur. Nett von Mama, dachte Mona unwillkürlich, sie will es mir gemütlich machen, wo sie doch so ungern backt.
Dabei hatte Mona überhaupt keinen Sinn für Weihnachtsbräuche. Besinnlich zu Hause Plätzchen knabbern und Weihnachtslieder hören, war das Letzte, wonach sie sich sehnte.
Tatenlos im Dunkeln zu hocken, hielt sie nicht aus. Mona wollte arbeiten, Neues beginnen, abgelenkt sein, um nicht ins Grübeln zu verfallen. Wann endlich würde sie sich wieder wie ein normaler Mensch fühlen? Nicht mehr gespalten? Nicht mehr eingezwängt in einen Panzer? Nie ließ sich der Gedanke abschütteln, dass sie blind war. Er begleitete Mona Tag und Nacht, jede Stunde, jede Minute, jede Sekunde. Nie hörte sie auf, daran zu denken. Wie auch, wenn sie nichts als schwarze Leere vor sich sah?
Monas Wünsche kreisten nur um eins: selbstständig werden mit Shadow. Mit seiner Hilfe die verhasste Finsternis ein Stück überwinden. Mit Shadow und Vitus allein in die Reithalle gehen. Ohne fremde Hilfe. Das war ihr sehnlichster Wunsch.
Sie wollte wieder echte Dressuraufgaben üben. Üben bis zum Umfallen, verdammt, das musste doch wieder klappen. Irgendwie spürte Mona, dass Shadow ihr dabei helfen konnte. Sie war schrecklich froh, dass Vitus den neuen Hund so selbstverständlich akzeptierte. Was hätte sie bloß getan, wenn die beiden sich nicht hätten riechen können?
Aus der Küche näherten sich ausgreifende Schritte und mit leisem Krachen wurde ein Plätzchen zerbissen.
»Tag, Herr Schmidt«, sagte Mona, während sie mit einer Hand nach Shadows Glöckchen-Halsband tastete, das direkt neben der Haustür hing.

»Hallo, Mona. Ja, leg ihm schon mal das Halsband um«, ermunterte Herr Schmidt sie und schnippte ein paar Krümel von der Jacke. »Wir wollen Shadow nachher frei laufen lassen.«

Obwohl Shadow mit Feuereifer arbeitete und gern lernte, strengte ihn sein Dienst auch an. Im Geschirr gehen hieß für ihn: hundertprozentig aufmerksam die gelernten Lektionen befolgen, Bordsteinkanten suchen, Treppen finden, Hindernisse umgehen – eben Arbeit.

Darum musste er wie jeder andere Hund zwischendurch schnüffeln, spielen und rennen können. Dank der Glöckchen im Halsband hörte man Shadow und konnte ihn zu sich rufen.

Viele kleine Lernziele standen auf dem Stundenplan, Herr Schmidt freute sich mit Mona, wie schnell sie weiterkam. Sie selber hatte sich die Sache mit dem Führhund allerdings leichter vorgestellt hatte. Etwa so: »Geh zum Stall, Shadow«, und der Hund marschierte zügig los und fand den Reiterhof sofort.

Nein, so einfach war es nicht. Mona selber musste Orientierungsstellen im Gelände kennen, um den Hund dirigieren zu können. Feste Punkte, wo sie dem Hund sagen konnte: »links weiter« oder »rechts weiter« oder »steh« oder »rüber«. Das konnten Briefkästen sein, Laternenmasten, Torpfosten oder Zäune.

Jetzt zahlte es sich aus, dass sie sich den Weg zum Reitstall so gründlich mit Julia eingeprägt hatte. So wusste Mona, wie es nach dem Maschendrahtzaun weiterging und wo der Briefkasten stand, bei dem sie die Lindengasse überqueren musste.

An diesem Trainingstag ging es heute zum letzten Mal mit Shadow in den Reitstall und Herr Schmidt war sehr zufrieden: »Im Stall schaffst du es jetzt allein, Mona. Bleib eifrig dran und übe jeden Tag. Wir sehen uns nach Weihnachten wieder. Dann trainieren wir busfahren.«

Der Heiligabend kam.
Mona wusste, dass ihre Mutter noch den ganzen Tag über schwankte, ob sie nicht doch vielleicht einen Baum aufstellen und schmücken sollte. Je später es wurde, desto häufiger sprach sie davon.
»Für alle Fälle habe ich eine Tanne besorgt und auf die Terrasse gestellt«, sagte sie zögernd. »Was meinst du, Mona?«
Doch Mona sträubte sich mit aller Macht dagegen. Nein, Weihnachten gab es nicht mehr. Für die Sehenden vielleicht, aber nicht für sie.
Alles, wonach Mona sich an diesem schwarzen Heiligabend sehnte, war Vitus' Nähe. Seine Wärme. Die innige Zwiesprache mit ihrem geliebten Pferd. Geborgenheit im Stall.
Als zu allem Überfluss das Radio am Nachmittag ausschließlich rührselige Lieder sendete, hielt Mona es kaum noch aus. Ruhelos lief sie im Flur auf und ab, vorbei am Hundekorb, in dem Shadow auf seiner Decke leise schnarchte. Immer wieder drückte sie auf ihre sprechende Armbanduhr. Am frühen Abend gab Mona sich einen Ruck und sprach ihre Mutter an.
»Ich würde so gern in den Stall gehen, Mama. Vitus reiten. Jetzt ist dort alles leer und ich könnte in Ruhe üben. Sag Ja, bitte. Auch wenn du dir Weihnachten anders vorgestellt hast.«
Mona hörte, wie ihre Mutter sich mit den Händen über Gesicht fuhr.
»Wir können es nicht erzwingen«, sagte sie leise und bekümmert, und für Mona war es schwer zu ertragen, dass ihre Mutter

mit den Tränen kämpfte und erst nach einer Pause weitersprechen konnte. »Aber ich möchte dich wenigstens abholen, sonst habe ich keine ruhige Minute. Auf der Anlage ist doch niemand mehr.«

»Okay«, sagte Mona schnell und stand schon an der Treppe, um sich umzuziehen. »In zwei Stunden.«

So kam es, dass Mona Borchert am Heiligabend allein mit Shadow durch die stille Dortmunder Vorortsiedlung zum Reitstall lief. Die Straßen waren frei, trotz der Ankündigung des Wetterberichts fiel kein Schnee. »Aber glitzernder Raureif überzieht die Bäume und Sträucher«, hatte ihre Mutter berichtet.

Als Mona die Heidebachstraße hinter sich ließ, schlugen die Glocken der nahen Kirchen an, und kurz darauf setzte überall in den Stadtteilen der Umgebung festliches Glockenläuten ein, das Mona in eine feierliche und traurige Stimmung versetzte.

Mit Shadows Führgeschirr in der Hand schritt sie an den Häusern entlang, und Mona stellte sich vor, wie die Menschen Heiligabend feierten, hinter den erleuchteten Fenstern, die sie nicht sah. Um diese Zeit zündete man die Kerzen am Baum an, sang »Stille Nacht«, machte Bescherung und wickelte Pakete aus.

Bis an mein Lebensende würde ich auf sämtliche Geschenke verzichten, dachte Mona bitter, wenn ich nur wieder sehen könnte. Ob die da drinnen je daran dachten, dass sie das wertvollste Geschenk der Welt besaßen, nämlich ihr Augenlicht?

Einen winzigen Moment lang hatte Mona nicht aufgepasst und wurde gleich nachdrücklich von Shadow daran erinnert, denn er blieb hartnäckig stehen und wollte nicht weiter. Als Mona mit dem Fuß über den Boden tastete, erfühlte sie eine Bordsteinkante, neben sich stieß sie an einen Briefkasten, dem einzigen an der Lindengasse. Also war sie fast am Stall. Wie viel kürzer der Weg doch mit Shadow war!

»Brav gemacht.« Mona beugte sich zu ihrem Hund hinunter und tätschelte ihn. »Frohe Weihnachten, Shadow.« Sofort rief Mona sich selbst zur Ordnung. Wenn ihr Hund im Geschirr ging, sollte sie sich auf klare Anweisungen beschränken, sonst brachte sie ihn durcheinander. Mona räusperte sich. »Links weiter.«

Weil der halbe Stall verreist war, wie jedes Jahr zu Weihnachten, herrschte auf Reuters Reiterhof friedliche Stille, als Mona eintraf. Die Reiter, die in Dortmund geblieben waren, saßen um diese Zeit unter dem Tannenbaum zu Hause oder in der Kirche. Wer ging schon an Heiligabend in den Reitstall? Wer, außer ihr, für die es keinen glitzernden Lichterbaum gab und keine Geschenke, die sie ansehen konnte?

Mona biss die Zähne zusammen. Als Erstes steuerte sie mit Shadow die Reithalle an und schloss auf. Sie öffnete die breite Tür und sicherte sie mit einem Haken.

Weiter in den Stall. Shadow geleitete Mona in die Sattelkammer, wo sie aus ihrem Schrank zwei CD-Player holte und einsteckte. Im oberen Fach lag der neue Hundeteppich. Mona zog ihn hervor, breitete die Unterlage in der Ecke aus und befreite ihren Hund vom Führgeschirr. Für Shadow das Signal, dass er dienstfrei hatte. Sofort rollte er sich auf dem Langflor zusammen und schlief auf der Stelle ein.

Mona ballte die Fäuste. Ja! Dieser Teil hatte geklappt.

Vitus wieherte ungeduldig in der Box und polterte mit den Hufen gegen die Tür.

»Keine Panik, Vitus, bin schon unterwegs.«

Mona tastete sich an den Wänden entlang, führte Vitus aus der Box und band ihn auf der Stallgasse an.
Sofort rieb er seinen Kopf an ihrer Jacke und Mona lachte gerührt. »Ja, Vitus, du hast ja recht. Weihnachten im Stall ist das Allerschönste.«
Ringsherum war es ganz still. Nur das Knacken von Möhren und Äpfeln unterbrach die Ruhe. Nachmittags hatte Herr Reuter den Tieren Weihnachtsgaben spendiert, das gehörte zum Heiligabend, seit Mona sich erinnern konnte. Pferdebescherung. Nun waren die Pferde allein zurückgeblieben, der Stall war verwaist. Aber trotz der Einsamkeit kam Mona sich nicht allein vor, im Gegenteil. Sie genoss die friedliche Beschaulichkeit. Innige Minuten mit Vitus.
Mona legte den Sattel auf, tastete nach Vitus' Vorderbein, um den Gurt in der richtigen Lage zu befestigen.
»Shadow, du bist auch ein Schatz«, murmelte Mona, als der Hund aufstand, sobald er Vitus' Trensengebiss klingeln hörte. Sie streifte ihrem Hund das Führgeschirr über und machte sich mit Herzklopfen auf den Weg ins Freie.
Nun allein mit Hund und Pferd über den Parkplatz! Bisher war immer jemand in der Nähe gewesen. Mit dem Fuß stieß Mona die Stalltür auf und passierte die Öffnung. Kühle Winterluft empfing sie draußen. Shadow ging zügig durch die Finsternis voran, bis Mona ahnte, dass sie kurz vor der Reithalle stand. Und dann fühlte sie auch schon die Hallenluft und Holzspäne unter den Stiefeln.
Eine äußerst knifflige Aufgabe folgte. Vorsichtig bewegte sich Mona zwischen Hund und Pferd durch die pechschwarze Halle. Nur nicht nach innen abdriften, dort verlor sie die Orientierung.

Mona ließ den Zügel länger und begann mit ausgestrecktem Arm, die hölzerne Bande abzutasten, bis sie das gesuchte Schild fand. Punkt B. Mitte der langen Seite. Sie legte einen angeschalteten CD-Player hin, stellte sich mit dem Rücken zur Bande und rief: »Shadow, rüber.«
Gehorsam überquerte der Golden Retriever mit Mona und Vitus die Halle. Das zweite Musikgerät kam an Punkt E.
Jetzt mit Pferd und Hund zurück zur Tribüne. Führgeschirr abnehmen. Wie reagierte Shadow? Mona horchte. Ein paarmal drehte der Hund sich im Kreis, bevor er sich seufzend niederlegte.
Sie atmete auf.
Mit Vitus zurück in die Halle. Steigbügel herunterziehen. Aufsitzen. Mona schwang sich in den Sattel. Lauschte auf die Musik. Optimal, sie hörte gut, in welcher Entfernung die Wände standen.
»Komm, Vitus.«
Seit Mona nichts mehr sah und Vitus nur ertasten konnte, fühlte sie sich ungeheuer eng mit ihrem Pferd verbunden. Wie ein geheimes Band bestand eine Verbindung zwischen ihnen. Stärker als vor dem Unfall spürte Mona, wie Vitus sich gerade fühlte. Sie wusste genau, wann sie lange genug Schritt geritten hatte, wann er gelöst und locker war. Dann gab Vitus' Rücken nach, die Zügel fühlten sich in ihren Händen leicht wie Zwirnsfäden an, und Mona konnte antraben. Sie merkte in jeder Sekunde, ob ihr Pferd sich wohlfühlte. Vitus wusste nicht, dass sie blind war, und ihm war es auch völlig gleichgültig. Im Sattel zählten nur ihr Sitz, ihre Einwirkung, ihre Hilfen.
Mona probierte aus, wie dicht sie an die CD-Player auf der Ban-

de heranreiten konnte, und versuchte zum ersten Mal, halbe Bahn zu gehen. Die kurzen Seiten erreichte sie nie, aber dort fehlte ja auch Musik als Begrenzung.

Den ganzen Abend fühlte Mona sich merkwürdig kribbelig. Sie spürte genau, was ihr gut gelang, obwohl sie nicht einmal sagen konnte, warum. Auf jeden Fall hatte sie früher nie so exakte Volten geritten, das stand fest. Mona begann, sich als Reiterin wieder zu mögen.

Nach einer halben Stunde marschierte sie auf. Vitus schnaubte mit gesenktem Kopf und blubberte entspannt vor sich hin. Als Mona abstieg, war sie zum ersten Mal zufrieden mit sich. Zum allerersten Mal, seit sie blind im Sattel saß. Wie gut, dass sie heute in den Stall gegangen war! »Die super Volten waren wohl dein Weihnachtsgeschenk für mich, was, Vitus?«, flüsterte Mona und rieb ihre Stirn an seiner Mähne.

Sie fühlte sich gut. Und fast erstaunt stellte sie fest: Sie mochte sich selber wieder leiden. Etwas Eigenartiges geschah mit ihr. Ganz ohne Ankündigung. Auf einmal fühlte Mona eine unerklärliche Veränderung in sich. Ein seltsames Gefühl überkam sie. Als würde ein Schalter angeknipst, fügte sich etwas in ihr neu zusammen. Das schwere Gewicht, das sie seit Monaten niederdrückte, hob sich von Monas Schultern. Der eisige Panzer, der sie umschloss, bekam Risse und lockerte sich. Obwohl die Dunkelheit vor ihren blinden Augen immerzu fortbestand, fühlte Mona sich nicht mehr so schrecklich fremd in ihrem Körper.

Sie hatte akzeptiert, dass sie sich neu erfinden musste.

Was für ein Gefühl! Endlich konnte sie freier atmen. Am liebsten wäre Mona nach draußen gerannt, durch die Lindengasse, durch die Heidebachstraße, durch ganz Dortmund bis nach Wyoming, um allen zuzuschreien: »Ich bin wieder ein ganzer Mensch!«

Vitus spitzte die Ohren. Behutsam drückte er seine weichen Nüstern an Monas Wange. Mit seinen feinen Antennen spürte er sofort die neue Stimmung.

»Wir werden wieder reiten wie früher, hörst du, Vitus?«, flüsterte Mona ihrem Pferd zu und schlang die Arme um seinen Hals. »Wir packen das, Vitus. Wir zwei packen das.«

Auf der Tribüne entstand Unruhe. Trotz der lärmenden Musikgeräte, deren Bässe hartnäckig gegeneinander kämpften, hörte Mona, dass Shadow sich mit seinem Glöckchen-Halsband erhob. Auch Vitus war abgelenkt und drehte seinen Kopf zu den Zuschauerbänken. Von einer Sekunde zur anderen wich ihre neue Stimmung nervöser Furcht.

»Mama?«, rief Mona ängstlich durch die Halle.

»Ja, hier oben. Gerade eingetroffen«, kam die beruhigende Antwort.

Entwarnung für den Moment, doch gleich darauf schwirrten am Eingang Stimmen durcheinander. Mona zuckte zusammen. Andere Reiter? Hoffentlich nicht. Weihnachtlich sentimentale Menschen, die sie mit Mitleid überhäuften? Das hatte ihr noch gefehlt! Gerade heute, wo sie anfing, sich ein bisschen wohler zu fühlen. Sosehr Mona sich bemühte, ein paar Worte zu verstehen, es gelang ihr nicht. Ein Haufen Beine, unzählbar für Mona, stapfte durch die Sägespäne auf sie zu und brachte Tannenduft mit. Da, ein Kichern – kannte sie das nicht?

»Julia, bist du es?«, fragte Mona angespannt in die Dunkelheit.

»Logisch«, erklang Julias Stimme, dann kitzelte ein Tannenzweig Monas Kinn. »Ich hab mir doch gedacht, dass wir dich hier aufstöbern, Alte.«

Im nächsten Moment verstärkte sich der intensive Fichtenduft und Mona hörte Vitus genüsslich mahlen und auf Zweigen herumkauen. Er liebte jede Art von Grünzeug.

»Ich bin auch da –Vera.«

Freundschaftliche Rippenstöße.

»Und ich, Tessy. Frohe Weihnachten, alte Socke.«

Überrascht hob Mona die Schultern. Der Überfall war gelungen.

»Wieso seid ihr nicht im Winterurlaub? Ich dachte, ihr steht längst auf Skiern.«

»Wir fahren erst morgen«, entgegnete Julia fröhlich. »Und bei uns zu Hause ist die Bescherung längst gelaufen. Wie sieht es aus, sollen wir mit zu dir kommen? Hast du Lust?«

Noch vor zwei Stunden wäre die Antwort ein schroffes »Nein« gewesen. Aber im Augenblick fühlte Mona sich wach und leicht und aufgeräumt. Sie hatte sich verändert an diesem Abend. Die Stunden mit Vitus, so innig und einsam in der Stille des Stalls, hatten ihr neuen Halt gegeben. Vitus' Nähe, diese Vertrautheit – was für ein grandioser Trost war das für Mona. Wie ein stummes Zusprechen von Mut.

Plötzlich verspürte sie Heißhunger auf Cappuccino, auf Weihnachtsplätzchen, Dominosteine, Marzipanbrote, Zimtsterne. Und auf Freunde.

»Gute Idee«, sagte Mona lächelnd, während sie Vitus' Sattelgurt lockerte. »Ist doch schließlich Weihnachten.«

Monas verletzte Seele begann zu heilen.

14

An den ersten Januartagen bedeckte Glatteis die Fußwege und eisige Kälte verschluckte jedes Geräusch. Mona kam mit Shadow kaum aus dem Haus, die Sturzgefahr war zu groß. Aber schon im Februar wehte der erste Frühlingswind, viel früher als in den letzten Jahren, und Ende des Monats schloss Mona das Training mit Herrn Schmidt und ihrem Führhund ab. Nun hieß es, allein weiterüben.

Ohne Shadow konnte Mona sich ihr Leben bald nicht mehr vorstellen. »Meine blonden Augen«, sagte sie, wenn sie von ihm sprach. Nachts lag Shadow in seinem Körbchen neben ihrem Bett, er schlief weiter, wenn sie unter die Dusche ging, und erhob sich schüttelnd, sobald er den Kleiderschrank klappen hörte.

Inzwischen begleitete Shadow sie im Bus zur Schule, und im Klassenraum lag er neben ihrem Tisch, während Mona mit Brailleschrift und Computer kämpfte.

Dank Uli Wittkamp, dem Lehrer der Dortmunder Blindenschule, kam Mona in winzigen Schritten weiter. Ohne seine unermüdliche Aufmunterung hätte sie die Flinte längst ins Korn geworfen. Sogar den Pausenhof machte er ihr wieder schmackhaft. Mit Shadow an der Seite fühlte Mona sich selbstbewusster, auch wenn es ihr nach wie vor gruselig erschien, dass jeder sie unbemerkt durch die Dunkelheit anstarren konnte.

Und dann war da natürlich Julia, die Mona mit Engelsgeduld begleitete, die beste Freundin der Welt!

Wenn Mona davor zurückschreckte, sich in voll besetzte Busse oder U-Bahnen zu quälen, war es Julia, die sie überredete. »Härtetraining«, nannte Julia das. »Für dich und Shadow.« Menschenmengen und unbekannte Umgebungen bedeuteten puren Stress für Mona und harte Arbeit für ihren Hund. Andererseits war es natürlich richtig, beide mussten immer wieder Neues probieren, um wach zu bleiben.

Monas dunkle Welt wurde größer.

Im Reitstall kannten mittlerweile alle den Golden Retriever. Anfangs hatte sich jeder auf den Hund gestürzt, um mit ihm zu spielen, aber inzwischen wussten die Reiter, dass Shadows Platz bei Mona war und dass ein Blindenführhund nicht abgelenkt werden sollte.

Ab und zu schaute Robert im Stall vorbei, um Monas Fortschritte zu begutachten, und er war begeistert, wie selbstständig Mona mit Vitus und Shadow den Weg zur Reithalle schaffte.

»Ich gebe überall mit dir an«, sagte Robert. »Du bist ein leuchtendes Vorbild.«

Seit Shadow da war, ging es reiterlich mit Mona steil bergauf. Vitus kam wieder in Superform, weil sie nun täglich trainieren konnten. Mindestens einmal am Tag saß Mona im Sattel. Manchmal sogar vor der Schule, wenn sie um fünf Uhr aufwachte und nicht mehr schlafen konnte. Oder auch spätabends, wenn die anderen Reiter verschwunden waren. Shadow gewöhnte sich daran, zusammengerollt in der Ecke der Halle zu schlafen, während Mona ritt.

»Dein Sitz gefällt mir wieder ausgesprochen gut«, sagte Herr Reuter kurz vor Ostern.

Mona merkte selber, wie viel sicherer sie sich im Schritt, Trab und Galopp fühlte. Was ihr große Probleme machte, waren die

Hufschlagfiguren. Sobald Vitus zwei Meter von der sicheren Bande abwich, geriet Mona ins Schwimmen. Vor Schlangenlinien graute ihr, lediglich gute Volten gelangen Mona an der langen Seite, solange in der Mitte ein Radio lag.
Um nicht den Mut zu verlieren, rief Mona sich immer wieder ihre Anfänge ins Gedächtnis. Wenn sie sich mit dem blinden Mädchen verglich, das vor einem Jahr zitternd und ohne Orientierung durch die Halle geirrt war, dann war sie mächtig stolz auf ihre Fortschritte.
Verglich sie sich aber mit der Mona *vor* dem Unfall, die auf der Junioren-Meisterschaft starten wollte, dann überfielen sie Frust und Trauer. Nie wieder würde sie Turniere reiten können. Dabei lechzte Mona nach Wettkämpfen. Genau wie Vitus, er war das geborene Turnierpferd. Sobald der Hannoveraner die Startglocke hörte, stellte er sich in Positur.
Und trotzdem.
Aus und vorbei.
Turniere musste sie vergessen. Keine Pokale mehr, keine Preisschleifen. Nur mit der Unterstützung von Radios auf der Bande oder mit Ansagen von Herrn Reuter konnte Mona reiten. Aber bei einem Turnier durfte niemand Hinweise geben. Oder gar auf den Platz laufen. Nein, Turniere waren nichts für eine Blinde wie sie.
Je mehr Mona versuchte, nicht mehr an Wettkämpfe zu denken, umso stärker wurde ihr Wunsch, sich mit anderen zu messen. Obwohl sie genau wusste, dass genau das nie mehr möglich sein würde.
Oder doch?
Kurz vor den Sommerferien glimmte neue Hoffnung auf.

Es war an einem der ersten heißen Junitage, Mona ritt früh um sechs allein in der Halle, als Herr Reuter an der Bande erschien und eine Pferdesportzeitung schwenkte.
Das Radio an der kurzen Seite wurde abgedreht und Herr Reuter rief Mona zu sich heran.
»Mädchen«, sagte er aufgekratzt, als Mona Vitus vor ihm zum Halten durchparierte, »nun bin ich schon so lange im Beruf, aber eben habe ich etwas in unserem Fachmagazin gelesen, was ich nicht wusste.«
»Interessant für mich?«, fragte Mona neugierig.
»Und ob.«
In Vitus' Brummeln mischte sich das Rascheln von Papier.
»Vielleicht kannst du doch wieder Turniere reiten, Mona.«
»Was? Wie soll das gehen?«
Eine Seite wurde umgeschlagen und Herr Reuter fasste den Bericht aus der Pferdezeitschrift zusammen.
»Reiter mit Handicap dürfen bei Turnieren Hilfsmittel benutzen, je nachdem, wie . . .«
Mit Herzklopfen fiel Mona ihm ins Wort. »Dürfen Blinde etwa Radios an den Seiten auslegen?«
Herr Reuter überflog die gelb markierten Zeilen.
»Radios nicht, aber als Blinde darfst du Caller mitbringen.«
Überrascht zog Mona die Augenbrauen hoch. »Was soll das sein?«
»Caller, das ist englisch und heißt ›Rufer‹.« Leise murmelnd, überflog Theo Reuter die nächsten Absätze, dann fuhr er fort: »Die Caller verteilen sich rund um das Viereck. Von den Zirkel- und Wechselpunkten aus rufen sie dem Reiter den Buchstaben zu, an dem sie stehen. Damit der Blinde sich zurechtfindet.«

Er ließ die Zeitung sinken. »Wieso wusste ich nichts davon?«
Mona zitterte vor Erregung. »Das ist tatsächlich erlaubt?«
Herr Reuter schlug das Heft zu. Mona vermutete, dass er nickte.
»Mona, das ist ein neuer Weg für dich. Das wäre doch etwas! Du musst nur zu einer ärztlichen Untersuchung gehen. Dann kannst du einen Sport-Gesundheitspass für Turniere beantragen. Das Kuratorium für Therapeutisches Reiten in Warendorf stellt den Ausweis aus. Das ist *die* Lösung für dich, Mädchen! Ich lege dir die Zeitschrift auf den Putzkasten.«
Als Herr Reuter gegangen war, saß Mona noch lange im Sattel, ohne sich zu rühren. Erst allmählich verarbeitete sie diese unglaubliche Nachricht. Wenn das alles stimmte . . . wenn sie wirklich wieder auf Turnieren starten konnte . . . dann öffnete sich eine neue Welt. Das Leben begann von vorn. Konnte sich nach dem grauenvollen Unfall doch noch etwas zum Guten wenden? Monas Gedanken fuhren Karussell.
Wie sehr hatte sie das Turnierreiten vermisst! »Du auch, stimmt doch, mein Vitus?«, murmelte sie. Oh ja, Vitus war auf Turnieren zu Hause. Im Gegensatz zu vielen anderen Vierbeinern liebte er den großen Auftritt. Sobald Mona die Kopfnummer in Vitus' Zaumzeug steckte, warf er sich in Positur. Noch nie hatte Vitus sie in der Bahn im Stich gelassen. Schon träumte Mona davon, dass ein Turnierrichter vor ihr stand. »Du und dein Pferd, ihr seid eine Einheit. So eine harmonische Vorstellung wollen wir im Viereck sehen.«
Ihr kamen die Tränen.
»Vitus, bald trägst du wieder eine Kopfnummer«, flüsterte Mona und wischte sich über die Augen.

Zu Hause nahm sie die Sache sofort in Angriff.
Auch Julia und Monas Mutter waren Feuer und Flamme, als sie den Artikel lasen. Ohne Aufschub wurde der Sport-Gesundheitspass beantragt und Mona brachte die ärztlichen Untersuchungen hinter sich.
Endlich hatte das Training wieder einen richtigen Sinn, und Mona nutzte die großen Ferien, um wie besessen zu üben. Ein neues Ziel! Vielleicht startete sie wirklich wieder auf Turnieren?

Nach den Sommerferien beherrschte Mona eine einfache Dressuraufgabe mithilfe von Herrn Reuter und verschiedenen Radios. Um die Aufgabe anständig zu reiten, so meinte ihr Reitlehrer, brauchte Mona am Anfang mindestens fünf Caller zum Rufen der Buchstaben. Einen im Mittelpunkt und je einen in der Mitte der vier Seiten.

Mit klopfendem Herzen versuchte Mona im August, zum ersten Mal mit Callern zu reiten. Rings um den Außenplatz bezogen Julia, Tessy, Vera und Herr Reuter ihre Positionen. Im Mittelpunkt der Bahn stand Frau Reuter.
»Wir haben sogar Zuschauer, Mona«, verkündete Herr Reuter. »Aber da musst du durch, Mädchen. Beim Turnier ist auch Publikum.«
Mona biss die Zähne zusammen, als sie in den Sattel stieg. Bloß nicht verrückt machen lassen! Sollten die doch gucken! Schließlich hatte sie geübt, wie verrückt geübt. Sie hatte gestaunt, wie genau Vitus die A-Dressur noch kannte. Beim Training stoppte er bereits Mitte der langen Seite zum Rückwärtsrichten, bevor

Mona die Hilfen gab, und auch den Punkt zum Angaloppieren kannte er noch.
Mona fragte nicht, wer da stand und sie anstarrte. Bestimmt Larissa und Simone, die dumme Bemerkungen machten und feixten.
Tapfer begann sie mit der Aufgabe. In den ersten Runden unsicher, wegen der unsichtbaren Zuschauer und weil sie an ihre Musik gewöhnt war und auch, weil ihre Freundinnen ständig kicherten, wenn sie »A-A-A« oder »C-C-C« riefen. Doch nachdem die ersten Schwierigkeiten überwunden waren, klappte es ganz ordentlich.
Einmal rief Tessy zu spät »B« und die Volte wurde ein Ei. Und als Vera zu spät »C« meldete, trabte Mona mit Vitus aus dem Viereck hinaus.
»Das darf natürlich nicht passieren«, sagte Herr Reuter streng zu den Callern, als er Vitus eingefangen hatte. »Jeder von euch muss sich hundertprozentig konzentrieren und sollte genau wissen, wie die Aufgabe weitergeht.«
»Das ist schwerer, als ich dachte«, stöhnte Julia nach dem ersten Experiment. »Vom Rand aus kommt mir die Aufgabe ganz anders vor, als wenn ich sie selber reite.«
Trotzdem war der Test gelungen. Mona wunderte sich, wie viel angenehmer das Reiten war, wenn Caller rund um das Viereck standen. Wie ein Sicherheitsnetz schlossen die Stimmen sie ein.
Üben, üben, üben.
Von Tag zu Tag machte Mona Fortschritte, genau so wie die Caller. Alle zu einer bestimmten Uhrzeit unter einen Hut zu bekommen, war das größte Problem. Doch meistens gelang es ih-

nen trotzdem. Und so überraschte Herr Reuter Mona Anfang September mit der Feststellung: »Ich schätze, du bist jetzt so weit. Du kannst eine A-Dressur reiten, zusammen mit deinen fünf Callern. Ich weiß, A-Dressur ist eigentlich unter deinem Niveau, aber du fängst ja sozusagen noch einmal von vorn an.«
Dann rückte er damit heraus, welchen Plan er im Hinterkopf hatte. »Mitte Oktober findet in Münster ein Turnier statt. Außenplatz. Sand. Das letzte vor der Hallensaison. Wäre das nichts, Mona? Nicht zu weit weg. Ideal für einen Neubeginn.«
Wie lange hatte Mona auf diesen Satz gewartet!
Aber nun, als es so weit war, zauderte sie. Die alten Ängste überfielen sie. Ein unbekannter Turnierplatz. Keiner konnte sich vorstellen, wie mühselig es war, eine neue Umgebung kennenzulernen, wenn man nichts sah als schwarze, endlose Leere.
War sie auf dem Turnier nicht so etwas wie eine Zirkusattraktion? Mona sah die Besucher förmlich vor sich, wie sie hinter vorgehaltener Hand tuschelten: »Eine Blinde, eine Blinde«.
Andererseits, wofür hatte sie wie verrückt trainiert?
»Schlaf eine Nacht drüber«, schlug Herr Reuter vor. Mona nickte nachdenklich.
Abends rief Mona bei Robert an, ihrem Mobilitätstrainer aus Münster. Vielleicht konnte der ihr einen Rat geben?
»Kennst du das Gelände vom Reiterverein Münster? Meinst du, ich finde mich dort zurecht?«
»Klar, Mona, ich kenne die Anlage. Übersichtlich und gepflegt. Sozusagen ideal für Blinde. Falls ich an dem Wochenende freihabe, bin ich natürlich dort. Ehrenwort. Und, Mona: Ich freue mich riesig für dich. Das ist ein unglaublicher Erfolg.«

Monas Entscheidung war gefallen. Sie rief Theo Reuter an: »Würden Sie die Unterlagen für die Nennung anfordern?«

Acht Tage vor dem Turnier flatterte der Brief mit sämtlichen Wettkampf-Unterlagen ins Haus.
Jetzt wurde es wirklich und wahrhaft ernst.
Ausgerechnet in diese letzte heiße Phase fiel die Praktikumswoche der Dortmunder Schulen, in der viele Schüler in Betrieben arbeiteten. Der einzige Lichtblick war, dass dadurch auch Larissa verschwand, und zwar in die Dortmunder Reha-Klinik. Nicht aus plötzlicher Anteilnahme für Kranke, sondern weil Larissa seit Monaten für einen Zivi schwärmte, der dort seinen Dienst absolvierte. Julia und Tessy gingen in einen Forstbetrieb, beide wollten später Biologie studieren.
»Fallt nicht vom Baum«, sagte Mona scherzhaft, als Julia und Tessy sich bis zum Wochenende abmeldeten. Sie selber machte kein Praktikum, weil sie eine Klasse zurückgegangen war. »Wenn ein Caller fehlt, muss ich mein Turnier absagen.«
»Null Gefahr. Ich bin wendig wie ein Eichhörnchen«, lachte Tessy, »mir passiert nie etwas. Ich bin sozusagen unverletzbar.«
Aber am Donnerstag, drei Tage vor dem Turnier, fiel Tessy doch vom Baum und brach sich ein Bein.
Nach dieser Hiobsbotschaft setzte Theo Reuter sofort Himmel und Hölle in Bewegung, um einen Ersatz-Caller zu finden. Einfach war das nicht, denn es kamen nur Reiter infrage, die Monas Dressuraufgabe hundertprozentig auswendig kannten. Er schaffte es schier nicht, jemanden aufzutreiben. Jeder hatte seinen eigenen Grund für die Absage – Umzug, Urlaub, Surfen, Kirchentreffen, Schützenfeste, Fußball, Handball, Besuche, Einladungen.

Jedes Nein war für Mona wie einen Schlag ins Gesicht. *Konnten* die Stallkollegen tatsächlich nicht? Oder *wollten* sie nicht? Missgönnte man ihr das Turnier? Oder sah man dies als gute Möglichkeit, ihr klarzumachen, dass eine Blinde nichts im Reitsport zu suchen hatte?

Am Freitagabend, als keine Hoffnung mehr bestand, nahm Herr Reuter Mona in den Arm und sagte niedergeschlagen: »Ich fürchte, du musst absagen, wenn du nicht mit vier Callern starten magst. Es ist eine Schande.«

Mit vier statt mit fünf Callern? Mona schüttelte den Kopf. Das hatte sie nicht trainiert. Nein, sie würde sich unsterblich blamieren vor all den sehenden Turnierreitern. Dann lieber daheimbleiben.

Wie ein geprügelter Hund schlich Mona in Vitus' Box und warf sich schluchzend an seinen Hals.

Vitus, sie wollen uns nicht reiten lassen!

Mona war untröstlich. Und diesmal schaffte es nicht einmal Vitus' liebevolles Brummeln und Schmusen, sie wieder aufzurichten.

Völlig am Boden zerstört, ging sie aus dem Stall nach Hause. Heute war ihr mehr als deutlich bewusst geworden, wie empfindlich ihr neues Gleichgewicht war. Jede Winzigkeit, jede fehlende Hilfe warf sie aus der Bahn. Ein einziger Helfer fiel aus, und schon riss das sorgfältig geknüpfte Netz.

Auch zu Hause fand Mona keinen Trost. Nicht bei ihrer Mutter und nicht bei Tessy, die sie aus dem Krankenhaus anrief.

Dieser neue Absturz raubte Mona ein erneutes Mal jeden Mut. In der Nacht fand sie keinen Schlaf, wälzte sich nur verzweifelt und weinte in ihr Kopfkissen. Verstört begann Shadow zu fiepen, und als er sie immer wieder mit der Nase anstieß, stieg Mona aus dem Bett und streckte sich auf dem Teppich neben dem Hundekorb aus. Es tat gut, den Kopf auf Shadows Rücken zu betten. Durch das warme Fell spürte Mona seinen gleichmäßigen Herzschlag, der sie müde machte, müde und ruhig. Schließlich rollte sie sich neben Shadow zusammen und schlief ein.

So fand Frau Borchert sie am Morgen.

Mona spürte, wie sie sich entsetzt zu ihrer Tochter hinunterbeugte und sie vom Boden hochzog. »Mein Gott, Kind, nun verzweifele doch nicht. Dieses verpasste Turnier ist doch kein Weltuntergang. Du hast es schon so weit gebracht. Unglaublich weit. Die Sache mit Tessy, das war einfach Pech. Es kommen wieder neue Turniere.«

Mona hörte die Stimme ihrer Mutter bloß wie durch einen Schleier. Sie antwortete nicht, und als ihre Mutter gegangen war, legte sie sich, ohne zu frühstücken, mit Jeans und T-Shirt ins Bett. Wenn sie doch wenigstens bei Vitus im Stroh wäre! Das alte Gefühl der Verlassenheit kroch wieder auf Mona zu und begann, sie einzuschließen wie ein schwarzer Schlauch. Dabei hatte ich es fast geschafft, dachte Mona verzweifelt und presste ihre Hände gegen die Augen, ich hatte es fast geschafft, diese furchtbare Dunkelheit in den Griff zu bekommen. Irgendwie damit zu leben.

Das Turnier war ihr Rettungsanker gewesen. Wenn ich das schaffe, schaffe ich alles, hatte sie sich jeden Tag eingehämmert.

Niemand konnte sich vorstellen, wie es in ihr aussah. Niemand! Oder vielleicht – Penny. Penny, die aus schlimmer Erfahrung

wusste, was Kummer bedeutete, seit ihr Vater verunglückt war. Nachher würde sie eine E-Mail nach Wyoming schicken.
Gerade als Mona sich fast wieder in den Schlaf geweint hatte, schellte die Türglocke.
Wer konnte das sein? Hoffentlich keiner aus dem Stall. Mona wollte mit niemandem sprechen und versuchte, nicht hinzuhören, als die Haustür aufging.
Trotzdem konnte sie nicht verhindern, Satzfetzen aufzuschnappen.
». . . Mona ist ziemlich fertig, sie schläft gerade. Ich glaube kaum, dass sie Besuch erträgt.«
»Aber es ist dringend«, drängte eine bekannte Mädchenstimme.
Das war doch . . . konnte das . . .
»Larissa!« Wie von einer Tarantel gestochen, sprang Mona aus dem Bett. Die fehlte ihr gerade noch. Sie tastete sich zur Wand und lehnte sich horchend gegen die Tür. Was wollte ausgerechnet Larissa bei ihr?
Unten wurden ein paar weitere Sätze gewechselt. Larissa klang aufgeregt, dann hörte Mona jemanden die Stufen emporstürmen.
Verstört wich sie von der Tür zurück, als es klopfte. Nein, nicht Larissa Sander, diese Ziege! Hastig fuhr Mona sich durchs zerzauste Haar und wischte sich übers Gesicht. Den Triumph, sie heulen zu sehen, würde sie Larissa auf keinen Fall gönnen. Shadow sprang auf, er tapste näher und drückte seine Schnauze an Monas Knie.
Erneutes Klopfen. Mona schwieg und biss sich auf die Lippe. Wieso ließ ihre Mutter diese Zicke nach oben? War sie von allen guten Geistern verlassen? Wahrscheinlich witterte Larissa

eine günstige Gelegenheit, ihr Vitus abzuschwatzen. Jetzt, wo jeder glasklar erkennen konnte, wie mühselig es für Mona war, Turniere zu besuchen.

Die Klinke wurde heruntergedrückt und die Tür ging ein Stück auf.

»Mona?«

Mona drehte sich um und starrte zu Boden. An ihren Beinen spürte sie den Druck von Shadows Kopf.

Ohne Umschweife kam Larissa zur Sache. »Bin gerade von meinem Praktikum zurück. Herr Reuter sagt, dass du nicht an dem Turnier teilnehmen kannst, wenn du keinen fünften Caller findest.«

Mona lachte bitter auf.

»Bist gut informiert«, antwortete sie bissig. »Willst du etwa den Job übernehmen?«

»Ja.«

Mona tastete gerade nach ihrem Sessel, als Larissa antwortete, und statt sich auf den Sitz fallen zu lassen, schoss sie verblüfft herum. »Was hast du gesagt?«

Larissa räusperte sich. Es klang regelrecht verlegen. »Das Rufen des Buchstabens, das bekomme ich sicher hin. Meint Herr Reuter auch. Ich habe dich oft genug reiten sehen. Mit den CD-Playern auf der Bande.« Und dann sagte sie noch: »Ehrlich gesagt, habe ich dich ziemlich bewundert. Aber du warst ja nie sehr gesprächig.«

Mona wusste vor Überraschung nicht, was sie antworten sollte, und schwieg.

Larissa wollte ihr helfen? Wie kam *die* denn dazu? Konnte sie ihr trauen? Oder war das am Ende bloß ein gemeiner Trick, um

Mona auf dem Turnier zu blamieren? Würde Larissa beispielsweise die Buchstaben zu spät ausrufen, damit Mona sich verritt? Andererseits . . . wenn Herr Reuter dabei war, würde Larissa sich nicht trauen. Und es wäre so wahnsinnig schön, auf diesem Turnier zu starten . . .
Leise hörte sie Larissa sagen: »Mein Praktikum in der Reha-Klinik hat mich ganz schön geschockt. Ehrlich gesagt – mir war nie bewusst, wie viel Hilfe man nach einem Unfall braucht. Für jede Kleinigkeit. Nervt dich sicher furchtbar, so abhängig zu sein!«
»Und ob«, sagte Mona mit gezwungenem Lächeln.
»Soll ich alle zusammentrommeln, damit wir die Aufgabe heute noch ein paarmal durchüben?«, fragte Larissa, als sie aufstand.
Mona wollte etwas sagen, aber dann nickte sie nur, denn auf einmal spürte sie einen Kloß in der Kehle.
Es fiel kein Wort darüber, dass Larissa Vitus kaufen wollte.

15

Am Turniersonntag klingelte der Wecker, als es draußen noch stockfinster war. Schon um halb acht mussten sie los, denn die Prüfung fand morgens statt. Vera war bereits gestern gefahren, ihr Patenonkel wohnte in Münster.

Sich für ein Turnier anzuziehen, hatte Mona schon immer aufregend gefunden, aber heute war es geradezu ein feierlicher Akt. Zur weißen Reithose zog sie ihre hellblau gestreifte Turnierbluse aus feinem Batist an. Mona schaffte es sogar, den Plastron unterm Kragen zu schließen.

Um sieben Uhr war sie startklar. Zum zehnten Mal nahm sie sich ihre Sporttasche vor und tastete die eingepackten Sachen ab, um sich zu vergewissern, dass sie nichts vergessen hatte: Pferdepass, Sport-Gesundheitspass, Reithelm, weiße Handschuhe, Gerte, Zopfgummis und Klebeband für Vitus' Mähne, Kopfnummern, den Umschlag mit den Unterlagen aus Münster. Lieber alles noch einmal kontrollieren. Sattel, Trense, Gamaschen und Putzbox hatte Herr Reuter an Bord.

Plötzlich zuckte Mona erschreckt zusammen. Von der Heidebachstraße drang lautes Hupen zu ihr herauf. Jemand rief gellend: »Mona, steh auf. Schnell!«

Julia? Hastig drückte Mona auf ihre sprechende Armbanduhr. 7.25 Uhr.

War Julia nicht bei Trost, so zu lärmen? Sonntagmorgens schliefen doch in der Nachbarschaft alle länger.

Eilig schlüpfte Mona in ihr schwarzes Jackett. Gestern Abend noch hatte ihre Mutter gelb-schwarze Blindenabzeichen auf

beide Ärmel genäht. Dann griff sie nach der Tasche. »Komm, Shadow.«
Auf dem Treppenabsatz hörte sie bereits Julias aufgeregte Stimme.
»Oh Mann, Frau Borchert. Mona hat verschlafen. Draußen wartet Familie Reuter mit Vitus im Hänger und mit Larissa. So ein Mist! Nach all dem Theater! Nun kommen wir nicht pünktlich nach Münster.«
»Was ist los? Spinnst du?«, rief Mona von oben und tastete sich die Stufen hinab. Shadow tappte hinterher.
Sekundenlang schwieg Julia. Etwas schien ihr die Sprache verschlagen zu haben. Schließlich sagte sie fassungslos: »Wieso bist du fertig? In deinem Zimmer ist doch noch alles dunkel. Ich war mir sicher, dass du verschlafen hast, es war kein Licht an.«
Mona seufzte. »Vielleicht bin ich blind und brauche kein Licht?«
Julia schlug sich gegen die Stirn.
»Oh Mona, tut mir leid. Ich blöder Trottel! Wie peinlich! Wie unsensibel! Du kannst mir eine kleben.«
Mona schüttelte schmunzelnd den Kopf, setzte ihre neue Sonnenbrille auf, ein schickes Designerstück, und beugte sich zu ihrem Hund.
»Bis bald, mein Kleiner. Wir sehen uns heute Mittag. Pass gut auf ihn auf, Mama.«
Mona wollte Shadow das quirlige Turnier nicht zumuten, darum blieb er zu Hause. Und so gern ihre Mutter mitgefahren wäre – auch ihr Vater hatte seinen Besuch angekündigt –, Mona wollte absolut keine Familie auf dem Platz. Nur Reiter.

»Ich bin so stolz auf dich«, sagte Frau Borchert gerührt, während sie Monas goldene Anstecknadel auf dem Plastron zurechtrückte. »Toi, toi, toi.«
Mona kletterte auf den Rücksitz neben Julia und Larissa, dann steuerte Herr Reuter sein Gespann auf die ungewöhnlich leere Autobahn.
Unterwegs lobte Herr Reuter Larissa ausdrücklich. »Ich weiß ja, dass ihr alle keine dicken Freundinnen seid. Umso erfreulicher, dass du über deinen Schatten gesprungen bist und Mona heute hilfst.«
Und Julia rang sich ab: »Ja, wirklich sehr erfreulich, dass Menschen sich überwinden können.« Für ihre Verhältnisse war das ein Riesenlob.
Im Nu war Münster erreicht und Herr Reuter verließ die Autobahn. In den Bäumen an der wenig befahrenen Landstraße hingen rote Hinweispfeile zum Turnierplatz. Erst kurz vor der Reitanlage belebten die Wege sich. Auf dem Parkplatz fanden sie keine Lücke, Herr Reuter wendete und parkte seinen Wagen auf dem Randstreifen.
Vorsichtig, um die weiße Turnierhose zu schonen, schob Mona sich von der Rückbank und zog draußen ihr Jackett zurecht. Herbstliche Morgenstimmung lag über der Anlage. Mona sog den Duft von Pferden ein, von Heu, von schwerer Erde, von Laub und Frische.
Jemand schlug die Riegel der Hängerklappe hoch und kurz darauf klapperten Vitus' Hufe über die Rampe.
»Wir binden ihn am Hänger an und beginnen gleich mit dem Einflechten«, kündigte Julia an. »Larissa und ich.«
Mona tastete sich am Hänger entlang zu ihrem Pferd und drück-

te Vitus schnell an sich. »Wir zeigen es allen«, flüsterte sie beschwörend.
Frau Reuter machte sich auf, um den Abreiteplatz und das Dressurviereck zu begutachten, während Herr Reuter Mona zur Meldestelle in einem Holzhäuschen begleitete, vor dem Vera bereits ungeduldig auf und ab tigerte.
»Du startest als Letzte«, rief sie Mona entgegen. »Ich habe auf der Tafel nachgesehen. Neunzehn Reiter. Reicht, wenn du in einer halben Stunde auf den Abreiteplatz gehst.«
»Danke. Ich habe ganz weiche Knie, Vera.«
»Musst du nicht«, sagte Herr Reuter und half Mona die beiden Stufen hinauf in die Meldestelle. Beim Eintreten klapperte leise eine Computertastatur. »Es dauert noch einen Moment, vor uns stehen zwei Reiterinnen«, flüsterte Herr Reuter.
Auf einmal erschreckte Mona sich vor einer fremden männlichen Stimme, die von der Seite kam: »Hallo, ich bin Herr Michel, einer der Richter. Du bist sicher das blinde Mädchen mit den Callern?«
»Ja, bin ich«, antwortete Mona überrascht und drehte sich unsicher in die Richtung, aus der die Frage kam.
Ein kurzes Klacken, vermutlich setzte Herr Michel seinen Kaffeebecher ab. »Bisher hatte ich noch nie Reiter mit Handicap auf meinen Turnieren – und kaum ein anderer Kollege hat Erfahrung mit den Regeln.« Er seufzte mit einem Lächeln. »Ich musste mich erst einmal schlaumachen.«
»Hm.« Mona fühlte, wie ihr Magen anfing, nervös zu zucken.
»Wir müssen genauso werten wie bei gesunden Reitern, weißt du? Mitleid darf die Benotung nicht beeinflussen.«
»Gott sei Dank. Das will ich auch nicht.«

Der Richter legte Mona die Hand auf die Schulter. »Aber alles Gute darf ich dir sicher trotzdem wünschen. Ich bin gespannt.«
Die Holztür fiel ins Schloss und kurz darauf, nachdem Mona ihre Startbereitschaft erklärt hatte, verließ sie mit Herrn Reuter die Meldestelle. Gemeinsam mit den anderen, die draußen warteten, erkundeten sie die Anlage.
Hektische Zurufe und zickige Bemerkungen attackierten Monas Ohren. Durchdringende Anordnungen ehrgeiziger Mütter. Die Nerven lagen bei allen blank. Auch bei Mona. Am liebsten hätte sie sich sofort mit Vitus in die Reitbahn gestürzt und nicht erst ganz zum Schluss. Dieses Warten, schrecklich.
Mona begann zu frieren. Warum hatte sie sich so dünn angezogen? Ihre Füße fühlten sich wie Eisklumpen an und auch ihre Hände waren eiskalt. Fröstelnd schlug sie immer wieder die Arme um den Körper.
Durch wartende Pferde und Reiter dirigierte Herr Reuter sie zu einem Verkaufsstand. »Ich gebe eine Runde Crêpes aus und Kakao«, sagte er und bestellte. »Zum Aufwärmen.«
»Nein, danke, ich kann hier nichts essen, Herr Reuter«, protestierte Mona. »Ich bekleckere mich nur mit Marmelade.«
Vera ließ sich nicht beeindrucken. »Streck einfach den Kopf vor. Mund auf. Abbeißen. Wenigstens einen Bissen.«
Schon fühlte Mona durch die Dunkelheit den duftenden Eierkuchen vor ihren Lippen, sie biss ab und kaute nervös auf dem Crêpe mit der süßen Füllung.
»Jetzt der Kakao.« Vera nahm Monas Hand und legte sie um den warmen Becher. Behutsam nahm Mona einen Schluck, der ihr sahnig durch die Kehle rann.
»Tut wirklich gut.«

Alle paar Minuten tauchte Frau Reuter auf und informierte sie über die Konkurrenz. »Der Mittelschritt taugt bei den meisten nicht viel.« Endlich war es Zeit, zum Vorbereitungsplatz zu gehen. Julia erschien pünktlich mit Vitus – »astrein eingeflochten«, wie sie stolz verkündete. Sie half Mona in den Sattel und geleitete sie zum Abreiteplatz, wo einige Reiter trabten und galoppierten. Ohne ihre fünf Caller fühlte Mona sich unsicher und mehr als Zirkel um Julia herum traute sie sich nicht. Trotzdem fühlte Mona sich geborgen in Vitus' Sattel. Auf seinem Rücken kann mir nichts passieren, dachte sie. Und weil das Pferd unter ihr so entspannt ging, lockerten sich auch Monas verkrampfte Schultern. Schon nach ein paar Runden schnaubte Vitus ab, ihm machte die neue Umgebung nichts aus. Er hatte Turniererfahrung.

»Feiner Kerl«, murmelte Mona und kraulte ihm den Widerrist.

Dann endlich: »Nummer 33 bitte an den Start.«

Aufgeregt parierte Mona Vitus durch.

»Bin schon da.« Julia übernahm die Zügel. Während Mona sich ihre weißen Handschuhe über die zitternden Finger streifte, führte Julia Vitus entlang hoher Hecken zum Reitplatz. Im Viereck schnaubte ein Pferd und verließ die Bahn, Mona fühlte das Tier an sich vorbeigehen.

»Wir sind dran«, flüsterte Julia und rückte rasch die Nummer 33 an Vitus' Trensenzaum zurecht. »Deine Caller stehen bereit. Der Einlass ist bei Punkt C, neben den Richtern.«

Sie führte Mona an die Öffnung heran. »Du bist jetzt an der langen Seite kurz vor H. Linke Hand. Mach's gut, Alte«, sagte Julia und stieg über die niedrige Begrenzung zu ihrem Platz hinter Punkt E.

Dann war Mona allein.
Der Lautsprecher knackte.
»In der Bahn begrüßen wir die Startnummer 33 – Vitus – geritten von Mona Borchert. Die Reiterin ist vollständig blind.«
Ein Raunen ging durch die Reihen der Tribüne. »Kleine Information für die Zuschauer: Die Teilnehmerin startet mit fünf Helfern, die ihr die Bahnpunkte als Orientierung zurufen. Das ist nach den Regeln erlaubt. Bei der Wertnote bekommen behinderte Reiter *keine* Vergünstigungen.«
Nur verschwommen nahm Mona die Ansage wahr, sie lauschte angestrengt auf die Caller. Jetzt bloß nicht an frühere Turniere denken. Nur dieses zählte.
Nach einigen Schritt- und Trabrunden gewann Mona Sicherheit. Vitus ging schwungvoll, sie selbst saß aufrecht und ausbalanciert, und als das Klingelzeichen zum Start ertönte, folgte Mona hoch konzentriert den Rufen von Frau Reuter – X-X-X – und von Larissa – C-C-C – und hielt im Mittelpunkt an.
Vier Minuten volle Konzentration. Tief einatmen.
Grüßen. Im Arbeitstempo antraben.
Super, Vitus! So schwungvoll zu starten, das gibt gleich Aufwind.
Volte auf zehn Meter.
Besser geht es nicht. Merkwürdig, wie sicher ich weiß, dass der Kreis perfekt war.
Durch die Länge der Bahn wechseln.
Das ist meine neue Schwachstelle! Gehen wir gerade, Vitus? Ich muss direkt auf Larissa zuhalten. Gut, dass sie so deutlich ruft. C-C-C.
Mittelschritt.
Fühlt sich klasse an. Fleißig und raumgreifend. Wie unruhig hast du gezackelt, als wir anfingen, zusammen zu trainieren . . .

Schlangenlinie.
Julia umrunden. E-E-E. Genial, wie du dich biegen lässt, Vitus.
Eine Pferdelänge rückwärts richten.
Jawohl! Genau dreieinhalb Tritte. Traumhaft.
Zirkel. Angaloppieren.
Dein berühmter Bergauf-Galopp, hoffentlich gucken die Richter genau hin.
Mittelgalopp an der langen Seite.
Hilfe, Vitus, wo ist die Bande? Diese verdammte Dunkelheit. Oje, wir kommen bestimmt zu weit nach innen. Hoffentlich gucken die Richter gerade weg.
Im Mitteltrab durch die ganze Bahn wechseln. Leichttraben.
Taktmäßig, wie es sein soll.
Auf die Mittellinie abwenden. Halten. Grüßen.
Überstanden! Super gemacht, Vitus!
Monas Herz ging wie ein Dampfhammer, ihr Atem flog.
Applaus brandete auf, als Mona von Julia abgeholt wurde und die Bahn verließ.
Aufgeregte Stimmen summten um Mona herum. »Ich bin fix und fertig«, stöhnte Vera. »Und ich erst«, seufzte Larissa. »Caller zu sein, das ist ja Schwerarbeit.«
»Mona, du warst super.« Herr Reuter klopfte Vitus den Hals. »Nur einmal beim Mittelgalopp etwas aus dem Hufschlag gekommen. Alles andere einfach klasse.«
»Hat jemand das Ergebnis gehört?«, fragte Julia aufgeregt in die Runde.
Nein, niemand.
»Egal«, sagte Mona nach Luft schnappend. »Ich war ja die Letzte. Wird gleich bekannt gegeben.«

Der Lautsprecher ließ sie verstummen. »Zur anschließenden Siegerehrung bitten wir die Teilnehmer dieser Prüfung mit einer Wertnote 6,5 und besser einzureiten.«

»Zu blöd, und wir wissen nicht, was Mona . . .«

»Sei ruhig, Vera.«

»Das sind folgende fünf Startnummern: 18, 26, 30 . . .«

Mona presste die Lippen zusammen und legte ihre Hände auf Vitus' Hals. Sie spürte, wie alle neben ihr ebenfalls die Luft anhielten. Spannung knisterte in der Luft. Nur noch zwei Reiter. War die 33 dabei? Egal. Sie konnte stolz auf sich sein. Auch wenn sie nicht platziert war. Nicht schlimm. *Doch* schlimm. Sie hatte sich so viel vorgenommen. Es musste klappen. Es musste einfach . . . Das alles schoss Mona in einer Sekunde durch den Kopf.

»33, 41.«

Die 33 war dabei! Ein einziger Jubelschrei von Reuters Reitern: »Mona, Mona, Mona.«

Mona spürte, dass ihre Augen feucht wurden, als Julia sie erneut in die Bahn führte und Vitus sich neben den anderen aufstellte. Gut, dass es niemand bemerkte hinter der schwarzen Sonnenbrille. Außerdem, was gab es eigentlich zu heulen?

»Wir kommen jetzt zur Siegerehrung Dressurprüfung Klasse A. Sie wurde gewonnen . . .«

Das Mikrofon streikte. Ungeduldiges Stöhnen wogte über die Tribüne. Der Sprecher klopfte gegen den Mikrofonkopf, sagte: »Test, Test, Test«, und setzte noch einmal an: »Die Dressurprüfung Klasse A wurde gewonnen mit der Wertnote 7,4 von der Startnummer 33, Vitus, geritten von Mona Borchert.«

Was sagte er? Mona begann zu zittern. Alles drehte sich. Wie in

Trance nahm sie den kühlen Pokal entgegen. »Zweite wurde mit der Wertnote 7,2 . . .«
Mona hörte die Worte wie durch Watte. Und nun brach sie doch in Tränen aus, aber es waren gute Tränen.
Überwältigt beugte sie sich vor und schlang die Arme um Vitus' Hals.
»Ohne dich hätte ich das alles nicht gepackt«, schluchzte Mona, »und ohne euch auch nicht, Julia.«
Julia versetzte ihr einen Knuff und knurrte auf ihre schnoddrige Art: »Lass gut sein, Alte. Wir verdrücken uns besser vor der Ehrenrunde im Galopp.«
Von allen Seiten erntete Mona Beifall. Wildfremde Zuschauer stiegen von der Tribüne und gratulierten, als sie am Rand der Bahn vom Pferd sprang. Unter die Gratulanten mischte sich plötzlich eine bekannte Stimme. Die Stimme von Robert Bode.
Mona fuhr herum und versuchte, seinen Standort auszumachen. »Robert! Hast du mich gesehen? Wie war ich?«
Sein farbiges Lachen klang nach grenzenloser Bewunderung. »Sen-sa-tio-nell.«
Robert war nicht allein gekommen. Er brachte jemanden aus Warendorf mit, der sich als Herr Schulte vorstellte.
»Glückwunsch«, sagte Herr Schulte anerkennend zu Mona. »Darf ich dir die Hand geben?« Irritiert schüttelte Mona eine unbekannte Rechte. »Solche Reiter wie dich brauchen wir. Willst du nicht zu einem Lehrgang nach Warendorf kommen? Du kannst Karriere im Sattel machen mit deinem Hannoveraner. Ich muss sagen, selten habe ich ein so harmonisches Paar gesehen.«
Überrascht und irritiert, runzelte Mona die Stirn. Wer war die-

ser Mann? Und warum interessierte er sich für sie? Sie war doch blind!

»Sie machen Scherze.«

»Absolut nicht.« Und dann erzählte Herr Schulte, dass er Trainer beim Kuratorium für Therapeutisches Reiten war. In Münster sichtete er Nachwuchs für Turniere, die eigens für Dressurreiter mit Handicap ausgerichtet würden. »Weißt du, es gibt nicht viele talentierte Dressurreiter mit körperlicher Behinderung. Und einem Klassepferd. Du hättest neue Ziele.«

Mona schwirrte der Kopf. Sie hörte nur zwei wichtige Worte: *neue Ziele*. Zauberworte.

»Deutsche Meisterschaften«, fuhr Monas unsichtbares Gegenüber fort. »Europameisterschaften, Weltmeisterschaften. Alles ist möglich. Bis hin zu den Olympischen Spielen für behinderte Sportler, den Paralympics. Hier, ich gebe dir eine Karte mit meiner Adresse. Ich freue mich auf dich.«

Mona fühlte die Visitenkarte in ihrer Hand und steckte sie stumm ein. Julia jubelte auf. »Das ist eine Hammer-Chance.«

Verwirrt nickte Mona. Heute stürzte so viel auf sie ein.

Sie konnte es nicht fassen.

Sie war wieder gefragt.

Ein wunderbarer Wendepunkt nach all der Zeit, in der Mona sich so entsetzlich bedeutungslos vorgekommen war. Sie sollte wieder ernsthaft trainieren. Was für ein Gefühl! Was hatte der Trainer gesagt? Deutsche Meisterschaft? Weltmeisterschaft? Wahnsinn. In Monas Kopf drehte sich alles. An solche Wettkämpfe hatte sie nicht im Traum zu denken gewagt. Durfte Vitus endlich zeigen, was für Talente in ihm steckten? Und sie auch? Welche Herausforderung!

»Danke, vielen Dank, Herr Schulte«, sagte sie mit klopfendem Herzen in die Richtung des Trainers. »Gleich morgen rufe ich Sie an.«
»Prima. Dann sehen wir uns bald in Warendorf. Gute Heimfahrt.« Erneut schüttelte jemand Monas Hand.
Allmählich zerstreuten sich die Menschenmassen und auch Mona und ihre Truppe machten sich auf den Rückweg zum Auto. Mona hielt den Pokal fest in der Hand. Neben ihr klapperten Vitus' Hufe über das Pflaster, er wurde von Herrn Reuter geführt. Mit halbem Ohr hörte Mona Pferde in Hängern poltern. Türen schlugen zu. In einem Auto schluchzte ein Mädchen. Hatte sich bestimmt mehr von der Prüfung erhofft. Eine eilige Fußgängergruppe überholte Mona. Sie hörte, wie die Leute kurz vor ihr stehen blieben und eine Frau flüsterte: »Das ist doch dieses blinde Mädchen, das die A-Dressur gewonnen hat. Wahnsinn.«
Mona lächelte ins Dunkel.
»Wir sind am Hänger, Mona«, sagte Julia und blieb stehen. »Soll ich deinen Pokal mitnehmen?«
Unwillkürlich drückte Mona den silbernen Becher fester an sich.
»Den behalte ich lieber selber!«
Nein, ihren Preis gab sie nicht mehr her.
Der erste Platz! Letztes Jahr war es noch undenkbar gewesen, überhaupt wieder jemals auf einem Turnier zu starten. Fast zwei Jahre lag der schreckliche Unfall jetzt zurück . . .
Ohne mein Pferd hätte ich es nicht geschafft, das Leben wieder lebenswert zu finden, dachte Mona dankbar.
Durch die schwarze Leere tastete Mona nach Vitus, strich ihm

liebevoll über die Backe und streifte die Bänder der Preisschleife.
Dieser Sieg war der Anfang zurück ins Leben. Ihr größter Triumph. Ein Schritt aus der ewigen Nacht.
Mona war entschlossen, die Dunkelheit niederzukämpfen.
Mit Vitus würde sie es schaffen!

Adressen

Deutschland

Deutsches Kuratorium für Therapeutisches Reiten e. V.
in Zusammenarbeit mit der Deutschen Reiterlichen Vereinigung
Freiherr-von-Langen-Str. 8a
48231 Warendorf
Tel. 0 25 81 – 92 79 19-2, Fax: 0 25 81 – 92 79 19-9
Internet: www.dkthr.de
E-Mail: DKThR@fn-dokr.de

Deutscher Blinden- und Sehbehindertenverband e. V.
Rungestraße 19
10179 Berlin
Tel. 0 30 – 28 53 87-0 und 0 18 05 – 666 456, Fax: 0 30 – 28 53 87-20
Internet: www.dbsv.org
E-Mail: info@dbsv.org

Deutscher Verein für Blindenführhunde und Mobilitätshilfen e. V. (DVBM)
Pidinger Str. 10
81379 München
Tel. 0 89 – 7 84 97 55
Internet: www.dvbm.de
E-Mail: info@dvbm.de

Österreich

Österreichischer Blinden- und Sehbehindertenverband
Hägelingasse 3
1140 Wien
Tel. 01– 9 82 75 84-2 01, Fax: 01 – 9 82 75 84-2 04
Internet: www.oebsv.at
E-Mail: office@blindenverband.at

Schweiz

Schweizerischer Zentralverein für das Blindenwesen SZB
Schützengasse 4
9000 St. Gallen
Tel. 0 71 – 2 23 36 36, Fax: 0 71 – 2 22 73 18
Internet: www.szb.ch
E-Mail: sekretariat@szb.ch

Auf der Suche
nach Calido

HILFE!!!
PFERD VERZWEIFELT GESUCHT
In der Nacht vom 30. auf den 31. Mai wurde mein
Friesenwallach Calido von einer Weide im Südwesten
Bonns gestohlen! Die Koppel liegt an einem Feldweg
Richtung Kottenforst und ist von der Straße aus nicht
zu sehen. Calido ist sieben Jahre alt, Stockmaß 1,62 m,
barocker Typ mit wallender, nach rechts fallender Mähne.
Er ist gekennzeichnet durch einen Microchip, eingesetzt
in die linke Halsseite. Über dem rechten Sprunggelenk
hat er eine alte, zehn Zentimeter lange, dünne
Zickzacknarbe. Calido ist sehr menschenbezogen
und lieb.
HOHE BELOHNUNG FÜR DEN FINDER!
BITTE HELFEN SIE MIR!
038/457863
038/457863
038/457863
038/457863
038/457863
038/457863
038/457863
038/457863
038/457863
038/457863
038/457863
038/457863
038/457863
038/457863

1. Kapitel

So eng standen die Pferde selten zusammen. Es musste an der schwülen Hitze liegen, die bereits jetzt, um sieben Uhr morgens, über der abgelegenen Koppel am Hang lastete.

Jedes Mal, wenn Amelie im Vorbeifahren eine Lücke im dichten Holunder erspähte, der die weitläufige Weide umgab, versuchte sie, ihren Friesen Calido auszumachen. Aber auf der grünen Anhöhe sah sie heute nichts als eine Masse Pferdekörper, die sich dunkel unter der Baumgruppe abzeichnete.

Die letzten Meter ließ Amelie ihr Fahrrad auf dem abschüssigen Feldweg ausrollen, es holperte zwischen wuchernden Margeriten und Lupinen durch ausgewaschene Rinnen, die von angeschwemmten Sandstreifen durchzogen waren. Amelie sprang ein Stück vor dem Gattertor ab, wobei sie nur knapp die lehmig gelben Pfützen verfehlte. Gestern hatte ein Unwetter über dem Rheinland gewütet, ganze Sturzbäche waren heruntergekommen, Sturmböen hatten Bäume entwurzelt und Äste abgerissen. Zum Glück war der Spuk schon nach zwei Stunden vorbei gewesen. Vorsichtshalber hatte Amelie nach dem Unwetter auf der Weide nach dem Rechten gesehen, zusammen mit ihrer Freundin Ira, aber als sie angekommen waren, hatten Calido

und seine Weidekollegen schon wieder ruhig und gelassen gegrast.
Amelie lehnte ihr Rad an den Holunder und teilte die Zweige. Auch von hier aus konnte sie Calido nicht in der Gruppe ausmachen und genauso wenig Menno, Iras Friesenwallach. Schulterzuckend ließ Amelie den Blättervorhang wieder zusammenrauschen. Normalerweise überragten die beiden Friesenköpfe alle anderen.
Wahrscheinlich stehen Calido und Menno mitten im Pulk, dachte sie und zupfte an ihrem T-Shirt, das ihr nass auf dem Bauch klebte. Puh, war das drückend. Welche Kraft die Morgensonne Ende Mai schon besaß!
Kein Wunder, dass die Pferde Sonnenschutz unter den Eichen suchten, deren Wipfel als dunkles Halbrund in den Himmel ragten. Vermutlich wedelten sie mit den Schweifen Gewitterfliegen und Mücken fort. Schwüles Wetter wie dieses ging den Pferden auf die Nerven. Zum Glück waren solche Tage die Ausnahme. Mit einer Armbewegung verscheuchte Amelie einen Schwarm tanzender Mücken.
»Weidezeit – Leidezeit«, sagte man im Stall.
Gemeint waren Insekten, die den Pferden zusetzten, aber Amelie bezog den Reim genauso auf sich. Wenn Calido den Sommer über auf der Weide stand, zwanzig Minuten Fahrt vom Stall entfernt, litt Amelie furchtbar. Ihr Friese fehlte ihr an allen Ecken, obwohl sie ihn morgens und abends besuchte. Denn am liebsten hätte Amelie jede freie Minute mit ihrem Pferd verbracht, wenn da nicht die Schule gewesen wäre. Auch jetzt war sie auf dem Weg dorthin.
Calido und sie – das war etwas Einzigartiges. Zwei, die man

nicht trennen konnte. Ihre Herzen schlugen im gleichen Rhythmus. Niemand stand ihr so nah wie Calido und er war ihr vertraut wie ein Zwillingsbruder. Niemals würde ein anderes Pferd seine Stelle einnehmen können. Niemals.
So deutlich würde Amelie ihre geheimsten Gedanken niemandem anvertrauen, nicht einmal Ira, ihrer besten Freundin. Ira war ebenso pferdeverrückt wie sie selbst, aber auf eine andere Art. Immer wieder hielt sie ihr vor, dass man nicht nur an das eigene Pferd, sondern auch an die Vierbeiner denken müsse, denen es schlechter erging. Die keinen Beschützer hatten.
»Diese schrecklichen Tiertransporte – man muss doch etwas dagegen tun, Amelie. Warum machst du nicht endlich mit bei unserer Tierschutz-AG?«
Entsetzlich! Amelie konnte nicht einmal den Gedanken an Pferdequälerei ertragen, dazu war sie zu dünnhäutig. Wenn Ira von misshandelten Pferden sprach, hielt sie sich die Ohren zu. Bloß nicht an so etwas denken! Allein die Vorstellung, Calido passierte so etwas, wenn sie ihn ein paar Stunden nicht betreuen konnte, zerriss ihr fast das Herz.
Amelie zog ein Gummiband aus der Hosentasche und fasste damit ihr blondes Haar am Hinterkopf zusammen, weil ihr feine Schweißperlen im Nacken standen.
Calido *würde* nichts zustoßen. Niemals. Schließlich war sie immer für ihn da, wie ein Schutzengel.

Als Amelie um die Ecke bog, summte sie in Vorfreude auf Calido vor sich hin. Doch mit einem Schlag schlug ihre gute Stimmung in blankes Entsetzen um. Entgeistert starrte Amelie auf den Eingang zur Weide. Ein Zaunpfosten lag lang im Gras, ein anderer steckte krumm und schief in der Erde, dazwischen lagen abgerissene Zaunstangen. Vom Elektrozaun fehlte ebenfalls ein Stück.

Jemand musste die massiven Holzpfähle mit brachialer Gewalt zur Seite gedrückt haben. Nur das Tor war unversehrt. Kein Wunder, sie selbst hatte darauf bestanden, das Gattertor doppelt und dreifach zu sichern, mit schweren Ketten, die kompliziert verschlungen waren, mit Eisenstäben, die tief in den Boden gesenkt wurden, und mit einem teuren Schloss. Die anderen lachten zwar manchmal über ihren Sicherheitsfimmel, wie sie es nannten, aber das war ihr egal. Alles, was zählte, war Calido.

Mechanisch bückte Amelie sich nach drei Zaunstangen und betrachtete die gesplitterten Enden. Bestimmt steckte wieder diese berüchtigte Jugendbande aus Bonn dahinter. Nicht nur ein Mal hatte die wüste Horde Zäune zerstört, bisher allerdings auf Obstplantagen und an Gemüsefeldern. Seit Wochen trafen sich die Jugendlichen abends im Wald am verbotenen Lagerfeuer, gossen sich Mengen von Alkohol hinein und randalierten dann nachts in der Umgebung. An Pferdekoppeln hatten sie sich allerdings noch nie vergriffen.

Wütend pfefferte Amelie eine zerborstene Zaunstange ins Unterholz.

Ob diese Typen überhaupt ahnten, wie gefährlich das Loch im Zaun war? Problemlos hätten alle Pferde von der Weide verschwinden können.

»Wenn ich die erwische«, murmelte Amelie.

Sie fuhr sich mit der Hand übers Gesicht. Es hatte keinen Sinn, sich den Kopf durch Ärger zu vernebeln. Sie musste jetzt praktisch denken. Solange die Pferde auf der Anhöhe ruhig beisammenstanden und nicht zum Gatter hinunterstürmten, sollte sie schleunigst den Zaun flicken.

Amelie schätzte die Lücke auf mindestens fünf Meter. Mit beiden Händen griff sie in den nächstbesten Holunderstrauch und riss Zweige vom Stamm, lange, dicht belaubte Äste voller Saft, die sich sperrten und mit der Rinde an den Stamm klammerten.

Aufgescheuchte Drosseln flogen auf und suchten laut zwitschernd das Weite. Bei jedem Zweig musste Amelie mehrmals nachhelfen. Ihre Handflächen scheuerten auf, die Haut sah feuerrot aus, aber daran durfte sie jetzt nicht denken. Mit den Ästen rannte Amelie zum Loch im Zaun, wobei sie die Pferde ständig im Auge behielt. Mit aller Kraft rammte sie die Stöcke in den nassen Boden. Bald griffen die Zweige kreuz und quer ineinander und bildeten eine grüne Mauer. Zufrieden betrachtete Amelie ihr Werk.

Danach zwängte sie sich an den Holunderzweigen vorbei auf die Weide und ging rasch auf die Pferdegruppe oben auf der Kuppe zu. Die feuchte Erde dampfte.

Wenn Calido auch nur einen Kratzer abbekommen hat, drehe ich durch, dachte sie.

Der letzte Tag im Mai versprach, wunderschön zu werden, sobald die Schwüle sich aufgelöst hatte. Aber Amelie hatte jetzt keinen Sinn dafür.

»Calido«, rief sie und dann seinen Kosenamen: »Calli.«

Träge blinzelnd drehten sich einige Pferde nach ihr um.

Nein, nicht laufen. Amelie zwang sich, langsam zu gehen. Sie durfte die Herde nicht in Panik versetzen. Wer weiß, was die

Pferde heute Nacht erlebt hatten? Amelie schützte ihre Augen mit der Hand gegen die Morgensonne.
Warum stapfte Calido ihr nicht entgegen? Mit hochgerecktem Kopf, wie es seine Art war? Sie liebte es, wenn der Wind seine wallende Mähne hochwehte. Calidos Mähne mochte sie besonders gern, sein glänzendes lackschwarzes Haar, das in üppiger Pracht über den Hals herabfiel.
Angestrengt spähte Amelie gegen das Licht und mit jedem Schritt schnürte sich ihr Magen stärker zusammen. Als sie die Anhöhe erreichte, beschlich Amelie bereits eine böse Vorahnung.
Nie im Leben war das eine Zehnergruppe!
Amelies Blick flog über die Herde. Obwohl die Pferde aus vier verschiedenen Ställen stammten, kannte sie inzwischen alle ziemlich genau.
Vorne standen die beiden braunen Oldenburger, dahinter döste der Trakehnerrappe Seite an Seite mit dem braunen Westfalenwallach, daneben schauten die beiden schwarzen Araber zu ihr herüber, während die zwei Hannoveraner Füchse im Stehen schliefen.
Acht Pferde. Nicht zehn.
Amelies Herz begann zu rasen. Ihr war heiß. Noch heißer als die ganze Zeit zuvor.
Kein Calido. Kein Menno.
Sie taumelte zurück. Die Araber stellten die Ohren auf und schauten aufmerksam zu ihr herüber. Amelies Gedanken überschlugen sich.
Wo steckte Calido? Hektisch sah Amelie sich um. Vielleicht drüben im Unterstand vor dem Zaun? Sicher, er musste im Unter-

stand stehen! Zusammen mit Menno. Andere Möglichkeiten gab es nicht auf der Weide. Er musste dort stehen. Er musste, er musste, er musste.

Nun rannte Amelie doch.

»Calido«, rief sie angstvoll.

Ein paar schwarze Krähen, die in der Sonne an Pferdeäpfeln pickten, hüpften krächzend zur Seite. Nach Atem ringend, erreichte Amelie den hölzernen Unterstand und stürzte ins Innere. Nichts.

»Calido, Calido, Calli.«

Ihre Stimme zitterte. Sie klang fremd und hoch.

Mit klopfendem Herzen horchte Amelie in den Morgen. Doch alles, was sie hörte, war das vielstimmige Gezwitscher in den Bäumen und das Sirren der Stromleitungen in der feuchten Luft.

Sie musste weitersuchen. Zitternd lief sie los, umrundete den Unterstand zweimal, für alle Fälle, stolperte am Zaun entlang den Hang hinunter und auf der anderen Seite hinauf. War die Weide immer schon so groß gewesen? Amelie stieg über die rutschige Böschung, duckte sich unter dem Elektroband hindurch und suchte die Holundersträucher ab. War Calido unter dem Zaun hindurchgekrochen? Sie wusste, dass es Unsinn war. Das schaffte kein Pferd!

Mit heftigen Seitenstichen erreichte Amelie schließlich das Gattertor und presste die Hände in die Seiten. Völlig aufgelöst starrte sie auf den zerstörten Zaun.

Sinnlos, sich länger etwas vorzumachen: Calido war verschwunden. Und Menno auch. Die Friesen waren durch das Loch im Zaun ausgebrochen.

Amelie fühlte, wie der Boden unter ihren Füßen nachzugeben drohte. Sie klammerte sich am Tor fest, griff Halt suchend in die leise klirrenden Sicherungsketten. Klar denken! Sie musste klar denken. Aber es ging einfach nicht. Sie hatte vergessen, dass sie eigentlich in die Schule musste. Nur dumpfes Dröhnen rauschte in Amelies Kopf. Ein einziger Gedanke hämmerte hinter ihren Schläfen:
Wo ist Calido?
Mit steifem Fingern zog sie ihr Handy hervor und gab die Nummer ihrer Freundin Ira ein. Der Wählton holte Amelie aus ihrer Erstarrung. Warum meldete sich niemand? Ungeduldig trat Amelie von einem Bein aufs andere. Spürte Ira nicht, dass es auch um ihr Pferd ging?
Endlich! In ihrer gewohnt lauten Art brüllte Ira ins Telefon.
»Wer zur Hölle mitten in der Nacht hier anruft, hat hoffentlich einen guten Grund! Ich habe nämlich heute frei, bei uns sind mündliche Abiturprüfungen.«
Wie konnte Ira jetzt ans Ausschlafen denken! Tränen liefen Amelie übers Gesicht.
»Ira, Ira«, schluchzte sie. »Jemand hat die Zäune zerstört. Calido und Menno sind ausgebrochen.«
Mit einem Mal schien Ira hellwach.
»Was sagst du? Wo steckst du überhaupt?«
Stockend berichtete Amelie, was passiert war, und als Ira zwanzig Minuten später mit dem Rad den Feldweg herunterbretterte, lief Amelie ihr schon entgegen. Die ganze Zeit hatte sie verzweifelt rechts und links vom Pfad nach den Pferden gesucht. Ohne Erfolg.
Achtlos warf Ira ihr Mountainbike ins Gebüsch und fiel Amelie

um den Hals. Die Mädchen klammerten sich aneinander, als könnten sie durch festes Zusammenhalten alles zum Guten wenden.
»Wir finden sie. Garantiert«, sagte Ira und ihre sonst so feste Stimme klang brüchig. Sie zog ihr Top hoch und wischte sich mit einem Zipfel das verschwitzte Gesicht ab.
»Ich habe Pellets mitgebracht.« Ira hob eine kleine silberne Blechdose aus dem Fahrradkorb und klapperte damit. »Du weißt doch, auf Futter reagieren unsere beiden immer.«
Amelie nickte mit eingeschnürter Kehle. Ira dachte immer an praktische Dinge. Obwohl die Mädchen so unterschiedlich waren – oder gerade deshalb – ergänzten sie sich hervorragend. Während Amelie zart besaitet war und nur Calido im Kopf hatte, war Ira unerschrocken und völlig auf Helfen programmiert – ob es um Tiere ging oder um Menschen. Schon rein äußerlich waren die Mädchen, beide vierzehn Jahre alt, total verschieden. Im Vergleich zu der hoch aufgeschossenen Amelie, die vorsichtig und zurückhaltend agierte, wirkte die grazile Ira wie ein Energiebündel.
»Wo hast du gesucht?«, fragte Ira und zurrte ihr Haarband zurecht, unter dem ihre gelockte schwarze Mähne hervorquoll. Nie konnte sie das Haar bändigen. »Menno, Menno, wo steckst du?«, rief sie schallend.
Hilflos zeigte Amelie das abgesuchte Gebiet an. »Überall zwischen den Gemüsefeldern. Ich dachte, vielleicht stehen Calido und Menno irgendwo im Kohlrabi und schlagen sich den Bauch voll. Aber nichts.«
»Gut, dann nehmen wir jetzt die andere Richtung.«
Im Laufschritt stürmten die Mädchen den aufgeweichten Feld-

weg hinunter und schlugen einen kurzen Pfad ein, der sich versteckt durchs Gebüsch schlängelte und schließlich über ein verzweigtes Feldwegenetz bis zur Bundesstraße führte. Nur Landwirte durften diese Wege benutzen. Gleich hinter dem Buschwerk schlossen sich Gemüsefelder an und einige brachliegende Äcker, die am Horizont von grünen Kuhweiden begrenzt wurden.

Die Mädchen zogen die Hosenbeine hoch, der Gewitterregen hatte riesige trübe Pfützen hinterlassen und abgebrochene Äste versperrten den Weg. Dazu kamen tiefe Reifenspuren, die sich schlammig in den Boden gefressen hatten.

»Waren die Spuren gestern Abend auch schon da?«, fragte Ira und setzte mit einem Sprung über eine Senke mit hellbrauner Brühe. »Da hat sich wohl jemand heftig verfahren.« Amelie nahm die Reifenabdrücke aus dem Augenwinkel wahr, es kam ihr vor, als hätte sie die Spuren gestern Abend an einer anderen Stelle gesehen, aber darauf konnte sie sich im Moment nicht konzentrieren.

Sie hetzten weiter, sprangen über Wasserlachen und abgerissene Zweige. Mitten im Lauf blieb Amelie auf einer kleinen Lichtung plötzlich mit dem rechten Fuß hängen. In letzter Sekunde packte Ira sie am Arm, sonst wäre Amelie lang in den Matsch geschlagen. Ungeduldig bückte sie sich und zerrte eine lehmverschmierte Schlinge vom Stiefel. Gerade wollte Amelie das Hindernis ins Unterholz schleudern, als sie mitten in der Bewegung stockte. Gleich darauf stieß sie einen gellenden Schrei aus.

»Calidos Halfter! Ira, das ist Calidos Halfter!«

Entsetzt hielt Amelie das triefende Fundstück hoch, das einmal blau gewesen war. Mit glänzenden Silberfäden hatte Amelie Calidos Namen auf den Nasenriemen gestickt, obwohl sie Handarbeiten hasste. Abend für Abend hatte sie vor zwei Jahren an dem prachtvollen Stück gearbeitet.

»Wie ein Burgfräulein im Mittelalter, das für seinen Ritter stickt«, hatte ihr großer Bruder Phil gefrotzelt, wenn er Amelie mit Nadel und Faden sah. »Fehlt nur noch ein Turmfenster, an das du dich setzen kannst.«

Was wusste ein Junge schon von Pferdeliebe!

Stich für Stich hatte Amelie sich durch das feste Halftergewebe gearbeitet und bei jedem fertigen Zentimeter hatte ihr Herz höher geschlagen. Jeder Buchstabe schien sie noch intensiver mit Calido zu verbinden und das teure Silbergarn drückte aus, wie wertvoll ihre Freundschaft war. Ein Bund für die Ewigkeit.

Und nun hielt sie hier dieses Halfter in den Händen. Achtlos in den Schmutz getreten.

Bevor Amelie weiter über die Bedeutung dieses Fundes nachsinnen konnte, entdeckte sie etwas, das ihr das Blut in den Adern gefrieren ließ: Pferdeäpfel und tiefe Hufabdrücke im Morast. Das ließ nur einen einzigen Schluss zu – hier waren aufgeregte Pferde hin- und hergetänzelt. Dazu kamen Spuren von Autoreifen. Und da war noch etwas …

Entsetzt schlug Amelie die Hände vors Gesicht und deutete mit dem Kopf auf einen dünnen Abdruck, der eigentlich kaum auffiel – aber von Pferdeleuten sofort erkannt wird. Es war der Abdruck eines kleinen Stützrades, wie es Pferdeanhänger besitzen.

Kreidebleich trat Ira hinter ihre Freundin, stumm, einen Mo-

ment lang konnte keine von beiden sprechen. Sprachlos starrten die Mädchen auf die verräterischen Spuren.
»Jemand hat Calido gestohlen«, flüsterte Amelie, als würde der ungeheuerliche Verdacht wahr, sobald sie ihn laut aussprach. Sie drückte das nasse Halfter an sich und sah Ira mit verschleierten Augen an. »Und Menno auch. Die haben unsere Friesen einfach in den Hänger geladen und sind mit ihnen abgehauen.«
Also hatten Pferdediebe den Zaun zerstört? Kein betrunkener Haufen Jugendlicher?
Iras sonst fröhliches Gesicht wirkte auf einmal ganz dünn und angestrengt. Ungläubig umrundete sie die Stelle, wo sich heute Nacht offenbar Ungeheures abgespielt hatte.
»Abdrücke von Schuhen sind auch da«, murmelte Ira und schritt vorgebeugt weiter. Dann stoppte sie auf einmal und winkte Amelie aufgeregt herbei. »Sieh doch! Die Pferde sind den Dieben ausgerissen! Ganz sicher! Die Hufspuren führen aufs Feld.«
Tatsächlich. Durch das lichte Gebüsch sah man einen brachliegenden Acker, auf dessen lehmigem Boden sich zahlreiche Hufabdrücke in der Weite verloren. Sie hatten ihre Form behalten und in den Hufspuren sammelte sich Regenwasser.
»Hinterher«, stieß Amelie hervor. Auf einmal glimmte wieder Hoffnung auf. »Vielleicht konnten unsere Pferde von der Ladeklappe springen und wegrennen. Los, hinterher.«
Mit hängender Zunge liefen sie über den Acker, der schwere Boden klebte an ihren Schuhen. Jeder Schritt kostete Kraft. Schon nach zwanzig oder dreißig Metern sah Amelie, dass es nur eine einzige Hufspur war, der sie folgten. Nur *ein* Pferd war entkommen.
Hoffentlich ist es Calido, dachte sie inbrünstig. Menno soll auch

nichts passieren, natürlich nicht, aber hoffentlich ist es Calido. Calido. Calido. Der Name pochte mit ihrem rasenden Puls im Takt.

Mehrmals rutschte Amelie auf dem glitschigen Boden aus, fiel hin, rappelte sich schlammverschmiert wieder auf. Weiter. Egal, wie sie aussah. Was zählte das? Alles, was zählte, war Calido. Nur nicht das Halfter loslassen. Wenn sein Halfter weg ist, finde ich ihn nie mehr, dachte sie. Dummes Zeug, was redete sie sich da ein!

Amelie und Ira rangen nach Luft, als sie das Ende des Feldes erreichten.

In der Ferne standen rotbunte und schwarze Kühe auf der Weide und stierten die Zweibeiner an. Atemlos hielten die Mädchen inne, bevor sie langsam weitersuchten, Amelie rechts, Ira links, aber der Acker ging in feste Grasfläche über, auf der keine eindeutigen Hufeindrücke mehr zu erkennen waren.

»Gutes Zeichen«, sagte Ira und wischte sich die Stirn ab. »Hier wurde das Pferd wohl nicht mehr verfolgt und ist Schritt gegangen. Galoppsprünge von unseren Dicken könnte man garantiert sehen.«

»Aber wohin jetzt?«, fragte Amelie. Ihr Atem flog noch immer. Ira hatte ihr Haarband verloren und die krause Mähne fiel wie ein schwarzer Schleier über ihre Schultern.

»An den Zäunen entlang. Komm«, sagte Ira.

Keuchend liefen die Mädchen an den Weiden entlang. Mit umherirrenden Blicken suchte Amelie den Horizont ab. Die niedrigen Kuhzäune waren keine Hürde für Pferde, selbst ein schwerer Friese setzte leicht über so ein flaches Hindernis hinweg. Für Kühe waren die Zäune hoch genug. Wenn ein Rind ausbrach, übersprang es die Absperrung nicht, sondern kroch darunter hindurch.

Unvermittelt blieb Amelie stehen.

Was war das? Sie hielt Ira am Arm fest. Amelie traute ihren Augen nicht. Die ganze Zeit hatte sie nur in die Ferne gespäht, statt auf die vorderen Weiden zu gucken.

»Ira, da!«

Dicht am Zaun, halb verdeckt durch fressende Kühe, wölbte sich ein schwarzer Pferderücken mit einem üppigen Schweif. Nicht weit entfernt. Aber zu weit, als dass man das Pferd hätte erkennen können, ohne sein Gesicht zu sehen. Zweifellos ein Friese. Aber welcher – Calido oder Menno? Ira folgte Amelies Blick und im nächsten Moment riss sie ihre silberne Futterdose hoch und rappelte mit den Pellets.

Amelie schickte ein Stoßgebet zum Himmel und verkrampfte die Finger ineinander.

Bitte, lass es Calido sein!

Abrupt hob der Friese den Kopf und stieß ein helles Wiehern aus. Eine Begrüßungsfanfare, die beide Mädchen nur zu gut kannten.

Es war nicht Calido. Es war Menno.

2. Kapitel

Teilnahmsvoll schloss Oliver Eggers seine Tochter in die Arme, die ihm schmal und blass vom Weidetor entgegengelaufen war. Amelie brach in Tränen aus, als er sie fest an sich drückte. Fast zwei Stunden wartete sie schon auf die Polizei und auf ihren Vater.

»Warum Calido?«, schluchzte sie und presste ihren Kopf in seine Schultermulde. »Ich verstehe das nicht, Papa. Wieso stehlen sie ausgerechnet mein Pferd? Die Araber auf der Weide sind doch viel wertvoller. Wieso Calido?«

Es tat gut, dass ihr Vater mitfühlend ihr Haar verstrubbelte. Amelie war ihm dankbar, dass er Hals über Kopf seine Tour zu einer Baustelle unterbrochen hatte, die er als Ingenieur besuchen musste, um ihr beizustehen.

Vollkommen verzweifelt hatte sie ihm vorhin eine SMS ins Auto geschickt.

> Hilfe papa hilfe calido ist verschwunden melde dich ganz schnell bin mit ira an der weide.

Zuerst hatte ihr Vater an einen dummen Scherz geglaubt und Amelie gut gelaunt aus dem Wagen angerufen. Jetzt aber, vor dem niedergerissenen Zaun, verging ihm das Lachen.

Sein Wagen parkte in einem Nebenweg. Ira hatte ihn dort abgefangen, damit er keine Spuren verwischte. Nun wartete Ira in der Zufahrt auf die Polizei.

»Verlass dich drauf, wir suchen nach Calido, bis wir ihn gefunden haben«, sagte Amelies Vater und sie wusste, dass sie ihm

voll vertrauen konnte. »Die Abende sind ja so lange hell im Sommer ...«
Und während ihr Vater noch weiterredete, sah Amelie sich unvermittelt an einen anderen hellen Sommerabend versetzt. Machtvoll drängte sich dieser Tag vor fünf Jahren in ihre Erinnerung.
Ein schicksalhafter Tag ... der 30. Juni. Es war ihr zehnter Geburtstag gewesen, als sie Calido das erste Mal sah. Plötzlich war Amelie in Gedanken wieder klein und feierte ihren großen Ehrentag ...
Nur eins hatte sie sich zum Zehnten gewünscht: Reitstunden! Damals brachten alle Gäste Gutscheine mit und legten sie rund um den Geburtstagskuchen – Schulfreundinnen, Großeltern, Patentante Alex. Sogar ihr Bruder Phil, der mit Pferden nichts anfangen konnte.
»Schöner kann ein Geburtstag nicht sein«, strahlte Amelie, doch es kam noch besser.
»Nach dem Abendessen besichtigen wir einen großen Friesenhof«, verkündete Amelies Mutter. Unterwegs rutschte Amelie aufgeregt auf dem Autositz hin und her, gerade als ob sie spürte, dass heute noch etwas ganz Besonderes passieren würde. Und so war es ja auch.
Als sie auf die Anlage zufuhren, durch eine schattige Baumallee, hinter der sich ein halbrunder Hof mit Stallungen und Wohngebäuden öffnete, wäre Amelie vor Vorfreude am liebsten aus dem Autofenster gesprungen. Und dann die Weide – diesen Anblick würde sie nie wieder vergessen. Mehr als dreißig Friesen vergnügten sich im Gras, und obwohl es schon spät war, leuchtete ihr schwarzes Fell im Abendlicht.

»Komm mit, ich zeige dir unsere Herde.«
Herr Rosemann, der Besitzer, nahm Amelie mit auf die Koppel und schlenderte mit ihr über die Weide. Zuerst sahen für sie alle Pferde gleich aus, aber je länger Amelie hinsah, desto mehr Unterschiede bemerkte sie. Jeder einzelne Friese hatte seine Vorzüge: eine besonders lange Lockenmähne oder einen prachtvollen Schopf, seidigen Fesselbehang, lackschwarzes, glänzendes Fell oder auffallend leuchtende Augen.
Und auf einmal passierte etwas Eigenartiges: Von all den Friesen kam einer auf sie zu, ganz gemächlich. Mit erhobenem Kopf verharrte er vor Amelie und musterte sie aus freundlichen braunen Augen. Auch Amelie blieb fasziniert stehen. Und plötzlich sah sie all die anderen Pferde nicht mehr, nur noch den einen, den Zweijährigen mit seiner prachtvollen Mähne, den Wallach, der sie beschnupperte und ihr dann vertrauensvoll den Kopf auf die Schulter legte, als wollte er sagen: *Da bist du ja endlich. Auf dich habe ich gewartet.*
Das war Calido.
Und obwohl Amelie noch so jung war, gab es fortan für sie keinen Zweifel mehr: Calido war das Pferd ihres Lebens.
»Das verliert sich«, sagten die Erwachsenen. »Aus den Augen, aus dem Sinn.«
Aber nicht bei Amelie.
Sie ließ sich nicht beirren. Stur bestand sie darauf, jeden Geldschein, den sie bekam, zu Weihnachten, zum Geburtstag oder für eine gute Zensur, auf die Bank zu tragen. Auf den Umschlag des Sparbuchs schrieb Amelie mit schwarzem Lackstift: »Für Calido«.
Alle paar Wochen überredete sie ihre Eltern zu einem Ausflug

auf den Friesenhof von Herrn Rosemann und jedes Mal erkannte Calido Amelie sofort und trabte prustend auf sie zu. Und dann standen sie nur da, mitten auf der Weide, und hielten stumme Zwiesprache.

Der Friesenhof verkaufte seine Pferde in alle Welt, und nachdem Amelie das erfahren hatte, bibberte sie vor Angst, wann immer sie in die Einfahrt von Rosemanns Hof einbogen.

War er noch da?

Als sie elf wurde, nahm sie sich ein Herz und fragte Herrn Rosemann bei ihrem Geburtstagsbesuch angstvoll: »Kann es sein, dass Calido auch bald verkauft wird?«

Der Friesenbesitzer schüttelte den Kopf. »Ich glaube nicht. Weißt du, er hat einen winzigen Schönheitsfehler.«

Er zeigte auf Calidos rechtes Hinterbein und da sah Amelie zum ersten Mal die kurze Zickzacknarbe über dem Sprunggelenk. »Als Fohlen ist Calido in Stacheldraht geraten, davon ist diese kleine Narbe geblieben. Manche Käufer stört das. Da muss schon jemand kommen, der sich Knall auf Fall in Calido verliebt. So etwas gibt es natürlich.«

Das musste er ihr nicht sagen!

Erst einmal war Amelie erleichtert. Entwarnung! Was für eine wunderbare Narbe, wenn sie Reiter davon abhielt, ihr Calido abspenstig zu machen! Und wenn er tausend Narben hätte, er blieb doch immer ihr Traumpferd.

In den nächsten Monaten und Jahren nahm Amelie gewissenhaft Reitstunden, versenkte sich in Pferdebücher, legte die Prüfungen zum Kleinen und Großen Hufeisen ab, außerdem den Reiterpass fürs Gelände. Irgendwann gaben ihre Eltern es auf, Amelie den Calido-Tick auszureden, und es wurde offen darü-

ber gesprochen, dass sie mit vierzehn Jahren ihren geliebten Friesen bekommen sollte.
Aber dann kam alles anders. Amelie wusste von nichts, aber eines Morgens rief der Besitzer des Friesenhofs Amelies Mutter an. »Ich habe einen Käufer für Calido, der will ihn sofort.« Er druckste herum und sagte: »Ich möchte Sie informieren, weil Ihre Tochter so verliebt in Calido ist. Falls Sie ihn kaufen wollen, stehen Sie natürlich an erster Stelle. Allerdings müssten Sie sich schnell entscheiden. Leider kann ich nicht mehr warten, denn ich lebe ja vom Pferdeverkauf. Bitte verstehen Sie das.«
Ihre Eltern berieten sich hinter Amelies Rücken und sie beschlossen: »Wer so unbeirrt ein Ziel vor Augen hat wie Amelie, muss belohnt werden.« Was auf dem Sparbuch noch fehlte, legten sie dazu, auch die Großeltern und die Patentante gaben Geld.
An Amelies zwölftem Geburtstag war es dann so weit.
»Sieh mal nach draußen«, sagte ihre Mutter geheimnisvoll, als Amelie irritiert guckte, weil neben dem Kuchen kein einziges Päckchen lag. »Dein Geschenk steht im Vorgarten.«
Herr Rosemann hatte Calido mit dem Hänger gebracht und mitten vor das neue Haus an der Waldstraße gestellt.
Amelie fiel fast in Ohnmacht, als sie aus dem Fenster sah. Sie konnte es einfach nicht glauben, kniff die Augen zu und riss sie gleich darauf weit auf, bis sie begriff, dass sie nicht träumte: Mitten auf dem Rasen stand Calido, neugierig und etwas verwirrt, mit einer breiten roten Schleife um den Bauch.
Seit diesem Tag, ihrem zwölften Geburtstag, schwebte Amelie auf einer Wolke aus Glück und sie und Calido gab es seitdem nur noch zu zweit.

Drei Jahre war das her. Drei Jahre gehörten sie zusammen.
In wenigen Wochen wurde Amelie fünfzehn Jahre. Wenn sie daran dachte, jetzt, neben dem zerstörten Weidezaun, brach es ihr fast das Herz. Musste sie den Tag ohne Calido feiern?
Verzweifelt fuhr sie sich über den Kopf, löste das Zopfgummi, ohne es zu bemerken, und rieb sich angetrocknete Schlammreste aus den Haaren.
Sie kam sich schrecklich nutzlos vor. »Können wir denn überhaupt nichts tun, Papa?«
Oliver Eggers zwinkerte zuversichtlich. »Können wir, Amelie! Wir sperren das zerstörte Zaunstück noch besser ab, als du es schon gemacht hast, solange wir auf die Polizei warten. Dein Calido soll doch auf einer sicheren Weide stehen, wenn wir ihn zurückhaben.«
Wenn wir ihn zurückhaben.
Das sagt Papa doch nur, um mich zu beruhigen, dachte Amelie und blickte ihm bedrückt nach, wie er zum Wagen lief und mit Werkzeug und Seilen zurückkehrte. Gerätschaften, die ständig in seinem Kofferraum lagen, denn auf Baustellen gab es immer irgendetwas zu sichern oder abzusperren.
»Wir dürfen keine Spuren zerstören«, sagte er, während er den Zaun begutachtete. »Lass uns die Stricke an den Pfosten festzurren, die noch fest im Boden sitzen.«
Verbissen half Amelie, immer darauf bedacht, keine verräterischen Spuren zu zertreten. Jedes Mal, wenn sie über die Weide blickte, musste sie den Blick sofort senken, weil ihr sonst Tränen in die Augen geschossen wären. Mitten in der Herde graste Menno, als sei nie etwas geschehen.
Bitterkeit stieg in Amelie auf. Warum Menno? Warum nicht Ca-

lido? Natürlich gönnte sie es Ira, dass sie ihren Friesen so schnell gefunden hatte. Aber eine Spur von Neid konnte sie nicht unterdrücken, auch wenn sie Ira anmerkte, dass die sich fast schämte, dass Menno wieder da war.

Gegen Mittag erschien die Polizei. Mit eingezogenen Köpfen krochen zwei junge Uniformierte durch das Unterholz, grüßten und nahmen den Fall auf.

Der etwas ältere mit kurzen schwarzen Haaren notierte Amelies Angaben in sein Notizbuch.

»Friesenwallach, vollständig schwarz, keine weißen Abzeichen. Sieben Jahre alt, Stockmaß 1,62 m, auffallend lange, üppige Mähne. Über dem rechten Sprunggelenk kurze Zickzacknarbe von einer alten Verletzung. Das Pferd ist auf der linken Halsseite gekennzeichnet durch einen Mikrochip, der unsichtbar in den Halsmuskel eingesetzt wurde. Die Chip-Nummer ist im Equidenpass vermerkt, den die Eigentümerin heute Nachmittag bei der Kripo vorlegen wird.«

»Sorry«, sagte der Polizist und unterbrach seine Notizen, als Amelie den Mikrochip erwähnte. »Bin kein Pferdeexperte. Wie sieht ein Mikrochip aus? Wie groß ist der?«

»So klein wie ein Reiskorn; liegt unter der Haut.«

Der Polizist wirkte ratlos und blickte in die Runde. »Und wie erkennt man die Nummer, wenn der Chip unter der Haut liegt?«

Hilflos sah Amelie zu Ira hinüber und ihre Freundin sprang schnell ein. Hatte sie gesehen, dass Amelies Augen schon wieder feucht schimmerten?

»Dafür gibt es Lesegeräte.« Mit Daumen und Zeigefinger zeigte Ira dem Polizisten die Größe an. »Klein wie ein Handy. Das Gerät hält man an den Pferdehals und im Display erscheint die Nummer.«

»Aha.«

Der jüngere Beamte fotografierte mit einer Digitalkamera zuerst den zerstörten Zaun, dann machte er Bilder von den Reifenspuren. »Später kommt jemand von der Spurensicherung und gießt die Abdrücke mit Gips aus. Sind ja sehr schön zu erkennen«, sagte er.

Aus seiner Uniform zog er zwei dünne Klarsichtröhrchen hervor und zupfte kaum sichtbare Fäden vom Gattertor. »Hier ist jemand hängen geblieben. Mit Jacke oder Hose.« Die Textilfasern wanderten in die Röhren. »Ist euch in den letzten Tagen etwas Ungewöhnliches aufgefallen? Habt ihr Unbekannte gesehen, die sich auffällig benahmen?«

Die Mädchen sahen sich an und schüttelten die Köpfe. Dann fiel Amelie doch noch etwas ein.

»Gestern Abend – Reifenspuren an der Weide. Aber ein Hänger war nicht dabei, das hätten wir sonst bemerkt. Meinen Sie denn . . .« Amelie schluckte und biss sich auf die Lippen. Mitfühlend drückte Ira ihren Arm und fragte die Polizisten: »Hat das Auto etwas mit dem Diebstahl zu tun? Am Abend waren unsere Pferde ja noch da.«

Die Polizisten wechselten rasche Blicke.

»Sieht so aus, als hätte jemand eure Weide ausspioniert. Und die Pfosten«, er trat näher heran und begutachtete erneut mit fachkundigem Blick das am Boden liegende Eichenholz, »sind offenbar mit einem Wagen einfach platt gefahren worden, um die Pferde herauszuführen. Dauerte den Dieben wohl zu lange, das Gattertor zu knacken.«

»So etwas von dreist«, murmelte Oliver Eggers. Er kniete neben dem Pfosten und fuhr mit der Hand über die eingedrückte Oberfläche.
»Heute Nachmittag kannst du unter dieser Nummer anrufen.« Der Polizist gab Amelie eine Visitenkarte. »Am besten kommst du mit deinem Vater in die Dienststelle und erstattest Strafanzeige. Kannst dann gleich die Vorgangsnummer mitnehmen.« Er klappte sein Notizbuch zu.
Mit aufgerissenen Augen starrte Amelie den Mann in der grünen Uniform an. War Calido plötzlich nicht mehr Calido, sondern nur noch ein *Vorgang*? Eine seelenlose Akte?
»Vorgangsnummer?«, sagte sie mehr zu sich selber als zu dem Beamten. »Was soll ich damit?«
»Für die Versicherung«, erklärte er geduldig und steckte sein Notizbuch in die Brusttasche. »Ganz billig war das Pferd sicher nicht. Vielleicht habt ihr ja eine Versicherung, die bei Pferdediebstahl zahlt.«
Entsetzt sah Amelie zu ihrem Vater hinüber. Wie konnte jemand das Wort »Versicherung« in Verbindung mit ihrem geliebten Friesen aussprechen?
Herr Eggers sprang auf. Besänftigend legte er Amelie den Arm um die Schulter. »Er muss das sagen, reg dich bitte nicht auf.«
Aber Amelie schüttelte ihren Vater ab und funkelte den Polizeibeamten empört an, der sich schon zum Gehen wandte.
»Sind Sie verrückt? Ich will kein Geld von der Versicherung. Ich will mein Pferd wiederhaben.«
Beschwichtigend reichte der Beamte ihr die Hand. »Natürlich, Mädchen. Wir geben die Sache gleich weiter an die Kollegen von der Kripo, damit die Suche in Gang kommt. Alles Gute für dich.«

Während die Polizisten sich grüßend an die Dienstmützen tippten und im Dickicht hinter der Weide verschwanden, ging in Amelies Kopf alles durcheinander. Versicherung! Wer konnte daran auch nur denken!

Verzweifelt starrte sie auf die Koppel, wo die Pferde sich in Zweiergruppen verteilten. Nur Menno graste allein. Ira war zu ihm hinaufgelaufen und kauerte neben seinem Kopf im Gras.

Die Weide sah aus wie immer. Trotz der Mittagshitze zwitscherten einige Vögel und die Holunderblätter rauschten leise. Die Araber beknabberten sich gegenseitig den Rücken. Der Trakehner schnaubte. Frieden lag über der Landschaft. Wäre der notdürftig geflickte Zaun nicht gewesen, nichts hätte darauf hingedeutet, dass in dieser Idylle etwas passiert war.

Pferdediebstahl stand im Polizeiprotokoll.

Aber für Amelie war es der Weltuntergang.

3. Kapitel

Wie betäubt starrte Amelie durch die Dunkelheit an die Zimmerdecke. Seit Stunden wälzte sie sich im Bett hin und her. Wie sollte sie Schlaf finden nach diesem entsetzlichen Tag?
Amelie tastete neben sich. Vom nassen Halfter am Bettpfosten tropfte es gleichmäßig auf ihre Matratze. Als Erstes hatte sie, als sie von der Weide heimkam, Calidos Halfter gewaschen und zum Trocknen neben ihr Kopfkissen gehängt, ganz nahe bei sich. Ihr war es egal, dass dadurch das halbe Bett nass wurde. Die silbernen Buchstaben fielen fast auseinander, aber so sah Calidos Halfter in jedem Sommer aus.
»Nimm doch für die Koppel ein anderes Halfter, etwas Einfaches«, sagte Ira jedes Mal vor der Weidezeit, aber auf dem Ohr war Amelie taub. Calido sollte ihr Freundschaftszeichen immer tragen, unbedingt, dafür setzte sich Amelie gern alle paar Monate hin und stickte die ausgerissenen Silberbuchstaben nach. Gleich morgen wollte sie die Reparatur in Angriff nehmen. Jetzt erst recht. Vom Schmerz überwältigt, stöhnte Amelie auf. Würde Calido das Halfter jemals wieder tragen? Sie musste sich aufrichten, so heftig schlug plötzlich ihr Herz.
Der Wecker leuchtete ihr ins Gesicht. Kurz vor vier Uhr.

Amelie stützte die Ellenbogen auf die Matratze. Ob die Verbrecher erneut zugeschlagen hatten? Ira war sehr unruhig gewesen. Spät am Abend hatte sie Amelie noch eine SMS geschickt.

Vielleicht kommen die diebe zurück und nehmen menno mit habe furchtbare angst

Grundlos war die Furcht nicht, das meinte auch Kriminalhauptkommissar Schulte, bei dem Amelie und ihr Vater gestern Nachmittag Strafanzeige erstattet hatten.

Freundlich und verständnisvoll war dieser Herr Schulte gewesen. Wie begeistert er von Calidos Fotos gewesen war, die sie vor ihm auf dem Schreibtisch ausgebreitet hatte. »Ein toller Kerl!«

Der Polizist kannte sich ein wenig mit Pferden aus. Während er die Bilder sorgsam in eine Aktenmappe schob und das Protokoll vom Morgen zur Hand nahm, erzählte er, dass seine Tochter auch eine Pferdenärrin sei.

»Offenbar hat man es speziell auf die Friesen abgesehen«, sagte Herr Schulte, während er sich über die Aufzeichnungen beugte, »hier steht, dass acht weitere Pferde auf der Koppel standen.«

Amelies Vater nickte. »Sogar teure Pferde.«

Schulte lehnte sich im Drehstuhl zurück. »Hm, sieht fast so aus, als wüsste der Dieb genau, wo er gerade Friesen gut zu Geld machen kann.«

»Was?«, rief Amelie. »Und wenn Calido wirklich an jemanden verkauft wird?« Aufgeregt sprang sie vom Stuhl auf. »Darf man ein gestohlenes Pferd behalten?«

Spontan tauchten Bilder in ihrem Kopf auf – Bilder von einem anderen Mädchen, einem fremden Mädchen, das auf Calido über sonnenbeschienene Reitwege galoppierte. Wie in einem Film spulte sich die Szene vor Amelie ab. Sie sah die Reiterin vorgebeugt in den Steigbügeln stehen und Calido den Hals klopfen. *Ihrem* Calido. Amelie schluckte. War es möglich, dass Calido sie irgendwann vergaß? Nein, das konnte nicht sein!

Mit sanfter Gewalt drückte Herr Eggers seine Tochter zurück auf die Sitzfläche und der Polizeibeamte winkte beruhigend ab. »Keine Sorge, Mädchen. In Deutschland kann man nicht Eigentümer von Diebesgut werden. Auch nicht, wenn man es in gutem Glauben kauft. Sobald der echte Eigentümer sich meldet, muss das Pferd kostenlos zurückgegeben werden. Dazu muss es aber natürlich erst einmal wiedergefunden werden.«
Seine Finger hackten in die Tastatur seines Computers und mit gerunzelter Stirn studierte er den Bildschirm. »Wie gesagt, so ist das in Deutschland beim Kauf von gestohlenen Pferden. In Holland allerdings, und ich glaube, auch in Belgien …«
Nervös scharrte Amelie mit den Schuhen und fiel ihm ins Wort. »Wie ist es dort? Sagen Sie doch!«
»Wer dort ein gestohlenes Pferd kauft, kann es in der Regel behalten – wenn er geglaubt hat, dass es dem Verkäufer gehörte. Dann hat der echte Eigentümer schlechte Karten.« Schulte hob den Blick und ließ ihn zwischen Amelie und ihrem Vater hin- und herwandern. »Man muss dann sein eigenes Pferd zurückkaufen.«
»Ach so«, sagte Amelies Vater. Das klang fast erleichtert. »Dafür bringen wir notfalls auch noch Geld auf. Stimmt's, Amelie?«
Sie nickte. »Wenn ich ihn nur zurückbekomme«, flüsterte sie.
Herr Eggers strich ihr über den Arm. Amelie merkte, wie nahe ihrem Vater die Sache mit Calido ging und wie sehr er litt, weil sie wie ein zusammengesunkenes Häufchen Elend neben ihm saß.
Herr Eggers legte dem Kripomann die mitgebrachten Papiere vor, Eigentumsurkunde und Pferdepass. Die wichtigen Daten über Calido waren eingetragen, auch die Narbe am Sprungge-

lenk und die Nummer des Mikrochips. »Wer einen Friesen ohne Pferdepass kauft, der muss doch wissen, dass die Sache faul ist, oder nicht, Herr Schulte?«

Der Kriminalobermeister wiegte den Kopf. »Eigentlich ja. Aber mancher Käufer fragt nicht nach dem Pferdepass, wenn er ein Klassepferd für den halben Preis kriegt. Und natürlich kann man Papiere auch fälschen.«

Schulte sah sich noch einmal die Notizen über den Vorgang an, die ihm seine Kollegen übergeben hatten.

»Vielleicht sind es Serientäter«, sagte er. »Die erkennt man an ihrer typischen Arbeitsweise. Dass Zaunpfosten umgemangelt werden, kommt selten vor. Meistens werden Schlösser geknackt.« Er räumte die Akte beiseite. »Jedenfalls tauschen wir uns auch mit anderen Polizeidienststellen aus, ob dort ähnliche Fälle gemeldet sind.«

Er stand auf, trat um den Schreibtisch herum und reichte Amelie die Hand. Der nächste Besucher wartete draußen im Flur. »Wir informieren auch die Polizei in Holland und Belgien. Dort tauchen nämlich nicht selten in Deutschland gestohlene Pferde wieder auf. Besonders aus den Grenzgebieten, also aus dem Rheinland oder aus Ostfriesland. Man ist ja im Nu drüben und Grenzkontrollen gibt es kaum noch.«

Damit waren sie entlassen.

Mit einem Seufzer ließ sich Amelie vom Kopfende zurück ins Bett gleiten.

Im Garten stimmten die ersten Amseln ihr Morgenkonzert an. Am liebsten wäre Amelie nach draußen gerannt, um jedem einzelnen Vogel den Schnabel zuzuhalten. Sie wollte kein fröhli-

ches Gezwitscher hören! Wie konnte dieser Tag nur wie jeder andere beginnen? Nichts war mehr wie vorher. Alles, was ihr Leben ausgemacht hatte, war weggebrochen.
Wie gerädert stand Amelie schließlich auf. Automatisch griff sie zu ihrem Abreißkalender, zog das dünne Blatt vom 31. Mai ab und ließ es in den Papierkorb flattern. Doch einer Eingebung folgend, holte sie es wieder hervor, strich es glatt und legte es in die Schreibtischschublade. Alle Kalenderblätter wollte sie sammeln, bis Calido zurück war. Sie brauchte etwas, an das sie sich klammern konnte, eine Ordnung, ein System.
Amelie nahm das blaue Halfter vom Bettgestell und hängte es sich über die Schulter, bevor sie aus dem Zimmer schlich.

Hinter der gegenüberliegenden Tür atmete ihr großer Bruder tief und gleichmäßig. Gestern hatte er ihr geholfen, Suchplakate für Calido zu basteln.
Phil hat es gut, dachte sie, der spielt Basketball, dem passiert so etwas nicht. Basketbälle haben keine Seele.
Barfuß tigerte Amelie durchs Haus, bis zur Kellertreppe und durch die Diele mit den kühlen Fliesen zum Wohnzimmer. In der Küche trank sie einen Schluck Milch, obwohl sie keinen Durst hatte. Doch sie musste sich irgendwie beschäftigen.
Unruhig ging sie vor dem Elternschlafzimmer auf und ab, und ein paar Mal war Amelie drauf und dran, die Klinke zu drücken und sich unbemerkt ins Ehebett zu legen. In die Mitte zwischen ihre Eltern. Wie früher, als kleines Kind, wenn sie schlecht geträumt hatte und so lange weinte, bis ihre Mutter sie ins Bett holte und tröstete.
Aber dieses war kein schlechter Traum. Es war die Realität und

sie wurde bald fünfzehn. Unmöglich, wie ein Säugling zwischen Mama und Papa zu kriechen.

Erschreckt fuhr Amelie zusammen, als die Klinke sich bewegte und ihr Vater mit Jeans und T-Shirt überm Arm plötzlich in der Tür stand. Er erschrak genauso. Wer rechnet schon morgens um vier damit, dass jemand auf dem dunklen Flur steht?

»Was ist los?«, flüsterte er, legte den Finger auf den Mund und deutete mit dem Kopf zurück ins Schlafzimmer, wo seine Frau noch fest schlief. Mit sanftem Druck schob er Amelie vor sich her in die Küche.

»Dir geht Calido durch den Kopf«, sagte Oliver Eggers mit gedämpfter Stimme, während er Wasser in die Kaffeemaschine laufen ließ und den Filter vorbereitete. »Mir geht es nicht anders.« Wie so häufig musste der Ingenieur, ein sportlicher Zweimetermann, auch an diesem Morgen schon in aller Herrgottsfrühe zu einer entfernten Baustelle.

Amelie nickte stumm. Kaffeearoma erfüllte die Küche. Der Duft beruhigte sie, damit verband sie wunderbare Frühstücksstunden mit der Familie. Sonntags saßen sie alle vier beisammen, in gemütlicher Runde, und jeder erzählte von seiner Woche. Mama von ihrer Apotheke, wo sie halbtags arbeitete, Papa brachte Geschichten von seinen Baustellen mit, und Phil, ihr achtzehnjähriger Bruder, der wie sein Vater an die zwei Meter reichte, gab Verrücktes von Basketball-Turnieren zum Besten. Für sie selbst, für Amelie, gab es natürlich nur ein Thema – Calido. Selbstverständlich war sie in der Regel vor dem Frühstück bei ihm gewesen.

»Kann es nicht sein, dass auch Calido den Dieben noch entwischt ist?«, flüsterte Amelie über den Tisch. »Vielleicht ist er längst zurückgekommen und läuft vor dem Gatter auf und ab.«

Im Stehen goss Herr Eggers Kaffee ein und seufzte, während er zwei Zwiebäcke aus der Tüte angelte.
»Schön wäre es. Möglich ist alles.«
»Kannst du mich vor der Arbeit noch zur Weide fahren?«, fragte Amelie schnell. »Bitte, Papa.«
Herr Eggers warf einen Blick auf die Uhr, überschlug seine Termine und nickte, während er ein Stück Zwieback herunterschluckte. »Gut, ich bin früh dran und habe noch etwas Zeit. Mach dich fertig, ich dusche rasch.«
Kurz darauf saßen sie im Volvo und fuhren durch das fast unbelebte Viertel in Richtung Kottenforst. Die erste Morgensonne rieselte durch die alten Buchen, deren Kronen sich über die stillen Straßen neigten. In regelmäßigen Abständen fiel das kupferfarbene Licht auf große Suchplakate, die Amelie mit Phil und Ira noch gestern Abend an die Stämme gepinnt hatte. Selbst aus dem Auto konnte man den Hilferuf lesen.
»Pferd verzweifelt gesucht!«
Erneut stiegen Amelie Tränen in die Augen, und sie suchte umständlich nach einem Taschentuch, bis ihr Vater ihr wortlos eins reichte. Dass hier Zettel an den Baumstämmen hingen, war nicht ungewöhnlich; häufig suchten Tierbesitzer nach entlaufenen Hunden und Katzen – aber dass Amelie einmal ihr eigenes Pferd an den Bäumen sehen musste …
Bauingenieur Eggers schaltete zurück und bog in den holprigen, ausgewaschenen Pfad ein, der zur Weide führte. Nicht leicht zu finden, dieser abgelegene Feldweg. Wahrscheinlich hatte die Kripo recht, dachte Amelie, die Diebe haben die Koppel mit den Friesen regelrecht ausspioniert.
Bevor das üppige Gebüsch begann, parkte Herr Eggers den Wa-

gen an der Seite, ein Stück vor der Lichtung, auf der das verräterische Auto mit Hänger gestanden haben musste.

»Wer weiß, ob die Spurensicherung gestern noch Gipsabdrücke von den Reifen genommen hat«, sagte er und stieg aus. »Wir wollen lieber nichts zerstören.«

Da war Amelie schon aus der Autotür und rannte los. Mit den Händen bahnte Amelie sich einen Weg durch das Dickicht der Zweige, eine Abkürzung, und mit Herzklopfen lief sie die letzten Meter zur Weide hinauf. Wenn Calido doch vor dem Tor stände, mit hochgerecktem Kopf, und ihr freudig zuwieherte!

Aber alles, was sie sah, waren neue Zaunstangen und senkrecht aufgerichtete Pfosten. Das zerstörte Stück war fachmännisch ausgebessert worden. Auch das Tor wirkte intakt, das Schloss blitzte in der Morgensonne.

Die Diebe waren nicht zurückgekommen.

Aber Calido auch nicht.

Da stand ihr Vater schon neben ihr und kam gleich mit einem Vorschlag. »Wir lassen nichts unversucht. Komm, wir umrunden die Koppel, du gehst rechtsherum, ich links. Vielleicht finden wir frische Hufspuren.«

Ohne Zeit zu verlieren, hasteten sie los. Gleichzeitig trafen sie wieder vor dem Tor ein, und als jeder hoffnungsvoll den Blick des anderen suchte, war klar, dass keiner eine Spur gefunden hatte.

Von der Weide kam ein leises Schnauben. Amelie spähte über die Koppel – und wollte ihren Augen nicht trauen! »Papa, sieh doch. Nur noch fünf Pferde! Menno ist da, Gott sei Dank. Aber die Araber fehlen! Und die Hannoveraner!«

Amelie befühlte die schweren glatten Ketten, die das Tor si-

cherten. Intakt. Der Zaun … ebenfalls vollkommen in Ordnung, sogar das Elektroband war erneuert und gespannt worden.
»Das ist unglaublich.« Herr Eggers fasste sich an den Kopf. »Hör zu, Amelie. Ich muss jetzt dringend zur Arbeit. Ich bringe dich jetzt nach Hause und dann rufst du bei Bauer Aukrug an.« So hieß der Landwirt, dem die Pferdeweide gehörte.

Nachdem Herr Eggers sie um kurz vor sechs vor dem Elternhaus abgesetzt hatte, stürzte sich Amelie sofort ans Telefon und rief den Weidebesitzer an.
Sie wusste, dass Bauer Aukrug seit fünf Uhr auf den Beinen war, wie jeden Tag, um seine Kühe zu versorgen. Es dauerte eine Weile, bis er sich meldete.
»Herr Aukrug, von Ihrer Weide sind schon wieder Pferde verschwunden«, sagte Amelie aufgeregt. »Ich komme gerade von dort. Amelie Eggers hier. Sie wissen ja, gestern ist Calido . . .« Sie musste sich räuspern und setzte noch einmal an. »Mein Vater hatte Sie angerufen, weil mein Friese gestohlen wurde.«
»Ja. So eine Frechheit. Was sagst du? Noch mehr Pferde weg? Ach, meinst du etwa die Araber und die beiden Hannoveraner?« Wieso war er nicht erstaunt? Im Hintergrund brüllten dumpf und durchdringend Kühe. »Die vier sind gestern zurück in den Stall gebracht worden. Nach dem dreisten Diebstahl haben die Eigentümer Angst, dass auch ihre Pferde wegkommen.«
So war das also. Die Pferde waren in Sicherheit. Nur ihr Pferd hatte man gestohlen. Nur sie allein musste mit einem solchen Schmerz fertig werden.
Warum ich?, dachte Amelie und Zorn wallte in ihr auf. Warum ausgerechnet ich? Warum traf es beispielsweise nicht die blöde

Araber-Besitzerin, diese arrogante Ziege? Die sorgte sich bei Weitem nicht so liebevoll um ihre Pferde, wie sie sich um Calido kümmerte.

»Ich halte die Augen auf wegen deines Friesen«, hörte sie Herrn Aukrug sagen. »Und ich gebe auch anderen Bauern hier in der Gegend Bescheid. Habe gehört, dass geklaute Pferde oft auf einsame Weiden gestellt werden. Von da werden sie nach und nach auf Pferdemärkten verschachert.«

Verschachert! Das Wort fuhr Amelie wie ein Messerstich ins Herz. Von einem Tag auf den anderen war Calido nur noch eine Ware, mit der jemand Geld machen wollte.

»Gut«, sagte sie leise, »besten Dank«, und sie wollte schon auflegen, da kam Bauer Aukrug noch mit einem guten Rat. »Schreib doch den Fall ans Landwirtschaftsblatt, das lesen alle Bauern.«

Amelie ließ sich die E-Mail-Adresse geben und setzte sich gleich vor ihren Computer.

Hoffentlich veröffentlichen sie meinen Suchaufruf schnell, dachte sie, als sie die Mail abschickte.

Dann suchte sie ihre Schulbücher zusammen.

4. Kapitel

Johlend jagte eine Horde Jungen über den Pausenhof und trat sich gegenseitig in die Waden, als Amelie um kurz vor acht vor ihrem altehrwürdigen Schulgebäude eintraf. Der gleiche Krach wie jeden Morgen. Sie blickte nur kurz hoch. Immer dieselben Irren aus der 8b, ihrer Klasse, ein paar Vierzehnjährige, die sich unaufhörlich wichtig machen mussten.

Von allen Seiten rückten Schüler an, stellten ihre Fahrräder ab und fanden sich in kleinen Gruppen zusammen, die lachend und diskutierend zu dem geschwungenen Treppenaufgang vor dem Haupteingang strömten. Scherze flogen hin und her, es herrschte beste Laune, ein schöner Tag. Eigentlich.

Mit gesenktem Kopf schlich Amelie zur Treppe und stieg die ausgetretenen Stufen hoch, ohne in dem dichten Gedränge mit jemandem zu sprechen. Hoffentlich sah niemand ihre verweinten Augen! Bewusst hatte sie ihre dunkelste Sonnenbrille herausgesucht und ein Sweatshirt mit Kapuze, die tief in die Stirn reichte.

»Warum vermummst du dich bei der Wärme? Was ist los?«

Von hinten stieß jemand Amelie an.

Zum Glück war es Kerstin, ein zierliches, dunkelhaariges Mädchen, die Einzige in ihrer Klasse, die ebenfalls ritt – Ira ging auf eine andere Schule.

Forschend sah Kerstin Amelie an. »Krank? Vom Pferd gefallen?«

Amelie schüttelte den Kopf und bog in die kühle, geflieste Eingangshalle ein. Sie drückte sich um die Ecke und lehnte sich an die Wand zum Lehrerzimmer.

»Mein Pferd ist gestohlen worden«, flüsterte Amelie und sofort wurden ihre Augen wieder feucht. Sie biss sich auf die Lippen und schluckte. Außer mit Kerstin wollte sie in der Schule mit keinem über Calidos Verschwinden reden. Sie kannte die blöden Bemerkungen, die sich reitende Mädchen anhören mussten. Meistens waren es die Jungen, die überall ihren Senf dazugeben mussten. Ständig stichelten sie und ihre blöden Kommentare hörten sich immer gleich an: »Na, Amelie, wann heiratest du deinen heißen Hengst?« Die Idioten konnten ja nicht mal einen Hengst von einem Wallach unterscheiden und ärgerten sich bloß, weil sie ihnen die kalte Schulter zeigte. Dazu kam, dass Amelie zu den Besten gehörte, was einige Klassenkameraden schlecht ertrugen.

Spontan flog Kerstin ihr um den Hals. »Das ist ja schrecklich. Kann ich dir irgendwie helfen?«

Zwei Lehrer, die hastig ihre Brötchen zu Ende kauten, zwängten sich gegen den Strom durch die hereindrängelnden Schüler und musterten Amelie mit ihrer dunklen Sonnenbrille und der hochgezogenen Kapuze, ohne sie anzusprechen.

Amelie strich sich fahrig übers Gesicht und stellte ihren Rucksack auf die Fensterbank. »Ja, kannst du.« Aus der Vortasche zog sie einen Suchzettel hervor, den sie vorhin noch rasch für Kerstin eingesteckt hatte. »Hängst du den Aufruf in deinem Stall auf?«

Kerstin nahm das Blatt Papier in die Hand, und bevor sie es auch nur überfliegen konnte, wurde es ihr schon aus den Fingern gerissen. Empört fuhr sie herum. Dennis. Ausgerechnet.

Der massige Junge hüpfte mit seiner Beute durch die Halle und hielt sie wie eine Jagdtrophäe hoch. Schreiend vor Lachen, brüllte er den Text über den Schulflur, was allerdings nur wenige Schüler zu interessieren schien. Dennis und seine Gang provozierten ständig, dafür waren sie bekannt.

»Hört alle zu!«, schrie er. »Verzweifelt gesucht! In der Nacht vom 30. auf den 31. Mai wurde mein Friesenwallach Calido gestohlen.«

Theatralisch rang er die Hände. »Oh wie entsetzlich, ein böser Onkel hat Amelies liebes Pferd geklaut. Ach, die arme Amelie.«

Wie versteinert presste Amelie sich an die Mauer.

»Du Vollidiot.« Kerstin versuchte, nach dem Flugblatt zu schnappen, aber blitzschnell wanderte es von Dennis zu seinem Freund Alexander hinüber, der weiter laut vorlas und sich dabei vor Lachen bog. »Hohe Belohnung für den Finder. Bitte helfen Sie mir.«

Die Tür vom Lehrerzimmer flog auf und Herr Decker, Physik und Mathe, schoss heraus. »Natürlich. Dennis und Alexander wieder. Gib mir das Papier, Alexander.«

Widerstrebend händigte der Junge ihm das Plakat aus, das Studienrat Decker überflog und danach Amelie reichte. »Ich habe euch bis drinnen schreien gehört.« Verärgert schob er seine Lesebrille aufs Haar. »Euer Benehmen ist peinlich und unsozial. Ich will so etwas nie wieder hören.«

Herausfordernd mischte Dennis sich ein. »Was haben wir denn getan? Wir wollten nur unser Interesse an dem Pferd zeigen.«

»Zieh hier keine Show ab, Dennis. Dein Interesse kannst du gleich in Physik zeigen. Bin gespannt, was du mir über komprimierte Luft und Hektopascal berichten kannst.«

Dennis warf den Kopf zurück. »Pah! Die Mädchen mit ihren blöden Gäulen.«

»Ab in die Klasse.«
Studienrat Decker nickte Amelie zu, während die Jungen betont langsam über den Gang verschwanden. »Tut mir leid für dich, Amelie«, sagte er, bevor er sich ebenfalls auf den Weg zum Unterricht machte.
Irgendwie brachte Amelie die quälenden Schulstunden hinter sich. Kaum erklang der Schlussgong, schnappte sie ihren Rucksack und stürzte aus dem Klassenraum. Nur Kerstin streifte sie im Hinauslaufen mit einem flüchtigen Blick. Das Mädchen hob den Daumen, was wohl heißen sollte, dass sie sich um den Suchzettel kümmern würde.
Amelie durchquerte den langen Flur, nahm auf der Treppe zwei Stufen auf einmal und lief, ohne anzuhalten, über den Schulhof auf die Straße.
Erst weit hinter dem Haltestellenschild der Linie 6 drosselte sie das Tempo und ging wieder normal weiter. Atemlos zog sie ihre Kapuzenjacke aus und stopfte sie hinter einen Rucksackgurt. Mit dem Bus zu fahren, umgeben von lärmenden Mitschülern – womöglich mit Dennis und Alexander –, allein der Gedanke war ihr unerträglich.
Stinkende Lastwagen röhrten an Amelie vorbei, als sie den menschenleeren Gehsteig entlang der vierspurigen Hauptstraße einschlug. Die Mittagssonne brannte erbarmungslos.
Diese Hitze! Vor zwei Tagen noch wäre Amelie niemals freiwillig diese Strecke gegangen, kein Bonner tat das. Doch sie hatte das Gefühl, leiden zu müssen. Das war sie Calido schuldig!
Ihre neuen Schuhe scheuerten an den Fersen. Aber der Schmerz war Amelie willkommen, es kam ihr vor, als könnte sie dadurch Calidos Unglück teilen. Dass es ihm nicht gut ging,

stand für sie fest. Selbst wenn man ihn gut untergebracht hatte, würde er verwirrt sein und sie furchtbar vermissen.

»Friesen gewöhnen sich sehr an ihre Bezugsperson und an die Umgebung.« Die Worte des Züchters klangen Amelie im Ohr, als wäre es gestern gewesen. »Immer wieder kommt es vor, dass Friesen heftig unter Heimweh leiden, wenn sie umziehen müssen. Ständige Stallwechsel sollte man ihnen ersparen.«
In einem jähen Aufflackern von Zorn und Grimm versetzte Amelie dem nächsten Ampelmast einen Tritt. Was nützte die ganze liebevolle Vorsorge, wenn Verbrecher den Traum auf einen Schlag zerstörten?
Damit Calido einen Top-Stall bekam, hatten ihre Eltern vor drei Jahren lange nach der richtigen Anlage gesucht. Sie selbst war zu unerfahren gewesen, aber inzwischen konnte Amelie beurteilen, dass der Grotenhof wirklich ideal war. Ein Glücksfall war, dass Ira mit ihrem Friesen Menno schon dort stand, als Calido einzog. Unglaublich, wie hilfsbereit Ira war, sie verstanden sich auf Anhieb. Kein Wunder, zwei Friesennärrinnen unter sich . . .
Die wund gescheuerte Haut an den Fersen brannte wie Feuer, aber das lenkte Amelie wenigstens hin und wieder von den bohrenden Gedanken ab.
Sie umrundete eine Straßensperrung und stutzte – denn sie stand nicht vor ihrem Elternhaus, sondern vor dem Grotenhof. Erst als sie eine Weile auf das lang gestreckte Stallgebäude gestarrt hatte, registrierte Amelie, dass sie ganz in Gedanken an der Hauptstraße den Weg zu Calidos Stall eingeschlagen hatte. Automatisch, wie sie es vor der Weidezeit oft getan hatte, wenn wenig Hausaufgaben zu erledigen waren.

Eine Fahrradklingel schreckte sie auf.
»Hi.« Zwei kleine Mädchen mit Kappe, die offensichtlich zum Reitunterricht fuhren, schossen an ihr vorbei und winkten grüßend.
Die haben noch Pferde, auf die sie sich freuen können, dachte Amelie voller Bitterkeit.
Jeder in diesem Stall hatte sein Pferd noch, jeder. Nur sie nicht.
Sie fühlte sich krank und elend und überflüssig.
Amelie lehnte sich an den Laternenpfahl am Eingang und sah zum Stall hinauf. Ob sie hineingehen sollte? Würde es ihr dann besser gehen? Oder noch schlechter? Amelie konnte sich lebhaft vorstellen, wie die kleinen Reitschüler sich auf die Schulpferde stürzten und mit ihren Lieblingen schmusten. Alles in ihr wehrte sich dagegen, das Gebäude mit Calidos leerer Box zu betreten.
Amelie drehte ihrem Reitstall den Rücken zu und machte sich zur Bushaltestelle auf.

5. Kapitel

Im Dunkeln war alles noch schwerer zu ertragen.
Amelie schlug die Bettdecke zurück, stand auf und schaltete die Schreibtischleuchte an. Der Lichtkegel fiel auf den Stapel kopierter Zettel.
Pferd verzweifelt gesucht!
Verloren strich ihre Hand über das gerahmte Bild von Calido auf dem Schreibtisch. »Du kommst doch wieder?«, flüsterte Amelie.
Was konnte das Leben ihr bieten ohne Calido? Er hatte alles verstanden, was sie bewegte. Ganz sensibel gespürt, wenn sie traurig war, und ihr dann den Kummer einfach weggeschmust. Sie musste sich furchtbar zusammenreißen, um nicht ständig zu heulen.
Hatte sie bisher genug getan, um Calido zu finden? Wieder und wieder ging Amelie in Gedanken den gestrigen Tag durch.
Nachmittags war sie mit Ira zur Weide gefahren, aber dort hatte sich nichts geändert. Rundherum, an Zaunpfosten und Strommasten, hingen jetzt ihre Suchplakate. Ab und zu verirrten sich Spaziergänger in die abgelegene Gegend. Wer weiß, vielleicht hatte jemand die Diebe beobachtet?
Wie unter Zwang begann Amelie, in ihrem kleinen Raum auf und ab zu wandern. Sie dachte an Ira und Menno.
Ira ging es nicht besonders. Ihr Friese war auf der Koppel plötzlich das fünfte Rad am Wagen. Ohne seinen Freund Calido stand Menno unversehens im Abseits. Nachdem auf einen Schlag fünf Pferde auf der Weide fehlten, wurde die Rangordnung neu hergestellt. Die beiden Oldenburger, der Westfale

und der Trakehner kannten einander schon lange und duldeten keinen Fünften in ihrer Mitte.
Vorher, in der Zehnergruppe, hatte es nie Probleme gegeben. Aber nun … nicht einmal zum Fellkraulen fand Menno einen Kumpel. Neuerdings führten die vier Pferde sich wie eine Herrschaftsmacht auf und Menno war ihr Sklave. Es hatte nicht einmal einen Tag gedauert, bis sie Menno den Zugang zur Weidehütte verwehrten. Stur stellten die Pferde sich quer in den Unterstand und verjagten ihren Weidegenossen sogar von der Tränke.
Verwirrt und traurig, stand der gutmütige Menno allein im Abseits. Calidos Verschwinden schien im ebenso nahezugehen wie Amelie. Was hatte Amelie Ira vorgestern beneidet, weil Menno nichts passiert war! Jetzt litt auch Ira, und Amelie empfand – ganz heimlich und tief verborgen in einem kleinen schwarzen Winkel ihrer Seele – einen Hauch von Genugtuung darüber.
So sah es im Moment an der Weide aus. Deprimierend.
Am Abend hatte Amelie alle Reitställe der Umgebung angerufen und den Diebstahl bekannt gegeben. Ihren Spruch kannte Amelie schon auswendig: »Bitte seien Sie misstrauisch, wenn Ihnen jemand einen Friesen verkaufen will. Oder wenn Reiter eine Box für ein neues Pferd suchen.«
Phil hatte einen Suchzettel zweihundert Mal kopiert. Gleich nach der Schule wollte Amelie losgehen und die Zettel in jeden Briefkasten der Umgebung stecken. Nachher musste sie ohnehin das Stadtteilblatt herumbringen, der Zeitungspacken lag gebündelt vor der Haustür. Mit dem Austragen verdiente sie Geld für den neuen Dressursattel.

Amelie griff nach dem Foto auf ihrem Tisch und betrachtete Calidos Gesicht. War das wirklich sie gewesen, Amelie Eggers, die ein Jahr lang nach einem neuen Sattel gejammert hatte? »Ohne Dressursattel komme ich reiterlich nicht weiter.« Wie hatte sie jemals glauben können, ein blöder Sattel sei der Schlüssel zum Glück? Wie gern würde sie darauf verzichten, wenn sie nur Calido wieder hätte.
Voller Unruhe marschierte Amelie zum Fenster und trommelte gegen die Scheibe. Ihr Blick streifte den Computer, der neben den Suchzetteln auf dem Schreibtisch stand. Wozu hatte sie einen Internetanschluss? Vielleicht fand sich im Netz etwas Brauchbares? Etwas, das ihr bei der Suche nach Calido half?
Amelie schaltete den PC an. E-Mail von Ira.

> Ich denk an dich!!! Fühl mich auch eklig. Ich muss unbedingt ein neues Pferd für die Koppel finden. Als Gesellschaft für Menno, damit er einen Kumpel hat. Hdl Ira.

So eine Frechheit! Wie konnte Ira schon nach einem Tag Ersatz für Calido suchen? Iras Mail löste in Amelie richtigen Ärger aus und sie antwortete sofort.

> Finde ich übertrieben mit dem neuen Weidepferd. Was ist, wenn Calido morgen wieder da ist???

Amelie zögerte kurz. Normalerweise endeten ihre Mails untereinander immer mit hdl – hab dich lieb. Aber das Kürzel ging ihr heute nicht von den Fingern.
Während Iras Nachricht noch in ihr bohrte, klickte Amelie sich durch zahlreiche Pferdeseiten, bis sie wie elektrisiert an einem Stichwort hängen blieb: Pferdediebstahl.
In Windeseile überflog sie die Seiten und Iras Mail war verges-

sen. Eine Pferdehotline, die Hilfe bei der Suche nach verschwundenen Pferden bot. Bisher hatte sie nicht gewusst, dass es so etwas gab. Aber bis jetzt hatte sie ja auch keinen Anlass gehabt, danach zu suchen. Aufgeregt zappte Amelie hin und her. Man konnte Beschreibungen von gestohlenen Pferden ins Internet stellen und auf diese Weise in alle Welt verbreiten. Sorgfältig las Amelie jeden einzelnen Steckbrief durch.

Haflinger Stute bei Bielefeld gestohlen.

Schweres Warmblut bei Landshut/Niederbayern gestohlen.

Quarter Horse in Salzgitter gestohlen.

Hochtragende Islandstute bei Bonn gestohlen.

Amelie klickte den letzten Steckbrief an. Die beschriebene Weide lag ganz in ihrer Nähe. Wer war so dreist, eine hochtragende Stute zu stehlen?

Vier Friesen in Meppen gestohlen.

Zwei Fjordpferde bei Bamberg gestohlen.

Darunter fand Amelie einen Nachsatz, der kürzlich erst dazugestellt worden war und über dem eine rote Überschrift flimmerte: *Wiedergefunden! Die beiden Fjordpferde wurden drei Wochen nach dem Diebstahl auf dem Pferdemarkt in Hamm entdeckt!*

Was für eine fantastische Nachricht!

Und gleich dahinter der nächste gute Bescheid: *Wiedergefunden! Islandpferde – bei Hamburg gestohlen und von der Polizei auf einer abgelegenen Wiese sichergestellt.*

Und noch eine: *Wiedergefunden! Pintostute, bei Dresden gestohlen. Aufgrund des Steckbriefs in einer Pferdezeitschrift erkannt und von ihrem neuen Besitzer zurückgegeben.*

Wiedergefunden.

Amelie lehnte sich zurück und blies Luft durch die Lippen. Wie-

dergefunden. Nur noch dieses Wort sah sie auf dem Bildschirm. Jeder einzelne Buchstabe flimmerte ihr fröhlich entgegen.
Auf einmal fühlte Amelie sich leicht und beschwingt, ja fast froh. Es gab einen Lichtblick! Man fand gestohlene Pferde wieder! Sie blieben nicht für alle Zeiten verschwunden!
Auch Calido wird man finden, dachte sie mit neuer Zuversicht, hundertprozentig.
Amelie rollte mit dem Stuhl ein Stück weiter und griff nach dem Fotostapel auf dem Schreibtisch. Bei jedem Bild tauchten Erinnerungen an Calido auf. Besonders bei ihrem Lieblingsbild wurde Amelie das Herz schwer. Extra für dieses Foto hatte sie ihm die Mähne sorgfältig gewaschen und mit Glanzspray zum Schimmern gebracht.
»Bring Calido auf den Paddock«, hatte Ira geraten. »Dort steht er vor blauem Himmel und seine Mähne kommt gut heraus.«
Der Tipp war fantastisch. Calido stand ganz frei und stolz mit hochgerecktem Kopf vor dem leuchtenden Blau, so blau wie sein Halfter, auf dem die silberne Schrift blitzte, und seine Mähne fiel ihm lang und glänzend über den Hals. Was für ein schönes Gesicht Calido hatte! Sein ausdrucksvoller Blick, der war ihr zuerst aufgefallen. Wenn Calido sie aufmerksam aus seinen Samtaugen musterte, dann hatte sie das Gefühl, er verstand jede Regung ihrer Seele.
Amelie konnte gar nicht anders, als einen Kuss auf das Bild zu hauchen und es sich an die Brust zu drücken. Wie sie ihn vermisste!
Sie musste Calidos Steckbrief an die angegebene Adresse mailen, sofort.
Amelie beugte sich zur Regalsäule neben dem Schreibtisch und

zog das Scanner-Fach vor. Leer. Sie suchte auf dem Schreibtisch herum, hob Zettel, Bücher und Rechenblöcke hoch und schichtete sie in der Ecke auf. Eine Tüte mit Leckerli fiel ihr in die Finger. Hastig stopfte sie den Beutel in eine Schublade.
Sie brauchte den Scanner, um das Foto zu übermitteln, ohne ging es nicht. Dann fiel ihr ein, dass der Scanner bei Phil im Zimmer stand.
Sie stand auf und drückte geräuschlos ihre Klinke herunter. Phil schlief nomalerweise tief und fest. Er würde es gar nicht merken, wenn sie das Gerät leise bei ihm herausholte.
Auf Zehenspitzen schlich Amelie über den schmalen Flur in das Zimmer gegenüber. Sie hörte ihren Bruder leise und ruhig atmen. Sie tastete sich durch den Raum und ihre Hände glitten über verschiedene glatte Gegenstände. Plötzlich rollte etwas vor Amelies nackte Füße, das musste der Basketball sein, der im Weg lag.
Phil mit seinen blöden Bällen, dachte Amelie noch, aber da stieß sie auch schon gegen sein überlanges Bett und geriet ins Straucheln. Als sie instinktiv Halt am Regal suchte, riss sie Phils Turniertrophäen aus den Fächern. Scheppernd schlugen die Silberpokale auf dem Fliesenboden auf.
Ihr Bruder schoss in voller Länge hoch.
»Ich bin's nur, Amelie«, wisperte sie schnell.
Licht flammte auf und Phil rieb sich die Augen. Schlaftrunken musterte er Amelie und fuhr sich durch sein kurzes dunkles Haar, das nach allen Seiten abstand.
»Bist du verrückt? Was suchst du hier?«
Mit gedämpfter Stimme berichtete Amelie von den Suchanzeigen im Internet. »Ich brauche den Scanner«, flüsterte sie.

Seufzend schob ihr Bruder sich aus dem Bett. Er hatte nicht nur die Länge seines Vaters, sondern genau wie er blaue Augen mit lustigen grünen Sprenkeln darin. Gähnend schlüpfte Phil in eine Trainingshose, die über dem Drehstuhl hing.

»Warum kannst du dir keinen harmlosen Sport aussuchen? Basketbälle entführt niemand. Okay, ich scanne das Foto ein, in der Zeit kannst du die Pokale wieder einräumen.«

Phil half ihr anschließend noch, den Text für den Steckbrief zusammenzustellen, wobei er sogar an Calidos Narbe am Sprunggelenk und die Chipnummer am Hals dachte.

Als die Mail verschickt war und Phil wieder schlief, fühlte Amelie sich besser. Um alles Weitere zu besprechen, den Ablauf der Suchaktion und die Kosten, musste sie unbedingt die Leute von der Pferdediebstahl-Seite anrufen, deren Hotline-Nummer im Internet angegeben war.

Sie warf einen Blick auf den Stundenplan, der über ihrem Schreibtisch an die Wand gepinnt war. Ausgerechnet heute, am Freitag, kehrte sie vor zwei Uhr nicht zurück. Hoffentlich erreichte sie dann bei der Hotline noch jemanden.

Voller unruhiger Gedanken kroch Amelie zurück ins Bett. Am liebsten hätte sie die Schule geschwänzt, aber sie wusste genau, dass sie ihren Eltern damit nicht kommen konnte. Aber was sollte sie in der Schule? Alles erschien Amelie ungeheuer belanglos angesichts des einen Problems, das alle überschattete: Wie finde ich Calido wieder?

Als Amelie um halb acht zum Bus ging, unausgeschlafen wie am Vortag, schwirrte ihr unaufhörlich das anstehende Telefongespräch mit der Diebstahl-Hotline durch den Kopf. Hoffnung!

Wenn es doch schon zwei Uhr wäre!

Am Bus-Wartehäuschen schlenderten Vanessa und Lilly auf und ab, zwei Mädchen aus ihrer Klasse, die nichts mit Pferden im Sinn hatten. Um ungesehen von hinten an die Haltestelle zu gelangen, schlug Amelie einen Haken, und als endlich der Bus in die Bucht einrollte, stieg sie im letzten Augenblick ein. Vorsichtig versteckte sie sich hinter einer Schar bepackter Handwerker. Regelrecht fies fühlte Amelie sich dabei. Nein, sie gefiel sich selber nicht.

Auch auf dem Schulhof suchte Amelie Deckung. Im Schatten der Mauern drückte sie sich zum Treppenaufgang und im Klassenraum schlich sie, ohne den Kopf zu heben, an ihren Platz.

Sie war froh, als der Unterricht begann. Kerstin kam zu spät, beim Hereinschleichen blinzelte sie Amelie zu und schickte ihr gleich darauf heimlich eine SMS, die Amelie ebenso heimlich unter der Bank las.

Alle reiter in unserem stall sind alarmiert wir finden deinen süßen darauf kannst du gift nehmen :-))

Endlich ging die letzte Schulstunde zu Ende. Wie am Tag zuvor sprang Amelie beim ersten Gongschlag auf und verdrückte sich.

Zu Hause lief sie gleich in ihr Zimmer, ohne ihre Mutter zu begrüßen, die schon aus der Apotheke zurück sein musste. Vor Calidos Verschwinden wäre das undenkbar gewesen, doch im Augenblick hatte sie nur die Hotline im Kopf.

Mit einem Griff riss Amelie das Mobilteil von der Basisstation der Telefonanlage. Noch in der Nacht hatte sie die Hotline-Nummer eingegeben, damit es keine Sekunde Verzögerung gab.

Schnell atmend drückte sie die Wiederwahltaste und trommelte auf das Gehäuse.
»Hier Pferde-Hotline. Sie sprechen mit Rea.«
Gott sei Dank, es meldete sich jemand.
»Amelie Eggers hier, ich habe Ihnen heute Nacht einen Steckbrief gemailt.« Überstürzt stieß sie die Worte hervor und merkte, wie dünn und kippelig ihre Stimme klang. »Mein Friese wurde gestohlen, und er … und ich …«
Verzweifelt drehte Amelie die Augen zur Decke. Warum konnte sie nicht sachlich über Calido sprechen? Schon nach zwei Sätzen verhaspelte sie sich, überwältigt von einem Schmerz, der ihr die Kehle zuschnürte. Es half nichts, sie konnte nicht weiterreden, und schon im nächsten Moment begann sie zu weinen.
»Okay, ich weiß schon, wer du bist.« Die Stimme auf der anderen Seite klang beruhigend. »Deine Nachricht habe ich vor mir auf dem Schirm.«
Amelies Knie zitterten, sie ließ sich auf den Boden nieder, mit dem Rücken zum Schreibtisch, während sie sich mit dem Arm die Tränen vom Gesicht wischte. »Sie müssen mich ja für total durchgedreht halten«, schluchzte sie, »weil ich gleich losheule.«
»Ach was. Wein dich ruhig aus«, hörte sie die ruhige Stimme. »Das geht allen Anrufern so. Auch gestandenen Erwachsenen. Wenn der beste Freund verschleppt wird, ist das wirklich ein Grund zum Verrücktwerden.« Eine kurze Pause entstand, dann sagte Rea aufmunternd: »Deine Suchmail geht gleich an eine Menge Leute hinaus, Amelie.«
Bevor Amelie das Gespräch wieder aufnahm, suchte sie ein Taschentuch hervor und putzte sich die Nase. »Danke. Vielen Dank. Ich habe solche Angst, dass Calido … dass er tot ist.«

»Weißt du, Amelie, davor hat jeder Pferdebesitzer die größte Angst. Aber das musst du nicht. Jetzt hör mal gut zu. Bist du in der Lage zuzuhören?«
»Hm, ja.«
»Wenn ich dir sage, dass die meisten der gestohlenen Pferde wieder auftauchen – ist das ein Trost für dich?«
Es dauerte ein paar Sekunden, bis die Nachricht bei Amelie ankam. »Stimmt das wirklich?«
»Ja klar. Wir setzen Himmel und Hölle in Bewegung. Was glaubst du, wie viele Tierfreunde wir gleich übers Internet erreichen? Viele von ihnen werden losziehen und suchen. Von Flensburg bis Garmisch-Partenkirchen. Von Aachen bis Dresden. Und in den Nachbarländern. Allein könnte keiner so ein riesiges Gebiet abgrasen.«
Was hatte Herr Schulte von der Kripo gesagt? Seine Bemerkung schoss Amelie durch den Kopf. »Nicht selten tauchen gestohlene Pferde in Holland und Belgien auf.«
»Auch in Holland und Belgien?«
»Ja, sicher. Gerade in Holland haben wir viele Helfer in den Städten mit großen Pferdemärkten, Utrecht, Leiden und Zwolle. Und in Belgien ebenfalls. Die Helfer schwärmen mit Steckbriefen aus und suchen gezielt nach den gestohlenen Pferden. Aber jetzt erzähl mal, hast du selbst schon etwas unternommen?«
Amelie hob den Blick zur Tischplatte, wo der Stapel Suchzettel lag. »Natürlich. Die Polizei war da und mit meiner Freundin habe ich die Gegend rund um Bonn abgeklappert.« Allmählich festigte sich Amelies Stimme wieder. Das Gespräch mit Rea milderte ihre Angst.

»Gleich verteilen wir überall Mitteilungen, fast zweihundert Stück. Und wir hängen Steckbriefe auf. An Bäumen, in fremden Reitställen und an Weidezäunen.«
»Gut, Amelie. Dann kümmere ich mich auch gleich um deinen Steckbrief und stelle ihn ins Netz.«
Siedend heiß fiel Amelie plötzlich ein, dass sie gar nicht nach den Kosten gefragt hatte. Konnte sie die Arbeit der Hotline überhaupt bezahlen?
»Was kostet das?«, fragte Amelie unsicher. »Ich bin ja erst vierzehn und bekomme nur Taschengeld.«
Bestimmt ließen ihre Eltern sie nicht im Stich. Aber große Beträge konnten auch sie nicht abzweigen, zumal man, wie die Polizei meinte, damit rechnen musste, Calido zurückkaufen zu müssen.
Am anderen Ende der Leitung erklang leises Lachen. »Dafür nehmen wir kein Geld.«
Ungläubig wollte Amelie wissen: »Sie machen diese Hotline ganz für umsonst?«
Erneutes Lachen. »Ist doch schön, wenn man helfen kann. Die Idee entstand, als vor fünf Jahren unsere eigenen Pferde verschwanden. Meine Güte, was waren wir verzweifelt. Danach haben wir die Hotline gegründet.«
»Mann, das finde ich toll«, entfuhr es Amelie.
Rea nannte Amelie noch Adressen von Pferdemärkten, auf denen immer wieder gestohlene Pferde auftauchten. Zum Schluss schlug sie Amelie vor: »Am besten nimmst du Kontakt auf mit Leuten, denen ebenfalls Pferde gestohlen wurden, die Telefonnummern stehen meist unter den Steckbriefen. So kann jeder gleichzeitig nach seinem eigenen Pferd und nach den anderen

gestohlenen suchen. Das spart Zeit; es ist ja ein Wettlauf mit der Zeit.«
Kurz nachdem Amelie aufgelegt hatte, griff sie noch einmal zum Hörer. Eine Frage war offen geblieben. Obwohl sie vorhin ständig daran gedacht hatte, waren ihr die Worte nicht über die Lippen gekommen. Ich muss Rea danach fragen, dachte Amelie entschlossen, bevor ich durchdrehe. Aber sie ließ den Hörer wieder fallen. Sie schaffte es nicht. Sie konnte den Satz nicht formulieren, ohne loszuheulen. Ein Segen, dass es Computer gab! Mit bebenden Fingern tippte Amelie die Frage ein, die ihr auf den Nägeln brannte, und schickte die Mail an Rea los.

Schlachter dürfen doch *auf keinen Fall* Pferde ohne Pferdepass annehmen?

Danach blieb sie am Schreibtisch sitzen, die Hände um die Holzplatte geklammert, und starrte auf den Bildschirm, fest entschlossen, den PC nicht abzuschalten, bevor die Antwort kam. Aber zum Glück erschien Reas Nachricht postwendend.

Liebe Amelie,
ich verstehe deine Angst! Aber ich kann dich beruhigen. Kein Mensch stiehlt wertvolle Pferde, um sie dann zum Schlachter zu bringen. Das ist jedenfalls unsere jahrelange Erfahrung. Im Schlachthaus bekommt man zu wenig Geld für die Tiere – diese Erklärung klingt für dich sicher furchtbar, schrecklich, grauenvoll, aber sie stimmt. Jeder Dieb wird versuchen, gestohlene Pferde an Reiter oder Reitschulen oder Händler zu verkaufen. Sei ganz zuversichtlich, dass wir deinen Calido finden.
Liebe Grüße Rea

»Danke«, flüsterte Amelie, obwohl sie niemand hören konnte, und schlang ihre Arme um den Computer, bevor sie aus dem

Zimmer stürmte, in die Küche, wo ihre Mutter dabei war, Pfannkuchen zu backen.
»Mama, ich habe Hunger«, sagte Amelie und versuchte ein zaghaftes Lächeln. Das erste Mal, seit Calido verschwunden war, dachte sie wieder ans Essen. Irgendwie hatte Amelie das Gefühl, dass die Suche jetzt richtig in Gang kam.

6. Kapitel

Die neue Woche begann. Zwischen Amelie und Ira herrschte eine merkwürdige Spannung. Ira benahm sich seltsam, fand Amelie. Statt mit ihr zusammen nach Calido zu suchen, kümmerte sie sich nur noch um einen neuen Weidepartner für Menno. Am Montag nach der Schule hatte Amelie schon wieder eine Jammer-Mail von Ira im Postkasten.

Bin total fertig mein armer Menno hat überall Bissstellen hoffentlich finde ich bald einen netten Kumpel für ihn hdl Ira

Amelie lachte kurz und bitter auf. Bissstellen! Sie wäre froh, wenn Calido nur Bissstellen hätte. Wie konnte Ira ihr mit solchen lächerlichen Kleinigkeiten kommen? Amelie löschte die Mail ohne zu antworten.
Den Rest des Tages telefonierte sie mit anderen bestohlenen Pferdebesitzern, schickte Mails, tauschte im Internet Gedanken mit Leidensgenossen aus. Mit Rudi und René, mit Andy und Andrea. Die verstanden wenigstens, was Verlassenheit bedeutete.
Als neuer Briefpartner kam heute Rick aus Dresden dazu, dessen Mail hinter Iras im Postkasten lag. Seine Pintostute Spotty war nachts von der Weide gestohlen worden und er hatte sie nach drei Monaten zurückbekommen. Er schrieb Amelie noch immer voller Begeisterung.

Hallo Amelie!
Sicher willst du auch mal hören, dass dreiste Pferdediebstähle so gut ausgehen können wie bei uns. Seit ein paar Tagen steht Spotty wieder auf ihrer Heimatkoppel, hier bei uns zwischen Dresden und Freiberg. Eine Tierärztin hat Spotty erkannt – nach

dem Steckbrieffoto. Sie hat erkrankte Pferde in einem Westernstall behandelt und dabei meine Stute in einer Nachbarbox entdeckt!!! Spotty fällt aber auch auf mit ihrer ungewöhnlichen Zeichnung. Was für ein Glück, dass die Tierärztin jeden Morgen im Internet nach verschwundenen Pferden guckt. Drück dir ganz doll die Daumen für Calido!

Amelie antwortete gleich.

Hallo Rick, ich freue mich mit! Echt! Leider kann man Friesen viel schwieriger auseinanderhalten, weil sie alle schwarz sind.

Im Handumdrehen kam die Erwiderung.

Stimmt, Amelie. Sei froh, dass Calido gechippt ist. Steck immer dein Lesegerät ein. Und eine Kopie vom Pferdepass und von der Eigentumsurkunde. Damit du sofort an Ort und Stelle beweisen kannst, dass Calido dir gehört, wenn du ihn findest. Kopf hoch!

Ehrensache, dass Rick halb Sachsen mit Calidos Steckbrief zupflastern wollte. Auch Biggi aus Bamberg war für Amelie im Einsatz, wie sie ihr am Montagabend schrieb. Die Pferdebesitzerin verteilte Suchzettel zwischen Würzburg, Bamberg und Bayreuth. Amelie druckte Biggis Mail aus und legte sie griffbereit ans Bett, denn die gute Nachricht von Biggis Fjordpferden Ole und Sonny wollte sie wieder und wieder lesen.

Stell dir vor, Amelie, über 400 Kilometer weit haben sie meine Norweger verschleppt. Bis zum Pferdemarkt nach Hamm in Westfalen. Zum Glück streifen regelmäßig Tierfreunde über den Hammer Markt. Die gucken nach hilfsbedürftigen Tieren und ob sie Pferde von den Steckbriefen finden. Aus purer Hilfsbereitschaft und Tierliebe! Klasse, findest du nicht auch? Drei aufmerksame Mädchen haben Ole und Sonny schließlich entdeckt. Meine Pferde haben sich früher einmal Weidewunden geholt; am Hals sind Narben zurückgeblieben. Die Mädchen haben gezielt

danach geschaut und die beiden erkannt.
Alles Gute für dich!

Calidos Zickzacknarbe – sofort hatte Amelie diese kleine helle Stelle vor Augen. Nie hätte sie gedacht, dass die Verletzung am Sprunggelenk, dieser winzige Schönheitsfehler, einmal so bedeutsam werden könnte.

Wenn ich Calido nicht bald finde, dachte Amelie, fahre ich zu allen Pferdemärkten der Umgebung. Dutzende Male hatte Ira sie früher schon gedrängt, mit ihr diese Verkaufsmärkte zu besuchen, früher, als es ihr darum ging, dort abgemagerte Pferde aufzuspüren und Alarm zu schlagen. Nie hatte Amelie sich dazu überwinden können mitzukommen. Sie hatte gefürchtet, dass es ihr das Herz brechen würde, in die leeren und traurigen Pferdeaugen zu sehen. Doch nun war der Besuch keine Frage mehr ... Wenn sie vermutlich auch nicht mit Ira fahren würde. Neuerdings vermied es Amelie, ihre Freundin in der Nähe zu haben. Sie ertrug es nicht, dass Ira ihren Menno noch hatte und trotzdem rumjammerte. Gleichzeitig vermisste Amelie sie aber auch schrecklich. Dieser widerliche, dreiste Pferdedieb! Nur seinetwegen bekam die dicke Freundschaft der beiden Mädchen einen Riss. Als ob nicht alles schon schlimm genug wäre ...

Am späten Montagabend rief Amelie Karla an, eine junge Arzthelferin, die genau wie Amelie in Bonn wohnte. Karlas Pferd war verschwunden und Amelie hatte ihren Steckbrief im Internet gefunden – furchtbar! Ihre Isländer Stute Gjöfi war verschwunden. Und dabei erwartete sie in Kürze ein Fohlen! Im Internet hatte Karla ihre Telefonnummer nicht angegeben, aber über die Pferde-Hotline konnte man mit ihr Kontakt aufnehmen. Als Amelie anrief, schien Karla sich zu freuen.

»Vielleicht können wir nach gemeinsamen Spuren suchen?«, schlug Amelie vor. »Schließlich sind unsere beiden Pferde in Bonn verschwunden!«

Aber die Diebstähle von Gjöfi und Calido schienen nichts miteinander zu tun zu haben. Amelie traute ihren Ohren nicht, als Karla erzählte.

»Von anderen Bestohlenen weiß ich, dass jemand in Norddeutschland einen neuen Reiterhof einrichtet, mit Isländern und Fjordies«, berichtete Karla. »Der kauft aber die Pferde nicht, sondern lässt sie offenbar in ganz Deutschland zusammenstehlen. Ich fürchte, dass Gjöfi dabei ist. Doch sie wird bald ihr Fohlen bekommen. Was passiert nur mit ihr?«

»Aber so einen Mistkerl müsste man doch leicht überführen können«, rief Amelie ungläubig aus. »Hast du denn nicht gleich die Polizei alarmiert?«

»Natürlich. Zwei Mal sind Tierfreunde dem Mann schon auf den Fersen gewesen. Es wurde sogar ein Isländer-Fuchs mit Doppelmähne gesehen, wie Gjöfi sie trägt. Aber jedes Mal, wenn die Polizei eintraf, herrschte auf dem Hof gähnende Leere.«

Bei der Vorstellung, dass die kleine rote Isländerstute ihr Fohlen allein zur Welt bringen musste und kein Tierarzt bei Komplikationen zur Stelle war, krampfte sich Amelies Herz zusammen. Andererseits fühlte sie auch Trost, denn sie war nicht mehr so schrecklich allein in ihrer Verzweiflung.

Karla und die anderen bestohlenen Pferdefreunde verstanden, was sie durchmachte – im Gegensatz zu ihrer Klasse und zu ihren Lehrern. Heute hatte Amelie eine mündliche Probe in Mathe vergeigt, obwohl sie eigentlich auf einer guten Zwei stand

und Mathelehrer Decker sie sonst unermüdlich als leuchtendes Beispiel hinstellte.
Irritiert hatte der Studienrat Amelie angesehen, besorgt sogar, als er die Note in sein Buch eintrug. »Glatte Fünf. Ist irgendwas nicht in Ordnung, Amelie?«
Stumm hatte sie den Kopf geschüttelt; ihr Mathelehrer hatte Calidos Verschwinden wohl schon wieder vergessen. Oder, dachte Amelie, er findet den Diebstahl zu unwichtig, kann sich nicht vorstellen, dass seine beste Schülerin deswegen versagt.

7. Kapitel

In Eggers' Haus glühte das Faxgerät. Ständig trafen Steckbriefe von verschwundenen Pferden ein, von Westernpferden, Friesen, Hannoveranern, Mecklenburgern, Holsteinern, Westfalen, Andalusiern, von Haflingern, Fjordpferden, Isländern . . . und Amelie kopierte alle Aufrufe, um sie in Bonn auszuhängen. Ihre neuen Internetfreunde versprachen umgekehrt, Calidos Suchzettel in Reitställe zu bringen, zu Tierärzten und Schmieden. Mittlerweile dehnte sich das Suchgebiet auf ganz Deutschland, Holland, Belgien, Ungarn und Dänemark aus. Schon in der ersten Woche nach Calidos Verschwinden wurden Biggi und Andy und René und Karla für Amelie wichtiger als ihre alten Freunde. Wichtiger als Ira. Obwohl die ihr zweimal am Tag E-Mails schickte, immer mit ähnlichem Inhalt.

> Ich weiß nicht, was ich tun soll! Fühle mich dir und Calido gegenüber wie ein Verräter, weil ich einen neuen Weidekumpel für Menno besorgen will! Aber wenn ich an Menno denke, komme ich mir wie eine miese Ratte vor, wenn ich KEIN Ersatzpferd suche . . .

Meistens antwortete Amelie gar nicht oder nur kurz. Natürlich wusste sie, dass Ira unschuldig an der vertrackten Situation war. Trotzdem nahm sie ihr alles übel. Es war so schreiend ungerecht, dass sie, Amelie, allein leiden musste. Und sie litt, besonders wenn sie zehnmal am Tag Calidos Steckbrief im Internet anklickte und seine Suchseite betrachtete.

Friesenwallach Calido gestohlen – in der Nacht vom 30. auf den 31. Mai von einer Weide im Südwesten Bonns.

Nie würde sie sich daran gewöhnen! Und wenn sie die Seite tausendmal aufrief! Wenn Amelie das Bild ansah, die Fotografie, auf der die prächtige Mähne glänzte, brach ein Schwall von Empfindungen über sie herein. Trauer und Angst vor allem. Aber auch Hoffnung, weil die Suche jetzt in großem Stil voranging.
Bevor sie weiterklickte, kniff Amelie jedes Mal die Augen zusammen und stellte sich unter Calidos Foto rot und riesig das wichtigste Wort ihres Lebens vor: *Wiedergefunden!*
Sehnsüchtig wünschte sie sich, in die Zukunft schauen zu können. Nicht weit. Nicht ins Jahr 3000, nicht mal bis 2020. Nur bis zum Ende dieses Jahres, bis Silvester vielleicht oder Heiligabend. Nur einen Wimpernschlag lang. Nur, um zu sehen, ob an Weihnachten unter Calidos Steckbrief das ersehnte Wort stand: *Wiedergefunden.*

Die Tage waren ein Wechselbad der Gefühle für Amelie. Immer wieder verdrängte zaghafte Hoffnung ihre Furcht, aber jede scheinbare Spur führte ins Leere und die Silberstreifen am Horizont färbten sich wieder grau.
Jede Menge E-Mails trafen ein, oft von Ira.

Komm doch mal mit zur Weide, Amelie. Wie früher.

Amelie antwortete nur in dürren Worten.

Nein, keine Lust.

Was sollte sie auf der Weide? Menno abseits stehen sehen? Traurig und ohne Calido an seiner Seite? Sie war schon selber traurig genug. Und nervös dazu.
Bei jedem Telefonklingeln schreckte Amelie zusammen und ihre Gefühle fuhren Achterbahn. Jedes Läuten weckte Zuversicht

und Angst zugleich. Hatte man Calido gefunden? Oder musste sie fürchten, dass etwas Schlimmes passiert war?
Mit trockener Kehle ging Amelie ans Telefon. Oft meldeten sich aufgeregte Kinder von ihren Handys, die Amelie sofort ins Ohr schrien: »Wir wissen, wo dein Friese ist.«
Doch dann stellte sich schnell heraus, dass die kleinen Detektive übereifrig und voller Tatendrang durch die Gegend fuhren, um nach gestohlenen Pferden zu suchen, und irgendeinen Friesen, den sie entdeckt hatten, für Calido hielten. Meistens kannte Amelie die angeblichen »Calidos« sogar von den jährlichen Friesentreffen und es dauerte nie lange, bis sich die vermeintlichen Diebstähle aufgeklärt hatten.
Eine gute Woche nach Calidos Verschwinden bekam Amelie einen Anruf aus Aachen.
Amelie saß gerade über einer Physikaufgabe. Beim ersten Klingelton schob sie das Buch zur Seite und griff zum Apparat.
»Schlüter-Terjung«, sagte die Frau am anderen Ende. Der Name kam Amelie bekannt vor und irritierte sie. Sie war ausschließlich auf Fahndungsnachrichten von Calido fixiert.
»Meine liebe Amelie«, sagte Frau Schlüter-Terjung und sofort bekam ihre warme, herzliche Stimme für Amelie ein Gesicht. Ganz deutlich erinnerte sie sich jetzt an die liebenswürdige ältere Dame vom Reitklub in Aachen.
»Meine liebe Amelie, wir weihen Mitte September unsere neue Anlage ein. Ich möchte dich und deine Freundin gern für den Festtag buchen. Habt ihr Lust und Zeit?«
Mit heißen Händen umklammerte Amelie das Telefon. Sie bekam kein Wort heraus, so schockiert war sie über die unerwartete Einladung.

»Bei der letzten Adventsfeier«, fuhr die Frauenstimme heiter fort, »waren unsere Reiter ungeheuer beeindruckt von eurer Paarklasse mit den prächtigen Friesen. Du weißt schon, als ihr bei uns in Aachen ein Pas de deux geritten habt. Hallo? Amelie?«

Mit einem Schlag fühlte Amelie sich von der Vergangenheit eingeholt. Verschüttete Erinnerungen. Der erste große Auftritt mit Calido und Menno wurde lebendig, die Paarklasse in Aachen …

Es war wieder Advent, ein eisiger, klarer Wintertag, der Frost biss ihnen ins Gesicht, als Amelie und Ira ihre Friesen vor dem Auftritt draußen abritten. Während in der Halle des Aachener Reitklubs noch eine andere Vorstellung lief, marschierten die Mädchen mit den Pferden den Hof auf und ab. Kinder liefen herbei und rannten neben Calido her.

»Darf ich das Pferd anfassen? Bitte.«

Amelie nickte, klar, sie war unglaublich stolz auf ihren schönen Calli, der jede Streicheleinheit geduldig hinnahm und gelassen grummelte.

Ihre Pferde sahen aber auch schick aus! In den Lockenmähnen wehten rote, weiße, silberne Bänder, der Schweif war eingeflochten und mit glänzendem rotem Satinband umwickelt.

Calido und Menno machte die Kälte nichts aus, sie schnaubten zufrieden und schritten fleißig aus, während Raureif ihre Tasthaare am Maul weiß färbte. Amelie war kalt, sie wusste, dass die Bluse zu dünn war, aber es war nun mal die schönste, die sie hatte. Zähneklappernd saß sie im Sattel und war froh, als endlich das Klingelzeichen für ihren Auftritt ertönte.

Amelie erinnerte sich noch genau, wie warm ihr wurde, warm

vor Stolz, als sie das bewundernde Raunen von der Tribüne mit den zusammengedrängten Zuschauern vernahm.

Seite an Seite ritten sie Zirkel, Schlangenlinien und Volten, legten Tempo zu und trabten versammelt durch die halbe Bahn. Sie teilten sich, und wenn sie sich wieder trafen, ritten sie perfekt Schulter an Schulter. Blieb Menno einmal leicht zurück, nahm Calido automatisch sein eigenes Tempo zurück, noch bevor Amelie die Hilfen dazu gab. Er führte bereits aus, was sie erst dachte. Eine schönere Einheit konnte es nicht geben. Amelie war in Hochstimmung und genoss herzklopfend die Harmonie mit Calido.

Wenn sie im Mitteltrab auf die Tribüne zuritten, mit der typischen hohen Knieaktion der Friesen, hörte sie die Zuschauer flüstern und tuscheln, und jedes Mal lächelte Amelie dann in sich hinein, denn sie wusste, wie majestätisch dieser Trab wirkte.

Nach diesem gelungenen Adventssonntag hatten sie große Pläne geschmiedet, Ira und sie. Aus der Paarklasse musste man doch etwas machen können! Ira bemühte sich um Auftritte bei festlichen Veranstaltungen und schon bald stand der Terminkalender voll. Ein halbes Dutzend Einladungen zu Feierlichkeiten hatten Amelie und Ira in der Tasche und alle wurden sogar bezahlt. Aber für Amelie war das verdiente Geld nur ein Teil der Freude. Am schönsten war das Glücksgefühl, wenn die Zuschauer Calido, *ihren* Calido, voller Bewunderung anstaunten.

Die drängende Telefonstimme brachte Amelie in die Realität zurück.

»Hallo Mädchen, bist du noch da? Sag doch, Amelie, hast du nicht Lust, dir Komplimente über deinen schönen Friesen anzuhören? Calido, so heißt er doch, nicht wahr?«

Mit aller Kraft riss Amelie sich zusammen.
»Calido wurde gestohlen«, flüsterte sie mit tränenerstickter Stimme und warf das Telefon auf die Station. Weinend sank Amelie auf die Schreibtischplatte und barg ihr Gesicht in den Armen. Es war eine Qual, die Wahrheit auszusprechen.
Nach ein paar Minuten wischte sie sich die Tränen ab und griff nach ihrem Terminkalender.
»Reitklub Aachen anrufen«, kritzelte sie quer über die nächstbeste Seite. Später würde sie sich dort melden und alles erklären. Später, wenn Calli wieder bei ihr war.
Den Rest des Nachmittags und den ganzen nächsten Tag mochte Amelie kaum ans Telefon gehen, aus Angst, Frau Schlüter-Terjung würde noch einmal anrufen und sich erkundigen, was genau los war. Doch die meisten Anrufer wollten ohnehin nicht sie sprechen, sondern ihren Vater, und wenn es an der Tür klingelte, standen draußen Freunde von Phil.
Calido blieb wie vom Erdboden verschwunden.

8. Kapitel

Samstagnachmittag, gut zehn Tage nach dem Tag null, tauchte Ira bei Amelie auf. Ohne sie richtig anzuschauen, warf Ira sich auf das ungemachte Bett. Amelie merkte, wie unangenehm der Besuch Ira war. Sie selber wusste auch nicht, was sie sagen sollte.

»Menno leidet wie verrückt«, bemerkte Ira nach einer verlegenen Pause und verschränkte die Arme hinterm Kopf, wobei sie vermied, ihre Freundin anzugucken. »Er steht immer allein und ich finde einfach kein sechstes Pferd für die Koppel. Falls ich bis heute Abend keinen Partner für Menno habe, hole ich ihn in den Stall zurück. Wahrscheinlich morgen schon. Wollte ich dir nur sagen, bevor du es von anderen hörst.«

Jetzt hob Ira doch den Blick und sah Amelie an. »Stall ist natürlich unheimlich blöd im Sommer. Aber was soll ich tun? Die Sache mit dem Diebstahl hat sich längst herumgesprochen. Klar, kein Mensch will sein Pferd auf eine Klaukoppel stellen.«

Sofort wurde Amelie von heftiger Wut ergriffen und schoss patzig zurück: »Machst du *mich* etwa dafür verantwortlich, dass Menno keinen Freund mehr hat? Weil Calido weg ist?«

Vollkommen verdutzt richtete Ira sich auf. »Spinnst du? Ist doch nicht deine Schuld, dass Calido gestohlen wurde.«

Amelie hörte sie kaum. Ja, sie merkte nicht einmal richtig, dass sie anfing, ihre Freundin anzuschreien, so gereizt und außer sich war sie.

»Gib doch zu, du bist sauer auf mich«, brüllte sie Ira ins Gesicht, »weil dein toller Menno plötzlich nicht mehr der Größte ist. Oh-

ne Calido nehmen ihn die anderen Pferde nicht für voll, so sieht es aus.«
Ira wurde knallrot. »Du hast sie doch nicht mehr alle«, fauchte sie zurück und sprang mit wütend funkelnden Augen auf. In zwei Schritten war sie am Ausgang.
Krachend knallte die Tür hinter Ira ins Schloss.
Ernüchtert starrte Amelie auf die vibrierende Tür. Zum ersten Mal, seit sie sich kannten, war Ira im Streit gegangen! Verzweifelt fuhr Amelie sich durchs Haar. Wieso war sie dermaßen aggressiv über ihre Freundin hergefallen? Sie konnte sich selber nicht ausstehen. Neuerdings musste nur ein einziges missverständliches Wort fallen, schon fuhr sie aus der Haut. Nun verdarb sie es sich bereits mit ihrer besten Freundin …
Abends kam dann eine Mail von Ira und Amelie atmete auf. Insgeheim war sie heilfroh, dass sich ihre Freundin nach dem Krach überhaupt noch meldete.

Ich leihe mir morgen einen Pferdehänger vom Grotenhof, um Menno abzuholen. Habe aber kein Auto zum Ziehen. Mama fährt ja den Mini ohne Anhängerkupplung. Würde dein Vater mich wohl zur Weide fahren?

Amelie konnte sich gut vorstellen, wie schwer Ira diese Bitte gefallen war. Ihren Vater musste sie gar nicht fragen, er war bekannt für seine Hilfsbereitschaft.

Macht er. Sonntag früh um neun.

Pünktlich um neun stand Ira am nächsten Morgen vor der Haustür. Amelie öffnete und merkte gleich, dass ihre Freundin – ihre Exfreundin? – noch etwas auf dem Herzen hatte. Und so war es auch.

»Kann ich dir zumuten, Mennos Box frisch einzustreuen, während ich auf der Weide bin?«, fragte sie kleinlaut und ihre Augen huschten unruhig hin und her. »Ich komme gerade vom Grotenhof und wollte alles klarmachen, aber du weißt ja, Herr Grote lagert sein Reitzubehör in unseren leeren Boxen, solange die Pferde auf der Koppel stehen. Er muss gleich los zum Turnier und hat in dem Stress völlig vergessen, alles für Menno herzurichten.«

Ira biss sich auf die Lippen, als sie Amelies entgeisterten Blick spürte.

Was verlangte Ira da? War die noch bei Trost? Sie sollte Mennos Box fertig machen? Das hieß – sie sollte auf den Grotenhof gehen?

Seit Calidos Verschwinden war Amelie nicht ein einziges Mal dort gewesen. Zwar war sie spätabends mehrmals um die weitläufige Anlage geschlichen, doch nie konnte sie sich überwinden, das Gebäude zu betreten. Dabei wäre sie liebend gern durch die Stallgasse geschlendert. Um den unvergleichlichen Stallgeruch zu atmen, den Duft, der in ihrem Gedächtnis haftete wie kein anderer. Um dem vertrauten Schnauben der Pferde zu lauschen und ihrem gleichmäßigen Malmen. Um sich an den Rest des normalen Lebens zu klammern. Aber kurz vor der Dielentür scheute Amelie jedes Mal zurück. Zu sehr ängstigte sie die Aussicht, dass jemand sie ansprach. »Hast du deinen Calido wieder?«, oder auch nur: »Tut mir leid wegen Calido!«

Garantiert würde sie beim ersten Wort in Tränen ausbrechen und alle würden sie mitleidig oder peinlich berührt anstarren. Ein Albtraum.

»Wie sieht es aus?« Ira räusperte sich verlegen. Ihre dunklen Augen waren noch dunkler geworden. Keine Frage, sie schämte sich.

Amelie sah Ira das riesige schlechte Gewissen darüber an, dass sie sie mit Mennos Boxproblemen belästigte. Was sollte sie tun? Alles in Amelie war auf Abwehr geschaltet. Aber durfte sie Ira erneut vor den Kopf stoßen? Die Chancen standen gut, heute kaum jemanden im Stall zu treffen. Sonntagmorgens ritten die meisten Reiter stundenlang aus.

»Mache ich«, sagte Amelie und sie war selber überrascht über ihren Entschluss.

»Danke.« Ira drehte sich um und lief zum Auto, in dem Herr Eggers schon mit laufendem Motor wartete. Amelie holte ihr Rad aus dem Ständer und folgte dem Wagen zum Grotenhof.

Allerdings war ihr Vater lange vor ihr am Reitstall. Als Amelie mit dem Rad ankam, sah sie gerade noch seinen Volvo und die Schlussleuchten von Grotes Pferdehänger. Das Gespann verschwand zwischen den Bäumen Richtung Weide.

Zögernd stieß Amelie die Dielentür auf und betrat, nach rechts und links sichernd, den kühlen Stall. Ihr zweites Zuhause. Merkwürdig, sie hatte das Gefühl, unerlaubt hier einzudringen. Doch kaum stand Amelie jenseits der Schwelle und schnupperte den Duft von Heu und Stroh und warmem Fell, da fühlte sie sich wieder zu Hause. Vorsichtig lugte sie um die Ecke der Stallgasse, wo sie den Innenraum mit einem Blick umfassen konnte.

Nur der vordere Teil war belegt. Sina und Ronda, zwei braune Stuten, standen in den Boxen und dösten. Außer drei Mädchen, die im hinteren Teil Futtertröge schrubbten – Amelie erkannte

sie aus der Entfernung nicht, offenbar waren es Reitschüler – war es still und menschenleer, obwohl Jacken, Schuhe, Rucksäcke und umherstehende Stiefelknechte davon zeugten, dass morgens schon etliche Reiter hier gewesen sein mussten. Sicher machte der halbe Stall einen Ausritt ins Gelände.
Amelie schirmte die Augen mit der Hand ab, als sie tiefer in den Stall ging. Sie fürchtete sich vor ihren eigenen Gefühlen. Hoffentlich sprechen die Mädchen mich nicht auf den Diebstahl an, dachte sie, als sie Mennos Reich ansteuerte und verstohlen zu den kichernden Kindern hinüberschielte, die kaum älter als zehn waren. Sicher waren auch sie Calido-Fans, er war wahnsinnig beliebt im Stall. Amelie dachte daran, wie stolz sie zu Anfang gewesen war, weil ihr schöner Friese sich vor Verehrern nicht retten konnte. Es gab wohl keinen im Stall, der ihn nicht liebte. Aber er gehörte zu ihr. Nur zu ihr – und nichts und niemand würde sie auseinanderbringen. Da konnten noch so viele Kinder vor Calidos Box auftauchen und um seine Zuneigung buhlen. Mit ihr konnte keiner konkurrieren, Calido wusste genau, zu wem er gehörte. Auch wenn er jeden Besucher mit freundlicher Neugier begrüßte und sich sogar von Fremden über die Nase streicheln ließ. Ganz anders als Menno, der nichts als seine Ruhe wollte und jedem Besucher gleich sein breites Hinterteil zuwandte. Kein Wunder, dass Calidos Box ständig von einer Traube junger Fans umlagert war.
Manches Mal hatte es Amelie auch genervt, wenn jemand einfach mit Calido schmuste, aber jetzt erschien ihre Eifersucht ihr plötzlich armselig. Nie wieder würde sie die Augen verdrehen, wenn Kinder sein schwarzes Fell streicheln wollten. Künftig sollte jeder mit ihm schmusen dürfen, ja, sie würde den Kleinen

sogar erlauben, Calido zu reiten, und sie würde ihn geduldig im Kreis führen.
Alles würde sie tun, alles, wenn er nur zurückkäme.
Durch die offen stehende Tür musterte Amelie Mennos Unterkunft. Wie zufällig registrierte sie, dass Calidos nebenliegende Box geschlossen war. Sie riss sich zusammen und betrat eilig Mennos Box. An der Wand lehnte ein Ballen Stroh, der Boden war frei geräumt und gewischt. Also hatte es Herr Grote doch noch geschafft, seinen Krimskrams beiseitezuräumen, und sie musste den sauberen Fußboden nur noch frisch einstreuen.
Leise und ohne sich umzusehen, schlich Amelie an den Boxen entlang zum Vorratsraum. Sie zerrte eine schwere Folienpackung gepresster Holzspäne aus der Ecke, ritzte sie oben mit dem Messer an und schleifte den Sack aus der Kammer.
Oje. Die Mädchen hatten sie entdeckt.
Alle drei standen jetzt auf der Stallgasse und sahen direkt zu ihr herüber. Die kleine Rothaarige in der Mitte kannte sie, jetzt fiel Amelie auch ihr Name ein: Lara.
Mit gesenktem Kopf zog sie den Sack hastig zu Mennos Box. Trotzdem bemerkte Amelie aus den Augenwinkeln, wie die Stiefel der Mädchen zaghaft näher kamen, sie hörte sie verlegen tuscheln und dann war es so weit und Lara stellte die gefürchtete Frage: »Hast du Calido wieder?«
Ohne hochzusehen, schüttelte Amelie den Kopf und wandte sich ab. Auf keinen Fall sollten die Kinder ihre Augen feucht schimmern sehen.
»Hast du denn schon eine Spur?« Das rothaarige Mädchen ließ nicht locker. »Sag doch.«
Das war zu viel für Amelie – sie verlor die Beherrschung.

»Nein«, schrie sie und stieß den Foliensack mit einem Fußtritt in die Box. »Stell dir vor, es gibt keine Spur. Calido ist einfach verschwunden. Und jetzt, bitte, geht weg.«

Erschreckt zog Lara sich mit ihren Freundinnen zurück.

Leise weinend, machte Amelie sich über den Sack her, riss die Folie auf und sah ihre Tränen in die hellen Späne tropfen. Schniefend kratzte sie mit der Heugabel die gepresste Streu aus der Packung und verteilte sie auf dem Boden. Sollte sie sich etwa ein Schild umhängen: »Sprecht mich nicht an«?

Mit alter Routine drückte Amelie ihre Knie auf den Strohballen, bis sich die straff gespannten Strohbänder abstreifen ließen und die goldenen Rippen locker auseinanderfielen. Was für schönes Stroh, dachte sie, als sie es aufschüttelte und duftende Halme in Mennos Box verteilte, trocken, griffig, kein bisschen Schimmel. Der letzte Sommer, warm und regenarm, hatte Bauern und Pferdehaltern hervorragendes Stroh beschert.

Amelie hielt inne und rieb sich mit dem Unterarm die Tränen aus dem Gesicht. Wie konnte sie bloß über Einstreu nachdenken? Brauchte sie überhaupt noch jemals Stroh für Calido?

Schon drehten sich ihre Gedanken wieder im Kreis, quälend, wie zahllose Male zuvor. Wo mochte Calido jetzt untergebracht sein? Auf einer entlegenen Weide, wo ihn niemand finden konnte? Vielleicht hinter der Grenze, in Holland? Wartete er in einem engen Verschlag, dunkel und muffig, auf einen Käufer? Eventuell *war* Calido längst verkauft? Womöglich an einen Pferdeschinder? Oder an ein Mädchen, das ihn niemals wieder hergeben wollte? Zumindest ginge es ihm dann gut … nein, nein, nein, nirgends konnte es ihm gut gehen. Wieso kam ihr so ein Gedanke überhaupt in den Kopf? Calido gehörte zu ihr, nur zu ihr. Sie waren doch eine untrennbare Einheit.

Mit beiden Händen umklammerte Amelie die Heugabel, als könnte der hölzerne Stiel ihr eine Stütze bieten.

Nicht nur ihr geliebter Calido fehlte ihr entsetzlich, ihr ganzer Alltag war aus den Fugen geraten. Die tägliche Routine ging ihr ab, die unzähligen lieben Gewohnheiten. Futtertrog scheuern, Tränke putzen, den Wasservorrat auf der Weide überprüfen. Für andere mochte das zeitraubende Arbeit sein, lästige Notwendigkeit, aber Amelie hatte es jeden Tag genossen, alles für ihren Calido zu tun.

Erschreckt fuhr sie zusammen, als sie plötzlich ihren Namen hörte. In weißem Turnierhemd und weißer Reithose stand Stallbesitzer Grote in der Boxentür. In der Hand trug er einen grauen Schutzoverall, offenbar war er im Aufbruch begriffen.

»Ich dachte schon, du bist plötzlich taub geworden«, sagte er scherzhaft, »weil du gar nicht reagiert hast.«

»Entschuldigung, Herr Grote, ich war in Gedanken . . .«

Er winkte ab. »Verstehe schon. Besten Dank, dass du Mennos Box fertig machst. Ich muss los. Mit deinem Calido, das ist wirklich eine Riesenschweinerei!«

Jetzt fing er auch damit an! Amelie starrte auf den Boden.

»Wenn ich so einen Burschen erwische«, fuhr Herr Grote fort, zog den Reißverschluss des Overalls auf und stieg hinein, »so einen dreisten Pferdedieb, ich schwöre dir, der hat nichts zu lachen.«

Amelie nickte, betrachtete Herrn Grotes breite Hände, die zupacken konnten, und schwieg. Was sollte sie antworten? Ihre Stimme würde doch nur zittern.

Eine Weile druckste Herr Grote herum, während er den grauen Stoff zurechtzog, bis er endlich mit der Sprache herausrückte. »Versteh mich bitte richtig, Amelie, es geht um Calidos Box … wenn du willst, vermiete ich sie für einige Monate. Ein befreundeter Pferdebesitzer hat mich gefragt … es wäre nur vorübergehend … ich meine, es ist ja auch eine Geldfrage, die Kosten laufen für dich weiter, auch wenn dein Pferd nicht da ist.«

Amelie glaubte, nicht richtig zu hören.

»Sie wollen Calidos Box weitergeben?«, flüsterte sie und presste die Finger an den Stiel der Heugabel, bis ihre Knöchel auf dem Handrücken weiß hervortraten. »Er kommt doch zurück. Sie können doch Callis Box nicht belegen.«

»Schon gut«, murmelte Herr Grote und wandte sich hastig ab. »War nur eine Frage. Vergiss es. Tut mir leid.«

9. Kapitel

Kopf hoch«, »Alles wird gut«, »Das Leben geht weiter« – das musste Amelie sich ständig anhören, von Nachbarn, Schulfreundinnen und von erwachsenen Reitern, wenn sie sich mal wieder in den Stall traute. Sicher, sie meinten es alle gut mit ihr.

Aber wie sollte das Leben denn weitergehen? Wie stellten die Leute mit ihren schlauen Sprüchen sich das vor? Nichts war gut. Amelie kam sich vor wie ein gefällter Baum, der gerade noch am Leben war, dessen dünne Wurzelreste sich im Boden festklammerten, der aber im Grunde nutzlos war und im Wege stand. Entwurzelt. So fühlte Amelie sich ohne Calido.

Sie lief herum wie Falschgeld. Ihr guter alter Stall, in dem sie jahrelang zu Hause gewesen war – fremd. Wenn sie die Stallgasse betrat, reagierten die Reiter befangen. Viele wichen ihr sogar aus, wollten nichts hören von Pferdediebstählen und hatten urplötzlich dringend etwas auf dem Hof zu erledigen. Sie war einfach fehl am Platz.

Nur Lara, die kleine Rothaarige, war rührend. Amelie fand einen Brief von ihr im Postkasten: »Liebe Amelie, mir ist letztes Jahr mein Kaninchen weggelaufen und ich war auch sehr traurig. Viele Grüße Lara.«

Mit Ira lief es immer noch nicht wieder. Sie gingen sich aus dem Weg und kamen nur übers Internet zusammen. Dabei war immer Ira die treibende Kraft. Offenbar schämte sie sich, weil Menno nicht gestohlen worden war. Anders konnte Amelie sich Iras gemailte Angebote nicht erklären.

Du kannst jederzeit mit Menno ins Gelände reiten.

Als Amelie darauf nicht reagierte, mailte Ira:

Willst du mal mit Menno grasen gehen?

Widerstrebend nahm Amelie das Angebot einmal an, aber nur deshalb, weil ihre Mutter sie so drängte.
Mit Menno am Führstrick ging Amelie zum Seitenstreifen neben dem Paddock herunter und ließ ihn dort fressen. Iras Friese genoss das Graszupfen an Amelies Seite. Entspannt und gut gelaunt, grummelte Menno vor sich hin, während er Halm für Halm abrupfte. Amelie stand daneben und fühlte, wie sich ihre Kehle zuschnürte. Dieses vertraute Geräusch, das sie früher so geliebt hatte, dieses leise zufriedene Malmen, machte sie fast verrückt. Sie wollte mit ihrem Calido grasen gehen, nicht mit einem anderen Friesen!
Dabei mochte Amelie Menno sehr. Sie fühlte sich ihm sogar verbunden, denn sie hatte den Eindruck, dass er genau wie sie Heimweh nach Calido hatte. Als sie Menno nach dem Grasen zurück in seine Box brachte, stand er minutenlang unbeweglich dort, die Nase an die Gitterwand gedrückt, und starrte mit nach innen gerichteten Augen in Calidos leere Nachbarbox.
Schlimm war das. So schlimm, dass Amelie die Flucht aus dem Stall ergriff. Wie gut sie Menno verstand. Calido fehlte eben an allen Ecken und Enden. Die Ausritte zu zweit, die lustigen Übungsstunden für die Paarklasse, alles fiel auf einen Schlag weg. Auch das gemeinsame Sattelputzen und das Fachsimpeln mit Ira.
Überhaupt Ira! Eine Mischung aus Wut und Eifersucht und Angst vor Verlassenheit überkam Amelie, als sie nach Hause

lief. Es war doch nur eine Frage der Zeit, bis Ira sie völlig abschrieb! Was war sie denn noch wert ohne eigenes Pferd?

Jeden Morgen, wenn Amelie das Kalenderblatt vom Vortag abriss und zu den anderen in die Schublade legte, dachte sie: Heute muss es doch besser werden. Heute muss etwas passieren, damit der Schmerz nachlässt.

Aber es wurde nicht besser. Immerzu setzte der Schmerz ihr zu und das Gefühl, verlassen worden zu sein. Beim Essen, beim Anziehen, wenn Amelie vor dem Fernseher saß oder im Kino – wohin ihr Vater sie gelegentlich trieb – und wo sie die Bilder über sich ergehen ließ, ohne den Inhalt zu verfolgen.

Meistens kamen die Attacken frühmorgens. Wie in dieser Nacht, fast drei Wochen nach Calidos Verschwinden.

Es war erst vier, als Amelie nach einem düsteren Traum aufwachte, den sie sofort verdrängte.

Zitternd schob sie die Bettdecke zur Seite und holte tief Luft. Sie musste hinaus aus den engen Wänden. Hastig zog Amelie Jeans und T-Shirt über, alles Kleidungsstücke, die sie gestern Abend wahllos in die Gegend geworfen hatte. Nicht einmal zum Ordnunghalten konnte sie sich mehr aufraffen.

Amelie rannte aus dem Haus, den ganzen Weg bis zum Stall. Sie nahm Abkürzungen durch Garageneinfahrten und über private Hinterhöfe und lief, ohne anzuhalten, bis sie das Dach des Reitstalls sah. Erst jetzt verlangsamte sie das Tempo und ging nach Luft schnappend weiter. Puh, war ihr heiß geworden! Verschwitzt überquerte sie den leeren Hof Richtung Wald. Gleich hinter dem Paddock und dem Unterstand für Traktoren, Strohballen und Silage begann Amelies liebster Reitweg. Zwischen kniehohen Brennnesseln, grünem Farn und blau blühenden Disteln führte er ins Gelände. Wie idyllisch war der Weg ihr früher vorgekommen! Jetzt aber, ohne Calido, erschien Amelie die Strecke abweisend und fast fremd. Weit und breit kein Mensch. Wie auch um diese Zeit? Es war nicht einmal fünf. Früher wäre ihr nicht im Traum eingefallen, am Ende der Nacht allein durch den Hohlweg zu spazieren.

Was kann mir denn noch zustoßen?, dachte Amelie trotzig, während sie vom Hohlweg in den Buchenwald einbog. Das Schlimmste ist doch längst passiert – Calido ist weg.

Morgendämmerung kroch durch die Bäume. Lichte Stellen zwischen den Stämmen gaben den Blick auf helles Blau frei. Gab es einen schöneren Reitweg? Kilometerweit führte er über sanfte Hügel, Bodenwellen und manchen kleinen Hang hinauf und hinunter.

Amelie dachte an den ersten Sommer mit Calido, als sie zögernd anfing, diese Reitwege zu erobern.

Herr Grote hatte Amelie ständig in dieses Gelände geschickt.

»Wenn ich Calido zu viel in der Halle reite, verliert er die Lust«, stellte der Ausbilder fest, der das Pferd in Beritt hatte. »Er kann die korrekte Haltung noch nicht lange halten. Geh mit deinem Friesen viel nach draußen. Calido braucht Muskeln.«

Zu der Zeit durfte Amelie noch nicht allein ins Gelände gehen und sie war heilfroh, als Ira sich anbot: »Wenn du willst, komme ich auf Menno mit.«

Herr Grote schwor auf dieses Hügeltraining.

»Klettern im Gelände bringt ganze Muskelgruppen in Form. Wenn du mit Calido bergauf gehst, fördert das den Schub aus der Hinterhand.«

Menno, ein alter Geländehase, war der perfekte Mutmacher für den unerfahrenen Calido gewesen. Wenn er bei unbekannten Geräuschen witternd stehen blieb, marschierte Menno unbeeindruckt weiter und überzeugte seinen jungen Kumpel nachzukommen.

Diese tolle Unterstützung hatte sie Ira nie vergessen!

Jedenfalls bis vor ein paar Wochen. Amelie seufzte. Dass sie mit Ira jemals derart Stress haben könnte, hätte sie nie gedacht. Seit Calidos Diebstahl schien einfach nichts mehr zwischen ihnen zu passen. Schmerzhaft wurde ihr bewusst, wie einsam sie sich ohne Ira fühlte. Wie sehr ihr die vertrauten Stunden fehlten. Je mehr sie über Ira nachdachte, desto fieser kam Amelie sich vor. Ira war doch wirklich immer ein prima Kumpel gewesen! Und sie? Sie hatte sich scheußlich benommen. Wie konnte sie Ira bloß verübeln, dass man Menno nicht gestohlen hatte?

Einer plötzlichen Eingebung folgend, zog Amelie ihr Handy hervor und schickte eine SMS an Ira. Hastig hackte sie in die Tasten. Die Nachricht musste weg, bevor sie es sich anders überlegte.

Hallo ira war wohl sehr eklig zu dir sorry mich nervt einfach alles bin auf unserem reitweg im wald friends 4ever? kisses to menno

Sie zögerte einen Moment, dann setzte sie dazu:

hdl amelie

Aufatmend steckte sie den Apparat wieder ein und blies sich eine Haarsträhne aus dem Gesicht. Was war sie froh, dass sie sich zu dieser SMS überwunden hatte!

Inzwischen war Amelie an der Galoppstrecke angelangt, wo

gleißendes Licht die gedämpfte Schummrigkeit des Waldes ablöste.
Vor ihren Füßen funkelte der Morgentau auf dem Reitweg in allen Farben des Regenbogens. Amelie bückte sich und strich mit der flachen Hand über die Erde.
Über diesen Weg waren Calidos Hufe geflogen.
Sie spürte die feuchte Erde unter ihren Handflächen und stellte sich vor, wie ihre Berührung sich fortsetzte. Bis ans Ende der Galoppstrecke, weiter über den Sand, der in einen Feldweg mündete, der führte wiederum auf die Bundesstraße und die ging in die Autobahn über, die sich in alle Richtungen verzweigte. Letzten Endes führte der Reitweg überallhin und zum Schluss endete er irgendwo unter Calidos Hufen. Wenn ich diese Erde berühre, dachte Amelie und ein Kribbeln lief ihr über den Rücken, berühre ich praktisch auch seine Hufe.
Calido, ich bin dir ganz nahe.
Als sie nach Hause lief, fühlte sich ihr Kummer auf eine gewisse Art erträglicher an. Jetzt war es vor allem die unklare Sache mit Ira, die ihr im Magen lag. Dauernd drängte sich Iras Bild in ihre Gedanken. Die schwarze Löwenmähne. Das irre, laute Lachen. Wenn doch ihre Freundschaft wieder in Ordnung käme! Was, wenn Ira die Entschuldigung nicht annahm? Und auf stur schaltete? Sie konnte es ihr nicht einmal verübeln ...
Wie eine Ewigkeit kam ihr der Heimweg vor, aber endlich, um kurz vor sieben, bog sie auf den Gartenweg zu ihrem Elternhaus ein. Überrascht blieb Amelie stehen. Vor der Haustür hockte jemand, von dem man zuerst nur den Kopf sah, einen Kopf mit wehender schwarzer Löwenmähne. Ira.
Spontane Freude erfasste Amelie. »Du?«

Ira sprang auf. Unschlüssig verharrten die beiden einen Moment voreinander und schwiegen, standen nur so da und musterten sich verlegen. Irgendwie war es peinlich. Aber auch befreiend. Auf einmal verzogen beide gleichzeitig das Gesicht zu einem schiefen Lächeln und wenige Augenblicke später lagen Amelie und Ira sich in den Armen.

»Das fehlte noch, dass dieser Pferdedieb uns auseinanderbringt«, schniefte Ira und zog an Amelies Haaren. »Bin so froh, dass du nicht mehr böse bist. Pass auf, wir packen die Suche nach Calli jetzt gemeinsam an. Und wir finden ihn, das schwöre ich dir.«

10. Kapitel

Ihren fünfzehnten Geburtstag wollte Amelie am liebsten ignorieren. Mit Ira, ja, da würde sie sich treffen, aber sonst mochte sie niemanden sehen. Alle Leute, die sie bereits im Winter eingeladen hatte, lud sie per Rundmail wieder aus.

Hallo ihr alle!
Ich mache nun doch keine Geburtstagsparty auf Bauer Aukrugs Weide. Bin immer noch total down wegen Calido :- (((. Nicht sauer sein, bitte! Love u all.
Amelie

Solange Calido verschwunden war, konnte Amelie einfach nicht feiern. Auch wenn sie jetzt oft im Buchenwald Trost fand, beim Wandern über Calidos Reitwege oder wenn sie neben Ira und Menno joggte, hielt die Erleichterung doch nur kurz an.
Als Amelie am Geburtstagsmorgen aufwachte, am 30. Juni, einem Freitag, hätte sie sich gern eingeschlossen und unsichtbar gemacht. Warum gab es keine Tarnkappen?
Sie blinzelte zum Fenster hinüber, vor dem das dunkelblaue Rollo heruntergezogen war. Trotzdem war es hell in ihrem Zimmer. Draußen schien also die Sonne. Auch das noch. Amelie schloss die Augen gleich wieder. Heute hätte sie lieber Regen gehabt, graues Schmuddelwetter, das hätte ihre Stimmung richtig getroffen.
Nachdem Calidos Steckbrief im Internet erschienen war, hatte sie geglaubt, dass sich auf die Suchmeldung sofort jemand melden würde. Aber inzwischen waren vier Wochen vergangen – vier Wochen, die Amelie wie vier Jahre vorkamen, nein, wie vierzig Jahre – und es hatte sich nichts getan.

Ständig telefonierte oder mailte sie mit Rea von der Hotline, und die tröstete sie, so gut sie konnte. Erst gestern war eine Mail von ihr gekommen.

Es ist normal, dass sich die Suche hinzieht. Einige Pferdebesitzer mussten ein Jahr warten, bis ihr Liebling auftauchte. Verlier nur nicht die Hoffnung. Immer weiterforschen!!!

Auf dem Flur klapperten Schuhsohlen. Natürlich, schon um diese frühe Zeit war die ganze Familie auf den Beinen und huschte zwischen Bad und Küche im Haus hin und her. Mit bleischweren Beinen drehte Amelie sich auf die andere Seite.

Vor ihrer Zimmertür näherten sich flüsternde Stimmen. Amelie zog die Bettdecke über den Kopf. Nein, bitte nicht singen.

»Happy birthday, liebe Amelie …«

Mama, Papa, Phil. Laut und fröhlich sangen sie, betont unbeschwert, als ob nichts geschehen wäre. Dabei war doch die Welt stehen geblieben, an dem Tag, als Calido verschwand.

»Happy birthday to you.«

Nein, sie war nicht happy.

»Ich möchte nicht feiern«, rief Amelie durch die geschlossene Tür. »Bitte.«

Aber Amelies Familie ließ nicht locker. Ihre Mutter steckte den Kopf ins Zimmer. »Wir feiern schön zusammen, wenn wir alle zurück sind. Du Glückspilz hast ja heute frei. Dein Geburtstagskuchen steht vor der Tür. Hol ihn schnell herein, die kleinen Kerzen brennen fix herunter. Bis nachher, Amelie.«

An ihrer Schule fand heute die übliche Lehrerkonferenz vor den Zeugnissen statt. Eigentlich ein Traum, am eigenen Geburtstag frei zu haben. Aber nicht in diesem Jahr.

Amelie horchte auf den Flur hinaus. Die Haustür fiel ins Schloss, einmal, zweimal, dreimal. Papa, Phil, Mama. Nun war auch der Letzte aus dem Haus. Sie stand auf, riss im Vorbeigehen das Kalenderblatt vom 29. Juni ab, das sie zu den anderen in die oberste Schreibtischschublade legte, und tappte barfuß aus dem Zimmer.

Geschmückt mit fünfzehn brennenden Kerzen stand ein Marmorkuchen vor der Tür. Mamas Trick, mich aus dem Bett zu holen, dachte Amelie. Natürlich durchschaute sie die Kerzenmasche – wenn sie nicht vorhatte, das ganze Haus abzufackeln, musste sie zwangsläufig aufstehen und konnte sich nicht den ganzen Vormittag mit trübem Grübeln im Bett verkriechen.

Amelie trug den Kuchen vorsichtig herein und stellte den Glasteller auf ihrem Schreibtisch ab. Sie setzte sich auf die Bettkante, stützte den Kopf in die Hände und blinzelte in die flackernden Flammen.

Fünfzehn Jahre. Was hatte sie sich auf diesen Tag gefreut.

Mit Ira hatte sie tolle Pläne geschmiedet. Seit Weihnachten ging das schon. Dreißig Leute wollten kommen, Pferdeverrückte wie sie. Ein Picknick neben der Weide, auf der kleinen Blumenwiese von Bauer Aukrug, war bis in alle Einzelheiten geplant, und der Landwirt, stets gutmütig, wenn es um Pferde ging, hatte schon seine Zustimmung gegeben.

»Aber dass ihr mir kein Feuer ansteckt, Kinder!«

Als Krönung wollten sie Calido und Menno von der Koppel holen und Fotos machen. Calli in einem Meer von wilden Blumen. Sein schwarzes Fell inmitten weißer Margeriten und blauer Lupinen und dazu das leuchtend blaue Halfter.

Amelie griff zu Calidos Halfter und strich über die silbernen

Buchstaben. Das Einzige, was sie in den letzten Wochen an produktiver Arbeit geleistet hatte, war, die ausgefransten Buchstaben neu aufzusticken. Callis Kopf von Blumen umkränzt. Wie schön wäre das Bild geworden! Sogar einen Platz an der Wand hatte sie sich für das Foto ausgesucht. Direkt ihrem Bett gegenüber, damit sie als Erstes Calidos Gesicht sah, wenn sie aufwachte.
Amelie starrte auf die leere Stelle an ihrer Zimmerwand. In einem plötzlichen Impuls zog sie die Schublade auf, holte den Stapel Kalenderblätter hervor und begann, Blatt für Blatt an die leere Wand zu pinnen, angefangen vom 31. Mai, als Calido verschwand, bis heute. Dreißig Tage. Dreißig Kalenderblätter. Wie viele musste sie wohl noch sammeln, bis sie ihren Schatz wieder hatte?
Amelie trat einen Schritt zurück und betrachtete die Zahlenfront. Wie würde diese Wand am nächsten Geburtstag aussehen? Leer, weil Calido zurück war und weil sie alle Schnipsel weggeworfen hatte? Oder bis zum Fußboden mit Kalenderblättern bepinnt, weil es immer noch keine Spur gab?
Der Dressursattel, der seit einem Jahr auf ihrem Wunschzettel stand, erschien ihr auf einmal wie Hohn. Ihre Wünsche waren kleiner geworden, und sie dachte nur noch: Ich würde sogar auf das Reiten verzichten, wenn ich ihn nur wiederhätte!
Sie wollte den Sattel nicht mehr, aber ihre Eltern fanden das nicht richtig.
Amelie riss den Brief auf, der neben dem Kuchen lag.
»Das Geld für Calidos Sattel legen wir erst einmal auf dein Sparbuch«, hatten Mama und Papa auf die Geburtstagskarte geschrieben. »Schließlich finden wir ihn ja wieder und dann brauchst du den Sattel.«

Den eleganten Dressursattel hatte Amelie genau vor Augen. Bei jeder Gelegenheit war sie in die Lederabteilung des Reitershops gegangen und hatte heimlich, wenn niemand hinguckte, über die schwarze Sitzfläche gestrichen und den Lederduft eingeatmet. Calido liebte den Geruch von Leder genauso wie sie. Jedes Mal beschnupperte er ausgiebig seinen Sattel, bevor Amelie ihn auflegte. Ob er wohl den Unterschied bemerkte, wenn sie mit dem neuen Modell vor ihm stand? Ach, wenn es doch endlich so weit wäre!

Ira wünscht sich nie etwas für sich selbst, dachte Amelie, als sie die Karte zurück in den Umschlag steckte. Ihre Freundin wollte immer nur Spenden für den Tierschutz, für Vereine gegen Tiermissbrauch. Auch mit ihrem Taschengeld unterstützte Ira Kampagnen gegen Schlachtpferde-Transporte. Amelie bewunderte es, wie sie sich für die Hilflosen einsetzte, für die Schwachen. Sie selber hatte eigentlich immer nur Calido im Kopf gehabt, wie sie sich selbst eingestand. Außerdem ertrug sie schon die Fotos von Pferdemärkten mit klapperdürren Tieren nicht. Jetzt aber musste sie sich doch mit den Schattenseiten der Pferdehaltung befassen, auch wenn es Amelie das Herz zusammenkrampfte. So schnell konnte das Leben sich ändern …

Das Handy gongte und kündigte eine SMS an.

> Happy birthday komme heute nachmittag zum eisessen und wir besprechen die fahrt nach hamm big kiss hdl ira

Amelie lächelte. Ein Glück, dass mit Ira wieder alles im Reinen war. So bald wie möglich wollten sie zusammen zum großen Pferdemarkt nach Hamm fahren. Dort waren so manche gestohlenen Pferde wieder aufgetaucht.

Allmählich brannten die Kerzen im Kuchen herunter, die Flammen flackerten bereits unruhig. Wenn sie die Augen schmal machte, sah Amelie nur noch zehn Kerzen …

Sie musste wieder an ihren zehnten Geburtstag denken, den schönsten Tag ihres Lebens mit diesem Zaubermoment, als Calido ihr auf der Friesenweide entgegentrabte und ihr vertrauensvoll seinen Kopf auf die Schulter legte. *Da bist du ja endlich. Auf dich habe ich gewartet.*

An jedem Geburtstag hatte Amelie aus Tradition den Friesenhof von Herrn Rosemann besucht. Aber dieses Jahr würde sie nicht hinfahren, bestimmt nicht. Es wäre ein Albtraum, die schönen Friesen über die Weide tollen zu sehen.

Amelie blies die Kerzen aus und öffnete das Fenster. Warm flutete die Morgensonne herein. Was für ein schöner und doch so trauriger Tag. Wie sollte sie ihn nur überstehen? Wenn er doch erst vorüber wäre! Nur gut, dass sie sich nicht mit Gratulanten abquälen musste, sie hatte ja alle ausgeladen, bis auf Ira.

Am Nachmittag kamen aber doch Gäste.

Dafür hatte ihre Mutter heimlich gesorgt, mithilfe von Ira. Eine Reiterfreundin nach der anderen traf ein, sieben, acht, und es dauerte nicht lange, bis fröhliches Stimmengewirr den Garten erfüllte. Bald waren sie zu zehnt.

Draußen unterm Sonnenschirm waren Gartenstühle aufgestellt. Statt Picknick auf Bauer Aukrugs Wiese gab es belegte Brötchen, Himbeereis und Hamburger mit Grillkartoffeln. Alle aßen mit großem Appetit. Zuerst unterhielten sich die Mädchen über die neueste Mode, aber nach kurzer Zeit schwenkte das Gespräch um, und es gab nur noch ein Thema: Pferde.

Je mehr sich Amelie von Reiterferien, Ausritten und Dressurprüfungen anhören musste, umso wütender wurde sie.

»Ende Juli fahre ich auf einen Lipizzanerhof nach Österreich«, schwärmte Cora, die ihr gegenübersaß. Mit wichtiger Geste zog das füllige Mädchen einen Prospekt aus der Umhängetasche, knallte ihn auf den Tisch und blätterte eine Doppelseite auf. »Zum Training. Hier, guckt mal. Alles ausgebildete Dressurpferde. Sogar Hengste. Ihr werdet vor Neid erblassen, wenn ich zurückkomme.«
Kreischend schlug Amelies Nachbarin Marie sich die Hände vors Gesicht und schrie in gespieltem Entsetzen auf. Irritiert rückte Amelie ein Stück weg und sah Marie schief von der Seite an. Bisher hatte sie Marie nur temperamentvoll gefunden, aber nun … widerlich, wie sie durch ihr Geschrei die Aufmerksamkeit an sich reißen wollte.
»Hilfe!«, ächzte Marie und fuchtelte mit den Armen in der Luft. »Meldest du etwa auch für das Herbstturnier, Cora? Dann muss ich ja noch hart trainieren, um dich abzuhängen!«
Amelie fühlte sich wie vor den Kopf geschlagen. Am Herbstturnier wollte sie auch teilnehmen, das wussten doch alle hier … Wie sensibel von ihren Reiterfreundinnen, sie ständig daran zu erinnern, dass sie ohne Calido nur ein halber Mensch war!
Sie war verletzt. Mit zusammengepressten Lippen saß Amelie zwischen ihren Gästen. Plötzlich wurde ihr bewusst, dass sie nie wieder mit Marie und Cora auf Turniere gehen wollte. Zwischen ihnen würde nichts mehr wie früher sein. Amelies Ärger schlug in Traurigkeit um. Nichts hatte mehr Bestand.
Ira bemerkte Amelies Tief sofort und versuchte, sie abzulenken.
»Das Geburtstagskind muss auch essen«, verlangte Ira und hielt Amelie eine liebevoll dekorierte Platte unter die Nase. »Sonst müssen wir ja denken, du hast uns etwas ins Essen gemischt.«

Amelie griff gehorsam zu einem Brötchen. Aber sie behielt es in der Hand, ohne einmal abzubeißen. Sie kriegte keinen Bissen herunter.
Wie eine Verräterin kam sie sich vor. Es war falsch, wenn sie feierte. Sie durfte doch keinen Spaß haben, während Calido irgendwo dahinvegetierte. Vielleicht hungerte er sogar? Die lachenden Gesichter ringsherum waren kaum noch zu ertragen. Amelie musste die Augen schließen, um ihre eigenen Bilder zu haben: Calido, wie er ihr mit wehender Mähne entgegentrabte.
Als die Besucher sich verabschiedeten, fiel Amelie ein Stein vom Herzen. Obwohl es erst zwanzig Uhr war und die Sonne noch schien, stahl sie sich in ihr Zimmer und kroch heimlich ins Bett.
Doch kaum hatte sie sich zurückgezogen, unbemerkt, wie sie glaubte, stand ihr Vater in der Tür und klimperte mit den Autoschlüsseln. »Im Kofferraum stehen zwei Kisten Äpfel. Wir wollen doch mit unserem alten Geburtstagsbrauch nicht brechen, oder?«
Abrupt schoss Amelie hoch. »Was? Bist du verrückt, Papa?«
Herr Eggers setzte sich auf die Bettkante. »Man darf nicht alles aufgeben, Amelie. Rituale sind wichtig, um das Leben wieder in den Griff zu bekommen.«
Amelie protestierte. »Ich kann jetzt keine fremden Friesen sehen. Nein, Papa.«
Doch er redete auf sie ein, zusammen mit ihrer Mutter, und kurz darauf saß Amelie dann auf der Autorückbank neben Phil, den ihr Vater offenbar dazu verdonnert hatte, am Ehrentag seiner Schwester mitzukommen.

Den ganzen Weg sagte Amelie kein Wort, und als sie durch die Baumallee auf den Friesenhof von Herrn Rosemann fuhren, dachte Amelie, sie würde gleich ohnmächtig, so sehr nahm dieser Besuch sie mit.

Hinten im Haus ging die Tür auf. Herr Rosemann trat heraus und hob grüßend die Hand. Amelie schluckte, als er direkt auf sie zuging und sie spontan umarmte. »Was für eine Schande, die Sache mit Calido.«

In Gedanken zählte Amelie bis zehn, um den Kloß in ihrem Hals loszuwerden und um nüchtern zu antworten, aber es klappte nicht. Sie bekam kein Wort heraus. Zum Glück ging ihre Mutter über die Situation hinweg.

»Sind die Pferde draußen?«

Herr Rosemann ließ Amelie los und nickte. »Wir haben ja die Weiden direkt am Haus, da wagen wir es, unsere Pferde nachts draußen zu lassen.«

Amelie machte, dass sie aus dem Dunstkreis der Erwachsenen herauskam, und verständigte sich durch einen Blick mit Phil darüber, die Apfelkisten aus dem Kofferraum zu heben. Wenigstens war sie dann beschäftigt.

Sicher meinten ihre Eltern, diese Stippvisite auf die Weide würde sie aufmuntern, aber da irrten sie sich.

Gemeinsam mit Phil hievte Amelie eine Obstkiste aus dem Kofferraum und stellte sie vor der Stallwand ab.

Tausend Friesen konnten vor ihr aufmarschieren, zehntausend, eine Million – aber keiner würde je an Calido heranreichen.

Plaudernd schlenderte Herr Rosemann mit der ganzen Familie Eggers zur Weide; er öffnete das Gattertor und zeigte seinen Besuchern verschiedene Pferde, auf die er besonders stolz war,

sprach von vielversprechenden Fohlen und großen Mutterstuten.
Wenn er doch nur still wäre, dachte Amelie, während sie mit gesenktem Kopf durchs Gras schlich. In hellen Streifen fiel das letzte Licht durch den Zaun, in den Zweigen zwitscherten Abendvögel und über der Koppel lag der Duft des ersten Heus – aber das nahm Amelie kaum wahr.
Es schien Amelie unmöglich, die herrlichen schwarzen Pferde anzusehen, aber sie konnte es nicht verhindern, manchmal dennoch hochzuschauen – und da stockte Amelie plötzlich der Atem. Vor ihr stand ein Friese, höchstens zehn Meter entfernt. Er hatte eine lange Mähne, die lockig über den Hals herabfiel, ebenmäßiges lackschwarzes Fell, und da war dieser freundliche Blick, als das Pferd kurz seine Nase aus dem Gras nahm und aufblickte, weil es wohl die allgemeine Aufmerksamkeit spürte.
Der Hofbesitzer, der Amelies Blick folgte, nickte lächelnd und zeigte auf das junge Pferd, das interessiert mit spielenden Ohren zu ihnen hinübersah.
»Ja, Amelie, ich sehe dir an, was du denkst. Du kannst nicht glauben, wie ähnlich Jasper und Calido sich sehen.« Er lachte leise. »Jasper ist Calidos kleiner Bruder. Sein Vollbruder. Die beiden haben dieselben Eltern.«
»Echt?«, war alles, was Amelie herausbrachte.
Sie konnte nicht aufhören, das junge Pferd anzustarren. Am liebsten wäre sie zu Jasper hingelaufen, aber sie konnte nicht. Nicht vor all den anderen, die offenbar auf ihre Reaktion gespannt waren. Warum verschwanden sie nicht und ließen sie mit Jasper allein?
Der Friese grummelte leise und reckte sein Kinn hoch. Amelie

hielt die Luft an. Genau wie Calido! Diese Samtaugen. Diese Mähne. Diese Ähnlichkeit in allem.

Und doch – niemals könnte sie Jasper mit Calido verwechseln. Die Art, wie Calido sie ansah, dieser nur für sie reservierte Blick – das ging ihr jedes Mal unter die Haut. Wann immer sie zusammen waren, hielten sie stumme Zwiesprache. Mit keinem anderen Pferd konnte es so sein. Und wenn der schöne Friese dort drüben tausendmal Calidos Bruder war. Dieses unvergleichliche, starke Band inniger Vertrautheit, das verband sie nur mit Calido.

»Mein lieber Mann«, sagte Phil in die Stille. »Der sieht ja wirklich genauso aus wie Calido.«

Schockiert drehte Amelie sich zu ihrem Bruder um. Ihre Stimme war heiser vor Aufregung. »Wie kannst du so etwas sagen?«, schrie sie Phil an und packte ihn am Hemd. »Calido ist einmalig.«

Verdutzt befreite Phil sich von Amelies Zugriff. »Schwesterchen, komm wieder runter. Keiner sagt etwas gegen deinen Calido.«

Während sie noch zitterte vor Aufregung, stieg plötzlich eine ungeheuerliche Vermutung in Amelie auf: Wussten ihre Eltern von Jasper und seiner Ähnlichkeit mit Calido? Wollten sie auf diese Weise vorbauen, falls Calido nicht gefunden wurde? Jasper sozusagen als Ersatz, damit sie ihren Kummer schneller vergaß? Was für eine hirnverbrannte Idee. Nie konnte ein anderes Pferd Calidos Platz einnehmen.

»Ich will nach Hause«, flüsterte Amelie kläglich.

Amelie sah, wie sehr ihr eigener Kummer auch ihren Eltern naheging, und sie taten ihr leid. Andererseits konnte und wollte sie ihnen einfach kein fröhliches Geburtstagskind vorspielen.

Im Auto legte sie sofort ihre Ohrhörer an, damit niemand auf die Idee kam, sie anzusprechen. Doch die Musik war nur vorgeschoben, in Wahrheit bekam sie keinen Ton mit. Ständig musste sie daran denken, wie Jasper auf einmal vor ihr gestanden hatte. So schön er auch war: Nie würde Calidos kleiner Bruder Callis Platz einnehmen. Trotzdem wühlte Jaspers Existenz Amelie sehr auf.

Als sie heimkamen, verabschiedete Amelie sich gleich auf ihr Zimmer. Sie hatte so ein Gefühl, als müsste sie noch einmal ins Internet gehen. Aber es gab keine E-Mails, die Calido betrafen. Amelie klickte sich durch die Steckbriefe der anderen verschwundenen Pferde und blieb plötzlich bei Karlas tragender Isländerstute stecken. Was war das?

Ungläubig streckte Amelie den Kopf vor und ging ganz nahe an den Bildschirm heran, um sicher zu sein, dass sie sich nicht irrte. Ja, sie hatte richtig gelesen. Unter dem Bild der Isländerstute Gjöfi stand eine nagelneue Nachricht. Feuerrot jubelte ihr eine aktuelle Zeile entgegen:

»Wiedergefunden mit neugeborenem Hengstfohlen!«

Vor Überraschung schlug Amelie die Hände vor den Mund.

»Oh, wie schön«, flüsterte sie und stellte sich Karla vor, wie die außer sich war vor Glück. Nicht nur ihre Gjöfi hatte sie wiederbekommen, sondern einen kleinen Pferdejungen dazu.

Wieder war ein vermisstes Pferd gefunden worden.

Warum sollte Calido nicht der nächste Heimkehrer sein?

11. Kapitel

Es war noch nicht einmal halb acht, als Amelie am nächsten Morgen Karlas Nummer wählte. Es dauerte eine halbe Ewigkeit, bis jemand abnahm.

»Du, Karla, ich freue mich wie verrückt mit dir«, sagte Amelie. »Hier ist Amelie von Calido.«

Von der anderen Seite kam keine Antwort, nur Schniefen und Taschentuch-Geraschel.

»Ich kann es noch gar nicht fassen«, schluchzte Karla schließlich unter Tränen, um gleich darauf in glückliches Lachen auszubrechen. »Meine Gefühle fahren Karussell, kannst du dir sicher vorstellen. Ich könnte die ganze Welt umarmen.«

Amelie umklammerte den Hörer. Nur keine Eifersucht aufkommen lassen!

»Verstehe ich.«

Wenn sie selber doch so einen Satz sagen könnte!

»Komm einfach her und sieh dir Gjöfis Fohlen an«, schlug Karla vor und Amelie hörte die überbordende Freude heraus. »Ich brauche jetzt jemanden, der sich mitfreut. Mit dem Bus bist du in einer halben Stunde hier. Dann lerne ich dich endlich persönlich kennen.«

Amelie überlegte kurz.

»Bin aber nicht gut im Straßensuchen«, wandte sie ein.

»Ach was. Der Weg zum Stall ist kinderleicht zu finden. Von der Bushaltestelle gehst du knapp zwanzig Minuten. Immer die Teerstraße lang, hinter der letzten Kuhweide rechts abbiegen. Bis gleich.«

Während Amelies ganze Familie noch im Bett lag, fuhr sie am frühen Samstagmorgen mit dem Bus zu Karla.

Amelie war an diesem Morgen der einzige Mensch, der die schmale asphaltierte Straße hinunterging. Außer einem Holzlager und zwei niedrigen, baufälligen Behelfsheimen, die noch aus dem letzten Krieg stammten, gab es keine Häuser. Über den Wiesen stand milchiger Dunst, der sich zusehends hob. Schon von Weitem erkannte Amelie den kleinen Pferdehof nach Karlas Beschreibung. Ein zweigeschossiges Gebäude mit weiß gestrichenem Erdgeschoss, von Efeu grün berankt, und ein holzverkleidetes Obergeschoss.
Auf dem Hof standen ein paar Autos. Amelie hielt nach Reitern Ausschau, als sie die sauber gefegte Sandfläche überquerte. Unter einem Vordach an der Seite hantierte eine gertenschlanke junge Frau in Jeans, die Amelie den Rücken zukehrte.
»Guten Morgen«, rief Amelie über den Hof.
Die zierliche Frau drehte sich um und richtete sich auf, einen Armvoll Heu vor dem Bauch. Grüßend hob sie den Kopf.
»Du musst Amelie sein«, rief sie und streckte ihr beim Näherkommen den kleinen Finger aus dem Heuballen entgegen. Ein wenig erstaunt musterte sie Amelie. »Du bist viel jünger, als ich dachte. Übrigens: Ich bin Karla.«
Deinen Namen musst du mir gar nicht nennen, dachte Amelie mit einem Anflug von Neid. Sie hätte Karla unter Dutzenden Reiterinnen erkannt, sie strahlte ja förmlich vor Glück.
»Bin gerade fünfzehn geworden«, sagte Amelie, »und du?«
»Achtundzwanzig«, antwortete Karla, während sie mit dem Ellenbogen die angelehnte Stalltür aufstieß, die ein bisschen zu

klemmen schien. Über dem Rahmen wehte eine angenagelte Girlande aus Tannengrün und Blumen hoch, die ein rot-weißes Schild umkränzte: *Willkommen zu Hause, Gjöfi und Söhnchen.*

Amelie blickte zu dem Willkommensgruß empor, den bestimmt Karlas Reiterfreunde dort angebracht hatten. Ob so ein Schild auch mal am Grotenhof hing? *Willkommen zu Hause, Calido.*

»Du denkst sicher an dein Pferd«, sagte Karla mitfühlend und rieb ihren Arm an Amelies Jacke. »Ach, ich verstehe dich so gut. Aber vielleicht muntern meine beiden dich ja ein wenig auf. Psst ... gleich hier vorn stehen sie.«

Hinter rustikalen Balken war ein Laufstall eingerichtet, großzügig und sauber mit Stroh eingestreut. Am Ende der Holzwände stand nur ein einziges Pferd, eine bildschöne kleine Fuchsstute mit üppiger Doppelmähne, die sofort besorgt die Ohren spitzte, als die Tür aufging.

»Gjöfi?«, fragte Amelie leise, und Karla nickte mit strahlendem Lächeln.

»Die anderen Isis sind auf der Sommerweide«, sagte sie mit gedämpfter Stimme und beförderte das Heu sachte über die Absperrung.

»Wo ist denn das Fohlen?«, fragte Amelie.

Wortlos zeigte Karla auf ihre Stute und deutete mit einer Handbewegung an, dass der Kleine sich hinter seiner Mutter verkrochen hatte. Amelie beugte sich zur Seite, und da entdeckte sie ihn. Hellrotes, struppiges Fell lugte unter dem Hals der Stute hervor, ein winziges Fohlen, das plötzlich auf staksigen Beinen um die Mutter herumsprang und sich an ihre Seite schmiegte.

Unwillkürlich griff Amelie nach Karlas Arm. Hier im Stall mit dem zurückgekehrten Pferd fühlte sie sich wieder lebendig.
»Ist der süß! Wie hast du die beiden so plötzlich gefunden?«
Karla zog Amelie auf einen der Strohballen nieder, die sich an der Stallwand stapelten, und erzählte, was geschehen war.
Ein aufmerksamer Bauer im Weserbergland hatte Gjöfi auf seiner Kuhweide entdeckt.
»Abends, als er noch sehr spät Wasser in die Tränkewannen füllte, war ihm aufgefallen, dass seine Kühe ganz untypisch im Kreis standen. Er sagte, die Kühe bilden normalerweise nur bei drohendem Unwetter einen Kreis«, berichtete Karla leise. »Oder wenn eine Kuh auf der Weide kalbt.« Aber dieses Jahr seien schon alle Kälbchen vollzählig gewesen, und darum habe er sich zunächst keine Gedanken gemacht. »Er rechnete einfach mit Regen und Sturm in der Nacht.«
Erst als der Bauer frühmorgens erneut frisches Wasser brachte, hatte er die Isländerstute mit dem neugeborenen Fohlen inmitten der Kuhherde entdeckt.
»Seine Kühe haben Gjöfi ganz selbstverständlich beschützt. Als wäre sie eine von ihnen.« Karla strahlte von einem Ohr zum anderen. »Am liebsten hätte ich jede einzelne Kuh dafür abgeküsst.«
Amelie lachte. »Und wie kam der Bauer darauf, dass es deine Stute ist?«
»Seine Tochter hatte die Idee, sich im Internet die Steckbriefe von gestohlenen Pferden anzusehen. Sie ist selber eine begeisterte Reiterin, musst du wissen.«
Das Fohlen umkreiste seine Mutter, stupste sie an und begann zu trinken.

»Die Tochter hat mich gleich angerufen«, fuhr Karla fort, »als sie die Suchmeldung über meine tragende Isländerstute las.«
»Aber wie ist denn Gjöfi allein auf die Kuhweide gekommen?«
Karla zuckte die Schultern. »Dem Dieb wurde die Sache zu riskant, vermutet die Polizei. Zu heiß. Er muss gemerkt haben, mit welchem Hochdruck ich nach Gjöfi gefahndet habe. Der Dieb wollte die Stute offenbar kurz vor der Geburt dringend loswerden, da hat er sie mit dem Hänger irgendwohin gekarrt und einfach ausgesetzt. An der Kuhweide fand man jedenfalls unbekannte Reifenspuren.«
Amelie stützte ihren Kopf in beide Hände. »Wenn man Calido doch auch irgendwo aussetzen würde . . .«
Auf einmal fühlte Amelie sich in den Arm genommen. »Ich weiß genau, was in dir vorgeht«, sagte Karla mitfühlend. »Das ist so eine kalte Verzweiflung. Bei mir war es so schlimm, dass ich manchmal gedacht habe: Wenn Gjöfi doch gestorben wäre. Dann könnte man wenigstens einen Schlussstrich ziehen. Aber diese ewige Ungewissheit, die macht einen fertig.«
Amelie starrte auf den Boden und nickte. Noch nie hatte sie diesen ungeheuerlichen Gedanken ausgesprochen, aber Karla traf mit ihren schrecklichsten Überlegungen genau ins Schwarze.
»Ich finde mein Pferd auch wieder«, sagte Amelie und ballte die Faust. »Genau wie du. Als Nächstes fahre ich zum Hammer Pferdemarkt. Rea von der Hotline sagte, dort tauchen immer mal gestohlene Pferde auf. Darum will ich mit meiner Freundin hin.«
Karla schien kurz zu überlegen, dann sagte sie: »Wenn du willst, komme ich mit. Der Pferdemarkt ist mittwochs, an meinem freien Tag. Ich war schon etliche Male dort und könnte dir gute Tipps für die Nachforschung geben. Mit Calidos Mikrochip und

deinem Lesegerät bist du natürlich fein heraus. Du kannst ja sofort nachweisen, dass er dir gehört.«

Schlagartig wurde das Fohlen müde, es ließ sich einfach ins Stroh fallen und schlief sofort ein. Karla lächelte selig. Amelie merkte ihr an, wie gern sie ihre Hilfe anbot, aus überschwänglicher und dankbarer Freude über ihre wiedergefundene Isi-Familie.

»Falls du einen Verdacht hast«, sagte Karla, »musst du äußerst vorsichtig sein, um den Händler nicht misstrauisch zu machen. Sonst ist der blitzschnell vom Acker.«

Spontan reichte Amelie ihr die Hand. »Abgemacht.« Sie stand auf und schnippte einige anhaftende Strohhalme von der Hose. »In zehn Tagen fangen unsere Ferien an.«

»Wunderbar. Gleich am ersten freien Mittwoch fahren wir hin.«

Als Amelie zum Bus zurückging, dachte sie an die Kühe, die Karlas Stute so fürsorglich beschützt hatten, und als sie kurz vor der Haltestelle an einer Kuhweide entlangkam, blieb sie ein Stück vom Zaun entfernt stehen. Auf einmal betrachtete Amelie die Kühe mit anderen Augen. Gutmütig stierten die Tiere zu ihr herüber.

Ein schwarzes Kalb trabte näher zum Zaun, als es Amelies Interesse bemerkte. Es war noch jung, ein paar Monate höchstens. Von seinen Ohren standen riesige gelbe Marken ab und es sah Amelie unverwandt aus feucht glänzenden Augen an. Sie konnte gar nicht anders, als zu ihm hinzugehen.

Mit hochgezogenen Beinen stieg Amelie über wuchernde Distelfelder hinweg an den Zaun und sprach mit dem Kalb. Sie kam sich kein bisschen merkwürdig dabei vor. Wie oft hatte sie so mit Calido gesprochen, zärtliche Worte geflüstert, ohne Zusammenhang, und jedes Mal hatte er zugehört und nach einiger Zeit seine Nase an ihrer Schulter gerieben, als hätte er alles verstanden. Leise erzählte Amelie nun dem schwarzen Kalb von Calido und wie sehr sie ihn vermisste.

Das Kälbchen machte drei weitere Schritte auf sie zu. Amelie beugte sich rasch über den Zaun zu ihm hinüber, gestützt auf einen Weidepfahl, damit das Kleine nicht den Elektrodraht berührte und sich einen Stromschlag fing.

»Ohne Calido ist das Leben sinnlos«, sagte Amelie leise. »Wie kann ich weiterleben, wenn ich nicht weiß, was aus ihm geworden ist?«

Das schwarze Kalb stand ganz ruhig und still und sah zu Amelie hoch. Es war nur eine Handbreit entfernt von ihr und stellte seine Plüschohren mit den gelben Marken auf, um Amelie zu lauschen. Über seinen großen Augen bildeten sich Sorgenfalten. Und plötzlich, mitten in ihren Worten, fing es an, ihr über das Gesicht zu lecken, ganz ruhig und selbstverständlich, wie es Kälber untereinander tun, wenn sie sich trösten.

Erschreckt fuhr Amelie zurück. Im ersten Moment wusste sie nicht, wie ihr geschah und wie sie reagieren sollte. Auch das Kalb zuckte bei Amelies abrupter Bewegung zusammen, aber dann fuhr es mit dem Lecken fort, bis durchdringendes Muhen über die Weide gellte. Da drehte das Kalb sich um und trabte zurück zu seiner Mutter.

Amelie musste lächeln. Ihr Gesicht brannte von der rauen Zunge und sie tupfte es behutsam mit dem Ärmel ab. Als sie weiter zur Bushaltestelle ging, lag immer noch ein Lächeln auf Amelies Gesicht. Sie wusste nicht, was eigentlich passiert war, aber nach der Zwiesprache mit dem Kälbchen fühlte sie sich wieder stark und mutig und voller Unternehmungsdrang. Ein Kalb als Trostspender!

»Ich finde dich, Calido«, murmelte sie.

12. Kapitel

Unvermittelt blieb Amelie beim Anblick der endlosen Schlangen von Lastwagen und Pferdetransportern stehen, die rings um die Zentralhallen in Hamm abgestellt waren. »So viele Wagen! Ist das immer so voll, Karla?«

Karla nickte und ging energisch vorwärts, um nicht vom Pulk der Besucher abgedrängt zu werden. Vor allem Eltern mit hüpfenden Kindern strömten zum Eingang. »Jedes Mal, wenn ich hier war, sah es genauso aus.«

Es war der erste Ferientag! Frühmorgens um kurz nach sechs waren sie mit dem Zug von Bonn aufgebrochen, Amelie, Ira und Karla. Bis Hamm hatten sie drei Stunden gebraucht, länger, als Amelie gedacht hatte.

Wie Gummi hatten sich die Tage nach ihrem Besuch bei Karla gezogen. Aber der große Hammer Pferdemarkt fand nur zweimal im Monat statt und sie konnte nur in den Ferien hinfahren. Alles, was sie bis dahin tun konnte, war warten. Nie hatte sie geglaubt, dass ihr Leben sich dermaßen verändern könnte! Nie mehr, dass wusste sie genau, würde sie die alte Amelie sein, die unbeschwert in den Tag lebte. Wie hatte sie es überhaupt fertiggebracht, die ganze Zeit Unrecht und Verbrechen um sich herum zu übersehen? Hätte sie in den letzten Jahren vielleicht anderen Pferden und Reitern helfen können, die in Not geraten waren? So wie sie jetzt? In Zukunft würde sie nicht mehr die Augen verschließen. Ob sie Calido zurückbekam oder nicht: Sie wollte das Schicksal anderer Pferde im Auge behalten.

Amelie streifte den schwarzen Rucksack von der Schulter und

drückte ihn vor dem Bauch an sich. Die Steckbriefe sämtlicher verschwundener Pferde steckten darin, außerdem ihre behüteten Heiligtümer – Calidos Pferdepass und das Lesegerät für seinen Mikrochip. Wenn der Rucksack im Gedränge vor dem Hammer Pferdemarkt gestohlen würde, war die Fahrt umsonst gewesen.

Mit klopfendem Herzen folgte sie Karla über das Freigelände zu den grauen Hallen, und als sie scheu hineinlugte, sah sie drinnen bereits eine endlose Schar von Pferden an langen Anbindestangen stehen.

Es war ihr erster Besuch auf einem Pferdemarkt und Amelie war flau im Magen.

Hinter ihnen herrschte auf den Zufahrten ständige Unruhe. Obwohl die Messe schon geöffnet war, trafen immer noch Aussteller ein. Die Autonummern zeigten, dass sie aus ganz Deutschland kamen, einige auch aus Holland und Belgien.

Ponys wurden ausgeladen, Norweger, Haflinger und unzählige Shettys, ein paar Esel und Maultiere, verstörte Warmblüter, die nervös tänzelten, wuchtige Kaltblüter – und ein Friese. Und auch wenn Amelie gleich erkannte, dass es einer von den niedrigen Typen war, völlig anders als Calido, viel kleiner, pochte ihr bei seinem Anblick das Blut hinter den Schläfen.

»Wir müssen systematisch vorgehen«, schlug Karla vor, »sonst verlieren wir den Überblick.« Sie zeigte auf die langen Strecken mit Anbindestangen und zog Amelie und Ira hinter eine Säule mit aufgehängten Verkaufshalftern. »Lasst uns noch einmal auf die Steckbriefe gucken. Vielleicht entdecken wir ein gestohlenes Pferd. Deinen Calido würdest du bestimmt ganz allein erkennen, was Amelie?«

Gemeinsam beugten sie sich über die Ausdrucke, die Karla durchblätterte. Amelie prägte sich jedes gestohlene Pferd ein. Pintostute und Haflinger-Gespann, Isländer, schweres Warmblut aus Sachsen, Hannoveraner, Mecklenburger, Tinker.
»Sag nie, dass du dein gestohlenes Pferd suchst«, schärfte Karla Amelie zum hundertsten Mal ein. »Erzähl einfach, dass du einen Friesen kaufen willst, dann erfährst du viel mehr. Die meisten Verkäufer hier sind seriös, aber bei dem Gewimmel kann man natürlich leicht ein geklautes Pferd untermogeln.«
Über Wege und Buden hinweg zeigte Karla auf den Parkplatz hinter dem Freigelände. »Gestohlene Pferde stehen manchmal draußen auf den Hängern. Die bringen die Händler gar nicht in die Halle. Frag darum gezielt nach großen Friesen mit üppiger Mähne.«
»Hm.«
Mehr brachte Amelie immer noch nicht heraus. »Ich will einen Friesen kaufen« – nie würde sie den Satz über die Lippen bringen, ohne in Tränen auszubrechen.
Schweigend gingen sie hintereinander an den kurz angebundenen Tieren entlang. Die Reihe nahm kein Ende, es mussten Hunderte sein. Amelie fühlte sich elend und es kam ihr vor, als erlebte sie das alles gar nicht wirklich, sondern sähe einen bedrückenden Film. Noch vor ein paar Wochen hätte sie nicht im Traum daran gedacht, an Kolonnen von Pferden entlangzuschreiten, die jemand loswerden wollte. Wer sein Pferd verkaufte, war für Amelie ein gefühlloses Scheusal.
Einige Tiere reckten die Hälse und guckten sich neugierig um, aber die meisten standen nur da, die Köpfe gesenkt, verängstigt und niedergeschlagen, als hätten sie sich in ihr Schicksal ergeben.

Sie fühlen sich verraten, ging Amelie durch den Kopf, im Stich gelassen. Wie konnte man nur so herzlos sein und das eigene Pferd aus der gewohnten Umgebung reißen und weggeben?
Im Vorübergehen sah Amelie neben manchen Pferden junge Frauen stehen, kalkweiß mit rot geschwollenen Augen. Hatten sie geweint? Verstohlen musterte Amelie die Verkäuferinnen und nahm insgeheim einige Vorurteile zurück. Keine von den Frauen sah aus, als trennte sie sich leichtfertig von ihrem Pferd. Notverkäufe? Welches schwere Los steckte dahinter? Vielleicht waren die Pferdebesitzerinnen arbeitslos? Krank? In Geldnot?
Andere dagegen, Männer und Frauen gleichermaßen, sahen unberührt und geschäftstüchtig aus, solche, bei denen Amelie sicher war, dass sie Pferde nicht Pferde nannten, sondern Gäule oder Vieh. Einige Händler rochen am frühen Morgen schon nach Bier.
Es irritierte Amelie sehr, dass offenbar niemand außer ihr, Ira und Karla mit gemischten Gefühlen hierherkam. Von allen Seiten flogen fröhliche Scherzworte herüber, es wurde gelacht und gealbert, Kinder rissen sich von den Händen ihrer Eltern los und tobten umher. Sie quengelten nach Eis und Crêpes vor den Verkaufswagen, die mit roten und blauen Markisen die Wege säumten.
»Für die meisten ist der Besuch nur ein fröhlicher Familienausflug«, sagte Karla über die Schulter, als sie merkte, dass Amelie total verstummt war. »Die machen sich gar keine Gedanken, welche traurige Geschichte manches Pferd mitbringt, das hier angeboten wird.«
Ira mischte sich ein. »Genau. Oder welches Schicksal die Pferde

noch erwartet.« Sie blieb vor zwei mageren, alten Warmblütern stehen, die tiefe Gruben über den Augen und herausstehende Hüftknochen hatten.

»Die müssten doch längst ihr Gnadenbrot bekommen. Aber garantiert werden sie noch an eine heruntergekommene Reitschule verkauft, wo sie ein paar Monate herumgescheucht werden und Geld verdienen, bis sie zusammenbrechen. Ich bin froh, dass unser Tierschutzklub hinter solchen Fällen her ist. Das ist doch reine Quälerei.«

»Und wenn niemand sie kauft?«, fragte Amelie leise, während sie die dünnen Pferden nicht aus den Augen lassen konnte und auch den Besitzer nicht, einen feisten Mann mit blauer Latzhose, der gleichgültig an der Stange lehnte.

Etwas entfernt hörten sie einen lauten Wortwechsel. Ein Mann, der gebrochen Deutsch sprach, fragte nach Schlachtpferden, wurde sich mit einem Händler schnell einig und verlud geschwind sechs Pferde in einen belgischen Transporter.

Ira und Amelie wechselten entsetzte Blicke. Instinktiv zog Amelie den Kopf zwischen die Schultern, als könnte sie sich dadurch vor der Wirklichkeit schützen. Sie wollte nichts darüber hören, dass Pferde beim Schlachter enden konnten.

Ira legte beruhigend den Arm um sie. »Natürlich hat das nichts mit Calido zu tun. Amelie! So ein schöner Friese wie Calli, was glaubst du, wie viele Liebhaber der findet. Bestimmt geht es ihm gut, ganz sicher landet er bei netten Leuten. Wir müssen ihn einfach nur aufspüren und zurückholen.«

»Ja«, sagte Amelie mit Tränen in der Stimme und riss sich vom Anblick der mageren Pferde los.

Drei Stunden sahen sie sich in den Hallen und auf dem Freige-

lände um. Sobald ein schwarzes Stück Fell über einen anderen Pferderücken ragte, bekam Amelie feuchte Hände.
Zwölf Friesen wurden angeboten und es war ein Tortur für Amelie, zu jedem einzelnen hinzugehen. Dabei hatte sie sich jeden Abend vorm Einschlafen ausgemalt, wie schnell sie losstürmen würde, wenn einer der Friesen Calido auch nur ähnelte. Aber jetzt, wo es so weit war, fühlte Amelie sich wie gelähmt.
Die Uhr ging schon auf eins zu, da entdeckte sie von Weitem zwischen drei schwarzen Pferden einen Friesen, der alle überragte und tatsächlich so aussah wie Calido. Wie angewurzelt blieb sie in zehn Metern Entfernung stehen. Sie griff nach Karlas Arm und fragte entsetzt: »Kann es sein, dass ich mein eigenes Pferd nicht mehr erkenne?«
Aber Karla beruhigte sie. »Auf solchen Märkten wirken Pferde oft ganz anders, als man sie kennt. Die stehen natürlich auch unter Stress. Geh hin, dann hast du garantiert keinen Zweifel mehr.«
Und es stimmte. Sobald Amelie näher an den Friesen herantrat, mit kleinen, nervösen Schritten, wusste sie sofort: Das war nicht Calido. Sie musste gar nicht nach der Zickzacknarbe am Sprunggelenk suchen.
Das Lesegerät blieb die ganze Zeit im Rucksack.
Keinen einzigen Friesen fasste Amelie an, sie strich noch nicht einmal über einen Pferderücken. Wie Verrat wäre das gewesen. Verrat an Calido, weil sie ein fremdes Pferd berührte. Aber ebenso Verrat an dem Verkaufspferd, weil sie den Eindruck erweckte, sie wollte es vielleicht mitnehmen.
Nach vier Stunden hatten sie Calido noch immer nicht entdeckt und auch kein einziges anderes Pferd von den Steckbriefen.

Frustriert wollten sie gerade den Rückweg antreten, als Karla plötzlich ausrief: »Halt, Trixi!«, und auf eine kleine Frau im roten T-Shirt zeigte. »Da drüben, das ist Trixi aus Holland. Die ist wichtig für dich, Amelie. Mir nach.«
Im Laufschritt schlängelte Karla sich zwischen Ständen, Kiosken und Anbindestangen hindurch und folgte dem roten Shirt. Ärgerlich drehte die Frau sich um, als jemand sie am Gürtel festhielt.
»Karla!«, sagte sie dann freudig überrascht und sofort entspannte sich ihr Gesicht.
Trixi war eine energische kleine Frau mit kurzem lockigem Haar und blitzenden grünen Augen, rustikal gekleidet, Shirt und Jeans.
Atemlos fielen sich Karla und Trixi um den Hals, dann räusperten Amelie und Ira sich und nannten ihre Namen. Amelie schätzte Trixi etwas jünger ein als ihre eigene Mutter, vielleicht vierzig.
»Trixi besitzt selber einen Friesen«, erklärte Karla und machte Platz für einen Reiter, der auf einem gescheckten Pferd vorbeigeführt wurde. »Ihr Wallach wurde vor drei Jahren in Holland gestohlen. Trixi hat ihn aber längst zurück. Sie hat mich toll bei der Suchaktion nach meiner Stute unterstützt.«
Man fand Friesen wieder!
Dieser Satz setzte sich in Amelies Kopf fest. Auch sie würde ihren Calido bald zurückhaben, ganz sicher. Amelie wollte keinen anderen Gedanken mehr zulassen.
Aber der Diebstahl ist schon sechs Wochen her, flüsterte eine andere Stimme in ihrem Kopf. *Calido ist längst verkauft und wird nie wieder auftauchen.*

Verzweifelt fuhr Amelie sich übers Gesicht. Warum fiel es so schwer, positiv zu denken? Nur an das Gute zu glauben?
Zum Glück konnte sich diesmal das ewige trübe Kreisen um Calido nicht festsetzen, denn Trixi unterbrach Amelies Gedanken.
»Meinen Lammert habe ich nur dank vieler, vieler Helfer zurückbekommen.« Sie sprach fast akzentfrei Deutsch. »Ohne all die Detektive hätte ich ihn nie gefunden. Ja – und seit Lammert wieder bei mir ist, kümmere ich mich um andere gestohlene Pferde. Aus Dankbarkeit, kann man wohl sagen.«
Karla fiel ihr erneut ins Wort.
»Kümmern ist schwer untertrieben. Trixi ist ein Schatz! Sie ist Lehrerin und opfert ihre gesamten Ferien, um nach gestohlenen Pferden zu fahnden. Alle großen Pferdemärkte besucht sie, vor allem in Holland und Belgien. Nach Hamm kommt sie auch regelmäßig.«
Trixi erkundigte sich nach Calido, sie wusste über den Diebstahl Bescheid, denn sie kannte den Fall aus dem Internet.
»Weißt du, dass ich Calidos Steckbrief schon seit Wochen in Holland verteile?«, fragte sie Amelie. »Auf den Pferdemärkten in Utrecht und Zwolle und Leiden und Herzogenbusch habe ich deinen Friesen unter die Leute gebracht. Hunderte von Kopien verteilt. Sollst mal sehen, den haben wir bald.«
Amelie konnte den selbstlosen Einsatz nicht fassen.
»Und das tun Sie einfach so? Ohne Bezahlung? Nur aus . . . ja, aus Tierliebe?«
Trixi zuckte die Schultern und lachte. »Weißt du, die Freude, wenn ein Pferd durch meine Mithilfe wieder auftaucht, entschädigt für alles.«

Sie begleitete die Bonner noch bis zur Bushaltestelle, Trixi selber war mit dem Auto da.
»Der Pferdedieb bekommt natürlich auch mit, dass Calido überall gesucht wird«, sagte sie zu Amelie, als der Bus heranrollte. »Und er weiß, dass mögliche Käufer gewarnt sind, er muss also auf der Hut sein.«
Zischend wichen die Türen zur Seite und Amelie stieg als Letzte hinter einem lärmenden Haufen Pferdemarktbesucher ein.
»So einen bekannten Friesen kann keiner ohne Weiteres verkaufen«, rief Trixi ihr in den Bus nach. »Zumal dein Pferd gechipt ist. Ich bleibe am Ball.«

13. Kapitel

»Am Strand kämst du auf andere Gedanken, Amelie.«
Sorgfältig legte Frau Eggers zwei Pullover zusammen und sah Amelie aufmunternd an. Sie packte die Pullis in ihre offene Reisetasche, neben der sich gefaltete Badelaken, Bücher und Sonnenmilchflaschen im Wohnzimmer türmten. »Norderney hat dir doch immer so gut gefallen. Willst du wirklich hierbleiben?«
Amelie verdrehte die Augen. »Mama! Was ist, wenn Calido gerade irgendwo aufgespürt wird, während wir auf der Insel sind? Es dauert doch ewig, bis ich wieder zu Hause bin.«
Verständnisvoll nickte ihre Mutter und stopfte Bücher und Socken in die Lücken zwischen ihre Kleidung. Morgen früh ging der Zug und eigentlich sollte Amelie um 6.24 Uhr in der Bahn nach Norddeich sitzen, von wo aus man mit der Fähre nach Norderney übersetzte.
Amelie kauerte sich auf die Sessellehne und sah ihrer Mutter beim Packen zu. Es war unmöglich mitzufahren. Sie musste doch mit Ira nach Calido fahnden.
Sie wunderte sich selber, wie leicht es ihr fiel, diesmal auf die Ferien an der Nordsee zu verzichten. Dabei liebte sie Norderney! Schon die Überfahrt mit der Fähre genoss Amelie jedes Jahr. Und erst ihre behagliche Pension mit der Glasveranda, von der aus man aufs Watt sehen konnte. Und das Meer, Brecher, die heranrollten, Seewind in den Haaren, Ausritte an der Brandung . . .
Diesmal eben keine Ausritte.
Letztes Jahr in den Sommerferien, da hatten sie Calido im Pfer-

dehänger mit nach Norderney genommen. Amelie schlang die Arme um ihre Knie und hing ihren Gedanken nach. Was für eine herrliche Zeit war das gewesen!
Sie wurde diesmal nicht traurig, als sie sich die Inseltage mit Calido ins Gedächtnis rief, sondern sie schöpfte sogar Kraft aus den Bildern. Jeden Morgen war sie mit zwei Ferienmädchen ausgeritten, Annegret und Janine, die auch ihre Pferde auf Norderney untergestellt hatten, zwei sportliche Haflinger.
Lange bevor die Strandkörbe belegt wurden, waren sie morgens bis an die Brandung geritten und dann losgeprescht.
Jede Einzelheit sah Amelie vor sich: wie die weiße Gischt Calido um die Nase flog und sich wie Schneeflocken auf seine wehende Mähne niederließ. Die ganze Insel schien zu beben, wenn Calido schnaubend an Tempo zulegte, so kraftvoll waren seine Galoppsprünge. Die Haflinger konnten kaum Anschluss halten.
Amelie musste schmunzeln. Was hatten die beiden Mädchen vorher gefrotzelt: »Deinen Friesen hängen wir doch leicht ab! So ein schweres Pferd. Kann der überhaupt galoppieren?«
Und dann waren es die Hafis gewesen, die zurückblieben …
»Mehr geht nicht rein.«
Frau Eggers presste die übervolle Tasche zusammen und zog den Reißverschluss Stück für Stück zu. »Für Phil ist die Sache mit seiner Bänderzerrung natürlich eine Katastrophe«, sagte sie und schob das Gepäck mit dem Fuß neben die Couch, »aber für dich ein günstiger Zufall. Wir hätten dich nicht allein im Haus gelassen, mit gerade fünfzehn Jahren. Aber nun bleibt Phil ja auch da.«
»Ich muss doch auch mal Glück haben«, sagte Amelie und verzog das Gesicht.

Ursprünglich wollte ihr Bruder zu einem Basketball-Lehrgang, aber er hatte sich vorgestern beim Sport verletzt und war lahmend mit geschwollenem Knöchel heimgekommen. Das bedeutete: keine Turniere, kein Lehrgang. Phil musste seinen Fuß schonen und humpelte gereizt mit einer Stützbandage durchs Haus.

In gewisser Weise genoss Amelie die Zeit, nachdem ihre Eltern abgereist waren. Zwei Wochen konnten Mama und Papa nicht mehr krampfhaft versuchen, sie auf andere Gedanken zu bringen. Sie wurde nicht zu Familienfesten gedrängt, nicht ins Kino geschickt und niemand verlangte von ihr, endlich etwas zu essen. Und seit mit Ira wieder alles ausgebügelt war, fühlte sie sich auch nicht mehr so allein und verlassen.

Eines Abends, ihre Eltern verbrachten mittlerweile die letzten Tage auf Norderney und Amelie saß mit einem Stapel Reiterzeitschriften am Fenster, schreckte der kurze Alarmton ihres Handys sie auf. SMS. Hastig angelte Amelie sich das Gerät und starrte auf das Display.

Eine Kurzmitteilung erhalten

Eine Rundmitteilung von Rea, Pferde-Hotline. Eine Spur von Calido?

Auf der autobahnraststätte ville-ost lkw-parkplatz sollen mehrere hänger mit pferden stehen schwarz und dunkelbraun. werden offenbar nach und nach ausgeladen und abgeholt. an der a 1 bei köln-hürth. kann jemand hinfahren?

Dunkle Pferde! Friesen? *Calido?*

Sofort war Amelie hellwach. Sie hängte sich ans Telefon und

wählte mit bebenden Fingern die Nummer von Rea, die sich nach dem ersten Ton meldete.

»Die Meldung stammt von Lonzo, einem Fernfahrer«, erklärte Rea aufgeregt. »Er besitzt selber Westernpferde und macht mit bei unserer Fahndung. Fährt oft in Belgien und Frankreich. Seine Information hat er über Trucker-Kollegen bekommen, die vorhin auf der Raststätte Ville-Ost standen. Sieht aus, als würden dort heimlich gestohlene Pferde verkauft.«

Aufgeregt wechselte Amelie das Telefon in die andere Hand. Nahm die Entführung jetzt ein Ende? Ein glückliches Ende?

»Warum ruft ihr nicht die Polizei?«

Rea lachte kurz auf. »Hat sich in früheren Fällen als sinnlos erwiesen. Wer Pferde bei Nacht und Nebel verkauft, der ist gewitzt. Solche Händler wissen genau, dass die wenigsten Polizisten Ahnung von Pferdepässen haben. Die können den Beamten alles unterjubeln, was entfernt nach Equidenpass aussieht. Nein, da muss einer von uns ran. Kann dein Vater dich fahren? Von Bonn aus seid ihr wohl am nächsten dran.«

Zornig vor Ohnmacht stampfte Amelie auf. Zum ersten Mal gab es eine wichtige Spur, und anstatt ihr beizustehen, machten sich ihre Eltern auf Norderney ein schönes Leben. Nein, sie war ungerecht. Die beiden kümmerten sich weiß Gott genug um die Suche nach Calido, aber trotzdem spürte Amelie richtige Wut. In diesem entscheidenden Moment waren sie nicht zur Stelle. Nicht auszudenken, wenn sie selber auch noch mit ans Meer gefahren wäre …

»Zu blöd. Meine Eltern sind verreist. Ausgerechnet jetzt. Aber warte mal, Rea …«

Amelies Gedanken überschlugen sich. Sie musste hin, koste es,

was es wolle. Aber brauchte sie ihre Eltern überhaupt? Nein. Nur ein Auto und einen Fahrer.
Warum nicht Phil? »Mein Bruder ist achtzehn, der muss mit raus. Meine Mutter hat uns das Auto dagelassen.«
»Super, Amelie. Aber seid vorsichtig. Geht kein Risiko ein. Nimm deinen Pferdepass mit und das Lesegerät. Und dein Handy, damit du doch die Polizei anrufen kannst, wenn nötig.«
»Alles klar. Ich muss los. Oh Rea, wenn ich heute Calido finde … ich bin ganz durcheinander.«
Hektisch steckte Amelie die griffbereit liegenden Utensilien in ihren Rucksack und rannte über den Flur zu ihrem Bruder.
»Phil, Phil!«

Kurz hinter der Autobahnauffahrt bei Bonn fing es an, wie aus Kübeln zu schütten. Obwohl es nur ein kurzer Sommerschauer war, der aufs Autodach prasselte, reichte der Regen, um den Verkehr durcheinanderzubringen. Wie Peitschenhiebe schlugen Regenschnüre gegen die Windschutzscheibe. Phil musste das Tempo drosseln, weil der Scheibenwischer die Flut kaum schaffte, und genau wie Phil bremsten viele Autofahrer ab. Im Nu stockte der Verkehr und innerhalb weniger Minuten baute sich ein Stau auf.
Nervös hämmerte Amelie auf das Armaturenbrett.
»Warum muss es jetzt regnen?«
Phil bückte sich, während er durch die Frontscheibe seinen Vordermann im Auge behielt, und rieb sich den Knöchel. Amelie folgte seiner Handbewegung, sagte aber nichts dazu. Dass ihr Bruder vorhin ohne lange Einwände zum Autoschlüssel gegriffen hatte, rechnete sie ihm hoch an.

»Das Wetter hat auch etwas Gutes«, sagte Phil und richtete sich wieder auf. »Wenn jemand mit gestohlenen Pferden handelt, wird er die bestimmt nicht bei strömendem Regen ausladen. Bei so einem Guss kann doch niemand ein Pferd begutachten.«
Endlich floss der Verkehr wieder, der Stau löste sich auf. Phil kam zügig vorwärts und bog schon bald auf die Raststätte Ville-Ost ein. Mit gedrosseltem Tempo steuerte er auf den Lkw-Parkplatz, wo er den kleinen Wagen unter einer defekten Laterne abstellte, die hektisch flackerte.
Mit einem Satz war Amelie draußen. Sie warf sich den Rucksack über und lief wie ein aufgescheuchtes Reh zwischen den Lkws hin und her. Wie eine lila Dunstglocke lag die feuchte Luft über dem dunklen Platz, und es fielen noch einzelne schwere Tropfen.
Amelie hörte, dass Phil ihr humpelnd folgte, seine Sportstiefel quietschten auf dem nassen Asphalt. Sie fühlte sich total aufgedreht. In wenigen Minuten würde sich alles wenden. Was für eine dramatische Entwicklung! All die schrecklichen Wochen – vergessen und vorüber. Gleich würde sie vor Calido stehen. Amelie war felsenfest überzeugt, ihr Pferd hier und heute zu finden. Sie ließ keinen anderen Gedanken zu.
Selbstverständlich nehme ich Calido gleich mit, dachte sie in Hochstimmung, während sie an einer Kolonne schwedischer Lastzüge entlanglief. Pferdepass und Lesegerät für den Mikrochip hüpften in ihrem Rucksack auf und ab, und das leise, dumpfe Ploppen verlieh ihr ein kribbelndes, beruhigendes Gefühl. Wie würde Calido sie wohl begrüßen?
Keine Sekunde länger würde sie Calido jetzt mehr allein lassen. Ob sie Herrn Grote noch anrufen konnte, damit er den Hänger

brachte? Im Laufen sah Amelie auf die Uhr. Zehn Uhr, da war der Stallbesitzer noch auf. Er musste gerade fertig sein mit dem Heuverteilen. Bestimmt holte er sie sofort ab, wenn sie ihn mit den Worten anrief: »Wir haben Calido gefunden.«

Fünfzig oder sechzig Lastwagen, Sattelzüge, fast zwanzig Meter lang, mit riesigen Zwillingsreifen, standen in Reih und Glied nebeneinander. Mit klopfendem Herzen umkurvte Amelie Zugmaschinen und ausladende Anhänger. In den Pfützen der Rinnsteine schillerten violette Benzinreste.

Unmöglich, sich einen Überblick zu verschaffen. Zwischen den gewaltigen Gespannen konnte jeder Pferdehänger wie Spielzeug versteckt werden.

»Warte doch, Amelie«, rief Phil hinter ihr her. »Mein blöder Knöchel!«

Ihr Atem flog, als sie stehen blieb. Was war das? Hörte sie ein Pferd schnauben? Wiehern? Oder war es der Wind? Ihr eigener Atem? Moment ... dort drüben ... klang das nicht wie eiliges Hufgetrappel? Woher kam das Geräusch?

Amelie fuhr herum. Ach, nur eine junge Frau, drüben an der Tankstelle, die mit klappernden Holz-Clogs über den Gehsteig rannte. Überall hörte sie Pferde.

Amelie sah sich nach rechts und links um.

»Gibt es denn keinen Menschen auf dem ganzen Lkw-Platz, der uns beim Suchen hilft?«, fragte sie händeringend. »Mann, Phil, allein schaffen wir das nicht. Wir brauchen Unterstützung. Ich frage einfach die Trucker!«

Kurz entschlossen, lief Amelie zu den matt erleuchteten Fahrerhäusern hinüber, rannte von einem zum anderen und trommelte an die Türen. Drinnen hatten sich die Trucker in ihre Kojen

hingehauen. Als Amelie sie aufschreckte, pressten sie ihre müden Gesichter an die Scheiben. Einige stießen gähnend die Türen auf.
»Was ist los, Mädchen?«
»Brauchst du Hilfe?«
Jedenfalls reagierte keiner sauer, als Amelie fragte: »Entschuldigung, haben Sie vorhin Pferdehänger gesehen?«
Zwei Fahrer sprangen sogar vom Bock, Frisco und Harry, muskulöse Kerle in ausgeblichenen T-Shirts und Jeans, selber Westernreiter, wie sie sagten. Pferdehänger hatten sie nicht gesehen, aber Frisco wusste gleich, welche Ecke sich jemand auf diesem Rastplatz aussuchte, wenn er etwas zu verbergen hatte. Gemeinsam mit Amelie liefen sie zum Ende des Parkplatzes, wo neben einem Ständer mit grünen Stahlcontainern einige Abfalltonnen standen. Phil humpelte hinterher. Lautlos huschte ein kleines Tier zwischen den Mülleimern hervor und verschwand in den Sträuchern.
»Wenn jemand etwas Illegales vorhat, dann ist er hier gut abgeschirmt«, sagte Frisco und schob sich einen Streifen Kaugummi zwischen die Zähne. »Also los, jeder sucht in einer anderen Richtung.«
Alle vier schwärmten aus. Mit banger Hoffnung umrundete Amelie die langen Gespanne. Außer ihr schien kein Mensch unterwegs zu sein. Von Lkw-Planen tropfte es schmatzend auf den schwarzen Asphalt. Unheimlich, ganz allein durch die Alleen der hohen Anhänger zu marschieren, fast wie in einem Labyrinth. Im Hintergrund rauschte die Autobahn. Falls jemand ihr auflauerte und sie entführte, würde es niemand merken. Unsinn, sie durfte sich nicht verrückt machen.

Jedes Mal, wenn Amelie eine weitere Zugmaschine erreichte und hoffnungsvoll um die Ecke spähte, schickte sie ein Stoßgebet zum Himmel. *Bitte, lass einen Pferdehänger dahinterstehen.* Doch ihre Bitte wurde nicht erhört. Lkw reihte sich an Lkw. Schließlich traf sie mit Harry zusammen. »Haben Sie etwas gesehen?«

Bedauernd zuckte er die Schultern. »Nein, nichts.«

Amelie stieß einen verzweifelten Seufzer aus. Sie hatte so fest daran geglaubt, heute eine Spur zu entdecken. Mit gesenktem Kopf schlich sie neben Harry zu den Containern, wo gleichzeitig auch Phil und Frisco eintrafen.

»Nicht die winzigste Spur«, sagte Phil und auch Frisco schüttelte den Kopf. Plötzlich begann Amelie zu frösteln.

Das nass getropfte Shirt klebte kalt auf der Haut und innerhalb von Sekunden schlugen ihre Zähne aufeinander. Es war nicht nur die Temperatur, die sie plötzlich frieren ließ, es war auch die grenzenlose Enttäuschung.

Sie war so überzeugt gewesen, Calido zu finden.

Erschöpft machte Amelie zwei Schritte rückwärts und lehnte sich gegen den Stahlcontainer. Die Feststellung, dass alle Pferdehänger sich in Luft aufgelöst hatten, traf sie wie eine kalte Dusche. Sie schloss die Augen. Bloß keinen aus der Runde ansehen müssen. Nicht reden. Nie würde sie erfahren, ob Calido dabei gewesen war. Und wenn – hatte man ihn wieder mitgenommen? Oder bei Nacht und Nebel verkauft?

Amelie merkte kaum, dass Phil seine Jacke auszog und ihr fürsorglich über die Schultern legte.

Teilnahmsvoll legte Frisco seine Hand auf Amelies Arm. Mittlerweile hatte Phil ihm die ganze Geschichte von Calidos Diebstahl erzählt. Harry ließ noch einmal seine starke Taschenlampe aufflammen und der breite Leuchtkegel tanzte über den feucht glänzenden Asphalt.

Plötzlich glaubte Amelie ihren Augen nicht zu trauen …

»Pferdeäpfel.« Amelie schrie es regelrecht über den Parkplatz. »Hier müssen wirklich Pferde gewesen sein.«

Neue Hoffnung glimmte auf.

Jemand hatte die dampfende Hinterlassenschaft nachlässig zwischen die Müllcontainer geschoben.

Eilig leuchtete Harry über die angrenzenden Parkbuchten. Da blitzte im Schein der Lampe etwas hell auf. Phil bückte sich danach und hob langsam ein paar kleine, aufgerissene Folienverpackungen auf und einige dünne Spritzen. In der Pfütze daneben lag ein schmales Messer, ein Skalpell, wie es Chirurgen benutzen. Phil breitete die nassen Fundstücke auf seinen Handflächen aus und zeigte sie in die Runde.

»Meint ihr, das hat etwas mit den Pferden zu tun?«

Frisco warf einen Blick darauf und sagte sofort: »Drogen.«

Amelie zuckte ungläubig die Schultern. »Drogen? Was soll das mit den Pferden zu tun haben?«

Der andere Trucker rieb Daumen und Zeigefinger aneinander. »Geld machen. Vielleicht ging es hier um Rennpferde? Doping bei Galoppern oder Trabern? Rennbahnen gibt es genug in der Umgebung.«

Doch Frisco schien nicht daran zu glauben. »Auf jeden Fall haben die den Abfall nicht bewusst liegen lassen.« Er schüttelte den Kopf. »So, wie das hier aussieht, mussten die überstürzt weg, weil jemand misstrauisch wurde. Oder weil eine Polizeistreife über den Parkplatz fuhr. Das ist meine Meinung.«

Amelie nahm ihren Rucksack von der Schulter und steckte die Sachen ein. Sie konnte sich genauso wenig einen Reim darauf machen wie die anderen, aber eins wusste sie: Morgen in aller Frühe wollte sie ihren Tierarzt, Dr. Koch, fragen, was er von den Verpackungen hielt. Und von dem scharfen Skalpell.
Nach der schweigsamen Heimfahrt schrieb Amelie, als es schon auf Mitternacht ging, eine E-Mail an Ira.

Bin total erledigt. Komme gerade von der Autobahn, wo man Pferde gesichtet hatte. Calido nicht gefunden! Bin fast durchgedreht! Ruf an, damit ich dir Einzelheiten erzählen kann (auch nachts!!!). Einziger Trost: Wir haben neue Verbündete: Frisco und Harry. Zwei Lastwagenfahrer, die wollen Steckbriefe der gestohlenen Pferde verteilen. Fahren oft in der Freizeit Pferdehänger, um Zusatzkohle zu verdienen. Möglich, dass sie dabei eins der geklauten Pferde sehen. Sie sagen, viele Friesen gehen über die Grenze nach Holland. Melde dich!
LG Amelie

14. Kapitel

Am Ende der Nacht, in der sie kaum geschlafen hatte, weil sie eine Stunde mit Ira telefoniert hatte, rief Amelie noch vor dem Duschen in der Tierarztpraxis an. Obwohl die Uhr erst kurz vor sieben zeigte, war Dr. Koch schon unterwegs zu einem Patienten. Zum Glück nannte die Arzthelferin Amelie die Adresse des Hofs, auf dem der Tierarzt im Einsatz war.

Ohne zu frühstücken, verließ Amelie das Haus, die Beweisstücke von der Raststätte im Rucksack, und fuhr zum beschriebenen Bauernhof. Als sie ankam, herrschte auf dem Gelände bereits Hochbetrieb. Traktoren rangierten auf dem Kopfsteinpflaster und luden Mist auf Anhänger. Ein Trecker mit angekoppeltem Wassertankwagen rumpelte an Amelie vorbei zu den Weiden. Im Windschatten dahinter kroch der Mercedes von Dr. Koch die Ausfahrt hoch.

Amelie erkannte den Wagen sofort an den eingebauten Arzneischubladen im Fond.

Der Tierarzt schien Amelie ebenfalls entdeckt zu haben, denn er bremste ab und setzte zurück. Dann ließ er die Scheibe herunter und zeigte auf die Suchzettel, die neben ihm auf dem Beifahrersitz lagen.

»Ich bin aktiv für dich«, sagte er, ein Hüne, der zupacken konnte, wenn es drauf ankam. »Jeder Stall wird von mir mit Calidos Steckbrief versorgt. Wolltest du zu mir? Ich habe kaum Zeit zum Plaudern, eine Kolik wartet.«

»Kann ich Sie nur schnell etwas fragen?« Amelie beugte sich vom Fahrradsattel hinab und reichte ihm Folien, Spritzen und

Skalpell durch das offene Fenster. Erstaunt nahm der Tierarzt die Sachen entgegen.
»Das haben wir gestern auf einem Rastplatz an der Autobahn gefunden«, sagte Amelie schnell und nervös. »Dort wurden heimlich Pferde umgeladen. Ein Fernfahrer meinte, diese Verpackungen sähen nach Dopingspritzen aus. Glauben Sie das auch?«
Dr. Koch drehte die dünnen Nadeln in der Hand hin und her, schüttelte den Kopf, hielt eine Verpackung gegen das Licht, suchte offenbar nach Aufdrucken im Rand und tastete die vorgeformte Folie ab. »Ich schätze ... das waren Transponder-Injektate. Steril verpackt. Das hier sind Einwegnadeln, die offenbar ebenfalls aus der Packung stammen. Müsste mich sehr irren, wenn das nicht so wäre.«
In Amelies Kopf begann es, unheilvoll zu kribbeln. Dieses scheußliche Gefühl! Es setzte neuerdings immer dann ein, wenn sie furchtbare Angst ergriff, dass die Suche nach Calido sich noch schwieriger gestaltete. Ihre Stimme war heiser, als sie fragte: »Was ist das, Herr Doktor Koch?«
»Mikrochips – die kennst du doch!«
»Ja. Aber Mikrochips kann doch nur ein Tierarzt einsetzen«, sagte Amelie bange. »Oder nicht?«
Nachdenklich kaute Dr. Koch auf seiner Unterlippe. »Tja, bei Pferden übernehmen meistens Tierärzte das Einsetzen. Bei Nutztieren, also bei Rindern, Schafen, Schweinen, erledigen das die Landwirte oft selber, wenn sie das Chippen gelernt haben.«
Am liebsten hätte Amelie sich auf dem Absatz umgedreht und wäre weggefahren. Aber sie musste das hier durchstehen, wenn sie Calidos Spur verfolgen wollte.

»Die Leute an der Autobahn hatten doch nie im Leben einen Tierarzt dabei. Woher stammen dann ihre Mikrochip-Verpackungen?«

Dr. Koch machte eine bedauernde Handbewegung. »Die Dinger kann man in jeder Viehzubehör-Handlung kaufen, für ein paar Euro. Es ist auch nicht sonderlich schwierig, sie am Pferdehals einzusetzen.«

Der Tierarzt strich sich übers Kinn. »Die problemlose Beschaffung kann natürlich Kriminelle zu krummen Sachen verlocken. In jeder Mikrochip-Packung liegt ja die entsprechende Kennzeichnungsnummer dabei. Als Etikett. Die Nummer könnte man ohne Weiteres in einen gefälschten Pferdepass kleben. Das fällt so schnell keinem auf.«

Dr. Kochs Informationen wirbelten in Amelies Kopf wild durcheinander. Sie wurde nicht richtig schlau aus den Antworten.

»Und was ist mit diesem Operationsmesser, mit dem Skalpell?«

Der Tierarzt prüfte die kurze, scharfe Klinge mit dem Daumen und sagte mehr zu sich als zu Amelie: »Vielleicht hoffte jemand, dass er mit einem kleinen Schnitt den alten Mikrochip herausholen könnte. Um danach einen neuen einzusetzen. Einen mit neuer Nummer.«

Als Amelie leichenblass wurde, setzte Dr. Koch schnell hinzu: »Aber das ist nur Theorie. Vergiss es, Amelie. Zu blöd, dass ich überhaupt davon gesprochen habe.« Beschwörend steckte er seinen Kopf aus dem Fenster. »Man findet den Chip ja gar nicht ohne Weiteres im Halsmuskel. Jedenfalls ertastet man ihn nicht von außen. Um die Lage zu bestimmen, braucht man schon ein Röntgengerät.«

»Aber es ginge schon?«

»Grundsätzlich könnte man es machen, aber mach dir um Himmels willen deswegen keine Sorgen, Amelie. Das Risiko, dass man das Pferd bei so einem Eingriff verletzt und nicht mehr verkaufen kann, ist Dieben doch viel zu groß. Darüber machst du dir jetzt keine Gedanken, hörst du?«
Grundsätzlich könnte man es machen.
Nur dieser eine Satz blieb in Amelies Kopf haften, als sie die Fundsachen zurück in den Rucksack steckte, bevor sie die Hand zum Dank hob und sich stumm abwandte.
Grundsätzlich könnte man es machen.
Alter Mikrochip raus, neuer rein – und schon hat das Pferd eine andere Kennzeichnungsnummer. Dann kann ich nie mehr beweisen, dass Calido mir gehört, dachte Amelie, ohne auf Dr. Koch zu achten, der ihr aufmunternde Worte nachrief.
Wie ferngesteuert fuhr Amelie heim, stellte ihr Rad ab und schloss die Haustür auf. Als sie eintrat, schien es ihr, dass ihr Kummer das ganze Haus erfüllte, so übermächtig war er. Jeder einzelne Muskel schmerzte, als drückte ihr ein Tonnengewicht auf die Schultern. Tiefe Verzweiflung schloss sie ein wie ein Panzer. Alles war ausweglos. Warum musste sie so leiden? Wer konnte das von ihr verlangen?
Warum ich?
Welchen Sinn hatte das Leben ohne Calido?
Amelie legte den Schlüssel auf der Ablage im Flur ab, und als sie beim Abwenden flüchtig in den Wandspiegel sah, erschrak sie vor ihrem eigenen Gesicht.
Wo war die fröhliche, hübsche Amelie geblieben? Was war mit ihren strahlend blauen Augen passiert? Was ihr aus dem Spiegel entgegenblickte, war ein fremdes Gesicht, das schmal ge-

worden war und grau, mit glanzlosen Augen, die tief in den Höhlen lagen, umschattet von dunklen Ringen. Ein zerbrechliches, dünnes Wesen. Das war doch nicht sie!
So sieht jemand aus, dachte Amelie, der eine schwere Last zu tragen hat und nicht weiß, wann ihm die Bürde abgenommen wird.
Sie schlich über den Flur zu ihrem Zimmer, um Phil nicht aufzuwecken, der nach dem nächtlichen Einsatz noch schlief.
Leise drückte sie die Klinke herunter. Beim Öffnen der Tür wurden die angepinnten Kalenderblätter von der Wand hochgewirbelt. Zum ersten Mal fiel Amelie die enorme Menge richtig auf. Fast sechzig Blätter hingen nebeneinander und die Ecken wehten sachte im Luftzug.
Sechzig Tage ohne Calido.
Ein jäher Anflug von Zorn erfasste Amelie. Im nächsten Moment riss sie mit beiden Händen sämtliche Kalenderblätter von der Wand und trampelte weinend darauf herum.

15. Kapitel

Der niedrige Gang, der sich in die unheimliche Höhle hineinwand, verengte sich zunehmend, je tiefer Amelie in die Erde vordrang. Nun musste sie auf alle viere hinunter, um weiterzukommen. Ihre Knie scheuerten über scharfkantige Steine, die sie nicht sehen konnte. Es war so düster! Aber sie durfte nicht aufgeben. Da, jetzt hörte sie es wieder! Calidos Stimme! In Todesangst gellte sein verzweifeltes Wiehern aus dem finsteren Verlies. Amelie wurde schlecht. Sie musste sich beeilen, um ihn zu befreien. Gleich war sie bei ihm. Die Luft wurde dünner, immer dünner. Kaum möglich zu atmen. Halb erstickt robbte Amelie vorwärts.

»Calido, ich komme!«, wollte sie rufen, aber sie bekam keinen Ton heraus. Amelies Ellenbogen stießen gegen raue Felswände. Die Höhle wurde immer enger ... ihre Arme taten lausig weh ...

Verwirrt rappelte Amelie sich vom Fußboden auf. Warum lag sie neben ihrem Bett?

Mit schmerzverzerrtem Gesicht rieb sie den geprellten Ellenbogen und versuchte, sich in ihrem dunklen Zimmer und in der Wirklichkeit zurechtzufinden. Ein furchtbarer Traum! Dabei war sie wohl aus dem Bett gerutscht.

Amelie richtete sich auf und versuchte, den Schreck aus den Knochen zu schütteln. Sie tastete sich zum Fenster und riss es weit auf, um die Gespenster der Nacht zu vertreiben. In der aufziehenden Morgendämmerung erkannte sie die Umrisse von Birken und Buchen. Am besten blieb sie gleich auf, sie wollte ohnehin bald los. Leise zog Amelie sich an.

Es war Mitte August und in einer Woche begann die Schule wieder. Die letzte Ferienwoche musste Amelie allein nach Calido forschen, denn Ira war mit Menno und ihrem Vater verreist.
Amelie lehnte sich ans Bett und zog die Joggingschuhe an. Wenn sie sich vorstellte, dass sie in einer Woche wieder im Klassenraum sitzen sollte ... Wie sehr hatte sie gehofft, Calido bis zum Ende der Ferien zu finden, doch es gab keine Spur.
Für die letzten acht Ferientage hatte sie sich vorgenommen, in aller Herrgottsfrühe sämtliche erreichbaren Weiden abzuklappern. Ab heute wollte sie jeden Tag kurz nach fünf mit dem Rad losfahren. Ihre Eltern waren nicht begeistert, aber Amelies Einwand hatte sie schließlich überzeugt: »Falls der Dieb Calido nachts heimlich auf eine fremde Weide stellt, muss er ihn früh herunterholen, um nicht aufzufallen.«
Bei Sonnenaufgang verließ Amelie das Haus – und geriet schon eine Stunde später in eine ungemütliche Situation.
Sie hatte eine ausgedehnte Koppel nach Calido abgesucht, ergebnislos, als ein Bauer seinen Traktor mit Wassertankwagen vor dem Eingangstor anhielt. Als Amelie gerade zwischen Farnkraut und Brennnesseln unter dem Zaun hervorkroch, entdeckte der Bauer sie, sprang von seinem Sitz und packte Amelie am Rucksackriemen.
»Bleib sofort stehen.«
Mit schlotternden Knien versuchte Amelie, sich aus dem Griff zu befreien. Doch der Mann, stämmig, in grüner Latzhose, lockerte seine Hand nicht. Stotternd stieß Amelie hervor: »Ich suche nur nach meinem gestohlenen Friesen.«
»Ach nee – wolltest du nicht vielleicht gerade selber ein Pferd stehlen? Du kannst mir viel erzählen.«

Der Bauer schob Amelie durch das Weidezauntor und zog sie am Arm neben sich her über die weitläufige Koppel. »Du bleibst hier, bis ich mir alle Pferde angesehen habe.«
Benommen stolperte Amelie vorwärts. Die Pferde unterbrachen das Grasen und hoben ihre Köpfe. Schon wieder Unruhe?
»Cindy, Baron, Lady, Ricco, Harry.« Leise murmelte der Bauer die Namen vor sich hin, sobald er ein Pferd erkannte. »Charlie, Sion, Noel . . . da drüben Rigolo, Harrison, Max, Merlin . . . alle da.«
Argwöhnisch musterte er Amelie von Kopf bis Fuß, ließ ihren Arm los und stiefelte mit großen Schritten zurück zum Gatter. Amelie hatte Mühe, ihm die letzten Meter über den abgegrasten Abschnitt voller Kaninchenlöcher zu folgen.
Sie war total durcheinander. Sie, die Bestohlene, stand unversehens selber unter Verdacht.
»Im Juli stand im Landwirtschaftsblatt ein Bericht über Pferdediebstähle«, sagte Amelie zögernd. »Auch über meinen gestohlenen Friesen Calido. Haben Sie das zufällig gelesen? Warten Sie, ich habe Papiere dabei.«
Hastig streifte sie den Rucksack ab und kramte darin. Mit gerunzelter Stirn stand der Bauer vor Amelie und griff nach dem Pferdepass, den sie ihm reichte, und nach ihrem Ausweis.
Er überflog die Eintragungen und es sah so aus, als fiele endlich der Groschen. Nickend gab er Amelie die Papiere zurück.
»Der Friese . . . ja, ich erinnere mich an die Meldung. Schönes Pferd. Und der gehört dir? Das konnte ich ja nicht ahnen.«
Er klappte den Überwurfriegel des Zauntors zurück und ließ Amelie mit einer Handbewegung den Vortritt. »Wenn jemand morgens um halb sechs auf einer fremden Weide herum-

schleicht, macht er sich natürlich verdächtig«, brummte er. »Nichts für ungut. Hast du mittlerweile eine Spur von deinem Friesen gefunden?«

Amelie senkte den Kopf.

»Nichts«, flüsterte sie, »darum suche ich ja immer weiter.«

Der Landwirt drehte ihr halb den Rücken zu und machte sich am Wassertank zu schaffen.

»Leider gibt es immer mehr Pferdediebstähle in dieser Gegend«, brummte er. Er hob den gelben Schlauch aus der Halterung, führte ihn routiniert durch die Zaunstangen und spülte die Tränkewanne mit einem harten Strahl aus, bevor er frisches Trinkwasser einfüllte. Über die Schulter redete er weiter.

»Kein Wunder, die Diebe sind mit dem Hänger ruck, zuck über die Grenze. Musst deine Suche dringend auf die Nachbarländer ausdehnen, Mädchen. Kann mir kaum denken, dass dein Pferd nach dieser Zeit noch in Deutschland ist. Hast du eigentlich auch Holland und Belgien im Hinterkopf?«

»Ja, natürlich«, sagte Amelie und dachte an Trixi.

Als hätte der Bauer einen sechsten Sinn gehabt!

Bereits am nächsten Tag, einem Donnerstag, geschah etwas Einschneidendes. Amelie wollte mittags gerade das Haus verlassen, als das Telefon ging. Obwohl der Schlüssel bereits im Schloss steckte, rannte sie in ihr Zimmer zurück. Sie hatte so eine Ahnung …

Ein unbekannter Mann meldete sich.

»Harold Berent. Ich rufe aus der Nähe von Amsterdam an. Aus Holland.«

Amelie bekam eine Gänsehaut bei dem Wort »Holland«.

»Wissen Sie etwas über Calido?«, stieß sie hervor. Sie wusste sofort, dass es um ihn gehen musste. Mein Gott, wenn er ihn gefunden hatte! Jede Faser an ihr zitterte plötzlich.
»Calido ist dein Friese, nicht wahr?«
»Ja, ja! Haben Sie ihn gesehen? Sagen Sie doch. Woher kennen Sie ihn überhaupt? Vom Steckbrief?«
»Genau. Ich bin Pferdehändler, gucke im Internet regelmäßig nach gestohlenen Pferden. Möglich, dass ich deinen Friesen kürzlich auf dem Hof hatte.«
Amelie ließ sich auf den Drehstuhl fallen. »Was sagen Sie?« Ihre Ohren rauschten, als hätte sie Wasser hineinbekommen. Sie legte den Kopf schief und schüttelte ihn kräftig, aber das Brausen blieb bestehen.
»Hör zu. Vor einigen Tagen sind bei mir spätabends zwei Unbekannte mit Auto und Pferdehänger erschienen. War schon dunkel. Wie aus heiterem Himmel stand das Paar auf der Anlage. Die hatten sich nicht angemeldet.«
Zum Glück sprach Harold Berent hervorragend Deutsch. »Sie hellblond und aufgetakelt, er unscheinbar. Im Hänger standen zwei Friesen, aber sie besaßen keine Papiere dafür.«
Amelie holte Luft, ihr Atem zitterte. Eine heiße Spur? Wenn doch bloß das Rauschen aufhörte! Sie rieb ihr linkes Ohr. Ruhig bleiben.
»Wieso glauben Sie, dass einer von den beiden Calido war?«
»Weil er auf der Diebstahlsliste im Internet der letzte gestohlene Friese ist. Da ist es am wahrscheinlichsten, dass er noch nicht verkauft ist. Außerdem kam dieses Pärchen aus Deutschland.«
Aus Deutschland? Die Geschichte wurde immer brisanter!

»Das Gespräch hat der Mann geführt, fahrig und nervös. Er gab vor, einen Reiterhof hinter der Grenze zu besitzen, aber das glaube ich niemals«, sagte Berent wegwerfend. »Der machte nicht den Eindruck, als hätte er viel Ahnung von Tieren. Angeblich hatte er die Pferdepässe zu Hause vergessen. Er wollte die Friesen abladen und in meinen Stall stellen. Die Pferdepässe sollte seine Frau am nächsten Tag abliefern, aber das Geld wollte er sofort mitnehmen.«

Darauf habe er sich jedoch nicht eingelassen. »Ich arbeite seriös, von zweifelhaften Geschäften lasse ich die Finger. Ohne Pferdepass läuft bei mir nichts.«

Vor Aufregung rang Amelie um Luft.

»Woher kamen die Leute?«, flüsterte sie. »Aus welcher Stadt?«

Als Antwort kam ein unwilliges Brummen. »Wenn ich das wüsste. Die beiden hatten es auf einmal furchtbar eilig und sind abgehauen, bevor ich das Kennzeichen notieren oder auch nur richtig sehen konnte.«

Also doch keine Spur. Amelie sank in sich zusammen. Wie lange sollte das grausame Spiel noch weitergehen? Auf Hoffnung folgte Enttäuschung, auf Zuversicht jedes Mal ein Rückschlag. Wurde Calido jetzt durch ganz Holland kutschiert, von Pferdehändler zu Pferdehändler? Sicher war es nur eine Frage der Zeit, bis ihn jemand ohne Papiere kaufte. In welchem Stall würde Calido dann verschwinden?

Da redete Harold Berent schon weiter. »Aber das Auto kann ich beschreiben, es war ein dunkler Mercedes. Ziemlich alt. Ist mir aufgefallen, weil die meisten Stallbesitzer doch heute Geländewagen fahren.«

Ein alter Mercedes? Amelies Herz machte einen Hüpfer. Die

Reifenspuren an Calidos Weide stammten vermutlich auch von einem Mercedes. Ging es doch vorwärts? Alles deutete in dieselbe Richtung.

»Was kann ich bloß tun, Herr Berent?«

»Also, Mädchen, ich habe unsere Polizei über dieses fragwürdige Paar informiert. An deiner Stelle würde ich … wo wohnst du doch gleich? … ach ja, in Bonn, würde ich in Bonn zur Kripo gehen. Vielleicht hat die etwas aus Holland gehört? Oder Belgien? Wenn du mich fragst – in Deutschland kann der Dieb deinen Friesen kaum verkaufen, weil überall Steckbriefe von ihm hängen.«

Ja, sie musste sofort zur Kripo. Die Neuigkeiten aus Holland klangen so vielversprechend.

»Vielen Dank, Herr Berent«, sagte Amelie mit trockener Kehle. »Vielen, vielen Dank.«

Gleich nach dem Anruf rannte sie zum Bus und fuhr zum Polizeipräsidium, wo sie hoffte, »ihren« Kommissar Schulte anzutreffen. Und Amelie hatte Glück: Herr Schulte war im Dienst, allerdings saß der Kommissar gerade bei einer Vernehmung.

Für ihre Begriffe dauerte es endlos, bis sie ihn endlich sprechen konnte. Amelie harrte auf dem Gang aus, der heiß war und überfüllt. Ein Haufen aufgeregter Bauarbeiter, ebenfalls wartend, diskutierte lauthals. Amelie drückte sich in eine Nische zwischen Prospektständer. Nach einer geschlagenen Stunde wurde sie endlich hereingebeten.

Kommissar Schulte stutzte, als sie sein Zimmer betrat. Er bot ihr einen Stuhl an.

»Fass den Fall doch noch mal kurz zusammen«, bat er.

Erregt berichtete Amelie von Calidos Verschwinden, von Ha-

rold Berent und dem deutschen Mercedesfahrer in Amsterdam.
»Der Diebstahl geht dir immer noch sehr nahe, nicht wahr?«, fragte er, als könnte er in ihrem Gesicht lesen.
Amelie nickte. Sie hatte den Eindruck, als ob Herr Schulte sie anders in Erinnerung hatte, und ihr eigenes Spiegelbild fiel ihr ein – ein dünnes, graugesichtiges Mädchen. Wie sollte er sie auf Anhieb erkennen, wenn sie sich selber fremd war?
Der Polizist suchte Calidos Vorgang heraus. Während er in Papieren blätterte, streifte Amelies Blick über die Stapel von Mappen auf Tischen und in Regalen. Die Aktentürme taten ihr fast körperlich weh, denn sie wusste: Alle diese Fälle mussten bearbeitet werden.
Ob die Kripo überhaupt Zeit hatte, sich um ein gestohlenes Pferd zu kümmern?
Kommissar Schulte hatte Calidos Akte gelesen und ein Blatt Papier hervorgezogen. »Das Fax kam vorhin von der holländischen Polizei. Von den niederländischen Kollegen, die ich nach dem Diebstahl informiert habe.«
Amelie rutschte auf ihrem Stuhl nach vorn. »Geht es darin um den verdächtigen Mercedes?«
»Die erste gute Spur«, nickte Kommissar Schulte. »Sieht so aus, als braucht der Verdächtige dringend Geld.«

Offenbar war es so. Denn am Montagabend, einige Tage nach dem Besuch bei der Kripo, erreichte Amelie ein neuer, alarmierender Hinweis.
Amelie kehrte gerade von einer Rundtour durch verschiedene Reitställe heim und lief, wie immer in den letzten Wochen, so-

fort in ihr Zimmer, fuhr den Rechner hoch und ging ins Internet.
Vier E-Mails. Dreimal Spam – aber eine Nachricht aus Holland! Aus Utrecht. Dort fanden Pferdemärkte statt. Himmel, wenn jemand Calido dort gesehen hatte!
Meine Güte, wie lange das dauerte, bis der Text sich aufbaute. Während Amelie mit einem Auge den Bildschirm im Blick behielt, zog sie den Schulatlas heran. Seit dem Gespräch mit Harold Berent lag die Seite mit den Niederlanden aufgeschlagen auf dem Tisch. Mit dem Zeigefinger fuhr Amelie über die holländischen Städte, bis sie Utrecht fand. Recht nahe bei Amsterdam. Endlich flimmerte der Text auf dem Schirm.

Hallo Amelie,
ich bin Tierschützerin und beobachte Pferdemärkte in Holland. Heute fiel mir auf dem Pferdemarkt in Utrecht ein nervöser Verkäufer von zwei Friesen auf, ein Deutscher. Seine Pferde standen auf einem Hänger, den er abseits geparkt hatte. Leider konnte ich den Mann nicht überreden, die Pferde herunterzuholen. Die Tiere sahen gut genährt aus. Bei beiden entdeckte ich Narben an den Hinterbeinen. Habe heimlich die Pferde-Hotline angerufen, um Näheres über gestohlene Friesen zu erfahren. Als ich nach zehn Minuten zurückkam, war der Parkplatz leer. Der Kerl hat eindeutig etwas zu verbergen. Ich maile gleich noch anderen Tierschützern, damit sie unsere holländischen Pferdemärkte nach Friesen absuchen. Drücke ganz doll die Daumen für dich.
Rieke Willem

Amelie antwortete umgehend.

Hallo Rieke,
ich bin total durcheinander wegen der Friesen. Danke, danke, danke, dass ihr alle für mich nach Calido guckt. Bitte melde dich sofort, wenn du Neues hörst!!!
LG Amelie

Danach stürzte sie aufgeregt ins Wohnzimmer. »Mama ... Papa. Wir haben vielleicht eine Spur von Calido.«
Zum ersten Mal seit Langem saßen sie wieder zusammen und redeten und redeten. Später gesellte sich auch Phil dazu. Eine Weile war es wie früher, als sie noch eine glückliche Familie waren, bevor Amelies Kummer alles überschattete.
In der Nacht lief Amelie aufgedreht durchs Haus. In ihrem Kopf hatte nur ein Bild Platz – Calido auf dem Hänger. Wie er sich umdrehte, in dieser typischen Art, mit seiner einzigartigen Kopfbewegung, wie er erst den Kopf leicht senkte, nach hinten linste, dann das Kinn wieder hochnahm.
Oder sah Calido gar nicht mehr so aus, wie sie ihn in Erinnerung hatte? Womöglich war sein Blick jetzt leidgetrübt? Wenn sie doch diese Gedanken stoppen könnte!
Amelie zwang sich zur Ruhe. Die Holländerin hatte geschrieben, beide Friesen sähen gut gefüttert aus. Wenigstens litt Calido keinen Hunger. *Wenn* es überhaupt Calido war, den sie entdeckt hatte.
Schloss sich nun das Netz um den Dieb? Warum ausgerechnet jetzt, am Ende der Ferien? Wie sollte sie konsequent weitersuchen, wenn sie von morgens bis nachmittags in der Schule saß?
»Wir helfen dir, wo wir können«, hatten ihr Eltern versprochen, jedoch gleich hinzugefügt: »Die Schule darfst du aber nicht vernachlässigen. Du musst auch an dein künftiges Leben denken.«

Am Abend danach, es war Amelies letzter Ferientag, traf ein Anruf von Trixi aus Holland ein. Ihre Stimme klang aufgeregt.
»Wenn mich nicht alles täuscht, habe ich heute Calido gesehen. Auf dem Pferdemarkt in Leiden. Bevor ich aber etwas unterneh-

men konnte, war der Verkäufer weg. Ist einfach überstürzt abgefahren. Ich wette, der fühlte sich ertappt, obwohl ich vorsichtig war. Ich glaube, wir sind ganz nah dran, Amelie.«

Sofort begann Amelies Herz zu rasen. »Mein Gott, Trixi! Gestern ist Calido ebenfalls gesehen worden, in Utrecht. Wie geht es jetzt weiter? Was kann ich nur tun?«

»Der Typ wird bestimmt versuchen, den Friesen möglichst schnell loszuwerden. Calido billig anzubieten, unter Preis. Welcher Pferdedieb wird nicht nervös, wenn man ihm auf den Fersen ist?«

Voller Anspannung kaute Amelie auf den Fingerknöcheln. »Wann sind die nächsten großen Pferdemärkte bei euch?«

»Donnerstag und Freitag. Natürlich fahre ich hin. Sehr gut möglich, dass er es dort noch einmal probiert.«

»Und morgen? Mittwoch? Findet da nichts statt?«

»Bei uns nicht, nur in Hamm ist wieder Pferdemarkt. Aber ich kann mir nicht vorstellen, dass der Dieb es in Deutschland versucht. Das Pflaster ist ihm inzwischen sicher zu heiß.«

Mit dem Telefon am Ohr lief Amelie in ihrem Zimmer auf und ab. Sie starrte auf die kahle Wand, an der Calidos schönstes Foto hängen sollte. Wenn sie ihn wiederhatte, würde sie sofort neue Bilder von ihm machen, wunderschöne Bilder, und diese ganze Wand damit bekleben. Ach was, nicht nur diese Wand. Alle Wände.

Zehn Wochen wartete sie nun schon, eine entsetzlich lange Zeit, aber in diesem Moment schien Amelie jede weitere Stunde zu viel.

»Aber es muss doch mittwochs noch anderswo Pferdemärkte geben!«, schrie sie ins Telefon.

Trixi druckste herum. Amelie spürte ihr Zögern. Die letzten Monate hatten sie hochempfindsam gemacht.

»Sag doch, Trixi«, drängte sie. »Du verschweigst mir doch etwas.«

Amelies Hände wurden feucht. Stille bedeutete Unheil.

»Also gut. Mittwoch findet in Belgien ein großer Pferdemarkt statt. Bei Brüssel. Aber . . .«

»Was heißt *aber?«*

Trixi zögerte erneut, aber Amelie ließ nicht locker, und schließlich sagte die Holländerin: »Wenn man dort ein gestohlenes Pferd entdeckt und es nicht auf der Stelle kaufen kann, wird das Ganze zur Zitterpartie.«

»Was? Wieso denn?«

»Bei dem belgischen Viehmarkt«, sagte Trixi und Amelie hörte ihrer Stimme an, dass sie den Ton bemüht sachlich hielt, »werden viele Pferde, die bis zum Abend nicht verkauft sind … ins Schlachthaus gebracht.«

»Was hast du gesagt?«

Der Boden unter Amelie begann zu schwanken und sie musste sich aufs Bett setzen.

»Ich halte diese Ungewissheit nicht mehr aus«, flüsterte sie. »Kannst du nicht morgen nach Belgien fahren, Trixi? Du wohnst doch nicht weit von der Grenze. Bitte! Du erkennst Calido. Bei uns fängt morgen die Schule an und meine Eltern …«

Amelie schluchzte, sie dachte an das gestrige Gespräch. »Meine Eltern sagen, es geht nicht, dass sie mich bei jedem Hinweis durch halb Europa fahren. Sie müssen ja auch arbeiten!«

Ein tiefer Seufzer drang durchs Telefon.

»Ach, Amelie, morgen kann ich beim besten Willen nicht. Ich

habe einen Termin beim Arzt, den kann ich unmöglich verschieben. Aber ich informiere unsere belgischen Tierschützer. Die werden bestimmt hingehen.«

Vom anderen Ende der Leitung hörte man schnelles Umblättern, Trixi stöberte in Karteikarten, wie sich herausstellte. »Hier habe ich außerdem einen cleveren deutschen Fernfahrer in unserer Kartei, Lonzo. Fährt oft Touren nach Belgien und sieht sich für uns um. Ist selber Westernreiter; hat schon einige Pferde aufgespürt.«

Amelie erinnerte sich sofort an den Namen Lonzo. »Von dem habe ich vor Kurzem einen Tipp bekommen«, sagte sie, »als nachts Pferde an der Autobahn verladen wurden.«

Sie dachte an die Spritzen an der Raststätte, die aufgerissenen Verpackungen, das Skalpell. Phil hatte alles eingepackt und an die Autobahnpolizei geschickt. Aber was aus der Sache geworden war, wusste sie nicht.

»Wir trommeln sie alle zusammen«, sagte Trixi aufmunternd in Amelies Schweigen. »Dein Calido verschwindet nicht einfach so. Viele unserer Leute haben Lesegeräte für Mikrochips dabei. Schwierig ist es nur, unbemerkt an den Pferdehals zu gelangen, um die Nummer zu identifizieren. Weißt du was?«

Die Frage schob Trixi rasch nach, als Amelie schon im Begriff war aufzulegen.

»Ja?«

»In Gedanken sehe ich schon das Wort ›wiedergefunden‹ unter Calidos Steckbrief.«

»Danke«, flüsterte Amelie und legte auf.

Mechanisch griff sie neben sich und hob Calidos Halfter vom Bettpfosten. Sie schloss die Augen. Bilder tauchten auf . . . Calido trabte auf sie zu ... seine Mähne wehte im Wind ... »Calido«, flüsterte sie zärtlich. Amelie spürte seine Anwesenheit so deutlich, als stände er neben ihr, und sie meinte sogar, Calidos tiefes Atmen zu hören. Eine innere Stimme sagte ihr, dass sich bald alles zum Guten wenden musste.

Lange saß sie noch still auf ihrem Bett. Amelie machte kein Licht, als am späten Abend die Dämmerung durchs Fenster kroch. Sie musste nichts sehen. Sie wollte nichts sehen.

Es war bereits dunkel, als es klopfte.

»Denkst du daran, deine Schultasche für morgen zu packen, Amelie?«, rief ihre Mutter halblaut ins Zimmer.

»Vergesse ich nicht – Mama, bist du noch da?«

Die Klinke wurde heruntergedrückt und der blonde Kopf von Frau Eggers erschien im Rahmen. »Soll ich Licht machen?«

Sie kam herein und setzte sich zu Amelie aufs Bett.

»Nein, kein Licht.«

Amelie lehnte sich an ihre Mutter, wie früher, wenn sie Kummer hatte, als sie sieben oder acht war. »Mama, wenn Calido morgen in Brüssel gesehen wird, fahrt ihr dann mit mir hin? Ich weiß ja, dass ihr arbeiten müsst, aber der Pferdemarkt in Belgien ist eine Ausnahme. Wirklich.«

Erstaunt richtete Frau Eggers sich auf. »Eine Ausnahme? Warum?«

Amelie legte den Kopf an ihre Schulter und sprach zum Pullover gewandt weiter. Sie konnte ihre Mutter jetzt einfach nicht ansehen. »Trixi sagt, unverkaufte Pferde werden oft ins ... ins ...« Die letzten Worte bekam sie kaum heraus, aber sie riss sich mit aller Gewalt zusammen. Sie musste ihrer Mutter die Bedrohung klarmachen. »... ins Schlachthaus gebracht.«

»Oh Gott, das klingt ja schrecklich.« Mitfühlend drückte Frau Eggers ihre Tochter an sich. »Du weißt doch, dass wir alles möglich machen. Mach dich nicht verrückt, Amelie. Es ist doch gar nicht sicher, dass Calido morgen dort auftaucht.«
Sie stand auf und strich Amelie über den gesenkten Kopf. »Ich wünsche mir wirklich nichts sehnlicher, als dass du deinen Calido findest.« Ihre Stimme klang besorgt und ratlos. »Ich weiß gar nicht, wie das sonst weitergehen soll, du bist ja nur noch Haut und Knochen. Nun schlaf erst mal, morgen sehen wir weiter.«
Leise zog sie die Tür hinter sich zu und Amelie suchte ihre Schulsachen zusammen.
Alles, nur nicht Belgien, dachte sie, als sie um Mitternacht ins Bett stieg.
Alles, nur nicht Belgien, dachte sie auch, als am frühen Mittwochmorgen der Wecker piepte und sie sich mit schweren Gliedern aus dem Bett wälzte.
Mit einem unangenehmen Druck im Magen, den sie schon die ganze Nacht gespürt hatte, machte Amelie sich auf den Weg zum Bus, ohne zu registrieren, dass ein herrlicher Spätsommermorgen anbrach. Mit hängenden Schultern ging sie durch die Waldstraße, vorbei an gepflegten Gärten, in denen gelbe Dahlien und Sommerastern in Rot und Blau blühten. In der Luft lag würziger Geruch von Laub, Pilzen und Erde, eine leise Vorahnung des Herbstes.
Amelie nahm ihre Umgebung nicht wahr. Nur einmal hob sie den Blick, an der Ecke der Waldstraße. Sie spähte nach links und rechts und wartete ab, bis ein Haufen lachender Schüler zur Haltestelle abbog. Ein paar Mädchen aus ihrer Klasse waren darunter. Auf keinen Fall wollte sie ihre alte Clique treffen, die

sie doch nur mit ihren tollen Ferienerlebnissen überfallen würden.
Der Bus rollte heran und Amelie begann zu laufen.

16. Kapitel

Amelie, schnell!«

Erschreckt fuhr Amelie bei dem lauten Anruf zusammen. Gerade war sie wegen der stechenden Sonne auf die baumbestandene Seite der Waldstraße hinübergewechselt, als sie ihren Vater aufgeregt winkend auf sich zustürmen sah.

Belgien, dachte Amelie sofort. Wie angewurzelt blieb sie stehen und presste ihre Schultasche an sich. In den letzten Stunden hatte sie im Unterricht an nichts anderes denken können als an den Pferdemarkt bei Brüssel, der jetzt stattfand.

»Papa! Was ist los?«

Ein Schauer lief ihr über den Rücken.

»Wir fahren sofort nach Brüssel«, sagte er und blieb nach Luft japsend auf dem Gehweg stehen. »Auch wenn ich gestern noch anders geredet habe. Diesmal scheint Calido wirklich gesehen worden zu sein. Beeil dich, Amelie. Komm, komm.«

Amelies Herz überschlug sich fast vor Aufregung. Mit trockenem Mund fragte sie: »Woher weißt du das, Papa?«

Aber da zog ihr Vater sie bereits mit sich und sie rannten gemeinsam das letzte Stück zur Waldstraße 22, wo Oliver Eggers' blauer Volvo vor dem Haus stand.

»Ein Anruf aus Brüssel! Ich erzähle dir gleich alles. Jetzt hol schnell deine Papiere, Amelie, wir fahren los, Mama weiß Bescheid. Fix, fix.«

Amelie schoss ins Haus und stürzte über den Flur in ihr Zimmer. Mit bebenden Fingern zerrte sie den Rucksack unterm Bett hervor. Der Reißverschluss klemmte, sie war zu hektisch. Endlich.

Schnell ein Kontrollblick. Pferdepass, Eigentumsurkunde, Mikrochip-Lesegerät, alles da. Wie spät? Halb vier. Halt, ihr Ausweis. Amelie riss die Schreibtischschublade auf. Ein Glück, da lag er. Schnell zu den Papieren. Rucksack schließen und wieder nach draußen.

Die Beifahrertür stand offen, Amelie sprang in den Volvo, in dem ihr Vater fahrbereit hinterm Lenkrad wartete und mit den Fingern trommelte. Amelie hatte sich kaum angegurtet, als ihr Vater bereits losfuhr. »Hoffentlich kommen wir vor dem Berufsverkehr durch.«

Er sah in den Rückspiegel, bog von der Waldstraße ab und hielt auf die Bundesstraße zu.

»Erzähl endlich, Papa.«

Mit beiden Händen umklammerte Amelie den Sitz. Mit angehaltenem Atem lauschte sie ihrem Vater.

Eine halbe Stunde zuvor war zu Hause ein alarmierender Anruf eingetroffen, von Lonzo, dem Fernfahrer. Bevor der belgische Pferdemarkt am Nachmittag öffnete, war Lonzo mit seinem Dreißigtonner hingefahren, um die Händler in Augenschein zu nehmen.

»Dieser Lonzo wusste, dass er besonders auf einen alten Mercedes achten sollte. Davon gab es offenbar mehrere mit deutschen Nummernschildern. Aber nur ein Händler hatte einen Friesen dabei.«

»Und dann?«, drängte Amelie, aber ihr Vater unterbrach seine Rede, um nach hinten zu sehen, während er sich auf die Autobahn Richtung Aachen einfädelte.

»Lonzo hat es schlau angestellt.« Amelies Vater wechselte auf die Überholspur. »Er hat abgewartet, bis der Händler das Pferd aus dem Innenraum holte und am Hänger festband, um die Pferdeäpfel herauszufegen. In der Zeit konnte Lonzo den Friesen unbemerkt mit Calidos Steckbrief vergleichen und er fand ihn sehr ähnlich. Als er dann noch die Zickzacknarbe am rechten Sprunggelenk entdeckte … also wirklich Amelie, ich bin völlig sicher, dass es Calido ist. Völlig sicher.«

Amelie krümmte sich vor Aufregung.

»Wo ist er denn jetzt? Der Friese? *Calido?«*

»Der Händler hat ihn sofort nach dem Fegen wieder auf den Hänger gestellt.« Routiniert zog ihr Vater an einer Kolonne Lastwagen vorüber. Lonzo sei losgegangen und habe sich ein Lesegerät für Mikrochips geliehen. »Er hoffte, damit heimlich den Chip am Hals aufzuspüren.«

Amelie rutschte auf ihrem Sitz hin und her. Weshalb lag Brüssel am Ende der Welt? Wie sollten ihre überreizten Nerven diese ewig lange Strecke aushalten?

»Und weiter, Papa?«

Herr Eggers zuckte die Schultern.

»Lonzo gab vor, für einen Freund nach Pferden zu suchen. Er stieg mit dem Händler auf den Hänger, um sich den Friesen näher anzusehen. Lonzo hatte jedoch keine Chance, unbemerkt das Lesegerät anzusetzen. Der Verkäufer rückte ihm nicht von der Pelle. Aber er machte Lonzo ein tolles Preisangebot. Der Friese sei zwar ein wertvoller Wallach aus einer großen Zuchtlinie, sagte er, aber leider, leider ohne Papiere. Darum müsse er ihn billig abgeben. Lonzo hat ihn beschworen, das Pferd bis zum Abend für ihn zu reservieren. Er wolle unbedingt seinen Freund anrufen und der könne erst abends kommen.«

Amelie hätte schreien können vor Freude und Verzweiflung. Wie viele Kilometer waren es noch bis Brüssel?
»Und wenn der Verkäufer nicht wartet?«, fragte sie. »Vielleicht ist er doch misstrauisch geworden? Oder wenn er Calido vorher an jemand anderes verkauft?«
»Wir kriegen den Kerl«, sagte Herr Eggers grimmig. »Lonzo hat die Autonummer notiert. Ich würde am liebsten die Polizei rufen, aber wenn die am Pferdemarkt auftaucht, verschwindet der Typ doch sofort. Außerdem ist es kompliziert, der belgischen Polizei den Fall zu erklären. Allein die Verständigungsprobleme! Die Polizei holen wir später dazu.«
Er tätschelte Amelies Hand und lächelte ihr aufmunternd zu. »Wenn wir Calido wiederhaben.« Mit einer Kopfbewegung wies er nach hinten. »Den Hänger habe ich bewusst zu Hause gelassen, damit wären wir viel zu langsam.«
Der Rücktransport! Daran hatte Amelie in der Aufregung gar nicht gedacht. Wenn ich Calido erst mal gefunden habe, dachte sie, dann reite ich notfalls nach Bonn zurück. Und wenn es eine Woche dauert.
Sie erreichten Aachen, und als sie über die Grenze nach Belgien fuhren, war alles gesagt und jeder hing seinen Gedanken nach.
Amelie spürte, wie sie anfing zu zittern. Ihr war flau und sie fror entsetzlich, obwohl es im Wagen drückend warm war. Ihre Zähne klapperten und sie fühlte den forschenden Blick ihres Vaters auf sich.
Er beugte sich vor und hob sein Handy aus der Halterung.
»Ruf Mama an.« Er reichte ihr das Telefon. »Sie soll versuchen, einen Hänger zu mieten. In der Nähe des Pferdemarktes wird es

doch sicher einen Verleih geben. Im Internet findet sie bestimmt eine Reihe Firmen.«
Das sagt Papa nur, um mich abzulenken, dachte Amelie, aber sie war dennoch froh, etwas tun zu können.
Zu Hause sprang der Anrufbeantworter an.
»Mama, hier ist Amelie. Kannst du in Brüssel einen Pferdehänger für uns mieten? Du erreichst uns in Papas Auto.«
Kurz darauf rief ihre Mutter an; sie hatte sich um den Hänger gekümmert. In einer Stunde würde er am Pferdemarkt bereitgestellt.
»Wenn es nicht Calido ist, drehe ich durch«, sagte Amelie leise und machte sich ganz klein in ihrem Sitz. »Wirklich, Papa.«
Ira! Amelie schoss wieder hoch. Sie musste Ira informieren. Erneut griff sie zum Handy. Großer Gott, würde ihre Freundin aufgeregt sein.

> Calido wurde auf dem pferdemarkt bei brüssel gesehen bin mit papa unterwegs und halb tot sag allen bescheid hdl amelie

Bis Brüssel war es nicht mehr weit. Sie fuhren die ganze Zeit nach Westen und hatten die Abendsonne vor sich, die tief stand und blendete. Am Fenster flogen Schilder vorbei, deren silberne Ränder in den Sonnenstrahlen aufblitzten, Richtungshinweise, Raststätten, Verkehrszeichen, aber Amelie starrte nur blind darauf, in ihrem Kopf gewannen andere Bilder Raum. Bilder, die sie nicht sehen wollte, aber die sie auch nicht wegwischen konnte. Dauernd musste sie an das Schlachthaus denken, das zu dem belgischen Pferdemarkt gehörte. Von Kilometer zu Kilometer wuchs ihre Angst um Calido bis ins Unermessliche.
Bilder von armseligen Schlachtpferden und schrecklichen Vieh-

transporten tauchten vor Amelies innerem Auge auf. Ira hatte ihr Fotos gezeigt. »Keiner interessiert sich für diese Pferde, für ihr Leiden und ihre Angst. Wir müssen uns darum kümmern, mach doch mit.«

In diesem Moment schwor Amelie sich, nach ihrer Heimkehr für den Tierschutz zu kämpfen.

17. Kapitel

Drei Stunden nach der Abfahrt verließ Herr Eggers hinter Brüssel die Autobahn und lenkte den Wagen in Richtung Pferdemarkt. Die Strecke führte vorbei an gesichtslosen Industrieanlagen und Gartenbaubetrieben, die mit eintönigen Kanälen und brachliegenden Grundstücken abwechselten.
Endlich lag der Pferdemarkt vor ihnen! Rote Sonne umrahmte die alten Markthallen; das strahlende Wetter täuschte Idylle vor.
Die Tore standen noch offen, aber Amelie wusste von Trixi, dass sie um neunzehn Uhr geschlossen würden. Sie fühlte sich schrecklich. Ausgelaugt und zermürbt.
Eine lange Blechschlange kam ihnen entgegen, einige große Pferdetransporter und zahllose Personen- und Geländewagen, an die Hänger gekoppelt waren.
Amelie ließ die Seitenscheibe herunter. Bei jedem Auto mit Hänger, das an ihnen vorüberfuhr, lehnte sie sich aus dem Fenster und beugte den Kopf nach hinten, um die Pferde zu erkennen. Was sollte sie tun, wenn Calido auf einem Hänger stand? Würde sie ihn überhaupt erkennen? Alles, was Amelie sehen konnte, waren Hinterteile und Schweife. Manche Transportanhänger rumpelten leer zurück. Warum leer? Waren die Pferde verkauft?
Amelie bekam kaum noch Luft, und je näher sie dem Eingangstor kamen, desto schlimmer wurde es. Ihre Handflächen waren klitschnass und immer wieder wischte sie sich die Hände an den Jeans ab, ohne es zu registrieren.

»Fahr schneller, Papa«, murmelte Amelie.
Herr Eggers bog auf das weitläufige Gelände ein, auf dem nur noch wenig Betrieb herrschte. Vor grauen Hallen erstreckten sich unter langen Vordächern endlose Alleen von einbetonierten Anbindestangen, an denen vereinzelt Pferde mit gesenkten Köpfen standen, vielleicht zwanzig. Die Tiere sahen nicht einmal auf, als der Wagen näher kam. Es war, als hätten sie mit dem Leben abgeschlossen.
Zwei Männer in Overalls erschienen auf dem Hof, banden vier magere Pferde ab und verschwanden mit ihnen in der Halle.
Angstvoll ließ Amelie ihren Blick durch das Autofenster über die restlichen Pferde wandern. Kein einziger Friese dabei. Überhaupt kein Rappe.
Wo war Calido? Gab es drinnen noch mehr Verkaufsflächen? Wohin hatten sie ihn gebracht? Zum nächsten Pferdemarkt? War er verkauft worden? Oder gar . . .
Amelie biss sich auf die Finger. Nein, nicht ins Schlachthaus, niemals. Doch nicht einen Friesen. Friesen waren teuer, die konnte der Pferdedieb immer noch gut verkaufen, das hatte doch Herr Schulte von der Kripo gesagt und Rea auch, Rea von der Pferde-Hotline.
Aber was war, wenn der Pferdedieb in Panik geraten war, als Lonzo ihn ansprach? Ein Pferd ohne Pferdepass war auffällig. Fühlte der Dieb sich eingekesselt und wollte Calido nur noch loswerden? Irgendwo, wo man es nicht ganz so genau nahm mit der Überprüfung der Papiere?
Mit eiskalten Fingern angelte Amelie das Lesegerät aus dem Rucksack und umklammerte es so fest, dass die Kanten ihr ins Fleisch schnitten.

»Ich will Calido gar nicht wiederhaben«, flüsterte Amelie und sah verzweifelt zum Himmel, »wenn er nur lebt.«

Ihr Vater stellte den Wagen ab. Sofort sprang Amelie hinaus und rannte los, über den ganzen breiten Hof, bis sie die überdachten Hallen erreichte. In der Luft mischten sich eigenartige Gerüche von nassem Tierfell und scharfen Putzmitteln. Laut hallten Amelies Schritte zwischen den kahlen Betonwänden. Kleine Gruppen rauchender Männer, die in der Ecke standen, unterhielten sich lachend und gut gelaunt. Als Amelie an ihnen vorüberstürzte, bemerkte sie aus dem Augenwinkel ihre erstaunten Blicke.

Fast prallte sie mit einem Mann in grauem Kittel zusammen. Direkt vor Amelies Augen führte er zwei Haflinger ohne Mähne und Schweif vorbei.

Vor Entsetzen schlug Amelie die Hände vors Gesicht. Ein grauenvoller Anblick. Im Mittelalter wurden Gefangene geschoren, bevor man sie zur Hinrichtung brachte. Vor Entsetzen bekam Amelie kaum noch Luft. Bestimmt wurde sie gleich ohnmächtig.

Sie hatte rasende Angst, im nächsten Augenblick Calido zu sehen, ebenso zugerichtet oder womöglich noch schlimmer. Andererseits war es ihr jetzt gleichgültig, wie er aussah. Egal, ob er verletzt war oder krank. Sie würde ihn gesund pflegen. Und sie wollte ihn auch gar nicht mehr reiten – Hauptsache, er lebte!

Mit zitternden Fingern hielt Amelie sich an einer Mauerecke fest.

Ihr Vater winkte vom Hof herüber und rief ihr zu: »Ich suche in der anderen Abteilung.«

Amelie hob die Hand als Zeichen, dass sie ihn verstanden hatte, und lugte um die Ecke. Vor ihr lag eine Reihe langer Gänge. In der schwachen Beleuchtung entdeckte sie weiter hinten eine Gruppe Pferde, die weggebracht wurden. Allen hatte man Mähnen und Schweife abgeschnitten.

Amelies Kopf drohte fast zu platzen. Es half nichts, sie musste näher heran, näher an das Schlachthaus. Dabei wusste sie gar nicht, wo es lag, instinktiv folgte sie den skalpierten Tieren.

Ihr Puls hämmerte hinter den Schläfen. Vorwärts, vorwärts. Abgetrennt durch Eisenstangen, standen überall Pferde. Die Augen teilnahmslos, ohne jede Regung, in ihr Schicksal ergeben.

Und dann sah Amelie am Ende des Ganges ein einzelnes Pferd stehen. Ein großes schwarzes Pferd, und sie erkannte sofort – das war ein Friese!

Seine Mähne war abgeschnitten.

Wie gelähmt klammerte Amelie sich an einen Pfeiler.

Calido?

Die Beine gehorchten ihr nicht. Ihre Knie wurden unbeweglich wie Stein, in der nächsten Sekunde weich wie Gummi. Schlotternd vor Angst, stolperte Amelie auf den Friesen zu.

Jemand machte sich am Schweif zu schaffen. Widerstandslos stand das schwarze Pferd da, starr vor Schreck.

»Nein«, schrie Amelie und ihre Stimme klang hoch und schrill. »Nein. Nein.«

Der Ruf hallte zwischen den Wänden wie ein Schrei in Todesangst.

Unwillig sahen die beiden Männer auf, ein bulliger Kleiner und ein Ausgezehrter mit grauem, faltigem Gesicht.

Und dann war Amelie bei ihm.

Ja, er war es!
Mit fliegendem Atem stand Amelie vor dem armseligen Geschöpf, das einmal ihr großer, starker Calido gewesen war und das jetzt klein in sich zusammenkroch, vor Entsetzen und Angst.
»Calido«, stieß sie hervor.
Unter Tausenden hätte Amelie ihn erkannt, trotz abgeschnittener Mähne und obwohl er unter unglaublichem Stress stand. Sein Gesicht spiegelte nichts als Angst wider. Die Lippen waren eingezogen, das Maul angespannt, doch als er Amelies Stimme hörte, bewegten sich die Ohren. Nervös und ohne Orientierung zuckten sie hin und her, als könnte sein Gehör keine Zuordnung für die Stimme finden. Schwach drehte Calido den Kopf zu Amelie hinüber.
Auch Amelie konnte sich nicht rühren, nicht einmal um den Hals fallen konnte sie Calido, dazu war ihre Furcht viel zu groß, ihn doch noch zu verlieren.
»Halt! Aufhören! Das ist mein Pferd.«
Einer der Männer drehte sich zu ihr herum, der Ausgezehrte, er zuckte gleichgültig die Schultern und sagte ein paar Worte, die Amelie nicht verstand.
Lieber Gott, was sprachen sie hier? Holländisch? Nein, das klang Französisch.
Himmel, warum hatte sie sich vorher nicht überlegt, was sie sagen wollte? Alles das schoss ihr in Bruchteilen von Sekunden durch den Kopf. Ein paar Sprachbrocken fielen ihr ein. Gepriesen sei der Französischunterricht, zum ersten Mal in ihrem Leben.
»C'est mon cheval. Das ist mein Pferd. C'est mon cheval.«

Der Bullige nahm das Messer von den Schweifhaaren und sah Amelie ratlos an.
Zitternd hielt sie ihm das kleine Lesegerät entgegen, das alles klären konnte.
»Mein Pferd.«
Amelie wunderte sich, dass sie überhaupt noch sprechen konnte. Jetzt bloß nicht schlappmachen.
Aus einem Nebengang eilten zwei Männer herbei und bauten sich gestikulierend vor Amelie auf. Sie sahen nicht aus, als ob sie mit sich reden ließen, witterten Ärger. Einer versuchte, Amelie beiseitezudrängen und ihr das Lesegerät aus der Hand zu winden. Doch sie klammerte sich mit einer Hand an der Stange fest.
»Papa«, schrie sie. »Ich habe ihn. Papa! Papa!«
Endlich! Von hinten stürmte ihr Vater herbei, endlich hatte er ihre verzweifelten Rufe gehört. Er brüllte die Männer an, auf Deutsch, schrie wild herum, was gar nicht seine Art war, aber seine Nerven lagen natürlich auch blank. Und Amelie merkte, dass er Eindruck auf das Personal machte mit seinen fast zwei Metern, wie er sich da vor die Arbeiter stellte, sportlich, trainiert, einer, der Respekt einflößte.
Mürrisch sahen sie Amelie zu, wie sie unter dem Schutz ihres Vaters das Lesegerät unter dem Mähnenkamm des Friesen anlegte. So nahe stand Amelie in diesem Moment neben Calido und doch schaffte sie es nicht, ihn zu begrüßen. Noch saß ihr die bleierne Angst in den Knochen, der Mikrochip könnte ausgetauscht worden sein. Sie dachte wieder an den Abend auf der Autobahnraststätte. An die Einwegspritzen und das Skalpell. An Tierarzt Dr. Koch: *Grundsätzlich könnte man die alte Kennzeichnung entfernen.*

Wie eine Ewigkeit erschien ihr der kurze Moment, bis der Piepser bekannt gab, dass die Nummer registriert war. Mit trockenem Mund starrte Amelie auf das Display.

Ja, ja, ja!

Der Scanner erkannte die endlos lange Nummer. *Seine* Nummer. Längst kannte sie Calidos Kennzeichnungsnummer auswendig.

»Die ersten drei Ziffern – zwei, sieben, sechs«, flüsterte sie gehetzt, »sehen Sie doch – deux, sept, six. Die ersten Ziffern bedeuten: Das Pferd stammt aus Deutschland.«

Amelie zog den Pferdepass aus dem Rucksack, er rutschte ihr aus den feuchten Händen, sie hob ihn vom kalten Boden auf und hielt ihn den Männern hin.

»Voilà.« Sie zeigte auf die Nummer. Die Männer murmelten etwas, verglichen, redeten schnell auf Französisch, dann zeigte der Ausgezehrte auf eine Bürotür an der gegenüberliegenden Wand.

»Monsieur le directeur. Marktleiter.«

Amelies Vater wollte seine Tochter nicht mehr allein lassen.

»Holen Sie ihn hierher«, sagte er bestimmt. Sein Zeigefinger deutete erst auf die Bürotür, dann auf den Betonboden. »Er soll hierherkommen.«

Widerstrebend ging der Dünne los und holte den Marktleiter, einen blassen, schwitzenden Mann, und Amelies Vater fuchtelte ihm mit Pass und Lesegerät unter der Nase herum. Der Marktleiter gestikulierte aufgeregt und überschüttete ihn und Amelie mit einem Schwall französischer Worte.

Amelies Vater zog seine Brieftasche aus der Tasche und holte seine Kreditkarte hervor.

Aber das bekam Amelie nur aus dem Augenwinkel mit.
Noch konnte sie sich nicht freuen, noch war alles in ihr wie aus Eis. Sie wollte nur weg von hier, weg von den Männern mit Messern, weg von dem Geschrei, weg von dem Geruch, weg von den Pferden mit abgeschnittenen Mähnen, die durch graue Tore aus ihrem Blickfeld geführt werden.
Ohne Amelie anzusehen, übergab der Bullige ihr das Pferd, und Amelie verließ mit Calido am Halfter das Halbdunkel der Hallen. Erstarrt gingen sie nebeneinander auf den Hof hinaus, vorbei an der Gruppe rauchender Männer, und Amelie spürte mit halbem Blick, wie sie ihr nachsahen, ihr, dem zitternden kalkweißen Mädchen mit dem geschorenen Pferd, das aus dem Teil der Hallen kam, aus dem sonst kein Tier jemals zurückkehrte.
Roboterhaft führte sie Calido vorwärts. Seine Hufe klapperten auf dem harten Pflaster. Amelie wusste nicht, warum, aber sie wagte nicht, ihn anzusehen. Sie hörte kaum, dass ihr Vater sagte: »Ich koppele schnell den Hänger an.« Wie hypnotisiert ging Amelie neben Calido und er folgte ihr wie in Trance. Die beiden funktionierten einfach.
»Der Hänger ist bereit.«
»Ja«, sagte Amelie und blieb erschöpft vor der heruntergelassenen Verladeklappe stehen. Wie oft hatte sie diesen Moment der Heimkehr in Gedanken vorweggenommen, aber nun war sie am Ende ihrer Kraft. Plötzlich fühlte Amelie sich furchtbar wackelig auf den Beinen, was durch die schwülwarme Luft noch verstärkt wurde. Sie schaffte es einfach nicht, Calido die Rampe hinaufzuführen. Da nahm ihr Vater Amelie kurzerhand den Strick aus der Hand und verlud Calido selber, bevor er sie ins Auto schob und abfuhr.

Dämmerung senkte sich über die Kanäle und über die flachen Bauten am Wegesrand. Der Geruch von verbranntem Laub wehte durchs offene Fenster herein. Langsam fuhr das Gespann über die Straße, die jetzt ganz leer war.
Im Auto war es still. Stumm starrte Amelie durch die Frontscheibe. Unmöglich, jetzt zu sprechen. Dann endlich, nach einigen Kilometern löste sich allmählich die Erstarrung und Amelie begann zu begreifen, was passiert war.
Das Wunder war geschehen: Hinter ihr im Hänger stand Calido. In letzter Sekunde hatten sie ihn vor dem sicheren Tod gerettet.
»Halt an, Papa«, sagte sie. »Halt an. Ich muss zu Calido.«
Er nickte und fuhr langsam an den Straßenrand.
Jetzt konnte es Amelie plötzlich nicht schnell genug gehen. Sie rannte um das Auto und hämmerte die Riegel am Hänger auf. Warum ging das so schwer . . . endlich . . . die Ladeklappe senkte sich.
Aufgeregt schlug Calido mit dem Schweif.
»Keine Angst, ich bin es«, flüsterte Amelie, als er sich verstört umdrehte. Amelie stieg in den Innenraum, nein, sie konnte gar nicht gehen, sie stolperte die schräge Rampe empor, an Calido vorbei nach vorne, bis sie neben ihm stand.
Mit beiden Armen umfasste sie seinen Kopf und drückte ihr Gesicht an seine Backen.
»Calido, Calido.«
Mit geschlossenen Augen streichelte Amelie über Calidos Nasenrücken und ihre Hände erkannten jeden Zentimeter wieder, als hätte sie sein Fell noch gestern zum letzten Mal gespürt. Er lebte! Die abgeschnittene Mähne interessierte Amelie nicht. Er war wieder bei ihr. Das war alles, was zählte.

Und nun brach es aus Amelie heraus, die aufgestaute Angst der letzten Monate. Wie im Zeitraffer ging ihr alles durch den Kopf, alles, was sie durchgemacht hatte.
»Calido«, schluchzte Amelie aufgewühlt. »Du bist wieder da.« Haltlos fing sie an zu weinen und konnte gar nicht mehr aufhören. Amelie weinte und weinte, immerzu, die Tränen liefen ihr nur so übers Gesicht. Was mochte er mitgemacht haben? Welche Ängste hatte er aushalten müssen? Welche Narben hatten sich in seine Seele eingegraben?
Amelie war völlig aufgelöst. Überflutet von Dankbarkeit, presste sie ihre Stirn an Calidos warmes Fell, das unter ihren Händen zitterte, und die Tränen schwemmten alles aus dem Kopf, was sich an Leid und Schmerz angestaut hatte.
Calido stand ganz still da, noch immer schockiert, und wagte nicht, sich zu entspannen. Erst nach einer ganzen Weile ging ein Schauer durch seinen Körper und vorsichtig wandte er sich Amelie zu. Leise schnuppernd legte er seine Lippen auf ihren Arm. Langsam schien sein Vertrauen wieder zu erwachen. Er tastete sich vor und schnoberte behutsam über Amelies Hände.
Und dann plötzlich war er wieder richtig da! Calido spitzte die Ohren, wuchs regelrecht, wurde höher und größer und lebendiger. Mit einem Schlag lag alles wieder offen, was der Schock in ihm verschüttet hatte.
Mit freudigem, dunklem Kollern, das aus der Tiefe seines Körpers kam, begrüßte er Amelie zurück in seiner Welt und sie verstand, was Calido ihr sagen wollte.
Wo bist du gewesen? Alles war furchtbar fremd, nichts war vertraut.
Ergriffen wischte Amelie sich die Tränen aus dem Gesicht.
»Ich habe so nach dir gesucht«, flüsterte sie. »Tag und Nacht.«

Mit bebenden Nüstern drückte Calido seine Nase in ihre Handflächen.
Ich war so schrecklich verlassen.
»Ich weiß, Calido. Du musst keine Angst haben. Jetzt kann uns nichts mehr trennen. Nie mehr.«
Warmes, wohliges Glücksgefühl durchströmte Amelie. Wie lange hatte sie auf diesen Moment gewartet!
Noch heute Nacht wollte sie das wunderbare Wort unter Calidos Steckbrief setzen: *Wiedergefunden.*
Die Erde drehte sich wieder – und die ganze Welt sollte es wissen.

Margot Berger

Entscheidung fürs Leben

Eine wahre Pferdegeschichte

Ein eigenes Dressurpferd! Endlich ist Hannahs sehnlichster Wunsch in Erfüllung gegangen. Nachdem sie jedoch angefangen hat mit Danilo zu trainieren, beginnt das neu gekaufte Pferd zu lahmen. Der Tierarzt stellt eine folgenschwere Diagnose: ein schon länger bestehender Hufschaden. Nun muss Hannah sich entscheiden: Soll sie ihren Traum vom Dressurreiten begraben oder sich von Danilo trennen?